THE QUEEN'S COUNCIL

FEDER UND FLAMME

Was, wenn das Happy End nur der Anfang war?

Entdecke die The-Queen's-Council-Serie:
Rose und Rebell
Feder und Flamme

Wir produzieren nachhaltig
- Klimaneutrales Produkt
- Papiere aus nachhaltigen und kontrollierten Quellen
- Hergestellt in Deutschland

FSC
www.fsc.org
MIX
Papier | Fördert gute Waldnutzung
FSC® C014496

978-3-551-28090-9

Die deutsche Ausgabe erscheint bei:
Carlsen Verlag GmbH, Völckersstraße 14–20, 22765 Hamburg

Originaltitel: Feather and Flame (© Disney 2021)
Text: Livia Blackburne
Übersetzung: Ellen Kurtz

Lektorat: Imke Sörensen
Redaktion: Constanze Steindamm
Cover: awendrich grafix, Hamburg
Satz: Pinkuin Satz und Datentechnik, Berlin
Herstellung: Nadine Beck

www.carlsen.de

THE QUEEN'S COUNCIL

FEDER UND FLAMME

LIVIA BLACKBURNE

CARLSEN

Für meinen Agenten Jim McCarthy.
Sechs Bücher und kein Ende in Sicht!

Prolog

Ein Tropfen Schweiß lief der Soldatin über den Nacken, verweilte kurz auf ihren sonnengewärmten Schultern, bevor ein kräftiger Schwung ihres Armes ihn abschüttelte. Sie hob ihren Stab. Trat in die Luft. Sprang. Und ließ ihren Stab mit einem Schrei auf den Boden aufschlagen.

Einhundert Kampfstäbe donnerten in den Staub. Einhundert Stimmen schrien. Die Soldatin lächelte über den hellen Klang, das Fehlen von Bariton- und Basstönen.

Die Gesichter der Frauen um sie herum waren rot vor Anstrengung und mit Staub bedeckt. Ihre Zöpfe hingen dunkel und feucht von Schweiß herab. Trotzdem blockten, schlugen und traten sie in perfekter Harmonie. Nicht eine einzige von ihnen senkte ihre Tritte oder milderte ihre Schläge, während die Sonne immer höher stieg und ihre Strahlen auf sie hinabbrannten. Auf ihre Tuniken hatten die Soldatinnen die Namen großer und längst verstorbener Kämpferinnen gestickt – Generalinnen, Soldatinnen, Ringkämpferinnen, Fechterinnen. Es war eine Hommage an diese Heldinnen – und vielleicht ein Versuch, ihre Geister herbeizurufen, falls die Stickerin selbst sich würdig erweisen sollte.

Ihre Anführerin stand an der Spitze und rief mit klarer Stimme Befehle. Mulan, Kriegsheldin von China, war kaum noch zu erkennen als das Mädchen, das vor ein paar Jahren davongelaufen war, um sich anstelle ihres Vaters der Armee anzuschließen. Mulan hatte die Kunst des Krieges gemeistert, aber andere Hürden lagen noch vor ihr, Gefahren, die vielschichtiger waren als der einfache Schlagabtausch zweier Schwerter. Sie stand kurz davor, ihr Schicksal zu erfüllen, aber zuerst musste sie lernen, die Wege der Geister zu ergründen und sich ihre Stärke zu eigen zu machen. Großer Schmerz stand ihr bevor. Denn Fenghuang, der Phönix und Wächter der kaiserlichen Harmonie, schenkte nicht jedem seinen Segen. Nur den Ehrlichsten, Treuesten und Selbstlosesten. Denjenigen, die sich tapfer gegen die einbrechende Dunkelheit stellten.

Kapitel Eins

Das Schachbrett vor Mulan war zweifellos für einen Mann hergestellt worden. Die geschnitzten, abgerundeten Steine waren ein wenig zu groß, um bequem in der Hand einer Frau zu liegen, und ein wenig zu schwer, als dass Mulan sie leicht auf ihren Fingern hätte balancieren können. Diese Tücken waren ihr aus ihren Tagen in der Armee vertraut – Schwertgriffe, die zu breit waren, Sättel, die zu lang waren. Die Schachfiguren erzeugten in ihr ein seltsames Gefühl von Déjà-vu.

Sie setzte ihre Kanone auf dem Brett nach vorn. Auf der abgeflachten Oberseite des Steins war sein Name eingraviert, und sie fuhr mit dem Daumen über die feinen Rillen, bevor sie ihn absetzte. Mulan betrachtete ihre Hand. Obwohl ihre Ballen und Finger von den Jahren, in denen sie mit Schwert und Stab trainiert hatte, Schwielen davongetragen hatten, war ihre Knochenstruktur noch immer zu feingliedrig für die eines Mannes. Sie hatte es sich abgewöhnt, ihre Hände vor den Blicken anderer zu verstecken. Im Stillen schalt sie sich für ihre Unachtsamkeit, rollte die Finger unter ihrer Handfläche zusammen und legte die geballten Fäuste in den Schoß.

Glücklicherweise war ihr Gegner zu sehr in das Spiel vertieft, um etwas zu bemerken. Er war ein älterer, gut gekleideter Mann. Die eine oder andere weiße Strähne zierte seinen Schnurrbart, aber er saß aufrecht, und seine Schultern waren kräftig und muskulös. Eine Narbe verlief über seinem rechten Auge und eine weitere von seiner Nase bis zur linken Seite seines Gesichts. Lange Ärmel aus Seide bedeckten seine Arme, aber hin und wieder rutschte einer hoch, und Mulan konnte einen Blick auf weitere Narben erhaschen. Wenn sie einen Blick unter den Tisch riskierte, würde ihr Blick auf das Schwert fallen, das er an der Seite trug. Waffen waren in diesem Teehaus verboten, aber Yang Dafan tat, was ihm gefiel.

Endlich machte Dafan seinen Zug und schlug einen ihrer Soldaten mit seinem Elefanten. „Ihr verliert eine beträchtliche Menge an Soldaten, junger Meister Chen“, sagte Dafan. „Ist dies eine neue Strategie, mit der ich nicht vertraut bin?“

„Ich bin kein sonderlich geschickter Schachspieler, fürchte ich.“ Sie betonte die tieferen Lagen ihrer Stimme.

„Warum dann überhaupt den Fuß in ein Schachhaus setzen?“

„Ich habe früher oft Halbfeldschach mit meinem Vater gespielt. Auf der Straße wurde ich ein wenig nostalgisch.“

„Halbfeldschach?“

„Vielleicht kennt Ihr es als Blindschach. Dabei legt man die Steine zu Beginn verdeckt hin und dreht sie dann um, einen nach dem anderen.“

„Ein Kinderspiel.“

„Ich erwähnte bereits, dass ich es mit meinem Vater gespielt habe.“

Dafan schob die Haut an der Unterkante seines Daumennagels zurück. Mulan bemerkte, dass er sich den Nagel seines kleinen Fingers an der linken Hand besonders lang und gepflegt hatte wachsen lassen. Sie fragte sich, wie er ihn im Kampf davor schützte abzubrechen.

„An einem gewissen Punkt muss man erwachsen werden“, sagte Dafan.

„Ich weiß“, erwiderte Mulan. „Aber mich reizt die Kinderversion. Mir gefällt der Gedanke, dass man seine eigenen Soldaten verborgen hält, bis sie direkt neben dem Feind stehen.“

Tatsächlich waren sowohl Mulan als auch ihr Schachgegner äußerst gewandt in der Kunst, sich vor dem Feind verborgen zu halten. Erst fünf Tage war es her, dass Dafan und seine Männer einer Karawane aufgelauert hatten. Sie hatten die Hälfte der Wachen getötet und waren mit einem Vermögen an feiner Seide verschwunden.

Dafan und seine Räuberbande waren vor fast einem Jahr wie eine Plage in Mulans Region eingefallen. Noch dazu war er äußerst vorsichtig, sehr zum Leidwesen des örtlichen Magistrats. Dafan hielt sich die meiste Zeit über verborgen. Wenn er sich einmal in die Öffentlichkeit begab – meist um sich an Musik, Schach oder Tee zu erfreuen –, nahm er stets seine Leibwächter mit. Wann immer er ein Gebäude betrat, postierte er Männer an sämtlichen Straßen, und seine beinahe schon übersinnliche Fähigkeit, sich beim ersten Anzeichen einer Verfolgung in Luft aufzulösen, hatte den Magistrat bereits bei mehr als einer Gelegenheit leer ausgehen lassen. Nach mehreren gescheiterten Versuchen hatte der Magistrat seine Bemühungen zurückgefahren, den Kriminellen zu fassen. Mulan hegte den Verdacht, dass er die Demütigung nicht länger hinnehmen wollte.

Mulan und Dafan blickten von ihrem Spiel auf, als eine Frau an ihren Tisch trat, um ihnen Tee nachzuschenken. Mulan nickte ihr dankend zu, aber die Frau schenkte ihr kaum Beachtung. Stattdessen himmelte sie Dafan hingebungsvoll an.

Liwen war von außergewöhnlicher Schönheit, mit vollen Lippen, langen Wimpern, einer stolzen Nase und glatter, olivfarbener Haut. Sie war jung, etwa im selben Alter wie Mulan, und absolut tödlich mit jeder nur vorstellbaren Waffe. Mulan hatte beobachtet, wie Liwen den Schaft eines Pfeils mit einem zweiten gespalten und gestandene Soldaten mit nichts als einem Schal entwaffnet hatte. Aber sie hatte noch nie gesehen, wie Liwen flirtete. Bis heute.

Sie war ziemlich gut. Zumindest kam es Mulan so vor. Liwens Augen huschten immer wieder zu Dafan, um ihm verstohlene Blicke zuzuwerfen, und sie schwang amüsant, aber ausgesprochen wirkungsvoll die Hüften, während sie den Raum durchquerte. Die Blicke der Schwertkämpfer, die Dafan in jeder Ecke des Teehauses platziert hatte, folgten jetzt Liwen, anstatt nach einer Bedrohung Ausschau zu halten. Doch Mulan vermutete, dass sie ziemlich rasch wieder zu Sinnen kommen würden, sollte ein Kampf ausbrechen. Zu Liwens Pech schien das Ziel ihrer Aufmerksamkeiten sich jedoch viel mehr für sein Schachbrett zu interessieren als für sie.

Mulan ließ ihren Blick durch den Raum schweifen. Abgesehen von den

Männern in den Ecken mit ihren verbotenen Schwertern hatte Dafan hier und da noch weitere Banditen verteilt, die Tee tranken und sich ihren eigenen Schachpartien widmeten. Mulan zählte mindestens zehn. Und obwohl sie ihre eigenen Frauen in das Geschäft eingeschleust hatte – Teemädchen mit versteckten Dolchen in den Schärpen, Küchenmägde mit Kurzschwertern zwischen den Töpfen –, würde sie es bevorzugen, wenn es nicht zu einem offenen Kampf käme. Es wäre besser, wenn es Liwen gelang, Dafan in einen der oberen Räume zu locken, so wie sie es geplant hatten. Schalte den Hauptmann aus, gewinne das Spiel. Genau wie beim Schach.

Mulan bewegte ihre Kanone über den Fluss und zwang Dafan, eines seiner Pferde in Sicherheit zu bringen.

„Wohin führt Euch Eure Reise?", fragte Dafan.

„Ein paar Tagesreisen gen Westen", antwortete Mulan. „Mein Vater will dort geeignetes Land für einen Weinberg erwerben. Unser Weingeschäft ist in den letzten Jahren stetig gewachsen."

„Ich selbst trinke keinen Traubenwein", erklärte Dafan. „Taugt er was?"

„Ihr werdet feststellen, dass er süßer ist als Reiswein", erwiderte Mulan. „Uns wurde die große Ehre zuteil, mehrere Fässer an den Kaiser zu liefern."

Dafan hob eine Augenbraue, eine Bewegung, die an den Narben in seinem Gesicht zerrte. „Tatsächlich? Das ist eine große Ehre, in der Tat."

Mulan nickte bescheiden. „Das Glück war uns hold."

Liwen kehrte zurück, um ihre Tassen aufzufüllen, obwohl weder Mulan noch Dafan einen Schluck genommen hatten. „Meister Yang", trällerte sie und legte ihm leicht eine Hand auf die Schulter. „Ihr seid ein so geschickter Schachspieler."

Dafan stieß ein tiefes Husten aus und scheuchte sie mit einer Handbewegung davon. Liwen zog sich zurück und warf Mulan dabei einen entnervten Blick zu.

Mulan musste sich sehr zusammenreißen, um ihr Lächeln zu unterdrücken. Liwen war für gewöhnlich herausragend in allem, was sie tat. Daher wäre es erheiternd gewesen, mit anzusehen, wie sie sich abmühte, wenn nicht so viel auf dem Spiel stünde. Mulan sah ihr nach und traf eine rasche Entscheidung. „Meister Yang", sagte sie. „Vielleicht kann ich Euch dafür entschädigen, dass ich in unserem Schachspiel heute ein so erbärmlicher Gegner war. Ich verwahre einige Krüge aus unserem Weinkeller oben in meinen Räumen. Es wäre mir eine Ehre, wenn Ihr davon probieren würdet."

Dafan hob den Kopf. „In der Tat, warum nicht. Die Bediensteten sollen uns welchen bringen."

„Ich traue keinem der Bediensteten", sagte Mulan. „Die Charge ist ein Verschnitt aus Trauben von verschiedenen Weinbergen. Ich habe sie selbst zusammengestellt und würde sie nur ungern an unsere Konkurrenten verkauft sehen. Was haltet Ihr davon? In unserem heutigen Spiel habe ich offenkundig keine Aussicht auf einen Sieg. Vielleicht könnt Ihr mir die Schmach ersparen, meine Niederlage bis zum letzten Zug auszuspielen, und mich nach oben begleiten."

Der Anführer der Räuberbande studierte das Schachbrett, dann zuckte er mit den Schultern und schob seinen Stuhl zurück. Als sie sich erhob, dachte Mulan gerade noch rechtzeitig daran, nach ihrem Gehstock zu greifen und beim Gehen ihr rechtes Bein stärker zu belasten. Ihr Gewand, angemessen edel für den Sohn eines reichen Händlers, reichte ihr bis zu den Knöcheln und war in der Taille mit einem jadebesetzten Gürtel zusammengefasst. Das Gewand saß zwar locker genug, als dass sie ein Schwert darunter hätte verstecken können, aber das Risiko war ihr zu groß. Ein Gehstock war die zweitbeste Option. So verfügte sie zumindest über etwas anderes als nur die eigenen Gliedmaßen, um eine scharfe Klinge abzuwehren.

Die Glockenärmel von Mulans Gewand flatterten irritierend, als sie Liwen zu sich winkte. „Bring einige frische Weinbecher auf meine Räume."

Dafan ging auf die Treppe zu und bedeutete seinen Männern, ihm zu folgen. Mulan schluckte ihren Frust hinunter, als einer der Kerle die Stufen vor ihnen hinaufeilte und nicht weniger als drei weitere das Schlusslicht bildeten.

„Ich fürchte, ich kann Euren Männern keinen Schluck anbieten", sagte sie.

„Schenkt ihnen keine Beachtung", sagte er. „Bei meiner Betätigung sind sie ein notwendiges Übel, aber sie erwarten nicht, verköstigt zu werden."

„Ihr habt mir noch nichts von Eurer Betätigung erzählt", sagte Mulan. Sie gestattete einem Hauch von Argwohn, sich in ihre Stimme zu schleichen. Obgleich der reiche junge Reisende, den sie verkörperte, neu in der Gegend war, war er doch nicht naiv genug, um im Angesicht von fünf untersagten Schwertern nicht misstrauisch zu werden.

„Ich bin Geschäftsmann", sagte Dafan. „Aber ich tätige keine Geschäfte an den Orten, an denen ich mich entspanne."

Der Leibwächter, der vorausgegangen war, erschien oben am Treppenabsatz, als Mulan und Dafan sich näherten. Er nickte seinem Anführer knapp zu und nahm seinen Platz bei den anderen dreien ein.

Der Flur hier oben war eng, mit geschlossenen Türen zu beiden Seiten, die in die wenigen Gästezimmer führten. Die Schritte der Gruppe dröhnten auf dem Holzboden lauter, als es hätte sein dürfen. Demnach waren alle schwer behangen mit Metall und Rüstzeug. Dieses Wissen zerrte noch stärker an Mulans Nerven.

Mulan stoppte vor der ersten Tür und öffnete sie weit, damit Dafan hineinsehen konnte. Es war ein spärlich eingerichteter Raum, mit einem schmalen Bett und einem Tisch, ausgestattet mit Stift und Tuschestab. Zwei verschnürte Pakete und ein großer Tonkrug standen neben dem Bett.

„Wie Ihr sehen könnt, findet sich in meinem Zimmer keinerlei Bedrohung. Ich muss darauf bestehen, dass Eure Männer draußen warten."

Dafan nickte. Die Schwertkämpfer blieben, wo sie waren, als der Räuberfürst Mulan über die Schwelle folgte. Mulan beugte sich über den Krug, der so hoch war wie ihr Oberschenkel, und löste das Leinentuch über dem Verschluss.

„Es ist ein frisch versiegelter Krug", versicherte sie Dafan und ging einen Schritt beiseite, damit er den Stopfen sehen konnte. Sie wühlte in ihrer Tasche nach einem Messer und zog es hervor, ohne dass Dafan irgendeine Reaktion zeigte. Er hatte keinen Grund, sich zu sorgen. Es war schließlich nicht so, dass sie ihn damit in die Enge treiben könnte.

Als sie sich daranmachte, den Stopfen zu lösen, ertönten aus dem Flur Schritte. Dafan erstarrte kaum merklich und machte Anstalten, nach seinem Schwert zu greifen. Draußen vor der Tür tauschten seine Männer verwirrte Blicke.

„Becher für Meister Chen", ertönte Liwens Stimme. Sie und drei weitere Dienstmädchen bahnten sich unter höflichem Lächeln und entschuldigenden Verneigungen ihren Weg. Liwen trug Becher und Servietten, während die nächste Frau Teller in den Händen hielt und die anderen beiden Platten mit einer Auswahl an getrockneten Früchten, Nüssen, geräuchertem Fisch und gerösteten Kernen hereinbrachten.

Dafan ließ die Hand sinken.

„Danke", sagte Mulan. Sie nahm die Becher von Liwen entgegen und begegnete ihrem Blick, gab ihr jedoch noch kein Zeichen. Sie hatte gehofft, Dafan allein hier hinaufzulocken – oder höchstens mit ein oder zwei Wachmännern. Stattdessen waren es nun vier Wachmänner und vier ihrer eigenen Frauen. Sie nahm an, dass Liwen nicht noch mehr Dienstmädchen hätte mitbringen können, ohne Verdacht zu erregen. Mulan war ohnehin beeindruckt, dass ihre Stellvertreterin sich so viele plausible Erfrischungen hatte einfallen lassen, die sie anbieten konnte.

Es würde wohl auf einen ausgeglichenen Kampf hinauslaufen, fünf gegen fünf. Mulan hatte Vertrauen in ihre eigenen Fähigkeiten, und Liwen war mit dem Schwert unvergleichlich. Aber konnten die anderen drei es mit erfahrenen Banditen aufnehmen? Zwei der Mädchen trainierten seit fast einem Jahr mit Mulan. Sie waren gute Schülerinnen, hatten aber noch nie einen echten Kampf ausgetragen. Die letzte, Zhonglin, war eine neue Rekrutin, die erst ein paar Monate mit ihnen verbracht hatte. Sie hätte überhaupt nicht hier sein dürfen. Mulan hatte ihr einen Sicherungsposten am Ende der Straße zugewiesen, um fliehenden Banditen den Weg abzuschneiden.

Zwei Veteraninnen, zwei talentierte, aber unerfahrene Kämpferinnen und eine neue Rekrutin gegen fünf abgeklärte Banditen. Bis zu einem gewissen Grad konnten Liwen und Mulan die anderen decken, aber Mulan reichte das als Chancen nicht aus. Sie hasste die Vorstellung, ihre Mission abzubrechen, wo sie doch so nah dran waren, aber sie wollte das Blut dieser Frauen nicht an ihren Händen kleben haben.

Zhonglin stellte ihre Platte auf dem Tisch ab. Gleich darauf riss sie erschrocken die Augen auf und umklammerte hektisch ihr Kleid. Ein lautes Scheppern ertönte, als ein Kurzschwert vor ihre Füße fiel. Mulans Herz landete mit ihm auf dem Boden.

„Was ist das?“, fragte Dafan. Er sprang auf, war in zwei gewaltigen Schritten bei Zhonglin und schnappte sich das Schwert. „Warum sollte ein Dienstmädchen so etwas mit sich rumtragen?“

Zhonglins ohnehin schon blasses Gesicht war schneeweiß. Ihre herzförmigen Lippen zitterten.

Mulan tauschte einen panischen Blick mit Liwen. „Sie ist bloß eine Magd. Sie schneiden Dinge in der Küche.“

„Durchsucht die anderen“, befahl Dafan seinen Männern. Der erste von ihnen packte Liwen am Arm, ungeachtet der eisigen Warnung im Blick der falschen Magd.

Es sah ganz so aus, als bliebe Mulan keine andere Wahl.

„Yang Dafan, Ihr seid verhaftet“, sagte sie. „Auf Anordnung des Magistrats.“ Sie wünschte wirklich, sie hätte Gelegenheit, an ihr Schwert zu kommen.

Dafan starrte die Dienstmädchen an. „Bewaffnete Frauen?“, murmelte er. Dann musterte er Mulan aufmerksamer als zuvor. „Ihr seid nicht, was Ihr zu sein vorgebt.“

„Nein“, erwiderte Mulan und machte sich nicht die Mühe, die Stimme zu senken. „Das bin ich nicht.“

Liwen versetzte dem Mann, der sie festhielt, einen heftigen Tritt gegen die Kniescheibe. Er ging zu Boden, schreiend vor Schmerz, als ein langer Dolch in Liwens Hand aufblitzte.

„Pass auf!“, schrie sie.

Mulan hob ihren Gehstock gerade noch rechtzeitig, um zu verhindern, dass Dafans Schwert ihr den Schädel spaltete. Der Räuberfürst war rot im Gesicht vor Zorn, seine Augen zuckten wild umher, und er attackierte Mulan mit einer Heftigkeit, der sie nur wenig entgegenzusetzen hatte. Jeder seiner Schläge ließ ihren Stab erzittern, fuhr ihr die Arme hinauf und ließ ihre Hände taub werden. Mulan wich langsam zurück, sich der beunruhigenden Tatsache bewusst, dass die Wand hinter ihr rasch näher rückte.

Sie nutzte einen Moment der Schwäche in seiner Deckung und stieß ihren Gehstock in Dafans Solarplexus. Als er sich keuchend vornüberbeugte, wich Mulan einen weiteren Schritt zurück. Ihr Fuß stieß gegen die Tasche neben ihrem Bett. Rasch wog sie das Risiko ab, dann ließ sie ihren Gehstock fallen, riss die Tasche auf und zog ein Schwert und ein Messer heraus. Schnell warf sie Zhonglin das Messer zu, die unbewaffnet mit dem Rücken zur Wand stand. Das Schwert behielt Mulan für sich. Rufe und Schreie hallten von unten die Stufen hinauf. Ihre Frauen hatten die Treppe verbarrikadiert.

Dafan keuchte nicht länger. Mit einer Hand hielt er sein Schwert auf Anschlag bereit, obwohl seine andere Hand noch immer seine Rippen umklammert hielt. Seine Augen huschten von der Tür zu dem verletzten Mann am Boden und weiter zu seinen drei verbliebenen Kämpfern, die sich mit Mulans Frauen ein unerbittliches Gefecht lieferten.

„Wir haben die Treppe blockiert, und mehr Soldaten sind auf dem Weg“, sagte Mulan. „Ergebt Euch jetzt, dann bringen wir Euch unverletzt vor den Magistrat.“

Rufe drangen von draußen herein. Durch das Fenster konnte Mulan sehen, wie Frauen auf den Eingang des Teehauses zurannten – weitere Mitglieder ihrer Miliz, gekleidet wie Bäuerinnen und Arbeiterinnen. Das Wissen, dass Dafan auf seinem Weg hierher direkt an ihnen vorbeigekommen war und nicht erkannt hatte, was sie tatsächlich waren, verschaffte ihr eine gewisse Genugtuung.

Für einen Augenblick starrte Daran fassungslos auf die Frauen. Dann schob er sein Schwert in die Scheide und hievte seine massige Gestalt aus dem Fenster.

Mulan unterdrückte einige unpassende Worte. Das hätte sie kommen sehen müssen. Sie steckte sich ihr eigenes Schwert in den Gürtel und folgte ihm durchs Fenster. Davor verlief ein knarzender überdachter Gang, dessen geschnitztes Blumengeländer vom Alter ausgetrocknet war. Dafan sprintete den Gang hinunter. Als er das Ende erreichte, sprang auf das Geländer und schwang sich aufs Dach.

Dieses Mal fluchte Mulan tatsächlich. Mit zusammengebissenen Zähnen kletterte sie auf das Geländer und hielt sich an einem hölzernen Pfeiler fest, um nicht das Gleichgewicht zu verlieren. Ein Büschel Dattelpflaumen, aufgehängt, um in der Sonne zu trocknen, schlug ihr ins Gesicht. Über ihr erstreckte sich das Dach, das den Balkon um eine Armeslänge überragte und von einem Querbalken getragen wurde. Mulan war kleiner als Dafan. Den Querbalken zu erreichen, bedeutete für sie einen wesentlich größeren Sprung.

Sie warf sich nach vorn, erwischte das trockene Holz mit den Fingerspitzen. Unter ihr schwankte das Geländer, genau wie der Boden, noch viel weiter unten. Seltsam, wie deutlich sie die gezackten Kanten von jedem einzelnen Stein erkennen konnte, die spitzen Enden jedes Baumzweiges. Mulan hob den Blick. Eine Hand vor die andere setzend, hangelte sie sich bis zum Ende vor und schwang dann ihren Arm über den Rand des spitz zulaufenden schwarzen Ziegeldachs.

Als es Mulan endlich gelungen war, sich an den brüchigen Ziegeln hochzuziehen, rannte Dafan bereits über die Dachschräge, schlitternd und rutschend, aber ohne herunterzufallen. Dachziegel brachen unter seinen schweren Schritten weg und polterten die Schräge hinunter. Mulan hoffte inständig, dass dort unten niemand stand. Die Außenwand ihres Gebäudes grenzte an eine Baumgruppe, und der Räuberfürst hechtete direkt darauf zu.

Mulan kam auf die Füße, schwankend und mit den Armen rudernd. Ihre Schuhe verschafften ihr einen gewissen Halt, aber nicht genug, um sie zu beruhigen. Der Trick, stellte sie nach einer Weile fest, war, den nächsten Fuß so rasch vor den anderen zu setzen, dass es nichts ausmachte, wenn der hintere wegrutschte.

Dafan stolperte und landete mit einem ohrenbetäubenden Krachen flach auf dem Dach. Er streckte Arme und Beine von sich, mit ausgestreckten Glieder rutschte er das Dach hinunter, bis sein Fuß gegen die Dachkante stieß. Mulan verdoppelte ihre Geschwindigkeit und zog ihr Schwert.

Er hatte gerade wieder seinen Halt gefunden und sich aufgerichtet, als sie ihn erreichte. Irgendwie war es ihm gelungen, sein Schwert festzuhalten, und als sie sich ihm näherte, ging er zum Angriff über. Mulan kam schlitternd zum Halt, um zu verhindern, dass sie direkt in sein Schwert lief, und verlagerte das Gewicht, um seine Schläge zu parieren. Ziegel bröselten unter ihren Füßen weg und zerschellten weit unten auf dem Boden. Aus dem Augenwinkel konnte sie erkennen, dass sich eine Menschenmenge vor dem Haus gesammelt hatte. Sie durfte sich davon nicht ablenken lassen, das war gefährlich. Jetzt galt es, die Sache rasch zu Ende bringen.

Dafan holte nach ihrem Gesicht aus. Anstatt seinen Schlag abzuwehren, duckte Mulan sich dieses Mal, fuhr mit ausgestecktem Bein herum und trat ihm die Füße weg. Der Bandit landete mit einem dumpfen Schlag auf der Seite. Sein Schwert schlitterte über die Dachkante, und er krallte sich an den Dachziegeln fest, um ihm nicht in die Tiefe zu folgen. Mulan stellte einen Fuß auf sein Handgelenk und hielt ihm die Spitze ihres Schwerts an die Kehle.

„Genug. Der Magistrat erwartet Euch."

Sie wagte es nicht, ihre Deckung aufzugeben, während sie Dafan fesselte. Auch unbewaffnet war er noch ein äußerst gefährlicher Mann. Der unbändige Hass in seinen Augen war beängstigend. Zählte man noch dazu, dass sie beide nur einen falschen Schritt davon entfernt waren, sich die Hälse zu brechen …

Als Mulan Dafan schließlich mit vor der Brust gefesselten Händen auf dem Dach abgesetzt hatte, schmerzte jeder Muskel ihres Körpers vor Anstrengung.

Sie trat einen Schritt von dem Räuberfürsten zurück. Das Schwert auf Dafans Rücken gerichtet, gestattete Mulan sich endlich einen Blick hinunter in den Hof. Der Kampf war im Abklingen, Dafans wenige verbliebene Männer waren Mulans Truppen zahlenmäßig weit unterlegen.

„Mulan!“, rief Liwen zu ihr herauf. Die Bänder in ihrem sorgfältig geflochtenen Zopf hingen zerzaust hinab. „Bist du unversehrt?“

„Ja, es ist alles in Ordnung. Bring mir eine Leiter!“, erwiderte Mulan.

Eine junge Rekrutin kam mit einer Leiter über der Schulter zu ihnen geeilt. Kurz befürchtete Mulan, dass Dafan sich lieber vom Dach stürzen würde, als sich verhaften zu lassen, aber er kletterte die Leiter vorsichtig hinunter und griff die Sprossen mit beiden am Oberkörper gefesselten Händen. Drei Frauen mit Schwertern in den Händen erwarteten ihn am Fuß der Leiter. Kaum dass der Fuß des Banditen den Boden berührt hatte, drängten sie ihn gegen die Wand, durchsuchten ihn nach Waffen und fesselten seine Füße.

Mulan folgte ihm nach unten und nahm dankbar Liwens Hand, als sie von der drittletzten Sprosse sprang. Der Kampf war jetzt vollständig zum Erliegen gekommen. Die Gefangenen standen aufgereiht an einer Seite des Hofes. Das Alter von Dafans Männer reichte von einfachen jungen Burschen bis zu ergrauenden Kerlen. Manche wirkten geschlagen, während andere den Eindruck erweckten, dass man sie besser im Auge behalten sollte. Mulan musterte die verschiedenen Gruppen, und ihr Magen verkrampfte sich, als ihr Blick auf eine Handvoll Körper fiel, die über die gepflasterten Wege des Hofs verteilt lagen.

Sie wappnete sich. „Verluste?“, fragte sie.

„Keiner von denen gehört zu uns“, sagte Liwen, die ihrem Blick gefolgt war. „Wir haben einige Verletzte mit Schnittwunden, die bereits versorgt werden. Jiayi hat einen gebrochenen Arm.“ Liwen presste die Lippen aufeinander. „Fu Ning hat eine schwere Wunde am Bein erlitten.“

Der Knoten in Mulans Magen löste sich, aber nicht ganz. Liwen hätte eine Wunde nicht als *schwer* bezeichnet, wenn die Lage nicht sehr ernst wäre.

„Bring mich zu ihr“, sagte Mulan.

Der Hauptraum des Schachhauses war kaum noch als der Raum zu erkennen, den Mulan keine halbe Stunde zuvor verlassen hatte. Die edlen lackierten Tische waren umgeworfen worden. Stühle lagen zerschmettert herum. Die große Tonstatue eines Reiters war umgestürzt und entzweigebrochen. Schachfigurengroße Löcher verunzierten das filigrane Gitterwerk der Fenster, und Blut verdunkelte Teile des Steinbodens. Mulan rutschte das Herz in die Hose, als sie an das ältliche Ehepaar dachte, dem das Geschäft gehörte. Sie hatten gleich zweimal enormes Vertrauen in Mulan bewiesen. Zum einen, als sie ihr von Dafans Aktivitäten erzählt hatten, und dann wieder, als sie ihr gestattet hatten, diesen Hinterhalt zu planen. Sie musste sich etwas überlegen, wie sie die beiden für ihre Verluste entschädigen konnte.

In der Mitte des Raums war ein Teil des Bodens freigeräumt worden, wo eine Gruppe Frauen um eine liegende Gestalt kauerte. Mulan brauchte einen Augenblick, um sich zu sammeln, ihre eigene Betroffenheit zu unterdrücken und die Stärke heraufzubeschwören, die die anderen jetzt in ihr sehen mussten. Erst dann näherte sie sich.

Fu Ning war eine von Mulans jungen Soldatinnen, eine Frau, die hart an sich arbeitete und sich selbst bei den zermürbendsten Übungen nie beklagte. Jetzt war ihr Gesicht blass, beinahe grünlich, und ein Schweißfilm glänzte auf ihrer Stirn. Sie biss die Zähne zusammen, als eine andere Frau die klaffende Wunde in ihrem Oberschenkel abband, aber sie schrie nicht auf.

Die Menge teilte sich für Mulan. Nings Miene wurde beinahe entschuldigend, als ihr Blick auf ihre Anführerin fiel. „Ich habe meine Abwehr nicht oben behalten“, sagte sie mit einer Ernsthaftigkeit, die Mulan das Herz brach. „Er ist an meinem Schwert vorbeigekommen … Genau das, wovor Ihr mich immer gewarnt habt.“

Mulan nahm Nings Hand zwischen ihre eigenen und unterbrach mit leichtem Druck ihre nächsten Worte. „Du hast dich gut geschlagen. Keine von uns kämpft in der Hitze des Gefechts ihren besten Kampf. Darum trainieren wir so hart. Du hast gekämpft, und du bist am Leben geblieben. Du hast dich weit besser geschlagen, als du es getan hättest, wenn ich dich noch vor einem Jahr in den Kampf geschickt hätte.“

Ning lächelte. Noch vor sechs Monaten hatte sie ein Schwert nicht von einer Axt unterscheiden können. „Manchmal frage ich mich, ob es mir einfach nur bestimmt ist, die Tochter eines Bauern zu sein", murmelte sie.

„Es ist keine Schande, die Tochter eines Bauern zu sein. Und niemand behauptet, dass ein Bauer kein Schwert tragen kann. Aber lass dir von niemandem einreden, dass du, nur weil du als Bäuerin geboren wurdest, es auch immer bleiben musst und nichts anderes sein kannst. Wusstest du, dass du den Nachnamen einer großen Kriegerin trägst?"

Ning drehte ihr den Kopf zu, nun mit ungetrübter Neugier im Blick.

„Ihr Name war Fu Hao", sagte Mulan. „Sie war eine große Generalin und führte ein Heer von dreitausend Kämpfern an."

Nings Augen leuchteten auf. „Eine Frau?"

Mulan nickte. „Die Größe liegt dir im Blut. Lass dir von niemandem etwas anderes erzählen."

Eine der Kräuterfrauen aus dem Dorf kam mit einem bitter riechenden Gebräu herbei. „Damit sie schlafen kann", sagte sie.

Mulan nickte und unterdrückte den irrationalen Impuls, die Kräuterfrau fortzuschicken und sich selbst um Fu Ning zu kümmern. „Achtet gut auf sie."

Weder Mulan noch Liwen sagten ein Wort, bis sie außerhalb der Hörweite der anderen waren.

„Glaubst du, sie wird das Bein behalten?", fragte Mulan schließlich. Allein schon die Frage laut auszusprechen, drohte das Unheil heraufzubeschwören, aber sie konnte nicht an sich halten.

„Vielleicht werden ihre Ahnen sich für sie einsetzen", sagte Liwen.

„Hast du Ning bei den Feierlichkeiten gesehen?", fragte Mulan. „Sie ist eine überschwängliche Tänzerin." Mulan hatte ein deutliches Bild von Fu Ning vor Augen, wie sie sich zu einem schnellen Trommelschlag drehte, mit strahlendem Gesicht und einem mit Federn besetzten Fächer in jeder Hand.

„Lass uns die Hoffnung nicht aufgeben."

Viel mehr gab es dazu nicht zu sagen, und so verstummten sie beide. Draußen auf dem Hof herrschte rege Betriebsamkeit. Frauen eilten auf den steinernen Wegen vor und zurück, fesselten Gefangene, stellten Statuen wieder an ihren Platz, spülten das Pflaster mit eimerweise Wasser. Ein paar legten die Hände aneinander und verneigten sich vor Mulan, bevor sie sich wieder an die Arbeit machten.

Da war noch etwas, das an Mulan nagte, aber sie brauchte einen Moment, um zu begreifen, was es war. Dann sagte sie: „Zhonglin hätte nicht bei dir sein sollen."

Liwens Lippen spitzten sich. Sie nickte knapp. „Sie war dazu eingeteilt, die Straßen zu überwachen. Ich habe sie nicht gesehen, bis ich die Frauen die Treppe hinaufführte und es bereits zu spät war, um sie wieder nach unten zu schicken. Ich habe keine Ahnung, wie es ihr gelungen ist, uns derartig zu täuschen. Verzeih mir."

Gedankenverloren rieb Mulan an einem Schmutzfleck auf ihrem Arm. Es war nicht das erste Mal, dass sie Probleme mit Zhonglin hatten. Das Mädchen hatte Talent – die Tatsache, dass sie an Liwens wachsamem Blick vorbeigeschlüpft war, bewies das deutlich –, aber sie achtete keine Befehle. „Ich hätte den Hinterhalt abgeblasen, wenn sie dieses Kurzschwert nicht fallen gelassen hätte. Wir konnten die Situation noch retten, aber sie hätte genauso gut in einer Katastrophe enden können."

„Möchtest du, dass ich sie mir vorknöpfe?", fragte Liwen. „Mir machen diese Dinge weit weniger aus als dir."

Das stimmte. Mulan bezeichnete Liwen gern als die diszipliniertester Rebellin, die sie je getroffen hatte. Die Frau hatte keinen Respekt vor Autoritäten, weder vor den Nonnen, die sie erzogen hatten, noch vor dem örtlichen Gouverneur. Aber als stellvertretende Befehlshaberin von Mulans Miliz führte sie ein strengeres Regime als jede Nonne oder irgendein Gouverneur. Darin sah Liwen keinen Widerspruch.

So verlockend Liwens Angebot auch war, Mulan schüttelte den Kopf. „Danke, aber das liegt in meiner Verantwortung. Ich werde morgen mit ihr sprechen."

Endlich lagen alle Gefangenen in Fesseln, und Mulan führte den langen Marsch zurück ins eigentliche Dorf an. Sie mussten einen aufsehenerregenden Anblick bieten – eine Truppe zerzauster, blutiger und jubelnder Frauen, die ihren humpelnden Kameradinnen die Straße hinunter halfen, während ihre Gefangenen, zu zweit aneinandergereiht, zwischen ihnen marschierten.

Bei ihrem Eintreffen erwartete der Magistrat sie bereits in der Tür seiner weiß getünchten Backsteinhütte. Mulan nahm an, dass sie wirklich nur schwer zu übersehen waren.

„Lady Fa", sagte er, seine Stimme war so steif wie sein langer Schnurrbart.

Mulan legte die Handflächen vor der Brust aneinander und verneigte sich zur Begrüßung.

„Magistrat Fong, ich hoffe, Ihr seid wohlauf." Die Unterhaltungen mit ihm waren immer ein bisschen unbeholfen. Zwar glaubte Mulan nicht, dass der Magistrat sie nicht leiden konnte, aber er schien in ihrer Gegenwart immer ein wenig nervös zu sein. Vielleicht war sie für seinen Geschmack zu unberechenbar.

„Wir haben Yang Dafan", berichtete sie ihm. „Zusammen mit fünfzehn seiner Männer."

Der Magistrat, der die Gefangenen hinter ihr beäugt hatte, zuckte überrascht zusammen. „Ich hätte nicht an Euch zweifeln dürfen, Lady Fa. Wie habt Ihr ihn gefangen?"

Er hatte das Gesicht den Gefangenen zugewandt, und Mulan wünschte, sie hätte einen besseren Blick auf seine Miene. Was sie getan hatte, war beschämend für den Magistrat, aber sie hoffte, dass er Manns genug war, um sich davon nicht von seiner Pflicht abhalten zu lassen.

„Alles hing davon ab, bewaffnete Soldaten ohne sein Wissen in seine Nähe zu bringen. Ich habe meine Frauen hineingeschickt, mit versteckten Waffen."

„Sehr geschickt, Lady Fa. Soll das Kopfgeld an das Haus Eures Vaters geschickt werden?"

„Bitte sendet das Kopfgeld an die Eigentümer des Bamboo River Chess House. Sie werden umfangreiche Reparaturen durchführen müssen."

„Werdet Ihr verfügbar sein, sollte ich noch weitere Fragen haben?"

„Ich bin jeden Morgen hier auf den äußeren Feldern und trainiere meine Soldatinnen."

Am nächsten Morgen versammelten sich die Frauen wie gewöhnlich noch vor Sonnenaufgang. Niemand beklagte sich offen, denn jede Klage hätte Extrarunden um das unbestellte Feld, das sie als Übungsplatz verwendeten, zur Folge. Aber Mulan erwischte einige dabei, wie sie Grimassen zogen, während sie sich in der kühlen Morgenluft streckten und gähnten. Sie spürte die Nachwehen des Kampfes am eigenen Leib. Ihre Beine und Arme brannten vom Klettern und Laufen auf dem Dach, und Blutergüsse waren überall auf ihrem Körper erblüht. Dennoch setzte sie ihre Generalsmiene auf und nahm ihren Platz an der Spitze des Feldes ein, wobei sie sich heimlich eine wunde Stelle am Rücken rieb und Liwen einen bösen Blick zuwarf, als diese vielsagend grinste.

„Aufstellung einnehmen!", rief Mulan. Ihre Stimme war in der Kälte deutlich zu hören. Die Frauen beeilten sich, ihre Plätze einzunehmen, die Füße schulterbreit auseinander, die Hände hinter dem Rücken verschränkt.

„Ihr habt gestern gut gekämpft", sagte Mulan. „Ihr habt eine Gruppe Banditen zur Strecke gebracht, die unsere Region fast ein Jahr lang terrorisiert hat. Ihr wart erfolgreich, wo der Magistrat gescheitert ist."

Die Frauen standen aufrechter.

„Aber Kriege enden nicht, weil ihr einen Tag lang gut gekämpft habt. Kriege werden gewonnen, weil ihr weiterkämpft, Tag für Tag, durch Schmerz, durch Hunger, durch unendliche Erschöpfung, bis die Arbeit erledigt ist." Mulan hielt einen Moment inne, damit ihre Wort Wirkung entfalten konnten. „Also werden wir so trainieren, als wären wir im Krieg. Zeigt mir die Stellung des Pferdes."

Mehr als eine Stirn runzelte sich in Fassungslosigkeit, aber alle ließen sich in eine tiefe Hocke fallen. Mulan zwang sie nicht lange, diese Stellung zu halten, bevor sie die Frauen in die erste Übung schickte. Während ihre Kompanie Tritte, Schläge und Sprünge ausführte, schritt Mulan ihre Reihen ab und korrigierte hier und da Haltungen.

„Männer wollen uns glauben machen, dass wir nicht für den Kampf geschaffen sind, dass Schwertkampf und Kung-Fu allein ihre Domänen sind." Ein Schwarm Krähen hob sich in die Lüfte, und Mulan wartete, bis ihre Flügelschläge verklungen waren, bevor sie weitersprach. „Aber nichts könnte der Wahrheit ferner liegen. Tatsächlich war es eine Frau, die uns die Grundlagen der Schwertkunst überliefert hat. Die Yue-Maid brachte sich selbst das Fechten bei und schrieb die erste Abhandlung über den Schwertkampf. Sie schmiedete ein Kurzschwert, das ihren Bedürfnissen gerecht wurde, scharf, aber geschmeidig, mit einem biegsamen Kern, der auf ihre Befehle reagierte. Viele weitere Frauen sind in ihre Fußstapfen getreten. Generalinnen, Piratinnen, Reiterinnen, Ringkämpferinnen, Fechterinnen. Wir sticken ihre Namen auf unsere Tuniken, um ihrer Tapferkeit zu gedenken. Wir trainieren jeden einzelnen Tag, damit, wenn der Tag gekommen ist, unsere Nachfahrinnen auch unsere Namen auf ihre Tuniken sticken können."

Die Frauen schlugen sich tapfer. Mulan beobachtete, wie sie sich durch ihren Muskelkater und ihre Schmerzen bissen, und spürte Stolz in sich aufsteigen. Trotz ihrer ausführlichen Rede darüber, sich durch den Schmerz kämpfen zu müssen, beendete sie das Training eine halbe Stunde früher als sonst und tat so, als würde sie das erleichterte Seufzen und Stöhnen nicht bemerken.

„Zhonglin", sagte sie. „Ich möchte mit dir sprechen."

Zhonglin saß auf dem Boden und nahm abwechselnd Schlucke aus ihrem Wasserschlauch und Bissen von einem Reisbällchen. Sie hatte zwei Spatzen ein weiteres Reisbällchen zugeworfen, an dem diese nun pickten, und war gerade dabei, einen dritten zu überreden, sich ihr zu nähern.

Die Soldatin wirkte nicht überrascht, von Mulan angesprochen zu werden, und ihre Kameradinnen, die sich ebenfalls wenig überrascht zeigten, räumten eilig das Feld. Zhonglin ließ den Wasserschlauch sinken und klopfte sich den Staub von der Kleidung, bevor sie vor Mulan Stellung bezog.

Mulan holte tief Luft. *Bringen wir es hinter uns*, dachte sie. „Zhonglin, welcher Posten war dir gestern zugeteilt?"

Zhonglin sah Mulan fest in die Augen. „Der Wachposten an der Straße, Kommandant."

„Warum warst du dann im Teehaus?"

„Ich wollte im Herzen des Kampfes sein."

Mulan suchte in den Augen des Mädchens nach Reue oder Scham, fand jedoch keine. „Ich teile die Posten aus einem Grund zu, Soldatin. Du bist eine neue Rekrutin. Du musst noch lernen, mit dem Schwert umzugehen. Dir fehlen noch die nötigen Fähigkeiten, um an vorderster Front von Nutzen zu sein."

Zhonglin hob kaum merklich das Kinn. „Ich habe einen Banditen entwaffnet."

„Ein einzelner besiegter Gegner bedeutet rein gar nichts. Menschen gewinnen ständig Kämpfe, durch pures Glück. Eine ungelernte Soldatin ist nicht nur ineffektiv, sie ist eine Gefahr für ihre Kameradinnen. Hast du vergessen, dass dein auf den Boden gefallenes Kurzschwert unser Vorhaben überhaupt erst verraten hat?"

In den Augen des Mädchens blitzte es. „Wir haben gewonnen, oder nicht?"

„Weil deine Kameradinnen die Situation gerettet haben. Sie haben aber auch die Kosten getragen. Fu Ning wird womöglich nie wieder laufen."

Bei der Erwähnung von Nings Namen fiel Zhonglins Gesicht in sich zusammen. Für einen Augenblick senkte sie den Blick, verunsichert, aber dann zwang sie ihre Gesichtszüge zurück in eine kämpferische Maske. „Warum nennt Ihr uns dann überhaupt Soldatinnen? Ihr sagt uns, wie stark wir sind, und dann tut Ihr alles, was in Eurer Macht steht, um uns vom Kampf fernzuhalten. Würde ein Hauptmann in der Kaiserlichen Armee seine Soldaten auf diese Weise behandeln?"

„Belehre mich nicht über die Kaiserliche Armee", fuhr Mulan sie an. „Nur eine von uns hat in ihren Reihen gedient, und das bist nicht du. Dafür, dass du gestern deine Befehle missachtet hast, wirst du den nächsten Monat über der Kräuterfrau zur Hand gehen, anstatt an den Übungen teilzunehmen. Versuche, das Leid, das du deinen Kameradinnen zugefügt hast, wiedergutzumachen. Und für deine Anmaßung gerade eben wirst du die Übungsrüstungen putzen."

Zhonglins Kiefer spannte sich an, und ihre Augen funkelten trotzig. Mulan begegnete ihrem Blick mit gleicher Wucht, ihr eigener Zorn brodelte unter der Oberfläche. Für den Bruchteil einer Sekunde fragte sie sich, ob Zhonglin so weit gehen würde, einen Befehl zu verweigern, während Mulan direkt vor ihr stand. Aber dann wandte Zhonglin sich ab. Mulan beobachtete den Rücken des Mädchens, als es einmal tief Luft holte und dann langsam und bedacht einen Satz Übungsrüstungen aufhob. Als Zhonglin zwei weitere Rüstungen in ihre Arme gestapelt hatte, wandte Mulan sich ab und ging mit bebenden Nerven vom Feld.

Liwen wartete am Feldrand auf sie. „Das Gespräch ist wohl nicht gut gelaufen?"

Mulan warf einen Blick über die Schulter zurück auf Zhonglin, die Übungsrüstungen zu einem Stapel aufhäufte. Sie konnte sich nicht erinnern, dass eine Soldatin jemals so offen aufmüpfig gewesen wäre, nicht einmal in der Kaiserlichen Armee. „Sie muss Disziplin lernen. Ich kann keine Soldatin gebrauchen, die keine Befehle befolgt."

„Sie erinnert mich an mich selbst, als ich noch jünger war", sagte Liwen. „Ich habe mir auch nie viel aus Regeln gemacht."

„Haben die Nonnen dich deswegen rausgeworfen?"

„Sie haben mich nicht rausgeworfen. Ich bin gegangen."

„Und seither hast du dir dein Haar geflochten."

Liwen fuhr mit der Hand über ihre komplizierte Frisur. Heute hatte sie Zöpfe auf beiden Seiten ihres Kopfs zu zwei Dutts gewickelt und zwei kleinere Zöpfe darunter geflochten. „Du würdest dich auch mehr um deine Haare kümmern, wenn du so viel Zeit deiner Kindheit ohne sie hättest auskommen müssen."

Mulan dachte zurück an ihre Tage in der Armee, als sie sich das Haar kurz geschnitten hatte, um zwischen den Männern nicht aufzufallen. Sie hatte es nicht wirklich vermisst. Wenn überhaupt, dann hatte sie die neue Länge als sehr viel pflegeleichter empfunden. Aber es war ein himmelweiter Unterschied, sich das Haar kurz zu schneiden oder es vollständig abzurasieren.

„Findest du, ich bin überfürsorglich mit den Frauen?", fragte Mulan plötzlich.

Liwens Talent für schlagfertige Erwiderungen machte die Pause, die auf Mulans Frage folgte, umso auffälliger. „Allein aus den Übungen heraus ist es schwer zu sagen, wie bereit eine Soldatin für die Schlacht ist."

„Das war weder ein Ja noch ein Nein", erwiderte Mulan.

Liwen zuckte mit den Schultern. „Wenn ich die Sorgen einer Kommandantin gewollt hätte, hätte ich meine eigene Miliz auf die Beine gestellt. Aber ich habe mich deiner angeschlossen."

Die Art und Weise, wie sie sich Mulans Miliz angeschlossen hatte, war zu einhundert Prozent Liwen gewesen. Einige örtliche Banditen hatten einen Bauern in Mulans Dorf belästigt, und Mulan hatte sich freiwillig gemeldet, um mit einigen ihrer erfahrenen Kämpferinnen in der Gegend zu patrouillieren. Tatsächlich war ein paar Tage später eine Bande von fünf Schurken aufgetaucht. Sie waren gerade drauf und dran gewesen, Mulan eine ordentliche Abreibung zu verpassen, als jemand sich mitten ins Getümmel stürzte.

Es war eine Frau. Ihre Kleidung war zerlumpt, aber ihr Schwert war scharf. Die Fremde entwaffnete einen der Banditen mit einer Leichtigkeit, als führte sie eine Fechtübung durch, und bewegte sich dann weiter zum nächsten. Als der Staub sich gelegt hatte, wollte Mulan etwas sagen, aber Liwen kam ihr zuvor.

„Ihr seid Fa Mulan?", fragte sie mit derselben Zielstrebigkeit, von der ihre Schwertschläge gezeugt hatten.

„Ja", erwiderte Mulan überrascht.

„Ihr führt eine weibliche Miliz an?"

„Das tue ich."

Bei diesen Worten nickte Liwen und ging davon.

Am nächsten Morgen tauchte sie eine Viertelstunde nach Beginn des morgendlichen Trainings auf und sah still von der Seite des Feldes aus zu. Liwen beobachtete sie eine ganze Woche. Sie erschien kurz nachdem sie mit dem Training begonnen hatten und verschwand, kurz bevor es beendet war. Danach kam sie auf Mulan zu, um ihr ihr Schwert anzubieten.

„Ich kann nicht sagen, wie lange ich bleiben werde", hatte sie gesagt. „Aber während ich hier bin, werde ich mein Bestes geben."

Mulan hatte ihre Zweifel an dieser unnahbaren Schwertkämpferin gehabt, aber Liwen hatte ihr Wort gehalten und sich mit derselben Zielstrebigkeit der Miliz gewidmet, mit der sie sich auch jenem ersten Kampf gestellt hatte. Mit der Zeit hatte Mulan mehr über Liwens Vergangenheit erfahren, über ihre Kindheit als Waise in einem Konvent und darüber, wie sie es schließlich verlassen hatte, um als wandernde Schwertkämpferin durch das Land zu ziehen. Trotz Liwens ständigen Erinnerungen daran, dass sie nicht lange bleiben würde, schien sie sich in Mulans Miliz zu Hause zu fühlen. Mit der Zeit hatte Mulan ihr mehr und mehr Verantwortung übertragen, bis Liwen praktisch zu ihrer Stellvertreterin geworden war.

Liwen rieb sich den Staub von den Händen. „Ich bin hier fertig. Möchtest du ..." Sie kniff die Augen zusammen, den Blick auf die Straße gerichtet. „Warum kommen sie zurück?"

Mulan folgte Liwens Blick und entdeckte sechs Frauen ihrer Miliz, die auf das Übungsfeld zuliefen. Mulan hätte sich Sorgen gemacht, wäre da nicht das erwartungsvolle Strahlen auf ihren Gesichtern.

Wenling, eine ihrer jüngeren Rekrutinnen, ruderte wild mit den Armen durch die Luft, als die Frauen vor ihr zum Stehen kamen. „Mulan, da kommt ein Reiter die Straße entlang. Er ist aus der Kaiserlichen Stadt." Sie wackelte bedeutungsvoll mit den Augenbrauen, während die Frauen hinter ihr in absolut unmilitärisches Gekicher ausbrachen.

„Verstehe. Warum kommt ihr deswegen zu mir?" Doch Mulan hatte so eine Vermutung, und die Möglichkeit ließ das Herz in ihrer Brust Saltos schlagen.

Wenling packte sie bei der Hand und zog sie von einer amüsierten Liwen weg. „Kommt schon!"

Mulan musste rennen, um mit den Mädchen Schritt zu halten. Sie schlängelten sich durch Straßen mit feinem Gitterwerk vor den Fenstern und spitz zulaufenden Dächern, wobei sie in ihrer unbedachten Eile eine Menge Staub von den Pfaden aufwirbelten. Ein Dim-Sum-Verkäufer riss seinen Karren gerade noch rechtzeitig aus ihrem Weg. Endlich, völlig außer Atem, erreichten sie die kaiserliche Straße, die aus dem Dorf führte. Eine kleine Gruppe hatte sich bereits dort versammelt, und alle hatten ihren Blick auf den Reiter geheftet, der sich rasch näherte.

Mulan trat aus der Gruppe heraus, um besser sehen zu können. Der Mann hatte breite Schultern. Seine Haltung und die Leichtigkeit, mit der er im Sattel saß, zeugten von einem erfahrenen Reiter. Er trug den auf Hochglanz polierten eisernen Brustpanzer eines hochrangigen Offiziers der Armee. Als er näher kam, konnte Mulan seine hohen Wangenknochen und die markante Linie seines Kiefers erkennen, den ausdrucksstarken Mund, der sich so leicht zu einem Lächeln verzog. Doch da wusste sie bereits, um wen es sich handelte. Li Shang war in ihr Dorf gekommen.

Kapitel Zwei

Ein gutes Stück vom Dorf entfernt brachte er sein Pferd zum Stehen und saß ab. Er bewegte sich mit derselben geschmeidigen Anmut – ungewöhnlich für einen Mann seiner Größe –, an die Mulan sich noch aus ihren Tagen in der Armee erinnerte. Mulan winkte ihm zur Begrüßung zu und wünschte, sie hätte Zeit gehabt, sich nach dem Training zu waschen. Was ein alberner Gedanke war. Shang hatte sie viele Male zuvor erschöpft und verschwitzt gesehen. Als er sein Pferd näher heranführte, trafen sich ihre Blicke, und er lächelte.

Als Mulan ihn zuletzt gesehen hatte, hatte Shang in einem Genesungsbett gelegen, blass von einer tiefen Schwertwunde. Sein Regiment hatte den Befehl erhalten, einen Einfall der Balhae am Shanhai-Pass abzufangen, und sie hatte ihnen ihr Schwert geliehen. Irgendwie waren sie und Shang vom Rest der Truppen getrennt worden und saßen in einer Felsspalte in der Falle, während feindliche Soldaten die Umgebung durchkämmten. Sie hatten sich einen Tag lang versteckt gehalten, aber ihre Wasservorräte gingen zur Neige, und so hatten sie entschieden, einen Fluchtversuch zu unternehmen, bevor der Durst sie zu stark schwächte.

Die Balhae-Soldaten hatten sie beinahe augenblicklich entdeckt. Shang war es gelungen, ihre Reihen zu durchbrechen, aber Mulans Weg wurde von drei Soldaten blockiert, die sie in die Zange nahmen. Sie hatte Shang zugerufen, sie zurückzulassen, aber er war auf der Stelle umgedreht und hatte zwei Männer niedergestreckt, um an ihre Seite zu eilen. Niemals würde sie diese anstrengende Schlacht vergessen, in der sie Rücken an Rücken kämpften, während jeder gefallene Feind durch einen neuen Soldaten ersetzt wurde. Genauso wenig wie ihr blankes Entsetzen, als Shang plötzlich aufschrie und fiel. Sie hatte seinen Namen gebrüllt, und der lange schreckliche Moment, bis sie seine schmerzverzerrte Stimme vernahm, hatte eine ganze Lebzeit gedauert.

Wie es ihr gelungen war, ihn auf das Pferd eines Gegners zu hieven und ihre Verfolger abzuschütteln, blieb für Mulan bis heute ein Rätsel. Sie schaffte es, ihn während des gesamten mühsamen Ritts zurück ins kaiserliche Lager wach und am Leben zu halten, und war stundenlang vor dem Medizinzelt auf und ab gegangen, bis der Arzt ihr endlich versichert hatte, dass Shangs Wunde genäht werden konnte und er sich nun ausruhte. Erst als er am nächsten Morgen erwacht war, hatte sie endlich Frieden gefunden.

Als es für Mulan an der Zeit war, nach Hause aufzubrechen, hatte Shang sich so weit erholt, dass er sprechen und etwas essen durfte, auch wenn er weiterhin ans Bett gefesselt war. Mulan brachte ihm eine Schüssel Brühe an sein Krankenlager, um sich zu verabschieden. Shang nippte genüsslich daran, während sie versuchte herauszufinden, ob sie sich den grünlichen Stich seiner Haut nur einbildete und seine Hand zitterte, als er die Schale an die Lippen führte.

„Du hättest das alles vermeiden können, wenn du nicht zurückgekommen wärst, um mich zu retten", sagte sie. „Nach allem, was wir wussten, hätten sich noch fünfzig weitere Eindringlinge hinter dem nächsten Hügel versteckt halten können. Du hättest abhauen sollen, als du die Gelegenheit dazu hattest."

Shang ließ die Schale sinken. Sein Griff war so fest wie eh und je, als er nach ihrer Hand fasste, und der Blick aus seinen dunklen Augen war tief und ausdrucksstark. „Du weißt, dass ich das nicht gekonnt hätte."

In seiner Stimme lag ein seltsamer Unterton, voller unausgesprochener Emotionen, der Mulan in ihrem tiefsten Inneren berührte. Ein Ton, der ihre Gedanken wieder und wieder zu ihrer Unterhaltung zurückkehren ließ, als sie an jenem Tag heimwärts ritt. Der sie dazu brachte, seine Briefe in den folgenden Monaten immer wieder zu lesen und über die Bedeutung seiner Grüße und seines erklärten Wunsches, sie bald wiederzusehen, zu rätseln. Sie hatten geplant, einander zu besuchen, sobald sich die Gelegenheit dazu ergab, aber das Schicksal hatte andere Pläne. Shang wurde in den Rang eines Generals befördert und ritt auf neue Feldzüge. Mulans Verpflichtungen mit ihrer Miliz häuften sich. Hin und wieder tauschten sie Briefe aus, aber Mulan zwang sich, seine Worte nicht mehr so zwanghaft zu analysieren. Auf all seinen Reisen durch China traf Shang sicherlich auf unzählige interessante Menschen. Mulan musste sich das ins Gedächtnis rufen und ihren Frieden damit machen.

Wenlings Gekicher endete in einem hohen Quietschen.

„Was glaubt Ihr, warum er hier ist?", fragte Ruolan. Ruolan war eine ältere Rekrutin und Mutter eines vierjährigen Sohns. Mulan hätte nicht erwartet, sie in dieser schnatternden Gruppe anzutreffen. Im Grunde überraschte es sie, dass überhaupt eine der Frauen sich an Shang erinnerte, geschweige denn ihn wiedererkannte. Nach dem Ende des Krieges war er nur ein paarmal durch ihr Dorf gekommen. *Obwohl*, dachte Mulan, *Shang ist wohl die Sorte Mann, die Eindruck hinterlässt.*

„Vielleicht hat er einen Auftrag vom Kaiser", mutmaßte sie und fand, dass sie sehr erwachsen klang. Angemessen würdevoll.

„Vielleicht wollte er Euch nur sehen", untergrub Wenling ihren Einwand.

Mulan fragte sich, was für Geschichten hinter ihrem Rücken die Runde machten. „Seid nicht albern. Er trägt die offizielle Amtstracht."

„Und wie er sie trägt", ertönte eine verschmitzte Stimme hinter ihr. Es folgte ein leichtes Handgemenge, als ob der Sprecherin mehr als ein Ellenbogen in die Rippen gestoßen wurde, aber sie war noch nicht fertig. „Und ich möchte wetten, dass er sich trotzdem freut, Euch zu sehen."

„Ich freue mich auch, ihn zu sehen", erwiderte Mulan. „Es ist immer schön, auf alte Kampfgefährten zu treffen."

Aus dem Augenwinkel bemerkte sie, wie die Mädchen vielsagende Blicke tauschten.

„Das reicht“, sagte Mulan. „Hinfort mit euch.“

Zu ihrer Überraschung gehorchten die Mädchen, doch ihr Abgang half nicht dabei, die Schmetterlinge in Mulans Bauch zu beruhigen. Die wachsende Nähe zu Shang war auch keine Hilfe. Er war jetzt beinahe in Sprechweite und kam mit lässigen Schritten auf sie zu. Seine Arme und Schultern waren mit festen Muskeln bepackt, womöglich sogar noch mehr als bei ihrer letzten Begegnung. Seine Rüstung war heute eindeutig ausgefallener, wie es sich für seinen neuen Rang schickte. Ihre Metallschuppen glänzten und waren in blauen und grünen Reihen angeordnet, und sein seidener Überrock war mit Löwen und Tigern im Kampf bestickt.

Er sah immer noch so umwerfend gut aus wie an dem Tag, an dem sie sich kennengelernt hatten.

„Shang.“ Ein Knicks kam ihr nicht wie die richtige Art vor, einen anderen Soldaten zu begrüßen, und eine Verneigung fühlte sich zu förmlich für jemanden an, den sie verletzt durch die Berge geschleift hatte. „Ich wusste nicht, dass du kommst.“

„Mulan.“ Die Wärme in seinen Augen entfachte eine Glut, die sich von ihrer Brust bis in ihre Fingerspitzen ausbreitete. „Verzeih, dass ich keine Nachricht geschickt habe. Der Befehl kam unerwartet.“ Für einen Augenblick sagte keiner von beiden ein Wort, dann verzog sich sein Mund zu einem Grinsen. „Ich hoffe, es verdirbt dir nicht allzu sehr den Tag.“

Mulan lachte, und die seltsame Anspannung fiel von ihnen ab. „Ich werde versuchen zu retten, was noch zu retten ist“, erwiderte sie. „Wen suchst du?“

Die Menge begann sich allmählich aufzulösen, als die höflicheren Dorfbewohner in ihre Häuser zurückkehrten, während andere Beschäftigungen nachgingen, die sich zufälligerweise genau in Hörweite befanden. Eine Handvoll Kinder blieb stehen und starrte den neuen Besucher unverhohlen an. Shang winkte ihnen zu, und ein kleines Mädchen, das ihr Haar zu einem Knoten gebunden hatte, floh zu seiner Mutter.

„Tatsächlich ist die Nachricht für dich“, sagte Shang. „Der Kaiser verlangt deine Anwesenheit in der Kaiserlichen Stadt.“

„Der Kaiser?“ Mulan bemerkte, wie überall um sie herum die Ohren gespitzt wurden. Sie ging, begleitet von Shang, die Straße hinunter, weg von den lauschenden Ohren.

„Ich weiß nicht, warum. Er hat nur gesagt, dass er dich in der Hauptstadt sehen will und möchte, dass du so rasch wie möglich aufbrichst."

Mulan verlangsamte ihre Schritte. Nach dem Krieg hatte der Kaiser Mulan eine offizielle Position im Palast angeboten, aber sie hatte darum gebeten, nach Hause zurückkehren zu dürfen. Seit diesem Tag hatte sie den Kaiser einige Male gesehen, wenn sie der Kaiserliche Stadt einen Besuch abstattete. Aber er hatte noch nie zuvor ausdrücklich nach ihrer Anwesenheit verlangt. „Ist etwas geschehen?" Gab es vielleicht einen Krieg, von dem sie nichts wusste?

Shang schüttelte den Kopf. „Nicht dass ich wüsste. Kannst du morgen abreisen?"

Das ging alles ziemlich schnell. Mulan ging die nächsten Tage in Gedanken durch. „Ich glaube nicht, dass mich hier etwas hält. Liwen kann das Training der Miliz für ein paar Wochen übernehmen. Sie wird sich über die Verantwortung beklagen, aber sie wird zurechtkommen. Ich werde Mama und Baba heute Abend von meiner Abreise unterrichten."

„Gut", sagte Shang. Er lächelte. „Ich bin froh, dich zu sehen, Mulan."

Die Morgensonne wärmte ihr Gesicht, als sie sein Lächeln erwiderte. „Ich bin auch froh, dich zu sehen."

Mulans Mutter schwirrte um Shang herum. Trotz der kurzfristigen Ankündigung seines Besuchs hatte sie ein Huhn geschlachtet und ein Festmahl aus Schnittlauch-Dim-Sums, Süßkartoffelblättern und Suppe auf die Beine gestellt. Mama Fa schnalzte missbilligend die Zunge darüber, wie dünn Shang geworden sei, und bestand darauf, dass er sich richtig satt aß. Mulan musterte Shangs gewaltigen Bizeps und beschloss, das unkommentiert zu lassen.

„Glückwunsch zu Eurer Beförderung zum General, Shang", sagte Mulans Vater. „Eine beeindruckende Leistung in so einem jungen Alter."

„Vielen Dank, Kommandant Fa." Belustigt stellte Mulan fest, dass Shang bei dem Kompliment ihres Vaters rot angelaufen war. Offensichtlich verehrte er Fa Hsu, was Mulan überraschte, schließlich war sein eigener Vater General gewesen.

„Mulan verfolgt die Neuigkeiten über Euch aufmerksam", fuhr ihr Vater fort. „Jedes Mal, wenn wir einen Besucher aus der Kaiserlichen Stadt haben, fragt sie nach Neuigkeiten von Euch."

Zu Tode beschämt senkte Mulan rasch den Kopf. Sie war ohnehin schon verunsichert von Shangs Nähe. Das Letzte, was sie jetzt gebrauchen konnte, war, dass er erfuhr, wie häufig sie an ihn dachte.

„Wo wir gerade von der Kaiserlichen Stadt sprechen", wechselte sie hastig das Thema. „Gibt es irgendwelche Neuigkeiten von dort?"

In diesem Moment servierte Mama Fa die Suppe, und das dampfende Aroma von Wildpilzen erfüllte die Luft. Mulan lenkte sich von ihrer Nervosität ab, indem sie die Suppe auf Schüsseln verteilte.

„Gute Nachrichten und schlechte", antwortete Shang und schnupperte anerkennend an dem aufsteigenden Dampf. „Zum großen Teil ist es friedlich, seit der Krieg vorüber ist. Aber es gibt Unruhen. Manche Leute haben das Vertrauen in die Anführer des Reiches verloren, nachdem diese einen Angriff der Hunnen im Inneren der Kaiserlichen Stadt zuließen. Es wurden einige aufrührerische Traktate verfasst und in der Stadt verteilt."

„Über den Kaiser?", fragte Mulan überrascht. Sie konnte sich keinen Kaiser vorstellen, den das Volk mehr verehrte.

„Der Kaiser genießt weiterhin die Treue des Volkes, aber immer mehr Stimmen erheben sich gegen die Minister."

„Und was sagen die Minister dazu?"

„Um ehrlich zu sein, scheinen sie zu sehr mit sich selbst beschäftigt zu sein, um darauf zu reagieren. Der Kaiser wird langsam alt, und bisher hat er noch damit gewartet, einen Erben zu benennen. Er muss das bald tun, wie es scheint, und sie alle wetteifern um seine Gunst. Obgleich ich nicht begreife, warum jemand so hart darum kämpfen sollte, eine so undankbare Aufgabe zu erhalten."

„Wirklich, Shang?", fragte Fa Hsu. „Bringt es Euch nicht in Versuchung?"

Shang wischte sich den Mund ab und faltete seine Serviette sehr gewissenhaft zusammen, bevor er antwortete. „Ein General erstattet seinem Kaiser Bericht, aber der Kaiser ist dem Himmel und seinem Volk verpflichtet. Ich empfinde die Verpflichtungen eines Generals als ausreichend."

Mulans Mutter löffelte mehr Suppe in Shangs Schüssel. „Und wie sieht es mit anderen Dingen aus, abgesehen von der Politik? Habt Ihr Pläne, bald zu heiraten?"

Mulan verschluckte sich an einem Hühnerknochen. Tränen traten ihr in die Augen, während sie versuchte, ihr Husten zu unterdrücken.

„Noch nicht, Mama Fa." In Shangs Stimme schwang ein Lächeln mit, aber Mulan konnte nicht genug sehen, um sicher zu sein.

„Seid Ihr nicht auf der Suche? Ein gut aussehender junger Mann wie Ihr sollte doch keine Schwierigkeiten haben, eine Braut zu finden."

„Ich hoffe in der Tat, die richtige Braut bald zu finden."

Mulan glaubte gesehen zu haben, wie Shangs Blick in ihre Richtung huschte. Aber andererseits sah er für Mulan auch so aus, als ob er gerade vollkommen unter Wasser stünde. Dieser verdammte Hühnerknochen ließ sich wirklich Zeit, sich einen Weg durch ihre Kehle zu bahnen. Mulan wischte sich über die Augen und erhob sich vom Tisch. Sie brauchte mehrere Anläufe, bevor ihr tatsächlich ein Ton über die Lippen kam. „Ich sollte gehen und meine Sachen für morgen packen. Bitte entschuldigt mich."

Als sie floh, hörte sie noch, wie ihr Vater Shang eine Frage über die Versorgungszüge der Armee stellte.

Das Packen ging ihr viel schneller von der Hand, als sie erwartet hatte. Seltsam, wie viel klarer ihre Gedanken wurden, wenn Shang nicht im Raum war. Mulan zog es vor, mit leichtem Gepäck zu reisen, darum packte sie nur ein paar Sets Reisekleidung für Männer und einige einfache Kleider ein. Ein Vorteil daran, Fa Mulan zu sein, war, dass niemand von ihr erwartete, in Seide gehüllt bei Hofe zu erscheinen, mit klimpernden Edelsteinen, die ihr von Haar und Hals hingen. Mulan rollte alles zusammen, steckte es in ihre Tasche und stellte sie neben ihrem Bett ab. Als sie den Kopf aus ihrem Zimmer streckte, war das Gespräch zum Erliegen gekommen.

Auch alle anderen am Tisch mussten das Abendessen beendet haben. Wahrscheinlich würden sie früh zu Bett gehen. Mulan wollte das auch, aber da war noch eine letzte Sache, die sie zu erledigen hatte.

Das sanfte Tipp-Tapp ihrer Schritte hallte durch die dunklen Flure, als sie auf Zehenspitzen in Richtung Hof schlich. Draußen schlug ihr die kühle Abendluft entgegen. Der Duft von süßem Osmanthus schwebte ihr entgegen, während die Grillen in der Nähe des plätschernden Baches zirpten. Mulan folgte dem gepflastertem Pfad über eine Brücke und unter einem runden Torbogen hindurch, der sie aus ihrem Innenhof hinausführte. Eine kleine rote Pagode thronte auf dem Hügel dahinter.

Der Ahnentempel der Familie Fa war schon immer ein heiliger Ort gewesen, geweihte Erde, in der die Geister ihrer Vorfahren ruhten. Aber seit Mulans Großmutter von ihnen gegangen war, hatte der Ort eine neue Bedeutung für Mulan angenommen. Er war noch immer heilig, aber jetzt fühlte er sich auch wie ein Zuhause an. Vielleicht bildete Mulan es sich nur ein, aber sie spürte einen warmen, einladenden Zuruf, wann immer sie daran vorbeikam.

Die steinernen Stufen waren glatt unter ihren Füßen. Mulan entzündete einige Räucherstäbchen und ließ sich still auf den Boden sinken. Eine sanfte Brise spielte mit dem Haar an ihrer Schläfe, genauso wie Mulans Großmutter ihr so viele Male das Haar aus dem Gesicht gestrichen hatte.

Von hier oben hatte sie einen ungestörten Blick auf den Garten weit unter ihr. Gleich neben der Mauer stand die alte Bank, auf der Mulan so oft mit ihrer Großmutter gesessen und ihr beim Sortieren von Gemüse geholfen hatte, während Nai Nai fantastische Geschichten über den Affenkönig, die Tierkreiszeichen, die Frau des Donnergottes und die Frau auf dem Mond erzählt hatte. Wenn Mulan über diese Abenteuer staunte, erzählte die Großmutter ihr von den Abenteuern, die das Schicksal für sie bereithielt.

„Siehst du, wie breit deine Stirn ist?“, würde Großmutter jetzt sagen.

„Das bedeutet, dass du weit reisen und viel Glück mit dir nach Hause bringen wirst."

„Wirklich?"

„Ja, aber es wird nicht immer leicht sein." Nai Nai würde auf eine Narbe an Mulans Schläfe von einem Sturz in ihrer Kindheit deuten. „Diese Narbe bedeutet, dass du zu kämpfen haben wirst und dir viele Steine in den Weg gelegt werden. Aber wenn du tapfer bleibst, wirst du sie überwinden."

Wie richtig Großmutter gelegen hatte. Während der langen kalten Nächte in der Armee, wenn der Boden Eiszapfen durch ihre Träume trieb, hatte Mulan sich an diesen Worten festgeklammert.

Sie wandte das Gesicht zu Großmutters Ahnentafel. „Ich werde für ein paar Tage verreisen", sagte sie leise, aber deutlich. „Shang ist heute aus der Kaiserlichen Stadt eingetroffen. Er sagt, der Kaiser verlangt nach mir. Es ist eine weite Reise, aber ich freue mich darauf. Es wird schön sein, die Hauptstadt wiederzusehen." Und schön, mit Shang dorthin zu reisen. Obwohl sie keine Antwort vernahm, fühlte sich die Luft mit einem Mal voller an, als ob jemand – oder viele Menschen – ihren Worten lauschten.

„Ich vermisse dich so, Nai Nai", sagte sie.

Von draußen ertönte ein schlurfendes Geräusch, und ein Kieselstein sprang über den Boden. Mulan strich ihren Rock glatt, als ihr Vater den Gartenweg heraufkam.

Seine Augen funkelten liebevoll, als er sie entdeckte. „Ich dachte mir, dass ich dich hier finde. Verabschiedest du dich?"

„Ich habe sie nur auf den neuesten Stand gebracht, wie die Dinge so laufen. Ich war so beschäftigt mit der Miliz, dass ich nicht so häufig hergekommen bin, wie ich sollte."

Als ihr Vater die Stufen heraufstieg, bemerkte Mulan mit einem Stich, dass er sich stärker auf seinen Stock stützte als früher. Die Zeit holte ihn allmählich ein, genau wie bei ihrer Großmutter. Er ließ sich neben ihr nieder, und gemeinsam beobachteten sie, wie sich der Rauch von den glühenden Räucherstäbchen emporkringelte. Mulan konnte sich vorstellen, wie Großmutter ihn zu lustigen Mustern formte.

„Sie wäre so stolz auf das, was du in den letzten Jahren erreicht hast", sagte Baba. „Deine Großmutter wusste schon immer, dass du den Lauf von Flüssen verändern kannst."

Mulan lächelte und spürte ein vertrautes Prickeln in ihren Augen. „Bäche werden zu Flüssen, weil es Nebenflüsse gibt, die sie speisen. Wenn ich irgendetwas verändert habe, dann nur, weil du, Mama und Nai Nai mir eure Kraft geliehen habt."

Als Mulan tief ihren Atem ausstieß, sprang ein Funke von einem der Räucherstäbchen in die Luft. Als er hinabschwebte, schien er sich auf unerklärliche Weise zu vermehren, wieder und wieder, bis Hunderte Funken die Luft des Tempels erfüllten.

„Baba, sieh nur!", hauchte Mulan.

Die Funken tanzten, sie bündelten sich, dehnten sich aus und formten sich neu, bis sie die Gestalt eines Drachen annahmen, der durch die Lüfte rauschte. Daneben schlug ein feuriger Vogel mit den Flügeln. Sie tummelten sich, jagten einander in schwindelerregenden Kreisen, bis sie – wie aus dem Nichts – wieder zu Asche zerfielen. Die glühenden Funken schwebten langsam zu Boden und erloschen, einer nach dem anderen.

Für einen Augenblick erhielt die Luft im Inneren des Tempels eine weitere Dimension, so als existierten an diesem Ort Tausende von Jahren zugleich. Und dann zirpte eine Grille, und der Wind strich wieder durch die Luft.

„Was war das?", flüsterte Mulan.

Ihr Vater erhob sich und strich sein Gewand glatt. In seinem Blick spiegelte sich Stolz, als er seine Tochter ansah. „Reise in Frieden, Mulan. Deine Ahnen wachen über dich."

Noch bevor die Sonne am nächsten Morgen den Horizont erhellte, waren Mulan und Shang auf den Beinen. Sie bereiteten ihre Pferde in relativer Stille vor und gingen dabei mehrfach aneinander vorbei, um Taschen zu holen und Sättel festzuzurren. Der Ablauf erinnerte Mulan an ihre gemeinsamen Tage in der Armee. Als ihre zusammengewürfelte Truppe von Rekruten damals zu einer geschlossenen Einheit verschmolz, war jeder so vertraut mit der Routine der anderen, dass es keiner Worte bedurfte, wenn sie am Morgen ihre Sachen zusammenpackten, weil alle die Fortschritte der anderen still im Blick behielten, Aufgaben übernahmen und gegebenenfalls das Tempo anpassten.

Mulan lud ihre letzte Tasche auf den Rücken ihres Hengstes Khan, sah auf und stellte fest, dass Shang ebenfalls die letzten Handgriffe tat. Mama Fa reichte ihr ein Bündel mit süßen Brötchen.

„Die lassen sich auf der Reise leicht essen", sagte sie.

Mulan schob sich eines in den Mund. Die Füllung aus Lotus-Paste war kochend heiß mit genau dem richtigen Maß an Süße. „Sie lassen sich auch jetzt leicht essen", sagte sie mit einem Zwinkern. Sie verneigte sich zunächst vor ihrer Mutter, dann vor ihrem Vater. „Gebt gut auf euch acht, Baba und Mama. Ich werde bald zurück sein."

Das Hufklappern ihrer Pferde durchriss die frühmorgendliche Stille. Sie ritten in einem gleichmäßigen Tempo – nicht so schnell, dass die Pferde müde wurden, aber schnell genug, dass an eine Unterhaltung nicht zu denken war. Doch ihr Schweigen war kameradschaftlich, und Mulan genoss den Ritt. Es fühlte sich natürlicher und besser an, mit Shang zu reisen, zu reiten und zu jagen, anstatt über seinen Briefen zu brüten und unangenehmen Fragen ihrer Eltern aus dem Weg zu gehen.

Hin und wieder hielten sie an, um Wasser zu trinken und etwas zu essen. Mulan teilte das Bao ihrer Mutter mit Shang, nachdem sie ihn eine angemessene Zeit lang hatte betteln lassen. Kurz nach Mittag schoss Shang ein Kaninchen. Entschlossen, sich nicht überbieten zu lassen, erlegte Mulan kurz vor Sonnenuntergang eine Wachtel. Ihre Beute versprach ein zufriedenstellendes Abendessen, und sie schlugen am Fuß zweier hoher Klippen ihr Lager für die Nacht auf.

„Es ist passend, dass wir hier unser Lager aufschlagen", sagte Shang, während er sein Kaninchen häutete.

Mulan, die dabei war, ein Feuer zu entfachen, hob den Kopf. „Ach ja?"

„Vor zwei Jahrhunderten hat ein General namens Wu hier einen Hinterhalt gelegt."

Mulan sah sich zwischen den Steinwänden um. Obwohl sie den Großteil ihrer Reise durch flaches Ackerland geritten waren, wurde das Gelände auf diesem Abschnitt der Straße beständig hügeliger. Hier trafen Sandsteinfelsen aufeinander und bildeten einen Korridor, der breit genug war, dass fünfzig Männer nebeneinander marschieren konnten. Weiter vorn liefen die Wände wieder auseinander. „Es ist kein schlechter Platz, um eine Armee zu verstecken“, meinte sie.

„Und er bietet guten Schutz vor dem Wind, wenn man sich die richtige Nische heraussucht. Der General hatte Rauchsignale über die Klippen geschickt. Von dort konnten sie aus großer Entfernung gesehen werden“, sagte Shang.

Sie rollten ihre Schlafmatten aus. Als das Feuer zu glühenden Kohlen zusammengefallen war, streckte Shang sich auf der einen Seite neben ihm aus und Mulan auf der anderen. Über ihnen leuchteten die Sterne.

„Ich sollte wirklich häufiger draußen schlafen“, sagte sie und sah zu ihnen hinauf.

Shang schnaubte belustigt. „Gesprochen wie eine Soldatin, die vergessen hat, wie es ist, im Matsch zu kampieren.“

Mulan grinste in die Dunkelheit. „Guter Punkt. Ich nehme an, ich verdränge den Schmutz und die Flöhe und den Mangel an Seife.“

Shangs Stimme nahm einen beinahe verträumten Ton an. „Das scheint so lange her zu sein, oder? Und jetzt reisen wir einmal mehr zusammen, entgegen aller Wahrscheinlichkeit.“

Das war eine seltsame Art, es zu beschreiben.

„Standen die Chancen denn wirklich so schlecht?“, erkundigte sie sich.

Darauf folgte Schweigen, und sie spürte, wie er seine Gedanken sammelte. „Wir haben viel durchgemacht. Im Lauf der Jahre sind viele Dinge geschehen, die das Ende unserer Freundschaft hätten bedeuten können.“

„Ich nehme an, der Tag, an dem du mich beinahe hingerichtet hättest, war wirklich ein Tiefpunkt.“ Sie hatte es im Scherz gesagt, aber Shang wurde seltsam still.

Es war eine Laune des Schicksals gewesen, die in den dunkelsten Tagen des Krieges offenbart hatte, dass der bescheidene Fußsoldat Ping in Wahrheit Mulan hieß und eine Frau in Verkleidung war. Eine ungünstig gelegene Verletzung war alles, was es gebraucht hatte, um Monate der sorgfältigen Täuschung zunichtezumachen. Mulan war unehrenhaft aus der Armee entlassen worden. Und obwohl sie sich später vor den Augen des ganzes Landes rehabilitiert hatte, indem sie dem Kaiser das Leben rettete, vergingen noch viele Monate, bevor sie Shangs Vertrauen zurückgewann. Die anderen Männer in ihrem Regiment hatten sich schneller von dem Schock erholt, aber bei Shang war der Einsatz höher gewesen. Er war ihr befehlshabender Offizier gewesen, und es war sein Ruf, sein Leben sogar, das sie aufs Spiel gesetzt hatte, als sie mit einer falschen Identität in die Armee eingetreten war.

Aber es war nicht nur der Schlag gegen seinen Ruf gewesen, der ihn verletzt hatte. Die Wahrheit war, dass Ping und Shang Freunde gewesen waren, die am Lagerfeuer Geschichten miteinander tauschten und sich einander während der nächtlichen Wachrunden anvertrauten. Sowohl Ping als auch Shang hatten hochdekorierte Väter mit militärischer Vergangenheit. Väter, die sie von Herzen liebten, und beiden graute es davor, ihren Erwartungen nicht gerecht zu werden. Nachdem Mulans wahre Identität ans Licht gekommen war, hatte sie versucht, Shang zu erklären, dass alles der Wahrheit entsprochen hatte, was sie ihm in diesen Unterhaltungen gesagt hatte. Sie hatte an den entsprechenden Stellen einfach „Sohn“ anstelle von „Tochter“ eingesetzt. Es war ihr nicht leichtgefallen, den Mut aufzubringen, Shang all diese Dinge zu sagen. Noch schwieriger war es für Shang, an den Punkt zu gelangen, an dem er ihr Glauben schenkte.

Die Strafe für Mulans Vergehen war eindeutig. Als Hauptmann der Armee war es Shangs Pflicht, dafür Sorge zu tragen, dass die Gesetze des Landes geachtet wurden, und Mulan hatte sich über eines der heiligsten Gesetze hinweggesetzt. Sie hatte darüber gelogen, wer sie war, sich als Mann ausgegeben und so die Kriegsanstrengungen des Kaisers verspottet. In jenem schicksalhaften Moment, als sie vor Shang im Schnee kniete, hatte Mulan das Gewicht ihres Versagens gespürt, die bittere Enttäuschung, dass all ihre Pläne gescheitert waren. Sie erinnerte sich noch, wie sie sich für den Hieb von Shangs Klinge in ihrem Nacken gewappnet hatte, mit einem unangemessenen Gefühl der Dankbarkeit, dass ihr Tod zumindest ihrer Schande ein Ende setzen würde. Aber anstatt sie niederzustrecken, hatte Shang sie verschont. *Dein Leben für meins. Meine Schuld ist beglichen.*

Er hatte sie auf diesem Berggipfel zurückgelassen.

„Ich hätte dich nicht im Stich lassen dürfen", sagte Shang.

Mulan wusste, dass ihm dieselbe Szene durch den Kopf ging.

„Ich ziehe es der Enthauptung vor, im Nachhinein", erwiderte sie.

„Dich dort allein zu lassen, hätte genauso gut ein Todesurteil sein können. Du hast uns so viele Male auf dem Schlachtfeld gerettet, und so habe ich es dir gedankt."

„Ich habe außerdem Hochverrat begangen", betonte sie. „Ich habe die Armee belogen – und damit auch den Kaiser. Ich hätte genauso gut den Namen meiner Familie entehren können, wenn die Dinge anders gelaufen wären."

„Aber du hättest niemanden entehrt, sondern es so lange versucht, bis du siegreich hervorgegangen wärst. Ich weiß das jetzt. Ich glaube, ich wusste es selbst damals schon. Ich war nur nicht mutig genug, um danach zu handeln."

Mulan drehte seine Worte in ihrem Kopf hin und her. Shang erhoffte sich keine Vergebung, und es hätte sich auch nicht richtig angefühlt, ihn leichtfertig von seiner Schuld freizusprechen. Trotzdem war es tröstlich zu wissen, dass der Tag auf seinem Gewissen lastete.

„Ich hatte tatsächlich etwas Besseres verdient, als du mir zugestanden hast", sagte sie. „Aber die Vergangenheit ist ein weiser Lehrmeister. Du bist jetzt ein General. Vielleicht wird das, was du gelernt hast, dich zu einem besseren General machen."

„Was bedeutet es, ein besserer General zu sein?", fragte Shang. „Mehr Feinde zu töten? Das Leben meiner Truppen zu schützen? Wenn ich an all das zurückdenke, was wir im Krieg gesehen haben, kommt es mir vor, als wäre es besser, in Zeiten zu leben, in denen wir keine Generäle brauchen."

Bei Shangs Worten spürte Mulan den dumpfen Schmerz toter Kameraden, das hohle Gefühl des Verlusts, selbst im Sieg. Selbst jetzt, Jahre nach dem Krieg, beschwor der Geruch des sterbenden Lagerfeuers Bilder von niedergebrannten Dörfern herauf. Eine zerlumpte Puppe, vergessen im Schlamm.

„Wenn eine Frau lernen kann, in Schlachten zu kämpfen, dann kann ein General vielleicht lernen, für den Frieden zu arbeiten“, sagte sie.

Ein Knacken ertönte aus den glühenden Kohlen. Mulan beobachtete, wie ein Funken aufstob und verlosch.

„Was du mit deiner Frauenmiliz erreicht hast, ist wirklich beeindruckend. Selbst in der Kaiserlichen Stadt hören wir davon. Dein Vater und deine Mutter müssen sehr stolz auf dich sein.“

Bei der Erwähnung ihrer Eltern stieß Mulan ein leises Stöhnen aus. „Es tut mir so leid, dass meine Mutter dich mit dem Heiraten bedrängt hat. So sind Mütter nun mal, nehme ich an. Ich weiß wirklich nicht, warum ich erwartet hatte, dass sie auch nur ein klein bisschen weniger peinlich sein könnte.“

Sie hatte erheitertes Glucksen von Shang erwartet, aber stattdessen drehte er sich auf die Seite. In der Dunkelheit konnte Mulan seinen Blick auf sich spüren. „Und was denkst du?“

„Über was?“

„Heiraten. Sich häuslich niederlassen.“

Mulan erstarrte, ein Kaninchen, geschnappt im Karottenbeet. „*Sich häuslich niederlassen?*“

„Also, vielleicht nicht so richtig häuslich niederlassen, aber … verheiratet sein.“ Er sprach hastig. „Nur, ob du in deinem Leben Platz für einen Ehemann hättest, wenn du nicht gerade das Kaiserreich rettest.“

Seine Frage ertränkte Mulan in einer Welle der Verlegenheit. Die Wahrheit war, dass sie tatsächlich von Zeit zu Zeit ans Heiraten gedacht hatte und dass diese Träumereien in der Regel dramatische und zuckersüße Liebeserklärungen von dem Mann beinhalteten, der ihr in diesem Augenblick am Lagerfeuer gegenüberlag, sowie Heiratsanträge, die Mulan für immer außer Landes jagen würden, falls ihr imaginärer Sprecher je davon erfahren sollte. „Also, ich weiß nicht. Ehemänner brauchen ziemlich viel Platz. Und sie riechen auch nicht immer besonders gut …“

Eine Veränderung in der Luft ließ sie innehalten, das unerklärliche Gefühl, dass sie etwas Falsches gesagt hatte.

Shang erwiderte nichts.

„Shang, ich mache Witze", sagte Mulan verunsichert.

„Ich weiß." Shang drehte sich um, sodass er ihr den Rücken zuwandte. „Wir sollten schlafen. Wir müssen morgen früh hoch."

Am Rhythmus von Shangs Atem auf der anderen Seite des Feuers konnte sie erkennen, dass es noch eine Weile dauerte, bis er eingeschlafen war. Auch Mulan war lange kein Schlaf vergönnt, und als sie endlich langsam einnickte, konnte sie nicht umhin, sich zu fragen, ob sie ihm eine andere Antwort hätte geben sollen.

Sie hatten schon viele Male Scherze über das Heiraten gemacht und sich über die Ansichten des anderen lustig gemacht. Es schien alles so weit weg zu sein. Shang war jetzt General und zweifellos umgeben von wunderschönen Frauen, die ihn anbeteten, sich Juwelen ins Haar steckten und perfekt symmetrische Dim-Sum wickelten. Shang war Mulans guter Freund, ihr Kampfgefährte. Sie wusste das, und sie hatte ihren Frieden damit gemacht. Aber jetzt fragte sie sich, ob sie vielleicht falschgelegen hatte.

Oberflächlich betrachtet schien am nächsten Morgen alles wie immer zu sein. Mulan und Shang erwachten und begannen still, ihre Sachen zu packen. Sie rollten ihre Decken zusammen und sattelten ihre Pferde. Sie wechselten kein Wort miteinander, abgesehen von Shangs Dank, als Mulan das letzte süße Brötchen aufteilte.

Trotzdem schwebte über allem, was sie taten, eine gewisse Anspannung. Etwa wenn sie es sorgfältig vermieden, dem anderen in die Augen zu sehen, oder ihre Laufwege kaum merklich veränderten, um mehr Distanz zwischen sich zu schaffen.

Es ergab keinen Sinn. Warum sollte ein einfacher Witz von Mulan, etwas, worüber sie einander schon so viele Male aufgezogen hatten, die Dinge zwischen ihnen plötzlich verändern? Sie wollte etwas sagen, aber was? *Es tut mir leid, dass ich gesagt habe, dass Männer nicht gut riechen. Ich finde, dass du gut riechst. Mehr als nur gut, ehrlich gesagt. Ich finde, du riechst wundervoll, und ich bin in dich verliebt, seit du bei dem Grundtraining vor uns gestanden hast.* Sie erschauderte.

Endlich waren ihre Pferde bereit für den Aufbruch. Als Mulan Anstalten machte aufzusitzen, fand Shang endlich seine Stimme wieder.

„Mulan, warte."

Irgendetwas in seiner Stimme jagte ihr einen warmen Schauer über den Rücken.

Shang kam zu ihr. Er war nervös, seine Augen huschten von einem Gegenstand zum nächsten, und seine Finger zupften an einer nicht vorhandenen Falte in seiner Tunika. „Ich muss … ich wollte nur … bevor wir die Hauptstadt erreichen …"

Es war unmöglich, sich nicht von seiner Nervosität anstecken zu lassen. Mulan zwang sich, mucksmäuschenstill dazustehen, während er sich ganz gezielt einen Moment Zeit nahm, um sich zu sammeln.

Sie wagte es nicht zu hoffen, und doch …

Er sah ihr in die Augen.

„Ich weiß, dass du im Moment keine Verwendung für einen Ehemann hast, aber ich hoffe …" Er stieß den Atem aus und gab sich endlich einen Ruck. „Ich hoffe, wenn du bereit bist, dass du dann den Antrag von jemandem in Betracht ziehst, der eine ganze Reihe Dummheiten begangen hat. Jemandem, der viele, viele Fehler gemacht hat, der dich aber respektiert und dem du etwas bedeutest. Sehr viel." Die Verletzlichkeit in seinen Augen war Furcht einflößend.

Shangs Worte ließen Mulan erstarren. Sie war sich bewusst, dass sie ihn mit offenem Mund anstarrte und etwas sagen sollte. Aber sie schien die Sprache verloren zu haben. Als der Schock allmählich abebbte, nahm etwas anderes seinen Platz ein. Freude. Jubel.

„Shang, ich …"

Er wich zurück, hob die Handflächen. „Natürlich nicht jetzt. Ich will nicht, dass die Dinge zwischen uns merkwürdig werden. Ich …"

Mulan überbrückte die Entfernung zwischen ihnen und nahm seine Hände, ließ sie langsam zwischen ihren Körpern sinken und begegnete seiner Nervosität mit ihrer neu entdeckten Ruhe. „Du verstehst mich falsch." Sie sah ihm in die Augen. „Ich würde mich geehrt fühlen."

Und dann lächelte er, seine ganze Miene erhellte sich. Für lange Zeit strahlten sie einander an.

Während der nächsten Tage ihres Ritts hatte Mulan das Gefühl, über den Wolken zu schweben. Die beiden reisten nicht anders als zuvor. Sie ritten in demselben Tempo, und sie sprachen nur wenig. Aber Mulan kam es so vor, als wären sie von einem sonderbaren Glanz umgeben.

Sie kamen gut voran und lieferten sich mit ihren Pferden gelegentlich ein Rennen auf abgelegenen Streckenabschnitten. Als die Stadt näher rückte, passierten sie mehr Häuser und Höfe. Sie waren nur noch weniger als eine Stunde von der Kaiserlichen Stadt entfernt, als sie an einem Bach einen letzten Halt einlegten, um Wasser zu trinken und ihre Flaschen aufzufüllen. Bevor sie wieder aufsaßen, ergriff Shang das Wort.

„Mulan, warte."

Sie hielt inne, eine Hand an Khans Zaumzeug. „Hmm?"

„Eine Sache noch. Bevor wir die Stadt erreichen. Ich wollte …"

Die neuerliche Welle nervöser Energie, die von ihm ausging, und die Art, wie er sie ansah, ließen ihren Magen einen Salto schlagen.

„Du wolltest was?" Ihre Stimme erstarb, denn er hatte die Hand ausgestreckt, um mit den Fingerspitzen über ihren Arm zu streichen. Wie seltsam es doch war, dass sie ihn selbst durch die grobe Reisetunika spüren konnte, dass eine einzige Berührung ihr bis in die Zehen fahren konnte.

„Darf ich …?", fragte er.

Mulan hatte sich bereits vorgebeugt, bevor er den Satz beendet hatte. Sanft berührten sich ihre Lippen. Es war warm. Zart. Perfekt.

Sie öffnete die Augen und sah, dass Shang sie mit einer Zärtlichkeit im Blick anschaute, die sie noch nie gesehen hatte. „Es war eine gute Reise", murmelte er.

Mulan blickte zu ihm. Ihrem Freund, ihrem Kampfgefährten. Ihrem Geliebten.

„Ja, das war es."

Kapitel Drei

Die Kaiserliche Stadt war genau so überfüllt und betriebsam, wie Mulan sie in Erinnerung hatte. Reisende strömten in beiden Richtungen durch die Stadttore. Die Wachen, die dort stationiert waren, salutierten vor Shang. Als Mulan ihm durch das Tor folgte, glaubte sie zu sehen, wie eine der Wachen die andere anstupste. Sie spürte ihre Blicke noch, lange nachdem sie das Tor passiert hatten.

Die Straßen waren schmal und voller Menschen. Männer und Frauen versammelten sich unter Dachvorsprüngen, die in den Ecken spitz nach oben zuliefen, tauschten den Klatsch des Tages und jubelten Straßenkünstlern zu. Händler brüllten über den Lärm der Menge hinweg und priesen ihre neuesten Waren an. Als Mulan und Shang sich ihren Weg zwischen den dicht gedrängten Häusern und Geschäften entlangbahnten, wurde die Menschenmenge immer undurchdringlicher. Männer, Frauen und Kinder schoben sich näher an sie heran, und viele riefen Mulans Namen. Zwischenzeitlich kamen sie und Shang kaum voran vor lauter Menschen. Mulan war zutiefst dankbar, dass keines ihrer Pferde in Menschenmengen leicht erschrak.

„Die Stadt ist wirklich gewachsen“, rief sie ihm über den Tumult zu.

Shang lachte. „Sie ist nicht anders als vorher. Deine Ankunft hat sich bloß herumgesprochen.“

„Meine? Ganz sicher nicht.“ Mulan verbarg ihre Verwirrung, indem sie einer Gruppe junger Mädchen zuwinkte, die einander augenblicklich begeistert in die Arme fielen und davonrannten.

„Ist dir denn nicht klar, dass du eine Heldin bist?“, fragte Shang. „Deine Legende wächst mit jedem Jahr weiter an. Fa Mulan, furchtlose Kriegerin und Retterin von ganz China. Die eine, die Shan Yus Armee unter einem Berg aus Eis begraben hat.“

„Es war nur eine einzige gut platzierte Kanonenkugel.“ Mulan erinnerte sich an das Knacken des Eises, als die Lawine ins Tal gestürzt war.

„Die Kriegerin, die dem Kaiser zu Hilfe geeilt ist, als Shan Yu ihn gefangen genommen hatte. Die sich Shan Yu in einem Zweikampf auf Leben und Tod über den Dächern des Palastes gestellt und ihn besiegt hat, die den Kaiser gerettet und China seinen rechtmäßigen Herrscher zurückgegeben hat. All das, während sie ein Kleid trug.“

Jene Nacht kehrte nun mit aller Macht zurück, der schwindelerregende Kampf über den Dächern, das Meer aus Gesichtern, das zu ihr aufblickte. „So wie ich mich daran erinnere, war es eine Gruppenleistung, und ich hatte wirklich Glück, nicht auf einem Spieß zu enden. Außerdem ist das Jahre her. Ich war seit dem Krieg kaum in der Kaiserlichen Stadt.“

„Wenn überhaupt, dann hat das deine Legende nur noch befeuert. Mindestens einmal im Monat sehe ich ein kleines Mädchen, das mit einem Stock in der Luft herumfuchtelt und die Hunnen anschreit, den Kaiser freizulassen.“

Jetzt, da Shang es erwähnt hatte, schien es tatsächlich so, als wäre die Menge um sie herum am dichtesten.

„Sie haben eine völlig falsche Vorstellung“, wehrte Mulan ab. „Ich bin sicher, jeder hätte in meiner Position das Gleiche …“

„Das sehen sie anders“, erwiderte Shang.

Die Menschenmenge verlief sich erst, als Mulan und Shang die imposanten roten Tore des Kaiserlichen Palastes erreichten. Uniformierte Soldaten winkten sie auf einen riesigen gepflasterten Platz, wo sie augenblicklich von einer Horde Eunuchen und Bediensteter umzingelt wurden. Stallburschen nahmen ihnen die Pferde ab, während ein hochrangiger Eunuch in einem langen blauen Gewand sie in Empfang nahm.

„Grüße und Willkommen, General Li und Kommandant Fa." Die Bänder, die von dem schwarzen Futou auf seinem Kopf baumelten, bewegten sich keinen Zentimeter, als er sich verneigte. „Der Kaiser bittet darum, dass Kommandant Fa sich augenblicklich zu einer Audienz bei ihm einfindet."

Mulan blickte an ihrem staubigen Reisemantel hinab. „Sollte ich mich nicht vorher ein wenig zurechtmachen?"

„Der Kaiser hat betont, dass Ihr so rasch wie möglich zu ihm gehen möget, Kommandant." Ton und Sprache des Eunuchen waren übertrieben höflich und duldeten zugleich keinerlei Widerspruch.

Mulan tauschte einen Blick mit Shang, der schulterzuckend sein Unwissen kundtat.

„Also gut. Führt mich in die Große Halle."

„Nicht die Große Halle, Kommandant. Der Kaiser hat für den Tag bereits Hof gehalten. Er wird Euch in den Kaiserlichen Gemächern empfangen."

Einmal mehr wanderte Mulans Blick zu Shang. Er hatte sich inzwischen vollständig von dem Stallburschen abgewandt, der sich um sein Pferd kümmerte, und starrte den Eunuchen offen an, die Brauen irritiert zusammengezogen. Der Kaiser empfing seine Gäste immer in der Großen Halle. Die Kaiserlichen Gemächer waren sein privater Rückzugsort, kein Ort, in den Bürger je einen Fuß setzen durften.

„Stimmt etwas nicht?", fragte Mulan.

„Es besteht keine unmittelbare Gefahr", erwiderte der Eunuch.

Das war nicht gerade beruhigend. Mulan verabschiedete sich von Shang. Ihre Nerven lagen blank, als der Eunuch sie durch Teile des Palastes führte, die sie noch nie zu Gesicht bekommen hatte. Nach der Invasion der Hunnen hatte sie sich ein paarmal mit dem Kaiser getroffen, aber diese Treffen hatten stets in den zeremoniellen Bereichen des Palastes stattgefunden. Was konnte jetzt so dringlich sein?

Die Kaiserlichen Gemächer waren vom Rest des Palastes getrennt. Während der Thronsaal und die Zeremonienhöfe von pompösem Ausmaß waren, waren die Gebäude, an denen Mulan nun vorbeikam, bescheidener, aber nicht weniger kunstvoll gebaut. Die Pfosten, die den überdachten Gang stützten, waren elegant aus dunklem Holz geschnitzt. Komplizierte geometrische Gitter säumten die Fenster, und Löwen- und Drachenfiguren hielten in regelmäßigen Abständen Wache. Das Gebäude, vor dem der Eunuch schließlich zum Stehen kam, war wie ein normales Hofhaus angelegt, hatte aber die gleichen roten Wände und geschwungenen Ziegeldächer wie der Rest des Palastes. Zwei Soldaten öffneten eine mit fliegenden Drachen verzierte Tür und gaben den Blick auf den Kaiser frei, der, gehüllt in ein Gewand aus goldener Seide, an einem kleinen Holztisch saß und auf eine Schriftrolle schrieb.

„Kommandant Fa Mulan", verkündete der Eunuch.

Mulan schritt über die Schwelle, fiel auf die Knie und berührte mit der Stirn den Boden.

Stoff raschelte, als der Kaiser sich umwandte und ihre Anwesenheit zur Kenntnis nahm. „Erhebe dich. Es gibt keinen Grund mehr, dich so tief zu verneigen."

Die Worte des Kaisers waren Mulan ein Rätsel.

Der Kaiser wedelte mit der Hand. „Lasst uns allein." Der Eunuch verbeugte sich und ging. Weitere Schritte ertönten aus den Ecken des Gemachs, und vier Wachen, die Mulan überhaupt nicht bemerkt hatte, verließen ebenfalls den Raum.

„Setz dich, setz dich." Der Kaiser legte seinen Pinsel auf einem Reibstein am Rand seines Tisches ab und schob seine Schriftrolle beiseite. Eine Teekanne mit exquisitem blauen Blumenmuster stand ebenfalls auf dem Tisch, daneben zwei passende Tassen. Der Kaiser streckte die Hand danach aus.

„Eure Majestät", entfuhr es Mulan schockiert.

„Erlaube mir", sagte er.

Mulan sah zu, wie der Kaiser ihr Tee einschenkte, wohl wissend, dass Menschen schon für weitaus weniger hingerichtet worden waren. Jetzt, da Mulan einen ungestörten Blick auf den Kaiser werfen konnte, stellte sie fest, dass er älter aussah als bei ihrem letzten Besuch. Er hatte noch immer den langen weißen Schnurr- und Kinnbart und die gütigen Augen, aber die Falten in seinem Gesicht waren deutlicher ausgeprägt. Dunkle Ringe lagen unter seinen Augen, und er wirkte dünner. Ein leichtes Zittern erfasste seine Hände, als er den Tee einschenkte.

„Nun“, sagte er, „ich nehme an, dass deine Reise ohne Zwischenfälle verlaufen ist?“

„Wir sind auf keine Hindernisse gestoßen, Eure Majestät.“ Sie kam einfach nicht darüber hinweg, dass sie in schlammiger Reisekleidung mit dem Kaiser Tee trank und höfliche Konversation betrieb. In was für einer bizarren Traumwelt war sie gelandet? Es hätte sie kaum überrascht, wenn dem Kaiser vor ihren Augen Flügel gewachsen wären – oder er sich in ein Kamel verwandelt hätte.

Der Kaiser hingegen ließ sich nicht im Geringsten anmerken, dass irgendetwas Ungewöhnliches vor sich ging. „Wie ich höre, hast du dich in deinem Heimatdorf nicht gelangweilt.“

„Ich hatte viel zu tun, um mich zu beschäftigen“, erwiderte sie wahrheitsgetreu.

„Zum Beispiel?“

„Die meiste Zeit verbringe ich damit, meine Miliz zu trainieren.“

„Ah ja, eine rein weibliche Armee, nicht wahr?“

Mulan nickte, und ihre Begeisterung durchbrach ihre Anspannung. „Alles begann mit ein paar wenigen Frauen, die mich bei meinen morgendlichen Übungen beobachteten. Sie wollten lernen, sich zu verteidigen, also habe ich ihnen die Grundlagen beigebracht. Von da an kamen immer mehr Frauen. Sie alle haben Familien und Verpflichtungen, daher trainieren wir in den frühen Morgenstunden, bevor sie sich an ihre Aufgaben machen müssen. Ich konnte einige der wohlhabenderen Dorfbewohner überzeugen, Geld für Trainingsmaterial und Waffen bereitzustellen. Inzwischen haben wir genügend Soldatinnen, um auf den Feldern regelmäßig zu patrouillieren.“

„Hat es einen Unterschied gemacht?“

„Ich denke schon, Eure Majestät“, sagte sie und hoffte, dass sie nicht zu prahlerisch klang. „Die Bauern fühlen sich viel sicherer.“

„Und nicht nur das“, sagte der Kaiser. „Der daraus resultierende Frieden und die Sicherheit haben den Wohlstand in deinem Dorf gemehrt. Dank der höheren Erträge aus der Landwirtschaft sind die Steuereinnahmen in der Region um fünfzehn Prozent gestiegen. Außerdem hast du deinen Einfluss geltend gemacht, um in deinem Bezirk eine Schule zu gründen, die allen Schülern offensteht, unabhängig von ihrem Geschlecht oder Familienvermögen."

„Ich … ich bin voller Demut ob der Aufmerksamkeit Eurer Majestät."

„Das ist alles äußerst beeindruckend. Und es ist eine Schande, dass nicht weitere Teile Chinas von deiner Führung profitieren. Ich spüre noch immer deinen Verlust an meinem Hof, Mulan. Du hättest einen sehr guten Minister abgegeben."

Mulan neigte den Kopf. „Eure Majestät ist zu gütig, und es war mir eine große Ehre, einen Platz im Palast angeboten zu bekommen. Aber nachdem ich während des Krieges so lange Zeit von meinem Vater und meiner Mutter getrennt war, wünschte ich, bei ihnen zu sein."

„Selbstverständlich. Wir wussten bereits, dass du eine treue Tochter bist. Aber seit dem Ende des Krieges haben sich viele Dinge verändert. Vielleicht kann ich dich nun davon überzeugen, in der Hauptstadt zu residieren."

Mulan senkte ihre Tasse, unsicher, was sie sagen sollte. Die geschäftige Kaiserliche Stadt reizte sie heute nicht mehr als nach dem Krieg. Aber wie häufig konnte man einem Kaiser seinen Wunsch verweigern? „Ich hänge sehr an meinem Zuhause", erwiderte sie darum vorsichtig, „aber wenn Eure Majestät sich so danach sehnt, dass ich einer seiner Minister werde, kann ich mit meinen Eltern sprechen."

Der Kaiser lächelte. „Ah, Mulan, ich will nicht, dass du mein Minister wirst. Ich will, dass du mein Erbe wirst."

Mulan ließ ihre Teetasse fallen.

„Oh!", rief sie, als kochend heiße Flüssigkeit sich über den Tisch ergoss. Panisch sah sie sich nach einem Handtuch um, aber es gab keines. In einem Anfall von Verzweiflung riss sie sich den Mantel von den Schultern und warf ihn auf die sich rasch ausbreitende Pfütze, bevor sie dem Kaiser in den Schoß laufen konnte.

„Ich bin … untröstlich, Eure Majestät! Ich war bloß …“

„Du warst überrascht.“ Er wirkte leicht amüsiert.

„Ja, Eure Majestät. Ich war überrascht. Ich …“ Sie raffte ihren durchnässten Mantel zusammen und ergab sich der Absurdität dieser Situation. „Euer Erbe? Das könnt Ihr nicht ernst meinen.“

Der Kaiser reagierte auf Mulans fast schon kriminelle Unverfrorenheit mit einer gewissen Erheiterung. „Es gibt keinen offiziellen Nachfolger auf meinen Thron. Sicherlich weißt du das. Meine drei Töchter haben ihrem Anspruch auf den Thron entsagt, als sie Bürgerliche heirateten, und außer ihnen gibt es niemanden in der Thronfolge, mit Ausnahme einiger entfernter Cousins, die unfähig sind zu herrschen.“

Unfähig zu herrschen? Als ob Mulan eine Art Veteranin der staatlichen Bürokratie wäre. „Aber mit Sicherheit gibt es noch andere. Eure Majestät verfügt über ein ganzes Kabinett voller Minister, Menschen, die ihr Leben dem Dienst an diesem Land gewidmet haben.“

„Das Volk hat das Vertrauen in meine Minister verloren, und obwohl es mich beschämt, dies zu sagen, es hat auch das Vertrauen in mich verloren. Wir haben zugelassen, dass die Hunnen bis an unsere Türschwelle gekommen sind. Wir hätten das ganze Land verloren, wenn nicht jemand“ – er warf Mulan einen bedeutungsschwangeren Blick zu – „ihr Leben riskiert hätte, um es zu retten. Es ist zwingend notwendig, dass der kommende Kaiser das volle Vertrauen und die Ergebenheit des Volkes genießt.“

Mulan rang die Hände. „Eure Majestät, ich bin ein Mädchen vom Land. Ich weiß nichts über das Leben bei Hofe. Nichts!“

„Du bist die Heldin, deren rasche Auffassungsgabe unser Reich gerettet hat. Du bist die Kriegerin, die große persönliche Verluste und Schande riskiert hat, um ihre Familie und damit ganz China zu retten.“

Die Kluft zwischen den Worten des Kaisers und Mulans eigenem Verständnis von sich war absurd. Sicher, sie hatte diese Dinge getan, aber sie war doch nur Mulan, Fa Hsus Tochter, die über Hühner stolperte und süße Brötchen aus der Küche stibitzte.

Der Kaiser fuhr fort. „Höfische Gepflogenheiten können erlernt werden. Gesetze können in Büchern nachgelesen werden. Was viel schwieriger zu erlangen sind, sind Charakter, Tapferkeit, Selbstlosigkeit und die Ergebenheit des Volkes."

„Aber Eure Majestät …"

Er hob eine Hand. „Du meinst, dass ich dich kaum kenne, aber du irrst dich. Seit dem Tag, an dem du die Kaiserliche Stadt verlassen hast, habe ich Augen und Ohren in deinem Dorf. Ich weiß alles, was du getan hast, von der Zahl der neuen Rekruten in deiner Miliz bis zur Größe der Menschenmenge, die dich und Li Shang begrüßt hat, als ihr heute Nachmittag durch die Stadttore geritten seid."

Mulan verstummte.

„Natürlich wirst du über Berater verfügen. Li Shang wird dein oberster General sein. Außerdem wirst du dich auf den Rat meiner gegenwärtigen Minister verlassen können. Sie haben Fehler begangen, aber gemeinsam verfügen sie über einen gewaltigen Erfahrungsschatz."

Damit verfiel der Kaiser in Schweigen, und seine Stille war noch viel verwirrender als seine Worte. Denn sie bedeutete, dass Mulan nun etwas erwidern musste. Aber wie könnte sie das? Er hätte sie genauso gut fragen können, ob sie zustimmte, die Frau des Donnergotts zu werden.

„Ich … ich fühle mich geehrt, Eure Majestät. Ich bin nur … Vergebt mir. Das habe ich nicht erwartet. Ich kann nicht …"

Zum ersten Mal schlich sich ein strenger Unterton in die Stimme des Kaisers. Seine gütigen Augen nahmen eine neue Schärfe an. „Fa Mulan, ich habe Monate damit zugebracht, mir über dieser Entscheidung den Kopf zu zerbrechen. Ich habe eine Entscheidung getroffen, die ich für die beste Wahl halte, aber ich werde sie dir nicht aufzwingen. Ein Kaiser oder eine Kaiserin kann nicht zum Herrschen gedrängt werden. Aber ich frage dich jetzt: Wirst du zumindest versuchen, meinen Platz einzunehmen? Bleib in der Hauptstadt. Nimm an Treffen mit den Ministern teil und handle als mein Erbe. Sprich jeden Tag mit mir und lerne, was es heißt zu herrschen. Wirst du das tun? Für China?"

Mulan verneigte sich tief und versuchte zu begreifen, dass sie Kaiserin sein sollte, obwohl sie noch vor wenigen Tagen den Mist aus dem Hühnerstall geschaufelt hatte. Sie versuchte, sich vorzustellen, wie sie den

Thron bestieg und so viel Macht und Verantwortung übernahm. Ein Wirbel aus Bildern rauschte ihr durch den Kopf – Staatsbankette, Besuch von Würdenträgern, das gesamte chinesische Volk, das sich vor ihr verneigte. Es war verlockend, beängstigend und überwältigend.

„Wirst du das tun?", fragte der Kaiser erneut.

Mulan dehnte den Augenblick so lange aus, wie sie wagte.

„Ja, Eure Majestät."

War das ihre Stimme? Sie war gerade von einer Klippe gesprungen, und sie hatte keine Ahnung, wann sie den Boden erreichen würde – oder ob es überhaupt einen Boden gab.

Der Kaiser neigte den Kopf, und ein leichtes Lächeln deutete sich unter seinem Schnurrbart an. „Gut. Der nächste Schritt wird sein, dies vor dem Hof zu verkünden. Wir sprechen morgen früh. Aber bis dahin berichte niemandem davon, was wir besprochen haben."

Kapitel Vier

Derselbe Eunuch, der Mulan zum Kaiser geführt hatte, erwartete sie bereits, als sie hinaustrat.

„Eure Taschen wurden auf Eure Gemächer gebracht, Kommandant Fa. Möchtet Ihr nun dorthin geführt werden?"

Mulan sah den Mann an, blinzelte und sah ihn erneut an. Es erschien ihr unerklärlich, dass er ihr eine so alltägliche Frage stellte, wo doch die Welt sich gerade aus den Angeln gehoben hatte.

„Ja, bitte. Bringt mich dorthin."

Kaiserin. Erbe. Mulan setzte einen Fuß vor den anderen und folgte den raschen Schritten des Eunuchen mit mechanischen Bewegungen. Diener und Angestellte kamen an ihnen vorbei. Ein paar verneigten sich vor ihr, andere schienen ihre Anwesenheit überhaupt nicht zu bemerken. Warum sollten sie auch?

„Eure Gemächer, Kommandant." Der Eunuch schloss eine Tür auf.

Mulan riss sich aus ihren Gedanken und bedankte sich.

Das Gästezimmer war für Palastverhältnisse zweckmäßig eingerichtet. Die Wände bestanden aus edelstem lackierten Holz, genau wie die Möbel, aber sie waren mit nicht annähernd so vielen Schnitzereien verziert wie im übrigen Teil des Palasts. An der hinteren Wand stand ein Bett mit Vorhängen, und ein Tisch säumte die Wand zu seiner Rechten. In der Mitte des Raums thronte eine riesige Wanne, aus der duftender Dampf aufstieg.

Mulan eilte darauf zu, begierig, ihre Hände in das Nass zu tauchen, aber ein Stück Papier auf dem Tisch zog ihren Blick auf sich. Einfache Zeichen prangten darauf – Shangs Handschrift. *Ich hoffe, deine Unterhaltung mit dem Kaiser ist gut verlaufen. Triffst du mich vor dem Zubettgehen auf einen Tee?*

Mulan hielt die Nachricht zwischen den Fingerspitzen und dachte an Shang in seinen Räumlichkeiten außerhalb des Palasts, vollkommen im Unklaren darüber, was gerade geschehen war. Was würde er sagen? Was würde er von der Entscheidung des Kaisers halten? Spontan wandte sie sich zur Tür, denn sie brannte darauf, mit ihm zu sprechen. Sie brauchte seinen Rat, musste sich den Schock von der Seele reden.

Aber der Kaiser hatte ihr befohlen, niemandem von seiner Entscheidung zu erzählen.

Es war unmöglich, dass sie Shang sehen und das Geheimnis für sich behalten konnte. Er würde einen einzigen Blick auf sie werfen und sofort wissen, dass etwas ganz und gar nicht stimmte. Eine Weile stand Mulan wie angewurzelt da, bevor sie endlich nach einem weißen Blatt Papier vom Tisch griff. Sie tröpfelte ein wenig Wasser aus ihrem Bad auf den Reibstein und ließ ihren Tuschestab darauf kreisen. Dann tauchte sie einen Pinsel in die entstandene Flüssigkeit und überlegte.

Ich bin erschöpft. Wir sollten uns heute Abend ausruhen, und morgen können wir reden. Sie blies leicht auf das Papier, bis die Tusche getrocknet war, faltete das Papier vorsichtig zusammen und öffnete die Tür zum Laubengang. Eine Palastzofe saß davor und sah hinaus in den Garten. Sie war jung und mager, mit einem länglichen Gesicht und einer Stupsnase. Unter ihrem lockeren Kleid zeichneten sich die spitzen Konturen ihres Körpers ab. Als Mulan die Tür öffnete, sprang die Zofe auf und knickste.

„Komman… Kommandant Fa Mulan“, quietschte sie, die Augen so groß wie die eines Rehs.

„Sorg bitte dafür, dass dies an General Shang überbracht wird“, bat Mulan. Kurz fragte sie sich, ob man ein schlechtes Gewissen an der Handschrift ablesen konnte.

Die Zofe knickste noch mehrere Male, als ob viele hastige Knickse einen richtigen ersetzen könnten. „Ja, natürlich.“

Als Mulan in ihr Zimmer zurückkehrte, stellte sie fest, dass sie wirklich erschöpft war. Sie konnte ihre Arme und Beine kaum anheben, als sie sich ihrer Reisekleidung entledigte und in das Bad sinken ließ. Nachdem sie sich später abgetrocknet und unter die Bettdecke gekuschelt hatte, erwies sich jedoch, dass Erschöpfung und Schlaf nicht immer Hand in Hand gingen. Obwohl sich ihr Körper nichts sehnlicher wünschte, als in einen tiefen Schlummer zu sinken, drehte sich ihr Verstand weiter im Kreis, und sie wälzte sich bis tief in die Nacht schlaflos hin und her.

„Kommandant Fa? Kommandant Fa?"

Mulan öffnete die Augen und entdeckte die Zofe vom Vortag, die nervös an ihrem Bett stand. Es war erstaunlich hell im Zimmer.

„Vergebt mir, Kommandant." Die Zofe rang die Hände. „Der Kaiser hat eine Audienz in seinen privaten Gemächern einberufen, und Eure Anwesenheit wird verlangt. Sie beginnt in einer Viertelstunde. Ich wusste nicht, wann Ihr bevorzugen würdet …"

„Eine Viertelstunde?" Mulan sprang aus dem Bett und stolperte beinahe über die wirren Laken. Hektisch sah sie sich nach ihren Habseligkeiten um. Ihre Taschen standen in einer Ecke. Sie hatte ein paar Sachen ausgepackt …

„Wasser zum Waschen?" Die Zofe hielt ihr eine Schüssel hin und knickste zurückhaltend, während sie Mulan wie einen außer Kontrolle geratenen Wirbelsturm bestaunte.

„Oh, ja, danke." Mulan spritzte sich etwas Wasser ins Gesicht und stöberte in ihrer Tasche nach etwas zum Anziehen. Sie hatte nur zwei Leinenkleider mitgebracht, und sie waren ganz zerknittert von der langen Reise.

Die Zofe machte einen zögerlichen Schritt auf sie zu. „Vielleicht könnte ich sie bügeln …"

„Wie viel Zeit habe ich noch?", fragte Mulan.

Die Zofe schielte zu einer Wasseruhr in der Ecke. „Die Audienz beginnt in sechs Minuten."

„Wie lange braucht man, um dort hinzukommen?"

„Acht Minuten, wenn Ihr schnell geht."

Mulan zog sich das Kleid über den Kopf und stürmte aus der Tür. Sie hatte bereits das Ende des Ganges erreicht, als sie merkte, dass sie nicht mehr wusste, wie sie zu den Gemächern des Kaisers gelangte. Hilflos sah sie sich um und stellte sich vor, wie sie die Palastmauern erklomm und in die Berge floh.

„Kommandant, ich kann Euch dorthin führen, wenn Ihr es wünscht." Die Zofe war ihr gefolgt.

„Ja, bitte."

Die junge Frau wirkte bedeutend selbstsicherer, als sie Mulan durch das Labyrinth aus Fluren und Innenhöfen führte. Dieses Mal achtete Mulan sorgfältig darauf, sich die Abzweigungen und Durchgänge einzuprägen.

„Verzeih mir", sagte Mulan. „Ich habe dich gestern gar nicht nach deinem Namen gefragt."

„Oh." Die Zofe errötete. „Ich bin Ting. Stets zu Euren Diensten." Sie hielt kurz inne, dann brach es aus ihr hervor: „Ich habe alles über Eure großen Taten gehört, Kommandant. Wie Ihr auf eben diesen Dächern mit den Barbaren gekämpft habt. Und ist es wahr, dass Ihr eine Miliz nur für Frauen ins Leben gerufen habt?"

Die Begeisterung der jungen Zofe beruhigte Mulans Panik. Sie konnte nicht anders, sie musste lächeln. „Das habe ich. Inzwischen sind sie gute Soldatinnen."

Ting riss die Augen auf, als könnte sie Mulans Miliz vor ihren eigenen Augen sehen. In diesem Moment bogen die beiden um eine Ecke und erreichten die Gemächer des Kaisers. Mulan verlangsamte ihre Schritte, ihre Nervosität kehrte mit voller Macht zurück.

„Hier ist es, Kommandant", sagte Ting. Sie blieb ein paar Schritte vor der Türschwelle stehen.

Einmal mehr öffneten die Wachen die Tür für Mulan. Sie ging allein hinein.

Die Wohnstube vom Vorabend war leer, doch weiter hinten vernahm Mulan Stimmen. Ein Eunuch, der direkt am Eingang stand, verbeugte sich vor ihr, was sie vollkommen unvorbereitet traf und fast zu Tode erschreckte. Er deutete auf eine offene Tür am Ende des Flurs. Mulan eilte hindurch und platzte in etwas hinein, das wie ein kleiner Audienzsaal aussah. Der Kaiser saß in einem Stuhl mit hoher Lehne, die Füße auf ein niedriges hölzernes Podest gesetzt. Wandtafeln mit Bildern von blühenden Bäumen hingen über einer Schar von Ministern und Bediensteten. Ein dichter rot- und goldfarbener Teppich dämpfte sämtliche Schritte und Stimmen. Als der Eunuch, der Mulan anscheinend in den Raum gefolgt war, ihren Namen verkündete, richteten sich alle anwesenden Blicke auf sie.

Der Kaiser lächelte. „Ah, Mulan. Komm herein."

Ein Dutzend Augenpaare musterten ihre Erscheinung, und ein Dutzend Paar Augenbrauen zogen sich konsterniert zusammen. Mulans Wangen glühten, und sie unterdrückte den Impuls, ihr hoffnungslos zerknittertes Kleid glatt zu streichen. Ihr Blick fiel auf Shang, der etwas abseits stand. Er hatte seine Rüstung gegen eine zeremonielle Uniform getauscht. Statt des üblichen Kettenhemds schützte ein goldenes Seidenpolster, bestickt mit roten, blauen und grünen Wolken, seine Brust. Er bewegte sich leichtfüßiger ohne das zusätzliche Gewicht, und er wirkte ausgeruht. Seine Mundwinkel zuckten, als er sie mit einem leichten Nicken begrüßte. Mulan schenkte ihm ein nervöses Lächeln und wünschte, sie wüsste, was ihr bevorstand.

Der Kaiser räusperte sich. „Ich weiß, dass ihr alle ungeduldig darauf wartet, dass ich meinen Erben benenne, und ich bin zu einer Entscheidung gekommen."

Für die Dauer von drei Herzschlägen herrschte Stille, dann erwachten die Minister zum Leben.

Ein älterer Mann mit rundlichem Gesicht und einem spärlichen Schnurrbart trat vor. „Das sind gute Neuigkeiten, Eure Majestät", sagte er bedächtig.

„Das Reich brennt darauf, Euren Entschluss zu erfahren", säuselte ein anderer mit affektiertem Lächeln und einem Leberfleck auf dem Gesicht.

Der Kaiser nahm ihre Worte mit einem Nicken zur Kenntnis. „Ich habe viele Faktoren berücksichtigt: Charakter, Weisheit, die Fähigkeit, das Volk zu begeistern. Aus diesen Gründen habe ich entschieden, keinen meiner entfernten Verwandten auf den Thron zu setzen."

Niemand sprach, aber bei den Worten des Kaisers hatte sich eine beinahe greifbare Erregung im Raum ausgebreitet. Voller Schrecken begriff Mulan, dass sie alle hofften, auserwählt zu werden. Sie wagte einen weiteren Blick zu Shang, der ruhig zuhörte, einen Hauch von Neugier in der Haltung.

Auch der Kaiser musterte die versammelten Mienen, bevor er verkündete: „Heute benenne ich Fa Mulan offiziell als meine Erbin."

Atem wurde zischend ausgestoßen. Münder klafften offen vor Schreck. Wenn sie vorher schon geglaubt hatte, dass alle Augen auf sie gerichtet waren, so war das nichts im Vergleich zu jetzt. Mulan sah zu Shang hinüber. Er starrte sie mit weit aufgerissenen Augen an, genau wie alle anderen.

Ihre Blicke trafen sich. *Es tut mir leid, dass ich es dir nicht erzählt habe. Ich durfte es nicht.* Mulan wollte ihn zwingen, eine Reaktion zu zeigen, Freude oder Wut oder Verwirrung. Der Augenblick dehnte sich aus, dann riss Shang seinen Blick von ihr los, sank auf ein Knie und neigte den Kopf. „Hoch lebe Kronprinzessin Mulan. Möge sie zehn mal zehntausend Jahre leben." Er sprach laut, mit der gebieterischen Stimme, die sie vom Schlachtfeld kannte. Bildete sie sich die Anspannung hinter seinen Worten nur ein?

Jetzt starrten alle auf Shang, der reglos verharrte, den Kopf gesenkt. Er hätte eine Statue sein können, wäre da nicht das heftige Heben und Senken seiner Brust gewesen, tief gebeugt in einer Haltung der Unterwerfung, von der Mulan wusste, dass er sie sonst nur vor dem Kaiser selbst einnahm. *Aber er verneigt sich nicht vor dem Kaiser. Er verneigt sich vor mir.* Mulan schreckte vor dem Unrecht zurück, das in dieser Geste lag.

Das Rascheln von Stoff ertönte, dann ein dumpfer Schlag. Ein Diener hatte es ihm gleichgetan, gefolgt von einem gebrechlich wirkenden Minister. Einer nach dem anderen fiel auf die Knie, bis nur noch Mulan und der Kaiser aufrecht standen.

„Bitte, erhebt euch", sagte sie schließlich. „Ihr alle, erhebt euch."

Der Raum erwachte unter dem Geraschel feiner Kleider zum Leben. Ein Minister mit Augen wie eine Eule war als Erster wieder auf den Füßen. Er verneigte sich vor dem Kaiser. „Eure Majestät hat eine gute und weise Entscheidung getroffen."

„Ja", bekräftigte der gebrechliche Minister, der sich gleich nach dem Diener verneigt hatte. „Zweifellos wird Kaiserin Mulan China in eine neue Ära des Wohlstands führen."

Nacheinander sprach jeder Amtsträger Worte der Gratulation und der Zustimmung aus. Mulan stand wie betäubt da und nahm Glückwünsche von den Männern entgegen, die noch vor wenigen Minuten gehofft hatten, ihren Platz einzunehmen. Konnte es wirklich so einfach sein? Ihr blieb keine Zeit, weiter darüber nachzudenken, denn die Minister wandten sich jetzt ihr zu. Wie eine Schar Tauben mit Brotkrumen waren sie, wippten mit dem Kopf, verneigten sich und wünschten ihr Segen.

„Der Himmel lächelt heute auf China herab."

„Welch glückliche Fügung, eine Kaiserin zu haben, die ebenso weise wie schön ist."

„Möge Eure Herrschaft zehn mal zehntausend Jahre andauern."

Ihre Worte klebten wie Spinnweben auf ihrer Haut. Sie widerstand dem Drang, sich über die Arme zu reiben.

„Danke", murmelte sie und wandte den Blick ab. „Welch großes Glück … Euch an meinem Hof zu wissen …"

Ihre Aufmerksamkeit wanderte auf die andere Seite des Raums, wo Shang noch immer stand. Der Minister mit den eulengleichen Augen erzählte ihr etwas über Dämme und wie wichtig es sei, sie in gutem Zustand zu halten. Mulan nickte höflich und versuchte, Shangs Blick einzufangen, aber ihr neuer Konversationspartner trat einen Schritt vor und versperrte ihr die Sicht. Als er endlich beiseitetrat, sah sie gerade noch, wie Shang durch die Tür verschwand.

„Der beste Zeitpunkt, um ihren Zustand zu prüfen, ist im Winter", erklärte der Minister. „Vor den Regenfällen im Frühling."

Mulan neigte leicht den Kopf. „Das ist faszinierend, Minister. Bitte entschuldigt mich, ich muss …"

Halb ging, halb rannte sie auf die Tür zu. Als Mulan sie endlich erreicht hatte, war Shang bereits auf halbem Weg zum Haupteingang.

„Shang!"

Er sah sich um, seine Miene war unergründlich.

Mulan holte ihn ein. „Ich wollte …"

Ein zuckender Muskel in seinem Kiefer ließ sie abrupt verstummen. „Hier lang", sagte er und wies mit dem Kopf in eine Richtung. Sie folgte ihm in den privaten Garten des Kaisers. Er war klein, makellos gepflegt und leer. Shang führte sie durch Felsgärten aus porösem Stein und über eine kleine geschwungene Brücke. Eine Pagode stand auf der anderen Seite, umgeben von langgliedrigen Bäumen.

Shang drehte den Kopf, sein Blick huschte über die umstehenden Bäume, und endlich wich die Anspannung aus seinen Schultern. Mulan hatte noch nie erlebt, dass er dermaßen auf der Hut war.

„Deswegen hat er dich gestern Abend zu sich gerufen, nehme ich an", brach er die Stille.

„Ja. Und er hat mir untersagt, es jemandem zu erzählen."

Shang nickte verständnisvoll. „Er wollte, dass alle es von ihm hören." Obwohl er Anspannung und Sorge ausstrahlte, bemerkte Mulan, dass er nicht überrascht wirkte.

„Hast du etwas davon geahnt?"

„Der Gedanke ist mir durch den Kopf geschossen, aber ich wollte keine Vermutungen anstellen. Er hat eine gute Wahl getroffen."

Seine Miene war so ernst. Mulan musterte sein Gesicht und versuchte herauszufinden, ob er aufrichtig war.

„Da gibt es nur ein Problem. Ich habe absolut keine Ahnung, wie man über ein Land herrscht."

Shangs Reaktion war blitzschnell. Er packte sie an den Schultern und wirbelte sie zu sich herum, bis sie ihm direkt ins Gesicht sah. „Lass niemals zu, dass sie dich so reden hören. Zeig kein Anzeichen von Schwäche. Sie werden alles, was du sagst, gegen dich verwenden."

Mulan starrte ihn an, benommen von der Heftigkeit seines Ausbruchs. Es verstrich eine Minute, in der er zu begreifen schien, dass er gerade die nächste Kaiserin von China festhielt. Abrupt ließ er sie los. „Ich bitte um Verzeihung."

Seine Entschuldigung warf sie weit mehr aus der Bahn als alles andere, was er bisher getan hatte. Mulan dachte zurück an die unzähligen Male, die sie freundschaftliche Schläge auf die Schulter ausgetauscht oder auf dem Rückweg von der Essensausgabe miteinander gerangelt hatten. Wenn sie sich ihm jetzt auf dem Übungsplatz entgegenstellte, würde er seine Schläge dann abmildern?

„Wer sucht nach einem Grund, mich loszuwerden?", fragte sie.

„Wer danach sucht? Die eigentliche Frage ist, wer sucht nicht danach. Du bist jetzt Erbin des Throns. Du hast das, was alle im Palast wollten."

Sie beobachtete ihn genau. „Alle?"

Er erwiderte ihren Blick, erkannte ihre tatsächliche Frage. „Nicht alle. Ich weiß, dass der Kaiser mit dir eine gute Wahl getroffen hat. Du bist die Heldin von China, und du besitzt meine uneingeschränkte und unsterbliche Treue."

Wie konnte ein Treueschwur so sehr nach einer Zurückweisung klingen?

„Treue?", fragte sie leise. „Ist das alles, was ich habe?"

Shang wich ihrem Blick aus.

„Was bedeutet das für uns, Shang?" Sie schleuderte ihre Worte wie Wurfhaken, wollte ihn dazu zwingen, sie wieder anzusehen. Aber sie gingen ins Leere. Shangs Blick blieb auf der Spitze eines nahen Felsen haften, obwohl Mulan den Eindruck hatte, dass er überhaupt nichts sah.

„Das Reich steht an erster Stelle", murmelte er. „Wir wussten das, als wir in der Armee vereidigt wurden."

„Was soll das heißen?"

„Du wirst bald Staatsbesuche erhalten." Er sprach nicht unbedingt lauter, aber seine Worte kamen jetzt entschiedener, jedes einzelne vorangetrieben durch die Kraft des nächsten. „Verhandlungen müssen geführt, Einladungen ausgesprochen werden."

Mulan sank das Herz. „Ehebündnisse?"

„Du wirst gewiss Angebote erhalten."

Mulan schluckte und wollte den Nebel aus ihrem Kopf vertreiben. „Es muss doch noch andere Wege geben, Diplomatie zu betreiben.“ In Gedanken durchwühlte sie ihre Erinnerungen an ihre Geschichtsstunden. Heirateten Kaiserinnen Generäle? Die Kaiserinnen aus den Geschichtsbüchern waren alle die Gemahlinnen von Kaisern gewesen. Mulan wusste von keiner Kaiserin, die zuerst den Thron bestiegen hatte. Die Mauern um den Palast fühlten sich plötzlich höher an, fester.

„Was auch geschieht, ich werde immer dein treuster Diener sein, vergiss das nicht“, sagte Shang.

Er zögerte, warf ihr einen letzten Blick zu und ging davon.

KAPITEL FÜNF

Minister Kin, Herr über die Finanzen, litt unter saisonalen Allergien. Er hatte schon die ganze Woche über verstopfte Atemwege gehabt, was sich in einem besonders nasalen Tonfall beim Sprechen äußerte, unterbrochen von Pausen, in denen er heldenhaft versuchte, durch die Nase einzuatmen. Mulan wurde jedes Mal nervös, wenn er sich daranmachte, einen besonders langen Satz auszusprechen, und war regelmäßig darauf gefasst, dass er jeden Augenblick unter dem Mangel an Sauerstoff zusammenbrechen könnte.

„Die Hirseernte in den umliegenden Provinzen ist schlecht ausgefallen", leierte er mit Blick auf seine Notizen herunter. Er, Mulan und der Rest des kaiserlichen Kabinetts standen im Ratssaal um den Stuhl des Kaisers herum. „Dies hat die Steuereinnahmen um zwanzig Prozent verringert. Ich empfehle, die Getreidesteuer anzuheben, um das Defizit zu kompensieren. Andernfalls könnten wir uns außerstande sehen, die geplante Ausbesserung der Straßen durchzuführen."

Mulan zermarterte sich das Hirn darüber, wie hoch die Steuereinnahmen im vergangenen Jahr gewesen waren. Sie hatte es ein paar Nächte zuvor gelesen, da war sie sicher. Tatsächlich war sie vielleicht sogar auf eben jenem Bericht eingeschlafen. Aber die Zahl wollte ihr nicht einfallen. Obwohl es ihr so vorkam, als würde sie jede wache Minute mit dem Versuch verbringen, zu den Ministern aufzuholen, fühlte sie sich dennoch hoffnungslos weit abgeschlagen. Die anderen Minister und der Kaiser konnten der endlosen Parade von Berichten und Zahlen problemlos folgen. Selbst Shang, der den Übungsplatz dem Ratssaal stets vorgezogen hatte, stellte kluge Fragen.

„Werden die Hirsebauern imstande sein, die erhöhten Steuern zu zahlen?", fragte Mulan.

Der Minister warf ihr einen spöttischen Blick zu. „Die zu erwartende Steuerlast findet Ihr auf Tabelle drei meines Berichts."

„Ja, natürlich. Verzeiht mir", sagte Mulan.

„Eure Hoheit wird sich schon bald eingefunden haben", erwiderte er, klang dabei aber nicht sonderlich aufrichtig. Diese Wochen sollten für Mulan eine Übungsphase darstellen, eine Zeit, in der sie die Feinheiten des Palastlebens kennenlernen und sich so besser vorstellen konnte, nach dem Tod des Kaisers seine Nachfolge anzutreten. Manchmal schien diese Zeit jedoch weniger ein Training als vielmehr ein Test zu sein, und ihre Punktzahl bei dem Test sank beständig weiter. Wie lange war sie inzwischen hier? Vier Wochen? Fünf Wochen? Jeden Tag kam es ihr so vor, als wüsste sie weniger, nicht mehr.

Vor dem Kaiser war ein Tisch errichtet worden, dem Shang sich nun näherte und auf eine Schriftrolle deutete, die darauf lag. Als der Kaiser nickte, hob er sie hoch und reichte den Bericht an Mulan weiter. Sie starrte angestrengt auf die Zahlen, die in sorgfältigen Reihen auf das Papier gemalt waren wie winzige Soldaten.

„Es macht den Anschein, als würden fünf Prozent der Getreidebauern in Schwierigkeiten geraten, ihre Familien zu ernähren, wenn die Steuern erhöht werden", sagte sie.

„Die Zahlen sehen höchstwahrscheinlich schlimmer aus als die Realität", erwiderte Minister Kin. „Bauern sind einfallsreich."

„Einfallsreich?", fragte Mulan. „Werden sie sich etwas einfallen lassen, wie sie Baumwurzeln essen können?"

Minister Kin bedachte sie mit einem gezwungenen Lächeln. „Eure Hoheit besitzt einen spitzen Sinn für Humor. Aber ich versichere Euch …"

Der Kaiser tippte mit dem Finger auf den Tisch. „Ich stimme der

Kronprinzessin zu, dass es keinen Grund gibt, unser Volk über Gebühr zu belasten", warf er ein. „Falls nötig, können wir jegliche Straßenbauprojekte auf das kommende Jahr verschieben."

Minister Kins Lächeln gefror auf seinen Lippen, aber er verneigte sich. „Natürlich, Majestät."

„General Shang", fuhr der Kaiser fort. „Bitte erstattet Bericht über Euren Rekrutierungs- und Trainingsfortschritt."

Shang verbeugte sich. „Die Rekrutierungszahlen sind dieses Jahr zurückgegangen, aber das Training schreitet wie geplant voran. Die neuen Truppen haben das Grundtraining abgeschlossen und werden in zwei Wochen ihren Außenposten zugeteilt."

„Wohin werdet Ihr sie schicken?", fragte Mulan. Zumindest Shangs Berichten konnte sie stets folgen. Die Namen und Orte von Außenposten waren ihr vertraut, genau wie ihre strategische Relevanz.

„Ich werde je fünfhundert Mann zu den wichtigsten Außenposten im Inland und an der Grenze schicken."

„Das sind weniger, als wir im vergangenen Jahr dorthin geschickt haben", bemerkte der Kaiser.

„Ja, Eure Majestät. Ich würde es bevorzugen, mehr Soldaten zu schicken, besonders in den Norden. Es kursieren Gerüchte über einen neuen Anführer, der unter den Hunnen an die Macht gekommen sein soll. Aber eine Wehrpflicht erscheint mir in Abwesenheit einer konkreten Bedrohung unklug."

„Glaubt Ihr, dass sie erneut angreifen werden?", fragte der Kaiser.

„Nicht unmittelbar", entgegnete Shang. „Aber sie beobachten uns, genauso wie wir sie beobachten. Wenn sie eine Schwäche spüren, könnten sie auch zum Angriff übergehen."

Mulan fragte sich, ob es als Schwäche ausgelegt werden würde, eine Kaiserin zu krönen. „Habt Ihr mit ortsansässigen Anführern über ihre Milizen gesprochen? Falls es Regionen mit gut etablierten lokalen Garnisonen gibt, könntet Ihr deren kaiserliche Truppen an die Grenze umleiten."

Shang nickte nachdenklich. „Das ist eine gute Idee, Eure Hoheit." Sein

Lächeln machte ihr neuen Mut. „Ich werde noch heute Boten ausschicken."

„Gut. Dann ist es entschieden. Wir vertagen uns für heute Morgen", sagte der Kaiser. „Mulan und ich werden in meinen privaten Gemächern fortfahren." Die Minister verneigten sich und wandten sich zum Gehen. Shang war als Erster durch die Tür, so wie immer dieser Tage.

Ein Diener näherte sich Mulan und präsentierte ihr mit gesenktem Kopf einen Brief auf einem Lacktablett. „Von Eurer Mutter und Eurem Vater, Eure Hoheit. Ihr hattet verlangt, dass er nach Erhalt augenblicklich zu Euch gebracht wird."

Mulan schnappte sich den Brief so flink wie eine Gans, die Brotkrumen vom Boden aufpickt. Sie konnte gerade noch an sich halten, bevor sie das Papier mitsamt dem Siegel zerriss. Seit Wochen wartete sie auf diese Antwort. Nachdem der Kaiser Mulan als seine Erbin ernannt hatte, hatte sie ihren Eltern die Neuigkeiten sofort geschrieben. Außerdem hatte sie sie eingeladen, mit ihr im Palast zu wohnen.

Meine liebste Tochter. Schon der bloße Anblick der eleganten Schriftzeichen ihres Vaters machte ihr Mut. *Dies ist eine Ehre, die unsere kühnsten Träume übersteigt. Der Himmel lächelt auf unsere Familie. Unsere Pflichten hier halten uns in unserem Dorf, aber wir hoffen, die Hauptstadt bald besuchen zu können.*

„Neuigkeiten von deiner Mutter und deinem Vater?", fragte der Kaiser.

„Ja, Eure Majestät", sagte Mulan. Sie wandte sich ab und gab vor, sich im Raum nach ihren Habseligkeiten umzusehen, während sie die Enttäuschung von ihrem Gesicht verbannte. Sie hatte gewusst, dass ihre Eltern zu Hause Verpflichtungen hatten, dass sie nicht einfach alles zusammenpacken und abreisen konnten, aber ein Teil von ihr hatte dennoch gehofft.

Ein Dienstmädchen fasste den Kaiser am Arm, um ihn zu stützen. Mulan fiel auf, wie viel Anstrengung es ihn kostete, sich aus dem Stuhl zu erheben. Seine Schritte waren schwer. Selbst der kurze Weg durch die Tür ließ ihn keuchend atmen. Dies war mehr als nur die gewöhnliche Ermüdung hohen Alters. Der Kaiser war krank, auch wenn er nie darüber sprach.

„Wie fandest du unser heutiges Treffen?“, fragte der Kaiser. Mulan stützte ihn auf einer Seite, während das Dienstmädchen seinen anderen Arm hielt. Durch die schweren Ärmel seiner Robe konnte sie seine dünnen Knochen spüren.

„Immer noch recht überwältigend“, gestand sie, „aber allmählich gelingt es mir immer besser, den Berichten zu folgen.“

Sie betraten die Kaiserlichen Gemächer und ließen sich nieder, während weitere Dienstmädchen ein leichtes Mittagessen aus Dim-Sum und gebratenen Erbsensprossen servierten. Die Teigtaschen waren so saftig, dass Mulan einen Löffel benutzen musste, um die Brühe aufzufangen, die bei ihrem ersten Bissen hinauslief.

Der Kaiser schwieg, als sie mit dem Essen begannen, und Mulan wusste inzwischen, dass sie abwarten musste. In den letzten Wochen hatte sie seine Persönlichkeit, seine Geschichte und seine Eigenheiten besser kennengelernt. Sie wusste, dass er beim Essen nachdachte, und sie ließ ihm Zeit. Sie aßen jeden Tag gemeinsam zu Mittag. Der Kaiser schien dabei keiner festen Tagesordnung zu folgen, sondern sprach häufig einfach aus, was ihm durch den Kopf ging.

„Du erlebst jetzt aus erster Hand die Schwierigkeiten, ein Land zu führen“, sagte er. „Ratstreffen. Steuerberechnungen. Diese Dinge sind weit weniger glamourös, als auf einem Thron zu sitzen und die Huldigungen des Volkes zu empfangen. Viele wollen herrschen. Viele sehnen sich nach der Macht, aber nur die wenigsten von ihnen sehen die Kosten.“

Mulan dachte an Shang, der sie seit dem Tag, an dem sie zur Thronerbin ernannt worden war, auf Distanz hielt. Sie hatte sich die Macht nicht gewünscht, aber sie war ihr trotzdem in den Schoß gefallen.

„Du willst diese Macht nicht“, sagte der Kaiser, als hätte er ihre Gedanken gelesen. „Das ist einer der Gründe, aus denen ich dich ausgewählt habe.“

Er sprach von ihrem Widerwillen, als sei er eine seltene Gabe, aber in Wahrheit wollte sie einfach nur nach Hause gehen. Selbst in ihren frühen Tagen in der Armee hatte sie sich nie so unfähig gefühlt. So einsam.

Der Kaiser trank einen großen Schluck von seinem Tee und fuhr fort:

„Ein Herrscher kann nicht einfach tun, was ihm beliebt. Der Himmel ist wachsam. Die Götter können die Macht verschenken oder sie wieder nehmen. Wenn ein Herrscher weise regiert, belohnen sie das Volk mit guten Ernten und Wohlstand. Aber ein schlechter Herrscher wird das Mandat des Himmels verlieren. Sein Land wird von Unglück heimgesucht: Krieg, Erdbeben, Hungersnöte, Überschwemmungen, Warnungen, die in den Sternen stehen."

Mulan versuchte, sich an irgendein Unglück zu erinnern, das während der Herrschaft des Kaisers geschehen war. „Die Götter scheinen Euch wohlgesinnt zu sein."

„Sie haben keine Erdbeben oder Hungersnöte geschickt, und sie haben uns eine Heldin gesandt, die uns vor den Hunnen gerettet hat", erwiderte er. „Auch wenn ich nicht so dreist sein würde, die Zustimmung der Götter für mich zu beanspruchen, so wage ich doch zu behaupten, dass sie meine Herrschaft nicht missbilligen. Aber das war nicht immer der Fall. Und es hat viele Opfer gekostet, dies zu erreichen, nicht nur von mir, sondern auch von jenen um mich herum." Er hielt kurz inne.

„Wusstest du, dass ich nicht von der Kaiserin geboren wurde? Sie hatte nie einen Sohn, ich war der erstgeborene Sohn der Konkubinen meines Vaters. Also nahmen sie mich meiner leiblichen Mutter weg, damit ich stattdessen als Sohn der Kaiserin großgezogen wurde. Ich wollte nie Kaiser werden. Schon in jungen Jahren war ich lernbegierig und wollte nichts lieber, als mit meinen Büchern allein gelassen zu werden. Selbst nach meiner Krönung noch ignorierte ich meine Verpflichtungen und erntete die Früchte meiner Nachlässigkeit. Eine einzige Entscheidung eines Herrschers kann zahllose Leben zerstören. Selbst die Untätigkeit kann Tausende das Leben kosten. Das habe ich gelernt in meinen frühen Jahren als Kaiser."

Mulan fragte sich, wovon er da sprach. Doch ein Teil von ihr wollte es gar nicht wissen.

„Als ich älter wurde, lernte ich, mich meinen Verpflichtungen zu stellen. Es gefiel mir zunächst zwar nicht, doch mit der Zeit begriff ich, dass mein Thron nicht das Gefängnis war, das ich erwartet hatte. Ich verstand, dass ich die Gelehrten und Philosophen, die mich in meiner Jugend so in ihren Bann gezogen hatten, nicht vernachlässigen musste. Ich konnte mir die Weisheit der Alten zunutze machen, um meine Herrschaft zu lenken."

Die Stimme des Kaisers nahm einen sanfteren Tonfall an. „Dennoch gab es Dinge, die ich aufgeben musste. Als junger Mann hatte ich mich in die Tochter des kaiserlichen Schneiders verliebt. Aber Kaiser heiraten nicht die Töchter von Schneidern. Damals herrschte Unruhe in den westlichen Provinzen. Die örtlichen Gouverneure hießen meine Herrschaft nicht willkommen. Ich musste sie auf unsere Seite ziehen, und eine ihrer Töchter zu heiraten, war der sicherste Weg, dies zu erreichen. Manchmal muss ein Anführer seine eigenen Träume und Bedürfnisse für das Wohl der Nation opfern, verstehst du das?"

Er hob den Blick, um ihr in die Augen zu sehen, und sosehr Mulan sich auch abwenden wollte, sie konnte es nicht. In den Augen des Kaisers spiegelten sich Jahrzehnte der Verantwortung, Freude, Aufopferung und Trauer. Und sie spürte, dass er alles sah, womit sie zu kämpfen hatte, woran sie sich klammerte. Der Kaiser wusste genau, welches Opfer er von ihr verlangte.

Sie presste ihre Handflächen auf den Tisch, um ihr Zittern zu verbergen. „Ja, das verstehe ich."

Der Kaiser nickte, und ein winziges Lächeln blitzte hinter seinem Schnurrbart hervor. „Ich wusste, dass du das tun würdest. Das ist ein weiterer Grund, aus dem ich dich ausgewählt habe."

Mulan sah auf den ersten Blick, dass Shang an diesem Abend keinen Besuch erwartet hatte. Er hatte seine zeremonielle Uniform abgelegt und ein einfaches blaues Gewand angezogen, das locker seinen muskulösen Körper bedeckte. Mulan stürmte an ihm vorbei, kaum dass er die Tür zu seinen Gemächern geöffnet hatte, und ließ ihn mit einem verwirrten Ausdruck auf dem Gesicht stehen.

„Mulan?"

„Ich kann das nicht", keuchte sie und warf hilflos die Hände in die Luft. „Ich kann nicht Kaiserin werden."

Shang schlug die Tür zu und warf ihr einen vorwurfsvollen Blick zu – den sie voller Trotz erwiderte –, als er den Raum zum Fenster durchquerte. Er spähte aus mehreren verschiedenen Winkeln durch das Gitterwerk, um so weit wie möglich zu beiden Seiten Ausschau zu halten. Mulan wusste, dass sie sich schuldig fühlen sollte, ihm solche Sorgen zu bereiten, aber sie verspürte mehr Verbitterung als Schuld. Sie war es leid, den Schein aufrechtzuerhalten. Sie war es leid, alles in sich hineinzufressen.

Shangs Gemächer waren in tadellosem Zustand. In der vorderen Wohnstube stand ein niedriger Tisch, umgeben von Strohmatten. Durch einen Türbogen konnte Mulan einen Blick auf ein leicht erhöhtes Bett erhaschen, an dessen Fußende sorgfältig gefaltete Decken lagen. Für den Bruchteil einer Sekunde fragte sie sich, wie es sein würde, mit ihm hier zu leben. Ihre Schuhe neben seinen bei der Tür abzustellen, jeden Morgen aufzuwachen und sein Gesicht zu sehen. Aber dann schüttelte sie sich und jagte den Gedanken davon, denn er schmerzte zu sehr.

Shang trat vom Fenster zurück. „Was ist los?"

„Ich kann das nicht." Ihre Stimme zitterte. „Ich habe nie darum gebeten, Kaiserin zu werden. Alles, was ich wollte, war ein ruhiges Leben in meinem Dorf. Ich will meine Familie nicht aufgeben. Ich will …" Ihre Stimme verlor sich, bevor sie *dich* sagen konnte, aber irgendetwas in seinem Blick veränderte sich. Ein Aufblitzen von Verlangen, von Schmerz und ein kaum wahrnehmbarer Schimmer von Hoffnung.

„Du meinst das ernst, oder?", flüsterte er.

„Dies ist mein Leben, Shang. Der Rest meines Lebens."

Shang schüttelte den Kopf, wie um ihn freizubekommen. „Du redest davon, dem Kaiser eine Absage zu erteilen? Der ganzen Sache?"

„Warum ist das so eine verrückte Vorstellung?"

Shang rieb sich die Schläfen. Er ließ sich auf einen Stuhl sinken, nur um sofort wieder aufzuspringen und in einem engen Kreis durch den Raum zu gehen, wie ein Tiger im Käfig.

„Wer würde dann zum Erben?", fragte er schließlich.

„Es muss doch jemanden geben. Einen der Minister. Ich kann unmöglich die einzige Person sein, die infrage kommt."

Mulan beobachtete, wie unzählige Emotionen über sein Gesicht huschten: Versuchung, Zweifel, Behutsamkeit, Entschlossenheit. „Sag etwas, Shang“, flehte sie.

Er setzte sich und stützte den Kopf in den Händen ab. Jede Sekunde, die verstrich, war die reinste Qual, aber so war Shang. Stets bedächtig. Stets auf der Hut.

Endlich trafen sich ihre Blicke. „Ich kann dir mit dieser Entscheidung nicht helfen. Meine eigenen selbstsüchtigen Interessen sind zu stark. Aber wenn es dir so viel Kummer bereitet, dann musst du mit dem Kaiser sprechen.“

Mulan schluckte. Nickte. „Das muss ich. Ich weiß zwar nicht, was ich sagen werde, aber ich muss es tun.“

Mulan aß nicht mit dem Rest des Hofes zu Abend. Stattdessen täuschte sie Müdigkeit vor und bat Ting, ihr etwas zu essen auf ihre Gemächer zu bringen. Obwohl die Zofe ein Sieben-Gänge-Menü auf ihrem Tisch ausbreitete, blieb es unangerührt stehen, während Mulan in ihren Gemächern auf- und abging.

Vernachlässige ich meine Pflichten, wenn ich mich weigere, Kaiserin zu werden? Gebe ich einfach nur auf? Auf ihrem Tisch lag der Brief, den ihre Eltern ihr geschickt hatten. Was würden sie denken, wenn sie einfach nach Hause ging? Aber mit den Gedanken an ihre Pflichten kam auch der Zorn. Hatte sie nicht bereits genug für ihr Land geopfert? Sie dachte an das Leben, dass vor ihr läge, wenn sie Kaiserin würde. Endlose Jahre von höfischen Intrigen und Berichten, die sie nicht verstand. Jeden einzelnen Tag unter den wachsamen Augen des Himmels, mit Tausenden von Leben, die alle von ihren Entscheidungen abhingen.

Und sie müsste sich diesem Leben allein stellen. Oder im besten Fall mit einer politischen Allianz an ihrer Seite, einem fremden Prinzen, den sie mit der Zeit vielleicht respektieren lernen könnte, den sie aber niemals lieben würde.

Der Kaiser musste noch andere Kandidaten haben. Vielleicht konnte sie ihn fragen, um wen es sich handelte, und ihn davon überzeugen, dass einer der anderen besser geeignet wäre. Er würde enttäuscht sein, aber war es wirklich weise, einen Herrscher zu benennen, der überhaupt nicht herrschen wollte?

Der Kaiser wollte auch nicht herrschen. Aber er hat seine Pflichten akzeptiert, und das Reich ist unter seiner Herrschaft aufgeblüht. Mulan schob diese Gedanken von sich. Der Kaiser war in dieses Leben hineingeboren worden. Sie nicht. Die Wahl war höchstens zufällig auf sie gefallen.

Mulan musste etwas sagen, und sie musste es tun, solange dem Kaiser noch genügend Zeit blieb, einen neuen Erben zu unterweisen.

Diese Nacht brachte ihr nur wenig Erholung. Früh am nächsten Morgen klopfte Shang an ihre Tür. Mulan trat schweigend beiseite, um ihn einzulassen, mit vor Erschöpfung schweren Lidern. Seine Miene war ungewöhnlich ernst, und die Schatten unter seinen Augen verrieten, dass auch er eine schlaflose Nacht hinter sich hatte. Als er die Tür hinter sich ins Schloss zog, wurde Mulan sich mit einem Mal seiner Nähe bewusst, des genauen Abstands zwischen ihnen und wie viele Schritte sie brauchen würde, um ihn zu überbrücken.

„Wirst du mit ihm sprechen?", fragte er.

„Ich habe in einer Stunde eine Audienz."

Er nickte, und sie sah, wie Hoffnung über seine Züge huschte. Träume, die er nach ihrer Berufung zur Thronerbin mit aller Macht in Schach gehalten hatte. Sie gestattete sich, ihn genauer anzusehen, als sie es seit Wochen gewagt hatte. Seine dunklen, ausdrucksstarken Augen, den Schwung seiner Lippen. Konnten sie immer noch das Leben miteinander führen, das sie sich gewünscht hatten? Sie streckte eine Hand aus und drückte sanft seinen Arm. „Shang …"

Er entspannte sich unter ihrer Berührung, und nach einem kurzen Zögern legte er eine Hand auf ihr Schulterblatt und zog Mulan näher zu sich heran.

„Ich hoffe …" Er hielt inne, als fürchtete er sich davor, es in Worte zu fassen, doch in seinen Augen strahlte das, was er nicht aussprechen konnte.

Ein hektisches Klopfen an der Tür riss sie aus dem Augenblick. Für eine Sekunde verkrampfte sich Shangs Hand auf ihrem Rücken, dann lösten sie sich widerwillig voneinander. Mulan tauschte einen besorgten Blick mit ihm, als sie zur Tür ging. Dahinter stand ein aufgebrachter Eunuch, einer der persönlichen Diener des Kaisers.

„Eure Hoheit …“, keuchte er. Er hatte die Augen so weit aufgerissen, dass Mulan das Weiß über und unter der Iris sehen konnte. Ein leichter Schweißfilm bedeckte seine Stirn. Bislang hatte sie nie gesehen, dass dieser Diener etwas anderes als das höchste Maß an Selbstbeherrschung an den Tag legte, aber jetzt zitterte er so heftig, dass die langen Bänder seines Futou mit ihm erbebten.

„Was ist passiert?“, fragte Mulan.

„Es ist der Kaiser.“

Mit einem Anflug von Panik fragte Mulan sich, ob der Kaiser von ihren Plänen erfahren haben konnte. „Ich habe in einer Stunde eine Audienz bei ihm. Hat er …“

„Er wird nicht mit Euch sprechen können“, unterbrach sie der Eunuch. Er rang bebend nach Luft. „Der Kaiser ist zusammengebrochen.“

Kapitel Sechs

Shang und Mulan starrten einander fassungslos an.

„Wann?“, brachte Mulan endlich hervor.

„Er hat sich heute Morgen nach seinem Frühstück über Schmerzen in der Brust beklagt.“ Die Stimme des Eunuchen klang so dünn, dass sie jeden Moment zu brechen drohte. „Und dann ist er zu Boden gestürzt.“

„Kann ich ihn sehen?“

„Diese Entscheidung liegt bei dem kaiserlichen Leibarzt. Er ist jetzt beim Kaiser. Wenn Ihr wünscht, könnt Ihr mitkommen und abwarten, bis er seine Untersuchung abgeschlossen hat.“

Der Palast wirkte bemerkenswert ruhig, als Mulan und Shang zu den Gemächern des Kaisers eilten. Bedienstete gingen ihren Aufgaben nach. Gärtner befreiten einen kleinen Teich von Lotusblättern. Mulan entdeckte einen Hauch von Anspannung in der Haltung der kaiserlichen Wachen, aber sie konnte es sich auch nur eingebildet haben. Seltsam, wie alles seinen gewohnten Gang nahm, während sich nur wenige Schritte entfernt möglicherweise der Lauf der Geschichte veränderte.

Zwei Minister warteten bereits in der Wohnstube des Kaisers, als Mulan und Shang eintrafen. Minister Wei, der Justizminister, stand in einer Ecke. Seine große Gestalt warf einen bedrohlichen Schatten auf die vorübergehenden Bediensteten. Minister Huang von der Personalverwaltung ging mit schnellen Schritten durch den Raum und zupfte an seinem spärlichen Schnurrbart. Keiner von beiden nahm die Ankunft von Mulan oder Shang zur Kenntnis. Nach einer kurzen Weile gesellten sich auch die restlichen drei Minister zu ihnen.

Die Tür zum Schlafzimmer des Kaisers war verschlossen, aber Mulan meinte zu hören, wie sich dahinter jemand bewegte. Mulan und die Minister hielten Wache, und niemand sprach. Es fühlte sich so an, als könnte eine plötzliche Bewegung oder ein unbedachtes Wort irgendwie das Unglück heraufbeschwören.

Die Tür wurde geöffnet. Der kaiserliche Leibarzt trat zu ihnen, das Gesicht verschwitzt. „Der Kaiser ist jetzt wach, aber es geht ihm nicht gut", sagte er. „Er wünscht, mit Mulan zu sprechen."

Nie zuvor waren Mulan so boshafte Blicke zugeworfen worden wie in diesem Moment. Sie spürte förmlich, wie sie sich in ihren Rücken bohrten, als sie dem Arzt durch die Tür in das Schlafzimmer des Kaisers folgte. *Wenn sie doch nur wüssten, welche Worte ich mir in der letzten Nacht zurechtgelegt habe*, dachte sie. *Wie rasch sich die Dinge doch ändern können.*

Der Kaiser lag auf seinem Bett, auf rote und goldene Kissen gestützt. Obwohl es erst einen Tag her war, seit sie ihn zuletzt gesehen hatte, wirkte er heute deutlich dünner und ausgemergelter. Seine Haut hatte einen gräulichen Stich. Es war entsetzlich zu sehen, wie sich der Mann, den sie kennen und respektieren gelernt hatte, in diese blasse Hülle verwandelte.

Wenn er jetzt stirbt, bin ich als seine Erbin gefangen. Abzudanken würde einen Bürgerkrieg bedeuten. Kaum war ihr dieser Gedanke in den Kopf geschossen, als Mulan auch schon ein enormes Schuldgefühl verspürte.

„Eure Majestät."

Er wandte den Kopf und kniff angestrengt die Augen zusammen. Mulan hatte den Eindruck, dass er die verstreuten Teile von ihr zu einem Bild zusammensetzte, das nur er sehen konnte.

„Ich habe damit gerechnet, dass das geschehen würde", sagte er. „Aber nicht schon so bald. Du könntest früher den Thron besteigen, als ich gedacht habe."

„Sagt das nicht, Eure Majestät. Ihr seid stark, und der Arzt versteht sein Handwerk außerordentlich gut."

Die Augen des Kaiser blitzten bei der offensichtlichen Lüge auf. „Du hast Angst."

„Ja, Eure Majestät." Das zumindest war die Wahrheit.

„Wovor fürchtest du dich?"

Mulan zögerte. All die Worte, die sie sich zurechtgelegt hatte, schwirrten ihr im Kopf herum. Aber sie konnte sie jetzt nicht aussprechen.

„Du fürchtest, dass du der Aufgabe nicht gewachsen bist", mutmaßte der Kaiser.

„Ja." *Ich* weiß, *dass ich der Aufgabe nicht gewachsen bin.*

Er nahm einen tiefen und langsamen Atemzug. „Nicht alle Herrscher befürchten, dass sie ihrer Aufgabe nicht gewachsen sind, aber alle Herrscher sollten das tun. Wenn du dich einer Aufgabe nicht gewachsen fühlst, bedeutet das, dass du dir der Schwere der Verantwortung bewusst bist, die auf deinen Schultern ruht. Das ist etwas Gutes."

Aber wenn ich die Verantwortung nicht schultern kann? Wenn ich den Preis nicht zahlen kann – und will?

Der Kaiser streckte eine Hand nach ihr aus, kam aber nicht weit. Für einen Moment schwebte seine zitternde Hand zwischen ihnen in der Luft, bevor Mulan sie in ihre eigene nahm. „Ich verlasse diese Welt frei von Sorge um China. Ich weiß, dass das Reich in guten Händen ist. Du besitzt das Mandat des Himmels. Deine Herrschaft wird als eine gesegnete Zeit in die Geschichte eingehen."

Sie saß in der Falle.

Die Tür wurde einen Spaltbreit geöffnet. „Eure Majestät", sagte der kaiserliche Leibarzt. „Ihr solltet Euch ausruhen."

Der Kaiser drückte ihre Hand ein letztes, zittriges Mal, bevor er sie losließ.

Shang fing Mulans Blick auf, als sie aus der Tür trat. Sie schüttelte rasch den Kopf. Selbst wenn die Minister nicht anwesend gewesen wären, hätte sie niemals in Worte fassen können, was gerade in den Gemächern des Kaisers geschehen war, was noch geschehen würde und welcher Käfig sich gerade um sie geschlossen hatte. Shang schien trotzdem zu verstehen. Als Mulan sich neben ihn setzte, senkte er den Kopf.

Die Stille dehnte sich aus. Irgendwann kam der kaiserliche Leibarzt wieder aus dem Zimmer. „Er schläft jetzt und wird womöglich nicht mehr erwachen."

Minuten wurden zu Stunden. Sie hielten weiterhin in der Wohnstube Wache. Minister Liu, der Minister der Riten, entzündete Weihrauch und goss Trankopfer für die Ahnen des Kaisers in Schalen. Der Tag verging, und die Nacht brach herein. Der kaiserliche Leibarzt bewegte sich zwischen der Bettseite des Kaisers und dem Raum, in dem sie alle warteten, hin und her, obwohl er ihnen nur selten Neuigkeiten überbringen konnte. Diener servierten ihnen Wasser und Essen. Mulan aß nichts und nahm nur etwas Wasser entgegen, um sich die Lippen zu benetzen.

Bevor Mulan in die Kaiserliche Stadt zurückgekehrt war, war ihr der Kaiser wie eine gottgleiche Gestalt erschienen. Ein lebendiger, nahbarer Gott, der ihr militärische Ehren verliehen hatte, aber darum nicht weniger distanziert oder mächtig gewesen war. In den vergangenen Wochen hatte sie von der Geschichte des Kaisers und seinen Schwierigkeiten erfahren. Sie war damit vertraut geworden, wie er dachte, welche Dinge er schätzte, welche Entscheidungen er bereute. Sie wusste, dass er ein guter Mann war.

Die Nacht schritt voran. Die Kerzen brannten nieder. Mulan verlor das Zeitgefühl in einem Wirrwarr aus Dienern, die kamen und gingen, und dem Wechsel von verbranntem und frisch angezündetem Weihrauch.

Als der Himmel sich allmählich grau verfärbte, betrat der kaiserliche Leibarzt erneut den Raum. Er sprach nicht gleich, stand einfach nur sehr still da. Mulan wusste, was er sagen würde, sie konnte es an seinem Gesichtsausdruck ablesen.

„Der Kaiser ist in das nächste Reich übergegangen."

Es war, als hätte man ihr bleierne Gewichte um ihr Herz gelegt. Sie sah zu Shang hinüber, der mit leerem Blick zurückblickte. Lag es wirklich nur wenige Stunden oder ein ganzes Leben zurück, dass sie sich gestattet hatten zu hoffen?

Shang erhob sich mit einer Schwerfälligkeit in den Gliedern, die schrecklich mit anzusehen war und von der sie ihren Blick doch nicht losreißen konnte. Seine Miene war wie in Stein gemeißelt. Mulan schlug das Herz bis zum Hals, als er sich ihr ganz bedacht zuwandte. Dann fiel er auf die Knie und berührte mit der Stirn den Boden. „Hoch lebe Kaiserin Mulan."

„Shang …" Sie sprang entgeistert auf die Füße. Das Ausmaß der Wahrheit brach über sie hinein, verfestigte sich mit jeder Sekunde und hielt sie gefangen.

„Hoch lebe Kaiserin Mulan", wiederholte der kaiserliche Leibarzt. Er kniete ebenfalls nieder.

Die Bediensteten folgten seinem Beispiel. Der oberste Eunuch. Ein Dienstmädchen, das hastig die Teekanne abstellen musste, die es in Händen hielt. Drei weitere Eunuchen an der Tür ließen sie im Chor hochleben.

Die Minister saßen wie erstarrt auf ihren Plätzen. Mulan sah ungezähmte Wut auf Minister Weis Gesicht und Verachtung in der Art, wie Minister Fang die Lippen kräuselte. Ein Prickeln von Gefahr durchbrach ihren Schock, das Gefühl von einer Speerspitze in ihrem Rücken, einem Bogenschützen, versteckt in den Bäumen.

Minister Liu, der Minister der Riten, erhob sich. Er warf den anderen Ministern einen strengen Blick zu und wandte sich dann mit freundlichem Blick an Mulan. Langsam ging er zu Boden.

„Heil Kaiserin Mulan", sagte er mit seiner dünnen Stimme.

Lius Verhalten schien einen Wandel in den anderen auszulösen. Einer nach dem anderen verneigten sich jetzt die Minister Fang, Huang und Kin. Nur Minister Wei, der Minister der Justiz, blieb übrig, eine einschüchternde Gestalt, Furcht einflößend in seinem Zorn. Aus dem Augenwinkel sah Mulan, wie Shang den Kopf hob. Die Drohung in seinen Augen war deutlich, genau wie der Trotz in Weis Blick.

Doch dann senkte der Minister der Justiz den Blick und wandte sich an Mulan. „Hoch lebe Kaiserin Mulan."

Danach sank er auf die Knie und neigte das Haupt, sodass Mulan die Einzige war, die noch aufrecht stand.

Kapitel Sieben

Später am selben Morgen erwachte Mulan mit den schlimmsten Kopfschmerzen ihres Lebens. Die Sonne schien hell und stand bereits verstörend tief am Himmel. Ihr Kissen war feucht. Ob von Schweiß oder von Tränen, das wusste sie nicht.

War der Kaiser wirklich fort?

Ihre Zofen hatten ihr eine Schüssel mit Wasser in einer Ecke bereitgestellt, und sie spritzte sich etwas davon ins Gesicht. Warum hatte niemand sie geweckt? Es gab Dinge zu erledigen, Pläne zu schmieden. Sie musste sich an das Volk wenden und ihm berichten, was geschehen war.

Und danach … Es war zu viel, um jetzt daran zu denken.

Mulan kleidete sich rasch an. Ting stand vor ihren Gemächern bereit, und sie zuckte zusammen, als Mulan die Tür öffnete. Das Gesicht der Zofe war verweint.

„Du hast vom Tod des Kaisers gehört“, sagte Mulan.

Ting machte einen tapferen Versuch, ihre Mundwinkel zu heben, aber das ließ ihre Lippen nur noch stärker zittern. Sie nickte schniefend.

Ein großer Teil von Mulan wollte es Ting gleichtun und unter Tränen zusammenbrechen, aber sie verfügte nicht über diesen Luxus.

„Ist sonst noch etwas geschehen?“, erkundigte sie sich.

„Ich habe nichts gehört, Eure Majestät, aber ich war den ganzen Morgen über hier.“

Ting hatte sie *Eure Majestät* genannt und nicht *Eure Hoheit.* Es war einfach zu viel. „Kannst du mir etwas zu essen und etwas zu schreiben besorgen?"

Ting knickste, aber anstatt zu gehen, verlagerte sie nervös das Gewicht von einem Fuß auf den anderen und bewegte die Lippen, ohne ein Wort rauszubringen. „Ich bin froh, dass Ihr ihm nachfolgt", platzte es schließlich aus ihr heraus. Und dann rannte sie davon.

Mulan starrte ihr hinterher und ließ zu, dass der Kummer der Zofe, ihre Unsicherheit und ihre unerwartete Hingabe über sie hinwegspülten und wieder verflossen. Tings Worte waren ein überraschender Trost, aber sie vermochten den Sturm, der in Mulans Gedanken tobte, nicht zu beruhigen. Zunächst wollte Mulan in ihren Gemächern auf Tings Rückkehr warten, aber dann ertrug sie es nicht, allein zu sein. Sie musste hier raus. Musste sich mit eigenen Augen davon überzeugen, dass die Sonne an diesem Morgen genau wie an jedem anderen Tag aufgegangen war. Und wenn nicht? Nun, dann sollte sie auch das wissen.

Während sie den Flur entlangging, dachte sie über ihre nächsten Schritte nach. Als Erstes musste sie ihre Minister ausfindig machen und die anstehenden Pläne besprechen. Welche Angelegenheiten hatten die höchste Priorität? Das Begräbnis des Kaisers?

Die Tür zum Ratssaal war verschlossen, was merkwürdig war, da sie für gewöhnlich offen stand, es sei denn, der Rat versammelte sich dahinter. Eine vertraute Stimme drang an Mulans Ohr, als sie daran vorbeiging. Mulan verlangsamte ihre Schritte. Als sie eine Hand nach dem Türgriff ausstreckte, wurde sie von einem Diener erschreckt, der laut ihren Namen verkündete.

Die Tür schwang auf und enthüllte alle von Mulans Ministern mit Ausnahme von Shang. Sie standen um den kleinen Tisch des Kaisers herum und richteten sich hastig auf, als sie Mulan entdeckten.

„Eure Hoheit", sagte Minister Huang, der Minister der Personalverwaltung. Sein rundliches Gesicht war gelassen.

Mulan sah von einem Minister zum nächsten, und ein unangenehmes Kribbeln breitete sich in ihrem Nacken aus. „Was tut Ihr hier?"

„Wir besprechen nur einige Kleinigkeiten."

Minister Huang sprach sie immer noch mit *Eure Hoheit* an. Da sie noch nicht offiziell gekrönt worden war, hatte er damit zwar theoretisch recht, aber Mulan konnte den Gedanken nicht abschütteln, dass mehr hinter seiner Wahl ihres Titels steckte. Sie trat näher heran, um sich die Dokumente auf dem Tisch anzusehen.

„Ihr besprecht die Getreidesteuer", stellte Mulan fest. Die Worte kamen wie eine Anschuldigung über ihre Lippen. Sie fühlten sich auch so an.

„Nur eine kleine Diskussion", entgegnete Minister Kin und senkte den Blick, um ein Taschentuch aus seiner Robe zu ziehen. „Wir wollten Euch nicht mit einer so unbedeutenden Angelegenheit belasten."

„Ich dachte, wir hätten entschieden, die Steuern nicht zu erhöhen. Es würde die Bauern überlasten", warf Mulan ein.

„Unsere Umstände haben sich seitdem geändert", sagte Minister Kin. Er schnäuzte sich die Nase und gab Mulan damit einen Augenblick Zeit, darüber nachzugrübeln, was genau er damit meinen könnte, bevor er fortfuhr: „Einen neuen Kaiser zu krönen und einen reibungslosen Übergang der Macht sicherzustellen, belastet stets die Staatskasse."

Minister Fang schlug sich mit einem gefalteten Fächer mehrmals in die offenen Hand. „In Zeiten wie diesen müssen wir unsere Ideale manchmal beiseiteschieben und uns der Realität beugen. Eure Majestät wird das bald verstehen, wenn Ihr an Erfahrung und Weisheit gewinnt."

Mulan errötete. In der Vergangenheit hätten diese unverhohlenen Anspielungen auf ihre Unerfahrenheit sie vielleicht an sich zweifeln lassen, aber dieser offenkundige Versuch ihrer Minister, ihre Autorität zu untergraben, löste Mulans Verteidigungsinstinkt aus. „Wenn Ihr die Steuern besprechen wollt, dann können wir das gerne zu einem späteren Zeitpunkt tun, bei dem ich für die Dauer der gesamten Diskussion anwesend bin. Ich wünsche, dass Ihr mich von jetzt an über alle bevorstehenden Ratssitzungen informiert."

Minister Kin verneigte sich. „Selbstverständlich, Eure Majestät. Wir bitten um Verzeihung." Er klang nicht im Mindesten, als würde er etwas bedauern.

Mulan nahm all ihre Kraft zusammen, damit ihre Wut sie nicht überwältigte und mit sich riss. Der Kaiser war noch nicht einmal einen Tag lang tot, und schon versuchten ihre Minister, die Dinge in die eigene Hand zu nehmen.

Minister Liu trat vor. Er war der älteste ihrer Berater und hatte graues Haar und einen gebeugten Rücken. „Ich wiederhole Minister Kins Entschuldigung", sagte er in weitaus aufrichtigerem Tonfall. „Es ist gut, dass Eure Majestät nun hier ist, denn wir müssen das Kaiserliche Begräbnis planen. Der kaiserliche Sterndeuter hat einen günstigen Tag in der kommenden Woche gewählt, um es abzuhalten."

„Da ist die Angelegenheit mit der Opfergabe", unterbrach ihn Minister Fang.

„Die Opfergabe im Namen des verstorbenen Kaisers?" Mulan hatte davon gelesen. Sie wusste, dass die Opfergabe vor dem Grab stattfand, konnte sich aber nicht mehr an die Einzelheiten erinnern.

„Ja", bestätigte Minister Liu und nickte anerkennend mit dem Kopf.

„Wo liegt die Schwierigkeit?", fragte sie misstrauisch.

Der Minister der Riten blinzelte nervös zwischen Mulan und Minister Fang hin und her. „Die Frage ist, wer sie darbringt."

„Ist es nicht der nächste Kaiser?", fragte Mulan.

Die Minister tauschten bedeutungsvolle Blicke.

„In der Vergangenheit war es immer ein Kaiser", sagte Minister Fang. Er betonte das letzte Wort.

Dieses Mal machte Mulan sich nicht die Mühe, ihre Wut zu verbergen. „Ich bin die nächste Herrscherin von China", erklärte sie bestimmt.

„Es wäre beispiellos, wenn die Opfergabe von einer Frau dargebracht wird", sagte Minister Wei, der massige Minister der Justiz. „Wir wissen nicht, wie die Götter darauf reagieren werden."

Als ob der streitlustige Minister Wei sich ernsthaft um die Götter scherte.

„Als der alte Kaiser mich zur Herrscherin über China benannt hat, tat er das in der Absicht, dass ich alle Pflichten des Herrschers erfüllen sollte."

„Die alltäglichen Herausforderungen des Regierens gewiss", erwiderte

Minister Huang mit einem herablassenden Lächeln. „Aber für ein symbolisches Opfer vor den Göttern …"

Genau das war der Punkt. Symbole hatten Gewicht. Es wäre das erste Mal, dass ihre Untertanen sie bei der Ausübung ihrer Pflichten als Kaiserin sehen würden. Dieser Akt war unglaublich wichtig, und genau darum wollten ihre Minister nicht, dass sie ihn ausführte.

Mit einem mulmigen Gefühl erkannte Mulan, dass sie in diesem Raum keine Verbündeten hatte. Es war kein Zufall, dass Shang nicht hier war.

„Ich werde die Opfergabe darbringen", verkündete sie mit fester Stimme.

Für einen langen Augenblick erwiderte niemand etwas. Mulan fragte sich, ob sie dreist genug wären, sich ihr offen zu widersetzen.

Aber dann räusperte sich der Minister der Riten lautstark. „Die Kaiserin hat recht." Nach der hitzigen Diskussion klang Minister Lius Stimme noch zarter. „Wir sollten die Wünsche des alten Kaisers in Ehren halten. Mit Sicherheit wird es den Göttern gefallen, dass Kaiserin Mulan den ehrlichen Wunsch verspürt, die Pflichten eines Kaisers in Gänze zu erfüllen."

Fassungslos sah Mulan ihn an. Sie hatte sich gerade für einen Kampf gewappnet, daher brachten seine Worte sie kurz aus dem Gleichgewicht.

„Danke", sagte sie schließlich.

Minister Liu verneigte sich. „Ich stehe Euch zu Diensten, Eure Majestät."

Das Begräbnis fand an einem angemessen düsteren Tag statt. Wolken verdeckten die Sonne, doch kein Regen störte die Prozession des Kaisers. Bürger drängten sich auf den Straßen, gekleidet in das Schwarz und Weiß der Trauer. Klagerufe ertönten über die Begräbnismusik und erstickten sie von Zeit zu Zeit.

Shangs Soldaten trugen den Sarg und die frisch angefertigte Ahnentafel des Kaisers durch die Straßen, bewacht von zehn Lanzenträgern. Mulan folgte zu Pferd, gemeinsam mit den Blutsverwandten des Kaisers. Seine Töchter waren zwei Tage zuvor in der Kaiserlichen Stadt eingetroffen, und Mulan hatte das Ableben ihres Vaters mit ihnen beweint.

Hinter der kaiserlichen Familie marschierten Diener, die jeden nur erdenklichen Gegenstand mit sich trugen, den der Kaiser in seinem nächsten Leben brauchen könnte: Kleidung, Möbelstücke, Bücher, bronzene Schüsseln, Terrinen und Krüge mit Essen und Wein. Andere Diener trugen Lehmfiguren von Pferden, Bediensteten und Soldaten, die ihm im Jenseits dienen sollten. All das würde mit ihm begraben werden.

Die gesamte Stadt war in Trauer gehüllt. Bunte Schilder hatte man mit schwarzem Stoff verhängt. Jeder Hauch von Rot und Gold war versteckt. Mulan blickte in die trauernden Gesichter, die sie umgaben. Was für ein seltsamer Gedanke, dass all diese Menschen jetzt ihrer Fürsorge unterstanden. Ob sie auch um sie trauern würden, wenn sie starb?

Die Prozession passierte die Stadttore und schlängelte sich über Straßen, die für den Anlass hastig ausgebessert worden waren, jede Unebenheit war geglättet. Mulan hatte den Eindruck, dass selbst die Bäume am Straßenrand sich vor dem Kaiser verneigten. Endlich erreichten sie ein königliches Grabmal. Steinerne Tiere und Soldaten wachten über einen feierlichen Seelenweg, während Stelen mit Drachen und Löwen die Leistungen des Kaisers verkündeten. Am Ende des Seelenwegs stand eine Reihe von Palastgebäuden – Wohngemächer, ein Thronsaal und ein unterirdischer Garten, die der Kaiser im nächsten Leben genießen konnte.

Das größte Gebäude war die Opferhalle, die Mulan nun mitsamt den Dienern und ihren Opfergaben betrat. Priester brachten eine frisch geschlachtete Kuh herein und legten sie auf einen Altar. Darunter entzündete Mulan ein Feuer und sah dann zu, wie der Rauch in den Himmel aufstieg. Der Priester stimmte ein Gebet an den Himmel an, und Mulan zitierte rituelle Worte, um die Seele des Kaisers einzuladen, sich in dieser Grabstätte niederzulassen. Das Opfer war ein so einfacher und ehrfürchtiger Akt, der in keinem Verhältnis zu den Streitigkeiten stand, die ihm vorausgegangen waren.

Der Priester sprach einen Segen. Anschließend bewegte sich die Prozession in die unterirdische Grabkammer, wo der Kaiser unter einem riesigen Grabhügel beigesetzt wurde. Shang und ein Bataillon kaiserlicher Soldaten begannen den langwierigen Prozess, das Grab aufzufüllen. Mulan sah zu, wie Erde auf den Sarg hinabprasselte und er langsam aus ihrem Blickfeld verschwand.

Die Trauerphase dauerte in der Kaiserlichen Stadt zwanzig Tage an. Musik war verboten, und Farben wurden verhüllt. Der Palast selbst verbannte seine buntesten Statuen und Wandteppiche für das kommende Jahr. Doch trotz der offenkundigen Zeichen der Trauer schritten die praktischen Arbeiten im Palast rasch voran. Die Krönung sollte schon bald stattfinden, und Mulan verbrachte viele lange Stunden mit dem Minister der Riten und besprach alles mit ihm, von den dazugehörigen Ritualen bis hin zur Kleidung.

Nach Shang mochte Mulan den Minister der Riten aus ihrem Kabinett am liebsten. Seine sanfte Art erinnerte sie an den alten Kaiser, auch wenn er nicht über seine gebieterische Präsenz verfügte. Minister Liu behandelte Mulan nicht mit derselben Herablassung wie die anderen Minister. Tatsächlich hatte er sie einen Tag nach dem Tod des Kaisers beiseitegenommen, um sich für das Verhalten seiner Kollegen zu entschuldigen.

„Sie sind es nicht gewohnt, eine Kaiserin zu beraten, aber sie werden sich wieder fangen. Ich habe volles Vertrauen in das Urteil des verstorbenen Kaisers."

Seine Worte hatten ihr viel bedeutet in dieser Zeit, in der Mulan befürchtet hatte, das nächste Ereignis, wie unbedeutend es auch war, könnte sie zusammenbrechen lassen.

Es gab so viel zu erledigen. Der kaiserliche Sterndeuter hatte Mulan eine Liste mit günstigen Tagen überreicht, an denen die Krönungsfeier abgehalten werden konnte, und sie hatte den ersten von ihnen gewählt, der in die Zeit nach der Trauerphase der Stadt fiel. Mit all der Unsicherheit, die die Nachfolge des Kaisers mit sich brachte, wäre es nicht klug, das Reich allzu lange ohne einen gekrönten Herrscher zu lassen. Der Schneider nahm ihre Maße für die Krönungsrobe, der Finanzminister veranschlagte ein exorbitantes Krönungsbudget, und der Minister für öffentliche Angelegenheiten präsentierte ihr einen Plan, die Straßen von Bettlern zu säubern. Als Mulan weniger ausgeben und die Bettler ungestört lassen wollte, hatte dies eine stundenlange Auseinandersetzung zur Folge, bevor die Minister endlich einwilligten.

An einem ruhigen Nachmittag präsentierte der Minister der Riten Mulan ihr Krönungskleid. Das goldfarbene Innengewand war ärmellos und aus glänzender Seide gewebt. Der äußere Mantel, bestickt in Rot, Blau und Schwarz, hatte Glockenärmel, die den Boden berührten. Vervollständigt wurde das Ensemble von einem dünnen blauen Schal und weichen Brokatschuhen mit umgedrehten Zehen in Form von Vögeln. Mulan wog das Gewand in den Händen. Es war schwer, weich und glatt. Nach Wochen im Palast hatte sie sich allmählich an den Luxus gewöhnt, aber dieses Gewand war wahrhaftig opulent.

„Es ist wundervoll", sagte sie.

Minister Liu verneigte sich.

Ihr fiel das Muster ins Auge. „Das ist eine Phönix-Stickerei."

„Ja, Eure Majestät. Der Phönix ist das traditionelle Symbol für eine Kaiserin."

„Ich dachte, es wäre ein Drache." Denn das war es, was der alte Kaiser auf seinen zeremoniellen Gewändern getragen hatte. Der Drache war auch das Tier, das in die Decke des Kaiserlichen Audienzsaals und in den Thron geschnitzt war.

„Der Drache symbolisiert den Kaiser. Der Phönix symbolisiert die Kaiserin. Beides sind majestätische Kreaturen, und beide zeugen von großer Macht."

Mulan strich mit den Fingern über das Kleid. Es stimmte, dass sie eine Kaiserin war und dass der Phönix eine ebenso noble Kreatur wie der Drache war. Sie wollte nicht sämtliche äußere Zeichen ihrer Weiblichkeit von sich weisen, nur um ein Zeichen zu setzen. Irgendetwas daran fühlte sich jedoch nicht ganz richtig an, aber sie hatte bereits so viele Schlachten geschlagen. Außerdem musste sie lernen, Kompromisse einzugehen, sonst könnte sie nie effektiv mit ihren Ministern zusammenarbeiten.

„Danke, Minister Liu. Es ist ein wahres Kunstwerk."

Er verneigte sich. „Eure Majestät wird ein Anblick für den Himmel sein."

Wenige Tage vor der Krönung traf eine Karawane von Reisenden aus Mulans Heimatdorf ein. Als Mulan die Neuigkeiten hörte, ließ sie mitten im Mahl ihre Suppenschüssel stehen und stürmte über den vorderen Innenhof des Palastes, gefolgt von einer Schar verwirrter Diener und Dienstmädchen. Sie kam schlitternd zum Halt und ließ ihren Blick über die Gruppe schweifen. Ihr Herz schwoll vor Freude in ihrer Brust, als sie die Reiter entdeckte, die durch das Tor gekommen waren. Die Frauen standen bei ihren Pferden, unterhielten sich miteinander und schauten mit großen Augen auf den Palast um sie herum. Sie kreischten vor Freude auf, als eine nach der anderen Mulan erblickte.

Liwen stand etwas abseits und erteilte einem unglückseligen Stallknecht genaue Anweisungen. Ihr blieb kaum Zeit, sich umzudrehen, bevor Mulan mit ausgebreiteten Armen auf sie zustürzte. Als sie zusammenstießen, verlagerte Liwen ihr Gewicht und blockte Mulans Schienbein mit ihrem eigenen. Arme lenkten Mulans Flugbahn, und einen Moment später fand sich die Thronfolgerin Chinas kurzerhand auf dem Boden liegend wieder.

Liwen brach neben ihr zusammen, und beide Frauen lagen einfach da und lachten so heftig, dass sie kaum atmen konnten.

„Vielleicht hätte ich das lieber nicht tun sollen?", fragte Liwen nach Luft schnappend, als ihr Blick auf die Bediensteten fiel, die verlegen um sie herum standen.

Mulan rappelte sich auf und schüttelte sich den Staub von ihrem unbezahlbaren Seidenkleid. Sie fühlte sich übermütig.

„Wenn du zum Tode verurteilt wirst, begnadige ich dich", erwiderte sie und hielt Liwen eine Hand hin, um sie hochzuziehen. „Es ist schön, dich zu sehen, Freundin."

Mulan schritt die Reihe der Frauen ab und begrüßte jede einzelne von ihnen persönlich. Nicht jedes Mitglied ihrer Miliz war gekommen, aber eine stolze Zahl hatte die Reise auf sich genommen. Ruolan und Wenling, die Mulan geneckt hatten, als Shang in ihr Dorf gekommen war, taten lautstark ihre Enttäuschung kund, dass der General nirgends zu sehen war. Es überraschte Mulan, Zhonglin in der Gruppe zu sehen, und sie fragte sich unwillkürlich, ob die junge Frau um ihretwillen gekommen war oder nur, um die Kaiserliche Stadt zu sehen.

„Bist du das, Fu Ning?“, fragte Mulan, die eine Gestalt mit einer Krücke entdeckt hatte.

Die junge Frau strahlte Mulan an. Ihr Lächeln war so breit wie ihre starken Schultern. Sie zeigte auf ihr dick bandagiertes Bein. „Der Arzt bezeichnet es als ein Wunder“, sagte sie. „Keine Infektion, und es scheint zu verheilen. Ich durfte die Reise in einem Karren antreten, und eines Tages kann ich vielleicht sogar wieder ohne Krücke laufen.“

„Ein Wunder, in der Tat“, sagte Mulan. Die Neuigkeiten erleichterten sie mehr, als sie gedacht hätte. Ihr war überhaupt nicht klar gewesen, wie viel Schuldgefühle sie wegen Fu Nings Verletzung immer noch mit sich herumgetragen hatte.

Als Mulan von Frau zu Frau hüpfte und versuchte, sich gleichzeitig über die Leben aller auf den neuesten Stand zu bringen, rollte ein letzter Wagen in den Hof. Die Tür wurde geöffnet.

„Mama, Baba!“

Mulan stürmte zu dem Wagen, scheuchte Knechte und Lakaien aus dem Weg. Ihre Mutter stieg zuerst aus der Kutsche, gefolgt von ihrem Vater, der die Stufen etwas langsamer hinabstieg und sich seine schlimme Hüfte rieb. Mulan mäßigte ihre Schritte, als ein Anflug von Schuldgefühlen sie übermannte. Sie fragte sich, wer jetzt jeden Morgen das Wasser für die Pferde und Schweine holte, wo sie fort war.

Die Mienen ihrer Eltern zeigten jedoch nicht den Hauch von Enttäuschung. Ihre Mutter zog sie in ihre Arme und umfasste dann Mulans Gesicht mit beiden Händen. „Meine Tochter“, sagte sie, und ihre Stimme brach vor Stolz.

„Wir haben dich vermisst“, sagte Baba und strahlte, als hätte er gerade einen lange verschollen geglaubten Schatz wiederentdeckt.

Es dauerte eine Weile, alle unterzubringen, aber schließlich zogen sich die Frauen der Miliz auf Gästezimmer zurück, und Mulan führte ihre Eltern in ihre privaten Gemächer. Sie fühlte sich seltsam verlegen, als sie durch die großen, opulenten Türen schritten. Ihr wurde auf einen Schlag wieder bewusst, dass ihre Gemächer, obwohl bescheiden nach Palaststandard, mindestens doppelt so groß wie ihr Zuhause waren. Sie fühlte sich wie ein kleines Mädchen, das die Kleider seiner Mutter anprobiert und erst bemerkt, wie lang die Ärmel sind, als es dabei erwischt wird.

„Setzt euch“, sagte sie und deutete auf ein paar Stühle. „Ihr müsst völlig erschöpft sein von der Reise.“

Als Mulan ihnen Tee einschenkte, bewunderte ihre Mutter die zierliche, in blau gemalte Landschaft auf der Teekanne. „Stell dir vor, du bekommst deinen Tee von der Kaiserin serviert“, sagte sie lächelnd.

„Selbst Kaiserinnen ehren ihre Väter und Mütter“, erwiderte Mulan. Die Hitze des Tees wärmte ihr Inneres, und endlich konnte sie sich entspannen. Der Raum fühlte sich voller an als je zuvor. „Ist zu Hause alles in Ordnung? Wer kümmert sich um den Hof, während ihr fort seid?“

„Die Hongs haben versprochen, sich um unseren Garten und die Tiere zu kümmern“, erwiderte ihre Mutter. „Ich sorge mich ein wenig um unsere Chrysanthemen, aber sie sind in guten Händen. Aber komm, unser Garten ist wohl kaum das Interessanteste, was wir zu besprechen haben. Erzähl uns, wie es dir ergangen ist.“

Mulan wog ihre Worte sorgfältig ab. Obwohl sie die Dienstmädchen und die Wachen entlassen hatte, damit sie frei sprechen konnte, war sie trotzdem unsicher, wie viel ihrer Sorgen sie ihren Eltern zumuten wollte.

„Ich bin sehr beschäftigt“, sagte sie. „Ein bisschen überwältigt, aber ich lerne dazu.“

Ihr Vater nickte. „Ich bin sicher, dass es viel zu lernen gibt, aber das schaffst du. Du bist der Stolz von China.“

„Ich hoffe es. An den meisten Tagen kommt es mir so vor, als müsste ich eine unmögliche Anzahl an Dingen nachholen. Wie kann ich ein ganzes Land anführen, wenn ich so wenig weiß?“

„Nun, ich war nie königlich, aber ich habe auch große Verantwortung getragen. Als du auf die Welt gekommen warst, hatte ich keine Ahnung, wie man ein Kind aufzieht. Ich habe geweint, wenn du weintest, und ich war jeden einzelnen Augenblick vollkommen überwältigt. Aber deine Großmutter hat mir gesagt: ‚Das Wichtigste ist, dass du sie liebst. Wenn deine Liebe stark genug ist, wirst du einen Weg finden.‘ Ich kann mir vorstellen, dass das auch auf die Anführer ganzer Reiche zutrifft. Das Wichtigste ist, dass du China liebst und seine Menschen dir am Herzen liegen. Das, kombiniert mit dem Rat deiner Minister, und du kannst nichts falsch machen.“

Mulan dachte an den täglichen Kampf mit ihren aufsässigen Ministern und wünschte, sie könnte dasselbe behaupten.

Dieser Tag war der glücklichste, seit Mulan in der Kaiserlichen Stadt eingetroffen war. Sie führte jeden, der Interesse bekundete, im Palast herum. Liwen begeisterte sich vor allem für den Übungsplatz mit seinem riesigen Vorrat an Übungswaffen, und Mulan versprach ihr, dass die Miliz am nächsten Morgen dort trainieren konnte. Am Abend gab es ein Bankett in der Großen Halle, mit Aufführungen von Palastakrobaten und Opernsängern. Die Köche übertrafen sich selbst mit außergewöhnlichen Kreationen der wilden Kräuter und Gemüse, die in Mulans Dorf heimisch waren. So wurde ein grünes Kraut, das Mulan normalerweise unter Rühren briet, stattdessen gehackt und unter gedämpftes Ei gemischt, während gelbe Wildblumen den geformten Klebreis schmückten. Alle aßen viel mehr, als nötig war.

Als Mulan gerade einen weiteren Bissen von mit Sirup getränktem Klebreis hinunterschluckte, kam Liwen zu ihr. Obwohl es üblich war, dass die Kaiserin ihr Mahl getrennt von den Gästen einnahm, hatte Mulan darauf bestanden, sich unter die Leute zu mischen, und war während des Essens in der Halle von Platz zu Platz geschlendert.

Mulans Freundin ließ sich mit weit weniger Anmut auf den Stuhl neben ihr fallen, als es ihrer damenhaften Kleidung angemessen gewesen wäre.

„Ist Shang im Palast?“, fragte sie.

„Ist er“, erwiderte Mulan.

Liwen schnappte sich ein Kügelchen Klebreis von Mulans Teller, steckte es ich in den Mund und leckte sich sorgfältig die Finger ab. „Ich habe ihn noch gar nicht gesehen.“

„Wir sind beide sehr beschäftigt.“

Liwens Augenbrauen sprachen eine ausgeklügeltere Sprache als so mancher Höfling, und in diesem Moment nannten sie Mulan eine Lügnerin.

„Es ist kompliziert", murmelte Mulan und war sich vollkommen bewusst, wie defensiv sie klang.

Liwen schürzte die Lippen und betrachtet Mulan mit einem Blick, als wäre sie eine Rüstung, bei der ein Teil fehlte. „Weißt du, du musst nicht Kaiserin werden, wenn du das nicht willst."

Mulans erster Impuls war es, sich hektisch umzusehen, ob irgendjemand ihren Worten lauschte. Ihr zweiter war es zu lachen, auch wenn es bitterer ausfiel, als sie beabsichtigt hatte. „Die Kaiserliche Stadt ist kein Kloster. Ich kann das nicht einfach alles zurücklassen."

„Warum nicht? Sollen sie sich doch um ihren eigenen Kram kümmern. Sollen sie sich doch ihr eigenes Leben ruinieren." Liwen hielt inne und musterte Mulan. „Aber das wirst du nicht tun, richtig?"

„Die Erbfolge war bereits umstritten, als der Kaiser mich zu seiner Erbin ernannt hat. Stell dir nur das Chaos vor, wenn ich abdanke. Alle meine Minister wollen selbst herrschen. Keiner von ihnen würde meine Ernennung eines Nachfolgers akzeptieren. Das ganze Land könnte zerrissen werden." Mulan schüttelte den Kopf. „Nein. Ich habe dem Kaiser mein Wort gegeben, dass ich China anführen und für es sorgen würde."

Liwens Lächeln war eine Mischung aus Frustration und resignierter Zuneigung. „Habe ich dir je erzählt, warum ich damals quer durch China zu dir gereist bin?"

„Nein, ich glaube, das hast du nie getan." Seltsam, dass das nach all der Zeit, die sie miteinander verbracht hatten, so war.

„Ich habe die Geschichte gehört, wie du dich als Mann verkleidet hast, um in die Armee einzutreten, und war voller Ehrfurcht vor deinem Akt der Rebellion. Ich meine, ich hatte es lange aufgegeben, mich so zu verhalten, wie eine ehrbare Frau es sollte, aber was du getan hast, war etwas vollkommen anderes. Erst nachdem ich dich getroffen hatte, habe ich begriffen, dass du eine der größten Regelbefolgerinnen bist, die es gibt."

Mulan fand zwar nicht, dass „Regelbefolgerin" der richtige Ausdruck war, aber sie verstand, was Liwen damit sagen wollte. Keine rebellische Ader hatte sie veranlasst, in die Armee einzutreten, sondern die Liebe zu ihrem Vater. Ihre Weigerung zuzulassen, dass er einen sinnlosen Tod starb.

„Es tut mir leid, dass ich so eine Enttäuschung bin“, entgegnete sie trocken.

Liwen wischte sich die Finger an der Ecke von Mulans Serviette ab. „Ja, nun, jeder hat so seine Fehler. Aber wo du gerade von deinen Ministern gesprochen hast, ich habe auf dem Marktplatz in der Stadt einen Kerl in offiziellem Gewand gesehen. Ich glaube, er gehört zu deinem Hof. Ein kleiner Mann mit rundlichen Wangen, der auf den Absätzen wippt, wenn er spricht?“

„Das klingt nach Minister Huang. Er kümmert sich um die Personalverwaltung.“ Mulan dachte kurz nach. „Huang scheint mir nicht der Typ, der seine eigenen Einkäufe tätigt.“

„Er hat nichts gekauft, sondern Hof gehalten, in Ermangelung einer besseren Beschreibung. Er hat mit den Menschen geredet, sich ihre Sorgen angehört und so weiter.“

„Verstehe.“ Obwohl das oberflächlich betrachtet nicht viel bedeuten musste, verursachte die Information ein ungutes Grummeln in Mulans Magengegend. Ministern war es selbstverständlich gestattet zu sprechen, mit wem sie wollten, aber Huang war niemand, der sich aus reiner Herzensgüte um den Pöbel kümmerte.

„Irgendetwas Bestimmtes, worüber er gesprochen hat?“, fragte sie.

Liwen rümpfte die Nase. „Alles und nichts. Er hat eine aalglatte Art.“

Versuchte er, die Leute auf seine Seite zu ziehen? Sich bei ihnen einzuschmeicheln? „Ich kann nicht viel dagegen tun, wenn er einfach bloß Zeit dort verbringt“, sagte Mulan resigniert.

Liwen seufzte. „Unverschämte Untergebene sind eine Plage, nicht wahr?“

Mulan folgte ihrem Blick zu Zhonglin, die am anderen Ende der Halle still ihr Dessert aß. Obwohl noch andere Frauen an ihrem Tisch saßen, hatte sie ihren Stuhl leicht von den anderen weggeschoben und beteiligte sich nicht an dem Gespräch.

„Ich war überrascht, Zhonglin hier zu sehen", gab Mulan zu.

„Sie bleibt meist für sich", erzählte Liwen. „Verschwindet manchmal in die Wälder und kommt zu spät zum Training."

Mulan sah Liwen überrascht an. Ihre Stellvertreterin war für gewöhnlich nicht der Typ, der Unpünktlichkeit tolerierte. Liwen winkte ab. „Oh, ich habe sie ständig bestraft. Ich hatte gehofft, dass die Reise hierher ihr mehr das Gefühl gibt, ein Teil der Gruppe zu sein. Die anderen Frauen würden sie mit offenen Armen empfangen, wenn sie sich nur ein wenig mehr Mühe geben würde."

In diesem Moment drehte Zhonglin sich zu ihnen um. Ihre großen Augen leuchteten im Licht der Laterne. Mulan hatte den Eindruck, dass sie wusste, dass Liwen und sie über sie sprachen.

Die Feierlichkeiten dauerten bis spät in die Nacht. Als Mulan schließlich in ihre Gemächer zurückkehrte, fielen ihr die Augen ganz von allein zu. Sie bemerkte, dass ein Haufen Schriftrollen von ihren Regalen gefallen waren, und Mulan war kurz versucht, sie einfach liegen zu lassen. Aber sie hatte Ting gebeten, sie vor Sonnenaufgang zu wecken, und sie wollte nicht riskieren, dass die Zofe darüber stolperte. Also raffte sie die Papiere zusammen und warf sie achtlos auf ihren Tisch. Dabei bemerkte sie, dass es sich bei einer der Schriftrollen um eine philosophische Abhandlung über das Herrschen handelte.

Der Kaiser hat seine Autorität nach dem Willen des Himmels erhalten. Es ist die Pflicht des Volkes, ihm nach Bedarf zu dienen. Ebenso sollte der Kaiser seine Untertanen nicht mit hohen Steuern oder Dienstanforderungen überfordern.

Mulan rollte das Papier wieder zusammen und empfand bissige Erheiterung bei dem Gedanken, ihren Ministern aus der Abhandlung zu zitieren, wenn sie das nächste Mal über Getreidesteuern diskutierten.

Sie schlief ein, kaum dass sie ins Bett gestiegen war. Es kam ihr nur wie Minuten später vor, als Ting sie mit einem Satz alter Trainingskleidung in den Armen aus dem Schlaf riss. Mulans Körper protestierte lautstark gegen die frühe Stunde, aber als sie sich in die frische Morgenluft geschleppt hatte, war sie überrascht, wie schnell ihre Stimmung sich hob. Es war still auf dem Palastgelände. Die Sonne lugte gerade erst über den Horizont. Und die bloße Aussicht darauf, mit ihren Freundinnen zu trainieren, anstatt zeremonielle Gewänder anzulegen, um sich mit ihren Ministern zu treffen, verlieh ihren Schritten einen unbestreitbaren Schwung.

Der Großteil der örtlichen Garnison trainierte auf einem Feld außerhalb der Stadtmauern, aber der Palast verfügte über einen kleinen Übungsplatz für zu Besuch weilende Edelleute und die Wachen, die im Palast stationiert waren. Eine gute Zahl von Mulans Miliz hatte sich bereits dort versammelt, sie dehnten ihre Glieder, unterhielten sich und rieben sich den Schlaf der vergangenen Nacht aus den Augen.

Liwen kam über das Feld, um sie zu begrüßen. Ihr Haar fiel ihr in zwei ordentlichen Zöpfen über den Rücken, und ihre Einfachheit sagte eine Menge darüber aus, wie müde sie letzte Nacht gewesen sein musste.

„Das Leben im Palast hat Euch weich werden lassen, Kaiserin", konstatierte sie mit einem vergnügten Funkeln in den Augen. „Nie habe ich erlebt, dass Kommandant Mulan als Letzte auf dem Feld eintrifft."

„Schuldig im Sinne der Anklage", erwiderte Mulan.

Hinter ihr fragte sich jemand lautstark, ob die Kaiserin überhaupt noch imstande sei, ein Schwert zu halten. Als sie sich umwandte, entdeckte sie nur Zhonglin, offensichtlich vollkommen vertieft in ihre morgendlichen Dehnübungen. Mulans Haut kribbelte verärgert, aber sie hatte das dumpfe Gefühl, dass ihren Unmut offen zu zeigen genau die Reaktion wäre, die Zhonglin sich erhofft hatte.

„Möchtest du uns bei dieser Übung anführen?", fragte Liwen.

„Später vielleicht. Erst mal würde ich gerne sehen, auf welchem Stand sie sind."

Mulan meinte, in der Art, wie Liwen zu den anderen zurücklief und sie aufforderte, sich zu formieren, einen gewissen Eifer zu entdecken. Es gab das ein oder andere gutmütige Stöhnen, aber die Frauen nahmen schnell ihre Stellungen ein.

Liwen stand vorn, rief Anweisungen und führte das Aufwärmen an, während die Bewegungen der Frauen allmählich in Einklang fielen. Obwohl sie nur einige Wochen fort gewesen war, konnte Mulan sehen, dass ihre Bewegungen genauer waren, besser koordiniert. Sie bewegten sich wie eine Einheit, und sie spürte die Energie, die zwischen den einzelnen Soldatinnen strömte, das Bewusstsein, das sie füreinander entwickelt hatten. Selbst das Flattern ihrer Kleidung bei ihren Bewegungen erklang synchron. Als sie sah, wie gut sie sich machten, wurde Mulan warm ums Herz.

Die Formation endete. Liwen rief den Frauen zu, sich zu rühren. Alle Augen richteten sich auf Mulan. Als sie lächelte, strafften sich zwanzig Paar Schultern.

„Gut gemacht, alle miteinander", sagte Mulan. „Wenling, hinter deinen Tritten steckt jetzt viel mehr Kraft als früher. Ruolan, du führst den Stab schon viel sicherer. Und ihr alle bewegt euch viel zusammenhängender im Team."

„Wir waren regelmäßig auf Patrouille", berichtete Liwen. „Dabei hatten wir drei Auseinandersetzungen mit Banditen. Bei einer haben wir Gefangene gemacht."

„Ihr seid eine Miliz. Eine richtige Miliz. Ich könnte nicht stolzer sein."

Die Frauen waren viel zu diszipliniert, um sich ohne Erlaubnis auf dem Übungsplatz zu bewegen, aber ihre Gesichter strahlten. Es war ein bittersüßer Moment für Mulan, zu sehen, welche Fortschritte sie gemacht hatten, und zu wissen, dass sie auch weiterhin ohne sie darauf aufbauen würden.

Liwen klatschte in die Hände. „In Ordnung, genug im Lob gebadet. Aufstellen für Schlachtfeldformation. Los, los, los!"

Die Frauen brachen auseinander und kamen in Zehnergruppen wieder zusammen – manche mit Schilden in den Händen, andere mit Speeren. Mulan wich vom Übungsplatz zurück, als verschiedene Gruppen einander abwechselnd attackierten. Liwen folgte Mulan, und gemeinsam sahen sie Seite an Seite zu.

„Ich habe Ruolan trainiert", sagte Liwen plötzlich.

„Allein?" Das befremdete Mulan, da Liwen offensichtlich alle Frauen trainiert hatte.

„Um mich zu ersetzen." Liwen sagte es schlicht und offen, aber sanft.

Da begriff Mulan. Liwen löste ihr Versprechen ein, sie zu verlassen. Obwohl Mulan gewusst hatte, dass dieser Tag kommen würde, schmerzte die Neuigkeit dennoch.

„Wohin wirst du gehen?“, fragte sie

„Ich bin noch nicht sicher. Ich werde sehen, wohin die Straße mich führt.“

Ein Teil von Mulan wollte mehr über Liwens Gründe erfragen, aber sie widerstand diesem Drang. Jetzt schien nicht der richtige Zeitpunkt dafür zu sein. „Du lässt es mich wissen, bevor du gehst, oder?“

„Natürlich“, erwiderte Liwen.

Es folgte eine unangenehme Stille, in der Mulan überlegte, ob sie noch mehr sagen sollte. Aber dann lief Liwen schon wieder leichtfüßig davon, um sich wieder den anderen Frauen anzuschließen.

Mulan beobachtete, wie Liwen die Miliz trainierte, und versuchte, die Worte ihrer Freundin zu verdauen. Sie hatte kein Recht, Liwen Vorwürfe zu machen, da sie selbst als Erste gegangen war. Und es war ja nicht so, als würde sie sonderlich viel von Liwen zu sehen bekommen, selbst wenn sie bei der Miliz bliebe. Doch China war riesig, und ohne die Miliz, die Liwen an einen bestimmten Ort band, konnte Mulan sich nur allzu leicht vorstellen, wie ihre Freundin in irgendeine weit entfernte Ecke des Landes verschwand und nicht mehr zu finden wäre.

„Sie sind gut“, sagte eine tiefe, vertraute Stimme neben ihr. Mulan zuckte zusammen und wandte sich zu Shang um. Seine Augen strahlten, und seine Trainingsrüstung saß locker auf seinen Schultern.

Sie schob die Gedanken an Liwen beiseite und bedankte sich mit einem leichten Neigen ihres Kopfes für sein Kompliment. „Es ist nur schwer vorstellbar, aber fast keine von ihnen hatte jemals ein Schwert in der Hand, bevor sie in die Miliz eingetreten sind. Sie waren hauptsächlich Bäuerinnen. Ein paar kamen aus Händlerfamilien. Aber sie waren so entschlossen.“

„Ihre Entschlossenheit hat sich ausgezahlt.“ Sein Blick wanderte beständig auf dem Platz umher und beobachtete die Bewegungen der Soldatinnen aufmerksam. „Ich wäre stolz, diese Truppen trainiert zu haben.“

Mulan wurde warm in der Brust. „Danke. Es bedeutet mir viel, das von dem Mann zu hören, der mich trainiert hat."

Seine wachsamen Augen wanderten von der Truppe zu ihr. „Und wie geht es dir?"

Der Tonfall seiner Stimme verriet, dass er nach mehr als ihrer Stimmung an diesem Morgen fragte. Mulan sah sich verstohlen um, zum Teil, um ihr Gesicht vor seinem forschenden Blick zu verbergen, und zum Teil, um sicherzugehen, dass sie tatsächlich allein waren. „Ich bekomme den Dreh allmählich raus. Die Minister haben sich seit dem Tod des Kaisers verändert."

Shang nickte. „Das enttäuscht mich, aber es überrascht mich nicht. Sie haben jetzt keinen Grund mehr, ihre wahren Ansichten zu verbergen. Aber was sie auch tun, du bist die Kaiserin. Letzten Endes hältst du die Macht in Händen."

Mulan verspürte einen Anflug von Verdruss. Sie wusste, dass sie Kaiserin war. Aber das machte ihren täglichen Kampf mit ihren Ministern nicht weniger anstrengend.

„Was ich dir sagen wollte …", begann Shang. Er hielt einen Moment inne und suchte die richtigen Worte. „Es tut mir leid, dass ich in letzter Zeit nicht so oft hier war. Ich hatte Probleme mit dem Gedanken an deine Krönung und was sie bedeuten könnte … für uns. Das war kleinlich von mir, besonders zu einer Zeit, als du meine Unterstützung gebraucht hättest. Ich werde nicht wieder verschwinden. Und was auch geschieht, ich werde immer dein treuer Untertan sein."

Bei den letzten Worten zog sich ihr Herz schmerzhaft zusammen. „Untertan?", fragte Mulan leise. Dic Luft zwischen ihnen knisterte mit all den Dingen, die unausgesprochen blieben.

Shangs Blick wurde weicher. „Und dein Freund."

Das hätte wie eine Zurückweisung klingen können, aber das Versprechen von Treue war wahr. Mulan wusste das, selbst als sich ihr Magen verkrampfte bei dem Gedanken an den Verlust dessen, was hätte sein können. Vielleicht würde sie sich später erlauben, diesen Verlust zu betrauern und über die Ungerechtigkeit der Welt zu fluchen, aber im Augenblick war sie zu erschöpft, um den Gedanken an eine Heirat wieder aufzugreifen oder sich noch einmal Gedanken über ihre Zukunft zu machen. Auf gewisse Art war es eine Erleichterung, die angebotene Freundschaft beim Wort zu nehmen.

„Danke", sagte sie. „Ich könnte mir keinen besseren Freund wünschen."

Sie sah Zuneigung und Achtung in Shangs Augen, selbst als er versuchte, sein Bedauern zu verstecken. „Du sprichst in zu hohen Tönen von mir. Aber ich werde mein Bestes geben, um dir gerecht zu werden."

Mulan erwachte mit Tings leiser Stimme im Ohr.

„Eure Majestät."

Sie stöhnte. Draußen war es stockdunkel, und sie war erschöpft.

„Eure Majestät, es ist Zeit, mit Eurer Vorbereitung zu beginnen." Mulan öffnete ein Auge und sah, wie Tings magere Gestalt vor Begeisterung auf und ab hüpfte.

Vorbereitung? In der nächsten Sekunde traf sie die Erkenntnis wie ein Schlag. Der Grund, warum sie sich in der vergangenen Nacht unentwegt im Bett umhergewälzt hatte. Die Nervosität, die ihre Träume überschattet hatte.

Heute war der Tag ihrer Krönung.

Mulan fuhr hoch. Die plötzliche Bewegung ließ ihren Blick verschwimmen, und sie schwankte einen Augenblick, bevor sie Tings ausgestreckte Hand ergriff und sich von der Zofe zum Bad führen ließ. Normalerweise badete Mulan sich selbst, aber Ting hatte ihr die schiere Masse an Verschönerungen eingebläut, die sie für den heutigen Tag würde über sich ergehen lassen müssen. Die junge Zofe hatte einen überraschenden Schneid an den Tag gelegt und sogar ihre befreundeten Zofen angeschleppt, um sie zu unterstützen. Also hatte Mulan nachgegeben. Trotzdem, mit einer Zofe an jeder ihrer Gliedmaßen, die geschrubbt, geölt und parfümiert wurden, kam sich Mulan eher wie ein gerupftes Huhn vor, das man für die Suppe vorbereitete, als wie eine Kaiserin, die ihre Krone erhalten sollte. Endlich durfte sie aus der Wanne steigen, wurde in einen luxuriösen seidenen Morgenmantel gehüllt und zu ihrem Kleiderschrank geführt.

Mulan fiel es leichter, sich den Ereignissen dieses Morgens zu stellen, wenn sie so tat, als wäre ihre Kleidung eine Rüstung. Das steife Krönungsgewand, das Ting ihr über die Schultern legte? Sie stellte sich vor, dass es mit Fäden aus gesponnenem Gold gewebt war und die aufgestickten Phönixe mit feuerrotem Eisen genäht. Ihre Schärpe, die lose über ihren Rücken hing, war ein Schulterpanzer aus blauem Eisen, und die Phönixe auf ihren Schuhen waren Stacheln und Sporen.

„Bitte neigt Euren Kopf nach vorn, Kaiserin."

Eine Zofe packte eine Handvoll Haar und zog so fest daran, dass Mulan Tränen in die Augen stiegen. Zumindest fiel es ihr so leichter, sich ihr Haar wie einen Helm vorzustellen. Als die Zofe damit fertig war, das Haar um mehrere Kämme zu wickeln und die mehrschichtigen Haarknoten mit allem Möglichen zu schmücken, von Blumen über Jade bis hin zu winzigen goldenen Glöckchen, hätte Mulans Frisur Pfeile weitaus besser aufgehalten als alles, was die kaiserliche Schmiede zu bieten hatte.

Die Zofe steckte eine letzte Haarnadel in ihr Kunstwerk und trat zurück. „Alles fertig."

Sie fächerte die Schleppe des Gewands auf, als Mulan vor einen mannshohen Spiegel trat. Ihr Spiegelbild war verzerrt und wirkte metallisch auf der kupferfarbenen Oberfläche, aber sie konnte sehen, dass sie so aufwendig geschminkt war wie die feinsten Hofdamen. Das Gesicht weiß gepudert, die Augen mit Kohle umrandet und ihre Lippen so rot wie ihre Schärpe. Ihre Augenbrauen waren abrasiert und mit blauschwarzem Pigment nachgezogen worden. Winzige Silberperlen schmückten ihre gelb gefärbte Stirn, und auf ihre rechte Wange waren drei Blumen gemalt worden.

„Rüstung", hauchte Mulan.

„Eure Majestät?"

„Nichts, ich habe nur mit mir selbst gesprochen."

Es gab viele verschiedene Arten von Rüstungen. Mulan würde nie vergessen, wie sie vor all der Zeit in jener schicksalhaften Nacht die Rüstung ihres Vaters gestohlen hatte – wie sie sie in tiefster Schwärze aus dem Schrank gehoben hatte und unter ihrem unerwarteten Gewicht gestolpert war. Sie erinnerte sich noch an den süßen Geruch von Lederöl, als sie damit gekämpft hatte, die Rüstung über ihren Kopf zu ziehen, an das flaue Gefühl im Magen, als sie den Gürtel enger schnallen musste, als er Löcher gehabt hatte, dass sie zu klein und zu schwach war und scheiterte, noch bevor sie ihr Zuhause überhaupt verlassen hatte. Wer war sie, dass sie sich einbildete, sie könnte monatelang wie ein Mann leben und kämpfen? Wer war sie, dass sie sich einbildete, sie könnte die Pflichten eines Sohnes erfüllen?

In dieser ersten Nacht – im ganzen ersten Monat – war das Scheitern ihr gefolgt, hatte sie gekratzt und gebissen wie die Flöhe im Lager. Und doch … hier stand sie, Kaiserin von China. Während des Krieges hatte die große, unhandliche Rüstung ihres Vaters ihre Geheimnisse bewahrt und sie am Leben gehalten. Jetzt musste sie darauf vertrauen, dass dieses zeremonielle Gewand dasselbe tun würde.

„Der Minister der Riten", verkündete ein Eunuch vor Mulans Gemächern.

„Lasst ihn herein", sagte Mulan.

Selbst Minister Liu hatte sich zurechtgemacht. Sein graues Haar war ordentlich zurückgekämmt und steckte unter einem tiefschwarzen Futou, und seine Gewänder waren bemerkenswert faltenfrei.

„Eure Majestät", sagte er. „Ihr seht großartig aus."

„Und kaiserlich, hoffe ich", erwiderte Mulan.

„Das versteht sich von selbst."

Diener verneigten sich tief, als sie und der Minister ihre Gemächer verließen und sich in den Kaiserlichen Hof aufmachten. Die späte Morgensonne strahlte auf die Prozession herab, die sich innen vor den Palasttoren versammelt hatte. Ein Orchester stand ganz vorn. Die Musiker stimmten ihre Lauten und Zithern und polierten ihre Schellen. Tänzer drehten und streckten sich in bunten Gewändern und schwenkten ihre langen Schärpen. Auf sie folgten Reihen um Reihen Soldaten, deren Rüstungen so blank poliert waren, dass Mulan befürchtete, sie würden die Tänzer blenden. Ohne hinzusehen, wusste sie, dass Shang an der Spitze der Truppen stand.

Im Herzen der Prozession stand eine mit goldenem Tuch ausgekleidete Sänfte. Nach vorn war sie vollständig offen, und die Seitenwände reichten nur ein kleines Stück über ihren Sitz hinaus. Gelbe Troddeln hingen vom Dach herunter.

„Eure Sänfte, Eure Majestät", sagte der Minister.

Mulan kletterte hinein. Die Sitzbank war breit und mit einem langen Seidenkissen gepolstert. Jemand bellte einen Befehl, und die vier Diener, die die Sänfte tragen würden, erhoben sich. Mulan krallte ihre Finger in die Sitzbank, als die Plattform schwankend auf Schulterhöhe gehievt wurde.

Unter ihr gab der Minister der Riten dem Kapellmeister ein Zeichen. Trommelschläge erklangen wie ein tiefer, gleichmäßiger Herzschlag. Flöten und Rohrflöten trällerten eine Melodie, und dann stimmten die Lauten und die Erhu ein. Ein weiterer Ruf ertönte, und eine Gruppe von fünf Männern zog die Palasttore auf.

Falls Mulan die Musik zuvor für laut gehalten hatte, so war das nichts im Vergleich zu dem Aufschrei der Massen. Ein Meer aus Gesichtern blickte zu ihr auf. Jung und Alt, Männer und Frauen, alle reckten die Hälse, um einen Blick auf Mulan zu erhaschen. All diese Augen, all diese Erwartungen waren absolut überwältigend, und für einen Augenblick krampfte sich Mulans Brust panisch zusammen. Dann entdeckte sie ein vertrautes Gesicht – Liwen sprang winkend auf und ab, zusammen mit dem Rest ihrer Miliz. Und obwohl Mulan sie über den Lärm nicht verstehen konnte, wusste sie doch, dass sie ihren Namen riefen. Sie winkte ihnen zu – und dann auch allen anderen Menschen.

Die Prozession wand sich in einer weiten Schleife durch die Straßen. Nachdem Mulan den Lärm und ihre eigene Nervosität überwunden hatte, befand sie, dass es eine gute Art und Weise war, die Kaiserliche Stadt zu besichtigen. Die schiere Anzahl und Vielfalt der Gesichter in der Menge versetzten sie in Erstaunen, und sie kämpfte mit der Erkenntnis, dass all diese Menschen nun auf der Suche nach Führung und Schutz zu ihr aufblickten.

Die Parade hatte die Hälfte der Strecke zurückgelegt, als Mulan ein weiteres vertrautes Gesicht in der Menge entdeckte. Zunächst glitt Mulans Blick über sie hinweg, aber die rosafarbenen Lippen und das perfekte ovale Gesicht waren unverkennbar. Es war Zhonglin. Die junge Soldatin stand ganz weit hinten in der Menge, und sie machte eine seltsame Geste mit den Händen. Sie hielt sich vier gespreizte Finger vor das Gesicht, dann ballte sie beide Hände zu Fäusten und legte sie übereinander. Sie war aus ihrem Sichtfeld verschwunden, bevor Mulan genauer hinsehen konnte. Aber jetzt, da Mulan die Geste einmal bemerkt hatte, entdeckte sie immer wieder Menschen in der Masse, die sie wiederholten.

Handelte es sich um eine Art Zeichensprache? Ein Signal?

Als sich die Palasttore wieder vor ihr auftaten, war der Hof mit dem gesamten kaiserlichen Personal und der Kaiserlichen Armee gesäumt, die in geordneten Reihen wie auf dem größten Schachbrett der Welt vor ihr strammstanden. Soldaten säumten ihren Weg, den Rücken gerade, ihre Waffen glitzerten in der Sonne. Neben ihnen standen Eunuchen, die ihrem Rang entsprechend in blaue, grüne, braune und hellbraune Gewänder gehüllt waren. Dienstmädchen und Diener standen im Hintergrund, ihre schlichte Kleidung war dem Anlass entsprechend gebügelt und glänzte. Der Minister der Riten erwartete sie an den Toren. Mulan stieg aus ihrer Sänfte und schritt mit ihm auf die Große Halle zu.

„Ist bei der Parade alles glattgegangen, Eure Majestät?“, fragte er.

„Ja“, erwiderte Mulan. Sie staunte über die Stille, die hier drinnen herrschte, verglichen mit den zügellosen Feierlichkeiten draußen in der Stadt. „Ich habe gesehen, wie einige Menschen in der Menge ein Handzeichen gemacht haben“, erzählte sie dann leise. „Vier Finger vor dem Gesicht und dann doppelte Fäuste übereinandergelegt. Wisst Ihr, was das zu bedeuten hat?“

Für einen kurzen Augenblick fiel ein Schatten über das Gesicht des Ministers. „Jeder Kaiser sieht sich im Lauf seiner Herrschaft mit Zeichen von Rebellion konfrontiert. Manchmal ist es besser, sie zu ignorieren, um nicht versehentlich die Flammen anzufachen.“

Mulan sah ihn an. „Ihr meint, die Geste sei ein Zeichen der Rebellion?“ Aber Zhonglin hatte diese Geste gemacht.

Minister Liu hielt inne, um der Menge zuzulächeln und zu winken, bevor er zu einer Erwiderung ansetzte. „Ich könnte mich irren", sagte er leise. „Wahrscheinlich ist es nichts. Eure Majestät muss sich mit solchen Dingen erst belasten, wenn sie sich ausbreiten."

Mulan bohrte sich die Fingernägel in ihre Handfläche und konzentrierte sich darauf, einen Fuß vor den anderen zu setzen.

„Wie würdet Ihr *ausbreiten* definieren, Minister Liu?"

„Macht Euch darüber jetzt keine Gedanken, Eure Majestät. Heute ist ein Tag der Freude."

Das war so, als würde jemand sagen, man solle den Ausblick auf den Berg genießen, während der Wald niederbrannte. Hatte Mulan etwa eine Verräterin in ihrer eigenen Miliz?

Die großen Türen zum Thronsaal glitten vor ihr auf. Dahinter saßen reihenweise örtliche Gouverneure und Würdenträger. Ganz vorn erhob sich ein Podest, auf dem Priester des Himmelstempels sie erwarteten, zusammen mit ihren Ministern.

Mulan erhaschte ihren ersten Blick auf Shang in seiner zeremoniellen Uniform aus blauer Seide. Auf seinem Oberkörper stellten Tiger einer unsichtbaren Beute nach. Er sah aus wie ein Krieger aus den Legenden oder von einem Wandteppich, und ihre Brust zog sich schmerzhaft zusammen, als sich ihre Blicke trafen.

Am anderen Ende auf dem Podest saßen Mulans Mutter und Vater. Ihr Herz schwoll an beim Anblick ihres Vaters in seiner alten Rüstung, nun auf Hochglanz poliert. Ihre Mutter wirkte in ihrem weiß-gelben Gewand selbst wie eine Kaiserin. Keiner von ihnen liebte Pomp und Zeremonien. Mulan erkannte das daran, wie ihre Mutter ihre Glieder vor der Extravaganz um sie herum zurückzog, und an der amüsierten Toleranz, mit der ihr Vater die geschäftigen Beamten musterte. Aber als die Augen ihrer Eltern Mulan fanden, lag in ihren Gesichtern nichts als Liebe.

Als Mulan ihren Platz auf dem Thron eingenommen hatte, ertönte eine tiefe Melodie von einem steinernen Glockenspiel und läutete den Beginn der Zeremonie ein. Der Hohepriester las von einer Schriftrolle die lange Liste der Pflichten eines Kaisers ab. Mulan wurde ein bronzenes Weihrauchgefäß überreicht, das die Form einer Bergspitze in den Wolken hatte und mit Türkisen und roten Juwelen besetzt war. Süßer Rauch stieg aus dem Gefäß auf, als sie es erst den Göttern präsentierte und sich dann vor ihren Eltern verneigte.

„Hoch lebe Kaiserin Mulan“, rief der Minister der Riten. „Möge sie zehn mal zehntausend Jahre leben.“

Ein Gong ertönte. Alle fielen vor ihr auf die Knie, und ihre Rufe hallten durch den Saal. Mulan konnte die Erschütterung in ihren Füßen spüren, so als stünde sie knietief in Donnergrollen. Es lag Macht in diesem Saal, Macht in dem Ritual, das soeben durchgeführt worden war, und Mulan würde sich diese Macht entweder zunutze machen oder von ihr fortgerissen werden.

Endlich verhallten die letzten Stimmen in der Stille. Der Priester sprach ein endgültiges Gebet, um die Zeremonie zu beenden. Die Menge erhob sich, und die Stimmung stieg in Vorfreude auf das kommende Festmahl.

Minister Liu führte Mulan zum Kaiserlichen Bankettsaal, wo sie mit ihren Ministern zu beiden Seiten an der Haupttafel Platz nahm. Als die Gäste sich niedergelassen hatten, tischte das Küchenpersonal ein Aufgebot kulinarischer Köstlichkeiten auf: geröstete Ente mit bis zur Perfektion knusprig gebackener, karamellisierter Haut, Schildkrötensuppe und gebackene Bärentatzen, Holzäpfel in Honig, Dim-Sum mit den verschiedensten Füllungen, von Fleisch über wilde Kräuter bis hin zu süßer Lotuspaste, und so geschickt gefaltet, dass sie wie Goldfische, Schmetterlinge und Blumen aussahen.

Immer mehr Essen wurde aufgetischt. Der Wein floss in Strömen. Gerichte wurden vor Mulan abgestellt und wieder weggenommen, lange nachdem sie schon längst keinen Bissen mehr essen konnte. Ein paarmal schielte sie aus dem Augenwinkel zu Shang hinüber, vier Plätze zu ihrer Rechten. Auch er schien nicht viel essen zu können.

Mit dem Essen kam auch die Unterhaltung. Eine Truppe Akrobaten machte Handstand auf einer Pyramide aus Stühlen. Als Nächstes kamen Schwert- und Fächertänzer, gefolgt von einer einstimmigen Oper. Mulan war dankbar für das Spektakel, da es bedeutete, dass sie sich nicht mit ihren Ministern unterhalten musste. Die gesamte Szenerie fühlte sich surreal an, eine wilde Feier, die eher ins Reich der Träume gehörte als in die Realität.

Endlich ließ der Strom an Essen und Wein nach. Die Opernsängerin sang die letzten Töne ihrer Arie, und auf ihren Auftritt schien keine weitere Unterhaltung zu folgen. Alle Augen richteten sich auf Mulan.

„Kommt", forderte Minister Liu sie auf. „Wir sollten Euch jetzt dem Volk präsentieren."

Gemeinsam verließen sie den Bankettsaal. Mulan achtete sorgfältig darauf, nicht über ihre Gewänder zu stolpern, als sie die Stufen zu dem Balkon emporschritt, der über dem riesigen Innenhof des Palasts aufragte. Die Dämmerung war inzwischen hereingebrochen, und ein breites rotes Band erstreckte sich über den westlichen Himmel. Die ordentlich aufgereihten Soldaten vom Morgen waren verschwunden und durch eine Menschenmenge ersetzt worden, die so dicht gedrängt stand, dass Mulan den Boden nicht sehen konnte. Stille breitete sich über dem Volk – ihrem Volk – aus, als Mulan an die Brüstung trat.

„Ich präsentiere euch Kaiserin Mulan!", rief Minister Liu.

Wenn der Jubel im Thronsaal wie Donnerschläge geklungen hatte, dann glich der Beifallssturm der Menge einem Erdbeben. Weiter und immer weiter wütete es, ließ den Palast erbeben und alles in ihm. Mulan befürchtete, dass sie davon zu Boden geschleudert werden könnte, wenn sie sich nicht dagegen wappnete. Aber der Jubel sprach ihr auch Mut zu. Sie sah auf die begeisterten Gesichter hinab, und in diesem Augenblick schienen die Anzeichen einer Rebellion, die sie früher am Tag gesehen hatte, in weiter Ferne zu liegen. Dies waren die Menschen, die ihr anvertraut worden waren, und Mulan verspürte den heftigen Drang, sie beschützen zu wollen.

Endlich, nach einer Weile, die ihr wie eine Ewigkeit vorkam, beruhigte sich die Menge. Erwartung lag in der Luft.

Mulan holte tief Luft, und mit dem Gefühl, ihre Worte an das Universum selbst zu richten, sagte sie: „Die Götter haben es für richtig befunden, mich auf den Thron zu setzen. Ich stelle mich dieser Verantwortung nicht leichtfertig. Während des Krieges habe ich Seite an Seite mit Chinas tapfersten Soldaten gekämpft, um unser Reich vor den Hunnen zu retten. Ich schwöre, dass ich unsere Nation auch in Zukunft beschützen und bewahren werde."

Die Energie in der Menge verschob sich. Zunächst kaum wahrnehmbar, aber dann breitete sich ein Gefühl, dass etwas falschlief, wie Wellen unter den Menschen aus. Finger deuteten in den Himmel, und Mulan sah gerade noch rechtzeitig auf, um zu sehen, wie fünf Sternschnuppen hinter den Palastmauern niedergingen.

Als ihre Schweife verglüht waren, schrie eine Frau. Stimmen waberten von unten zu Mulan herauf.

„Ein Omen …"

„Zeichen des Himmels …"

„Götter missbilligen …"

Minister Liu erblasste. „Beendet Eure Rede, Eure Majestät. Rasch."

Die Sterne hatten Mulan bis ins Mark erschüttert, und sie konnte sich nicht mehr erinnern, was sie noch hatte sagen wollen.

„Möge der Himmel auf unser Reich hinabblicken und uns segnen", schloss sie.

Anschließend warf sie Minister Liu einen flehenden Blick zu, der einem Diener ein Zeichen gab, das Feuerwerk zu starten.

Für einen langen Augenblick passierte nichts. Dann zischte ein Funken durch die Luft, gefolgt von einem weiteren und noch einem, bis sie in einer Vielfalt aus Farben am Himmel erblühten.

Kapitel Acht

In dieser Nacht waren Mulans Träume voller Funken und Flammen. Feuerwerksraketen verwandelten sich in Sternschnuppen, die zu Phönixen wurden, die wiederum von Drachen verschluckt wurden. Schattenhafte Gestalten tanzten zwischen den mystischen Kreaturen umher und hielten sich hin und wieder vier Finger vor das Gesicht. Mulan schlief unruhig, halb gewahr, dass sie in ihrem Bett lag. Auf eine unbestimmte Art wusste sie, dass sie sich mehr Mühe geben sollte, sich zu erholen, denn ihre Arbeit lag erst noch vor ihr.

Es war noch dunkel vor den Fenstern, als sie den Versuch schließlich aufgab. Sie hatte nur ein paar Stunden geschlafen. Zwar hatte sie fast den ganzen vergangenen Tag nur gesessen, aber sie fühlte sich, als wäre sie stundenlang gerannt.

Sie schlug die Decken auf, stieg aus dem Bett und ging zum Fenster, in Gedanken bei den Sternschnuppen und ihrem Weg über den Himmel. Es war ein atemberaubender Anblick gewesen, wie sie eine nach der anderen vom Himmel gefallen war. Was hatte das zu bedeuten? Waren sie wirklich ein böses Omen?

Draußen zirpten Grillen, und eine einsame Eule stieß einen leisen Ruf aus. An Schlaf war heute Nacht nicht mehr zu denken. Mulan hatte Fragen, und die Antworten würde sie nicht hier in ihrem Schlafzimmer finden.

Der Kleiderschrank in ihren Kaiserlichen Gemächern war größer als so manches Gästezimmer. Mulan nahm eine kleine Lampe mit hinein und ließ ihre Hand über Reihen aus Seide und Leinen gleiten. Die Sachen, die sie suchte, würden nicht ganz vorne hängen. Endlich stieß sie in einer Nische in der Wand auf ihre alte Reisetasche. Darin befanden sich ein einfaches Hemd, eine Hose, Handschuhe, ein Mantel und ein Paar gut eingelaufener Stiefel.

Mulan schlüpfte in ihre alten Sachen, fasste ihre Haare zu einem Knoten zusammen und ging in Gedanken ihre Möglichkeiten durch. Vor ihrer Tür standen zwei Leibwächter Wache. Sie waren von Shang handverlesen, und sie zweifelte nicht an ihrer Treue oder ihrer Diskretion, aber sie wollte ihre Gesellschaft im Augenblick einfach nicht.

Zum Glück hatte sie in der Armee den ein oder anderen Trick gelernt. An den Pfosten ihres Himmelbettes hingen lange goldene Schärpen, um die Vorhänge zurückzubinden. Sie löste eine davon und schob leise das Gitter vor dem Fenster hoch, das auf den Garten hinausging. Der Duft von Jasmin stieg ihr entgegen.

Nur eine hauchdünne Mondsichel stand am Himmel – gerade genug Licht, um zu sehen, dass der Hof verlassen dalag. Mulan schlüpfte hinaus, warf die Schärpe um eine Säule über ihr und benutzte sie als Kletterleine. Als das Dach endlich in Reichweite kam, brannten ihre Schultern von der Anstrengung. Sie hatte ihr Training schleifen lassen. Die Dachziegel waren rutschig und strahlten Kälte aus, und sie war froh, dass sie an ihre Handschuhe gedacht hatte. Als sie sich über die Kante gezogen hatte, kletterte sie rasch auf die andere Seite und ließ sich auf den Boden fallen. Dort oben zu verharren, wäre wie eine Einladung an einen übereifrigen Wachmann, sie zu erschießen. Nicht gerade die günstigste Art, eine Dynastie zu beenden.

Sie wollte in die Stadt, mochte aber nicht allein unterwegs sein. Glücklicherweise kannte sie jemanden, der sich auf die Gelegenheit stürzen würde, sie zu begleiten.

Mulan kam sich fast wie ein ungezogenes Kind vor, als sie durch den Palast schlich. Tatsächlich machte es ihr Spaß, von Busch zu Busch zu hechten, sich vor Dienstmädchen und vereinzelten Soldaten zu verstecken und den Einschränkungen des kaiserlichen Lebens zu entkommen, wie sie es bei Tag niemals könnte. Sie überquerte das Palastgelände in Richtung der Gemächer, die für Gäste vorgesehen waren. Die niederen Gäste teilten sich große Schlafsäle, während die höherrangigen ihre eigenen Gemächer zur Verfügung gestellt bekamen. Mulan sah sich kurz um, ob die Luft rein war, dann klopfte sie sanft gegen den Rahmen eines mit Wachspapier bespannten Fensters.

Keine Antwort. Mulan runzelte die Stirn und klopfte erneut. Dieses Mal knarrte von drinnen ein Bodenbrett. Das Fenster wurde geöffnet, und Liwens benommenes Gesicht sah hindurch.

„Komm mit mir in die Stadt", flüsterte Mulan.

Liwen rieb sich die Augen und ließ den dicken Zopf, den sie zum Schlafen trug, durch ihre Finger gleiten. „Was für eine Kaiserin bist du?", fragte sie schlaftrunken.

„Eine schlechte. Oder eine gute, wer weiß? Ich will die Stadt sehen. Komm schon. Du reist morgen ab. Wer weiß, wann sich uns wieder die Gelegenheit bieten wird, so etwas zu tun?"

Liwen stöhnte auf, aber Mulan wusste, dass sie sie in der Hand hatte.

„Warte, bis ich mich angezogen habe", sagte Liwen schließlich.

Eine Viertelstunde später erklommen sie die Palastmauern in ihrer Bauernkluft und kicherten dabei auf höchst unkaiserliche Art. Sie rannten ein paar Blocks weit und nahmen hier und da eine Abzweigung, bis sie sicher sein konnten, dass niemand ihnen gefolgt war. Erst dann mäßigten sie ihre Schritte zu einem gemütlichen Schlendern.

Die Stadt war nach der Krönungsparade ziemlich unordentlich. Essensreste, Papierfetzen und die Überbleibsel des Feuerwerks übersäten die ungepflasterten Straßen. Zu dieser frühen Stunde begannen die ersten Leute damit, vor ihren Türschwellen zu fegen. Mulan und Liwen legten einen forschen Schritt an den Tag, rasch genug, um Unterhaltungen mit Umstehenden zu vermeiden, aber nicht so schnell, dass sie Aufsehen erregt hätten. An einer Straßenecke, an der einige Frühaufsteher sich zu einem Schwätzchen versammelt hatten, verlangsamte Mulan ihre Schritte.

„Fünf davon, heller als das Feuerwerk danach!", sagte ein Mann.

„Die Götter sind nicht zufrieden …"

„Vielleicht war es ein Segen der Götter."

„Sterne, die aus dem Himmel stürzen? Die verheißen nie etwas Gutes."

Mulan senkte den Kopf und beschleunigte ihre Schritte, bis die Stimmen hinter ihr verklungen waren. Für einen kurzen Augenblick bereute sie es, Liwen mitgenommen zu haben. Obwohl Liwen schon unzählige Male Zeugin geworden war, wie Mulan auf dem Übungsplatz gedemütigt wurde, hätte Mulan es vorgezogen, diese Schande allein zu durchleben.

Aber dafür war es jetzt zu spät, und Mulan konnte wohl kaum so tun, als wäre nichts geschehen. „Hast du die fallenden Sterne gesehen?", fragte sie.

„Ich bin, kurz bevor sie am Himmel zu sehen waren, nach draußen in den Hof gekommen. Sie waren nicht wirklich heller als das Feuerwerk."

„Glaubst du, das hat etwas zu bedeuten?" *Ein schlechter Herrscher wird das Mandat des Himmels verlieren. Sein Land wird von Unglück heimgesucht: Krieg, Erdbeben, Hungersnöte, Überschwemmungen, Warnungen, die in den Sternen stehen.*

Liwen zuckte mit den Schultern und ging voran. „Ich glaube, die Zeichen des Himmels sind für den Menschen unmöglich zu deuten."

„Du glaubst nicht an Omen?"

„Ich würde nicht sagen, dass sie alle falsch sind, aber ich habe oft genug erlebt, dass sie sich als unwahr herausstellten, um skeptisch zu bleiben. Und selbst wenn diese Sterne von den Göttern geschickt wurden … woher willst du wissen, dass sie für dich bestimmt waren? Vielleicht wollten die Götter auch jemandem in einem benachbarten Reich eine Nachricht schicken."

Mulan ging schweigend weiter. Nach einer Weile warf Liwen ihr einen verstohlenen Blick zu.

„Bist du anderer Meinung?", fragte sie.

„Meine Großmutter hat an Omen geglaubt", sagte Mulan leise.

Liwen legte den Kopf schief. „Ich habe deine Großmutter leider nicht kennengelernt."

„Du hättest sie geliebt. Sie hat ständig gekocht und hatte fast immer Besuch. Wenn sie in der richtigen Stimmung war, hat sie ihm aus der Hand gelesen oder manchmal sogar einen Orakelknochen für ihn verbrannt, wenn er sich gerade an einem Scheideweg befand. Manchmal kam uns das alles ein wenig lächerlich vor. Wir haben sie mit ihren Glücksgrillen aufgezogen, aber sie schien auch Dinge zu wissen. Sie hatte dieses besondere Gespür."

„Was glaubst du, was deine Großmutter zu den Sternen sagen würde?"

Das war eine gute Frage. Mulan konnte sich einfach nicht vorstellen, dass ihre Großmutter sich mit ihr hinsetzen und ihr sagen würde, dass die Götter gegen sie stünden und sie einfach aufgeben sollte. Aber sie glaubte auch nicht, dass Nai Nai dieses Omen einfach so von der Hand weisen würde.

Eine leichtfüßige Gestalt rannte plötzlich vor ihnen über die Straße. Sie wirkte seltsam vertraut.

„War das ..." Mulan hielt inne.

„War das Zhonglin?", fragte Liwen.

Die beiden tauschten einen Blick. Das schien unmöglich, aber ...

Mulan rannte los. Mit Liwen auf den Fersen, eilte sie zu der Straßenkreuzung, an der sie die Gestalt gesehen hatten. Mitten auf der Kreuzung kam sie schlitternd zum Stehen und sah sich um. Staubige Straßen, abgedeckte Marktstände. Ein alter Mann saß auf seiner Türschwelle, die Knie gespreizt, und starrte sie an. Niemand sonst.

„Vielleicht war es ja eine Doppelgängerin", meinte Liwen neben ihr. „Jemand, der hier in der Nähe lebt."

Gut möglich, aber dies war nun schon das zweite Mal innerhalb von zwei Tagen, dass Mulan Zhonglin an einem Ort entdeckte, an dem sie nichts zu suchen hatte. „War Zhonglin während der Krönungsparade bei dir?"

„Ja", erwiderte Liwen. Mulan seufzte erleichtert auf, aber dann runzelte Liwen die Stirn. „Wobei, eigentlich erinnere ich mich nicht, sie bei uns gesehen zu haben. Ich hatte es angenommen, aber ich habe nicht daran gedacht, auf sie zu achten. Warum fragst du?"

„Ich dachte, ich hätte sie in einem anderen Teil der Stadt gesehen. Allein."

Liwen zuckte ungerührt die Schultern. „Vielleicht war sie uns böse. Es wäre nicht das erste Mal."

„Ich hätte gern, dass du sie im Auge behältst."

„Hast du einen Verdacht?"

„Sie hat ein Handzeichen gemacht." Mulan wiederholte die Geste für Liwen. „Ein Zeichen, das mit Rebellion in Verbindung gebracht wird."

Liwen riss die Augen auf und legte die Stirn in Falten. „Soll ich sie zur Rede stellen?"

Mulan dachte einen Augenblick nach. Wie genau sollte man mit einer möglichen Verräterin umspringen? „Nein, aber beobachte sie. Wenn sie wirklich etwas zu verbergen hat, könnten wir mehr erfahren, indem wir sie beschatten."

Liwen nickte mit besorgter Miene und sprang dann ohne Vorwarnung los.

„Wo willst du hin?"

An einer Straßenecke stand ein großes, zweigeschossiges Gebäude. An eine seiner Wände war ein Stück Papier geheftet, halb im Schatten unter dem überhängenden Dachvorsprung. Davor hielt Liwen an.

„Was ist das?", fragte Mulan.

Liwen trat einen Schritt für sie beiseite. Ihr Blick verfinsterte sich.

Bei dem Papier handelte es sich um eine Abhandlung, verfasst in schwungvoller Kalligrafie.

Hennen sollten nicht den Morgen verkünden. Eine Frau im Palast wird nur den Zorn des Himmels über uns bringen. Die Götter haben ihr Missfallen durch die Sterne zum Ausdruck gebracht.

Kalter Schweiß stand Mulan auf der Stirn. Dies war um einiges dreister als Handzeichen in der Menge. Die Worte triezten und verdammten sie. Sie zu lesen, fühlte sich an, wie sich die Haut abzuziehen, aber sie konnte ihren Blick nicht von dem Blatt abwenden.

Liwen riss das Papier von der Wand. „Du musst deinen Ministern davon berichten."

„Nach allem, was ich weiß, könnten das auch meine Minister verfasst haben“, erwiderte Mulan. Sie fühlte sich, als stünde sie auf der falschen Seite eines leckgeschlagenen Damms. Wie viele Löcher konnte sie stopfen, bevor sie es einfach aufgeben und fliehen sollte?

Liwen rannte schon wieder. Drei Straßen weiter hielt sie inne, um ein weiteres Blatt von einer Wand zu reißen, und dann vier Straßen weiter noch eines. Mulan eilte hinter ihr her.

„Liwen“, zischte sie. „Du erregst Aufmerksamkeit.“

Tatsächlich hatten Leute begonnen, die Köpfe nach ihnen umzudrehen.

Liwen wandte sich mit eisigem Blick an die paar, die ihr am nächsten standen. „Hier gibt es nichts zu sehen“, fauchte sie, packte Mulan am Arm und zog sie mit sich fort. „Du kannst die Rebellion nicht einfach so stehen lassen. Das wird sie nur ermutigen, weiter zu wachsen. Selbst ich weiß das.“

Neugierige Blicke folgten ihnen. Mulan spürte die Augen in ihrem Rücken, die Blicke auf ihrer Haut. „Welche Art von Macht habe ich wirklich, wenn ich all meine Kritiker zum Schweigen bringen muss, um sie zu behalten?“

Am nächsten Morgen versammelten sich die Reisenden aus Mulans Dorf, um den Heimweg anzutreten. Mulan bemühte sich um eine fröhliche Miene, als sie sich von ihnen verabschiedete.

„Willst du sicher nicht, dass wir noch länger bleiben?“, fragte ihre Mutter.

„Ihr vermisst euer Haus“, erwiderte Mulan. „Und ich möchte euch nicht mit all meinen Pflichten hier langweilen. Ich komme schon zurecht.“

Es fiel ihr ungemein schwer, diese Worte über die Lippen zu bringen, während sie drei aufrührerische Plakate unter ihrem Bett versteckt hielt. Sie hatte sie niemandem gezeigt. Ihr Instinkt warnte sie davor, vor ihren Ministern auch nur einen Anflug von Schwäche zu zeigen, und sie brachte es nicht übers Herz, ihren Eltern davon zu erzählen. Sie hatte den beiden im Lauf ihres Lebens schon viel zu viele Sorgen bereitet und wollte ihnen nicht noch mehr aufbürden. Obwohl ihre Eltern die Neuartigkeit und den Luxus des Lebens im Palast genossen hatten, sah Mulan ihnen an, dass sie erschöpft waren und sich nach ihrem Zuhause sehnten.

Nachdem sie sich von ihren Eltern verabschiedet hatte, ging Mulan zu den Frauen ihrer Miliz, die sich mit ihren Pferden und ihrem Gepäck in einer Reihe aufgestellt hatten. Sie verabschiedete sich von jeder einzeln und hielt kurz inne, als sie Zhonglin erreichte. Die junge Frau saß mit gekreuzten Beinen auf dem Boden und leerte eine Schüssel Ochsenschwanzsuppe. Sie ließ sich Zeit dabei, die Suppe herunterzuschlucken, als Mulan vor sie trat – gerade lange genug, um eine Brüskierung anzudeuten, aber nicht lange genug, um sie zu bestätigen. Die Schüssel in ihren Händen stammte aus der Palastküche. Mulan fragte sich, ob sie vorhatte, sie zu behalten.

„Hast du deine Zeit in der Hauptstadt genossen?", fragte Mulan.

„Sogar sehr", erwiderte Zhonglin und wischte sich mit dem Handrücken das Fett vom Mund. War das Selbstzufriedenheit, die Mulan da wahrnahm, oder bildete sie sich das nur ein? So oder so war sie erleichtert, dass Zhonglin abreisen und Liwen ein Auge auf sie haben würde.

Da sie gerade an Liwen dachte, bemerkte Mulan, dass sie sie nicht unter den Reisenden gesehen hatte. Mulan ließ ihren Blick auf der Suche nach übertrieben aufwendigen Zöpfen über die Gruppe schweifen.

„Suchst du jemanden?", ertönte Liwens Stimme direkt neben ihrem Ohr.

Mulan machte einen Satz zurück und musterte sie von Kopf bis Fuß. Liwen trug ein langes blaues Gewand mit hölzernen Sandalen, das wohl kaum als reisetauglich bezeichnet werden konnte.

„Ich reise noch nicht ab", erklärte sie leichthin.

Ihre Worte brachten Mulan vollkommen aus dem Konzept. „Du tust was?"

„Ich bleibe hier. Du brauchst eine Freundin."

Etwas in Mulans Innerem jubelte auf bei der Vorstellung, aber sie unterdrückte es. „Du kannst nicht bleiben. Sie brauchen dich."

„Ich habe Ruolan mit dem Training beauftragt, und sie kann ein Auge auf" – Liwen warf über Mulans Schulter einen Blick auf Zhonglin – „jegliche Unruhestifterinnen in unseren Reihen haben. Ich lasse dich hier nicht allein mit den Wölfen zurück."

Diese Aussage, vorgetragen mit so wenig Aufhebens, dass Liwen genauso gut die morgendlichen Übungen hätte besprechen können, hob ein gewaltiges Gewicht von Mulans Schultern. Sie blinzelte das plötzliche Prickeln in ihren Augen fort.

„Danke."

Die Reisenden bestiegen ihre Pferde und versammelten sich am Tor. Mulan biss sich auf die Innenseite der Wange und winkte, als die Kutsche ihrer Eltern davonrollte. Liwen drückte ihre Hand, und Mulan drückte zurück.

„Die Feierlichkeiten sind vorbei", murmelte Mulan. „Zeit, das Land zu regieren." Ein Land voller unkooperativer Minister und Stadtbewohner, die ihre Herrschaft nicht anerkannten.

„Es ist wirklich zu schade, dass deine Großmutter dir nie beigebracht hat, mit den Geistern Zwiesprache zu halten", sagte Liwen. „Wir könnten ihre Ratschläge im Moment gut gebrauchen."

„Ich dachte, du glaubst nicht an den ganzen Kram."

„Tue ich auch nicht wirklich, aber du brauchst alle Hilfe, die du bekommen kannst."

Liwen hatte im Scherz gesprochen, aber ihre Worte stimmten Mulan trotzdem nachdenklich. Es stimmte zwar, dass Nai Nai sie nie genau in der Kunst der Wahrsagerei unterrichtet hatte, aber Mulan hatte im Lauf der Jahre eine Menge Zeit mit ihr verbracht. Sie hatte beobachtet, wie sie mehr als einen Orakelknochen geknackt hatte, und sie erinnerte sich an die Schritte, die sie dabei vornahm. Großmutter hatte immer gesagt, dass es Mulans Ahnen waren, die durch die Knochen zu ihr sprachen. Mulan fragte sich, ob ihre Ahnen es mit den Details so genau nahmen. Sicher würden sie ein wenig Nachsicht zeigen, wenn sie etwas falsch machte, oder nicht?

Als Mulan an diesem Abend ihre Gemächer erreichte, war ihre Entscheidung gefallen. Die Ahnen sollten ihr mit Rat zur Seite stehen, denn sie benötigte dringend Rat. Niemand konnte das bestreiten.

Sie öffnete ihre Schlafzimmertür. Ting stand davor und spielte gedankenverloren mit einem ihrer Haarbänder.

„Ting, kannst du in die Küchen gehen und um die Schulterknochen eines Ochsen bitten?"

Die Zofe ließ ihre Bänder fallen. „Knochen, Eure Majestät?"

„Ja. Ich hätte sie gern im Ganzen. Es wäre besser, wenn sie schon recht trocken sind."

„Würdet Ihr es nicht vorziehen, wenn ich stattdessen nach etwas Suppe schicken lasse?"

„Nein, ich benötige nur die Knochen. Und wenn sie keine trockenen haben, sollen sie bitte ein paar frische für mich beiseitelegen."

Als Ting mit gerunzelter Stirn davoneilte, entzündete Mulan ein Feuer im Kamin. Es erschien ihr wie ein passender Akt des Vertrauens, das Feuer vorzubereiten, bevor sie wusste, ob sie überhaupt die richtigen Knochen bekam. Außerdem fühlte sie sich rastlos. An ihre Großmutter zu denken, hatte alte Erinnerungen wachgerufen, zusammen mit dem tiefen Bedürfnis, sie wiederzusehen. Knochen zu verbrennen, würde Nai Nai natürlich nicht zurückbringen, aber vielleicht würde sie sich ihr näher fühlen, wenn auch nur für einen Moment. Als die Flammen so hochschlugen, wie es die Feuerstelle erlaubte, legte Mulan einen Schürhaken ins Herz der Glut und ließ sich nieder, um zu warten.

Eine halbe Stunde später kehrte Ting zurück, immer noch sichtlich verdutzt von ihrem Auftrag. „In der Küche hat man mir die hier gegeben", sagte sie und hielt zwei grobe dreieckige Knochen hoch.

Mulan nahm sie entgegen. Sie fühlten sich glatt an. „Danke. Das sollte gehen."

In einem Glas auf Mulans Schreibtisch stand eine beeindruckende Sammlung von Kalligrafiepinseln: ein Ziegenhaarpinsel, breiter als zwei von Mulans Fingern, ein Pinsel aus Wieselhaar mit einer Spitze so fein wie eine Nähnadel und dazu noch Pinsel aus Kaninchen- und Marderhaar sowie aus Hahnenfedern. Mulan überlegte einen Moment und entschied sich dann für den Pinsel aus Wieselhaar. Sie tröpfelte Wasser auf ihren Reibstein und zerrieb ihren Tuschestab darauf, bis eine glatte schwarze Flüssigkeit entstanden war. Sorgfältig legte sie einen der Schulterknochen auf ihrem Tisch ab und befeuchtete ihren Pinsel. Sie liebte den Geruch von frisch angerührter Tusche.

Als ihr Pinsel sich dem Knochen näherte, flatterten ihre Nerven plötzlich. Würde sie wirklich gleich mit ihrer Großmutter sprechen? Was sollte sie ihr sagen? Rein praktisch betrachtet, musste sie eine Frage stellen, die ihr eine konkrete und nützliche Antwort verschaffte.

Droht China eine unmittelbare Gefahr? Unter die Frage schrieb sie *Ja* und *Nein*.

Die Tusche glänzte und brauchte länger als auf Papier, um zu trocknen. Mulan blies behutsam darauf, bis der Glanz allmählich abstumpfte. Sie zog eine Ahle aus ihrer Soldatentasche und bohrte mit ihr mühsam ein kleines Loch in den Knochen. Dann legte sie den Knochen vor der Feuerstelle ab und zog vorsichtig den Schürhaken aus den Flammen. Die Spitze erglühte in einem matten Rot. Mulan überlegte nicht lange. Jede Sekunde, die sie zögerte, verlor der Schürhaken mehr von seiner Hitze. Ganz behutsam drückte Mulan die Spitze des Schürhakens in das kleine Loch, das sie gebohrt hatte.

Ein lautes Knacken durchbrach die Stille. Funken stoben vom Schürhaken in die Luft. Mulan blinzelte, sprachlos. Knochen stießen keine Funken aus, oder doch? Und sie hätte schwören können, dass die Funken für den Bruchteil einer Sekunde die Form eines Drachen angenommen hatten. Blinzelnd, um das Nachbild zu verscheuchen, kniete Mulan sich nieder, um sich den Knochen genau anzusehen.

Ein langer Riss verlief jetzt über seine glatte Oberfläche, direkt durch das Wort *Ja*.

Obwohl sie von der Hitze des Feuers schwitzte, lief ihr ein eisiger Schauer über den ganzen Körper. Selbst die gezackte Form des Risses strahlte etwas Bedrohliches aus. War dies wirklich eine Mitteilung ihrer Ahnen?

Einen Knochen hatte sie noch übrig. Mit zitternden Fingern schrieb Mulan eine zweite Frage.

Geht die Gefahr vom Norden, Süden, Osten oder Westen aus?

Dieses Mal durchlief sie die Schritte schneller, sowohl aus Gewohnheit als auch aus Dringlichkeit. Auch dieser Knochen gab ein lautes Knacken von sich, aber keine Funken stoben auf. Als Mulan sich über ihn beugte, entdeckte sie wieder einen Riss. Dieses Mal lief er durch das Wort *Norden.*

Shang machte sich nicht die Mühe, seine Überraschung zu verbergen, als Mulan vor seiner Tür stand. Es war schon sehr spät. Tatsächlich hatte es Mulan überrascht, dass hinter seinen Fenstern noch eine Lampe brannte.

Er hatte sich offensichtlich gerade darauf vorbereitet, ins Bett zu gehen, denn er trug kein Hemd, sondern nur eine weite Hose. Mulan senkte die Augen, aber nicht bevor sie einen Blick auf seine muskulöse Brust erhascht hatte.

„Mu... Kaiserin", sagte er.

„Entschuldige, dass ich so spät hier auftauche", sagte sie und presste die in Tuch eingeschlagenen Orakelknochen fest an ihre Brust. „Ich habe ein paar Fragen, die du mir vielleicht beantworten kannst. Darf ich reinkommen?"

Die unangenehme Wahrheit, dass sie nicht fragen müsste, blieb unausgesprochen. Sie war seine Kaiserin und konnte tun, was sie wollte. Aber Shang trat beiseite und bedeutete ihr einzutreten.

Er zog sich schnell in das hintere Zimmer zurück, von wo sie das Geräusch von raschelndem Stoff vernahm. Mulan wartete vorn und dachte flüchtig darüber nach, wie unangebracht ihr Verhalten war. Dachte an die beiden Leibwächter, die sie vor der Tür gelassen hatte, an die Wachen und Diener, die gesehen hatten, wie sie das Palastgelände verließ, und daran, was sie alle wohl über ihre nächtliche Unternehmung sagen würden. Andererseits waren während ihrer Krönung Sterne vom Himmel gefallen, und die Menschen rebellierten offen auf der Straße. Welchen Unterschied machte da schon ein weiterer Skandal?

Shang kehrte zurück, bekleidet mit der langen Robe, die er schon früher am Tag getragen hatte. Für einen kurzen Augenblick zögerten sie beide.

„Möchtest du dich setzen?“, fragte er schließlich.

„Ja, danke.“

Sie ignorierte die Liege und ließ sich auf der Kante eines geflochtenen Hockers in Form einer Sanduhr nieder. Shang setzte sich ihr gegenüber, stützte einen Ellenbogen auf den Knien ab und wartete darauf, dass sie zu sprechen begann.

„Die Kommandanten der Spähtrupps berichten direkt an dich, ist das richtig?“, fragte sie.

Er richtete sich auf. Mulan sah, dass ihre Frage ihn unvorbereitet getroffen hatte. „Das ist richtig. Seit ich zum Minister des Krieges ernannt wurde.“

„Was weißt du von irgendwelchen Bedrohungen aus dem Norden? Wie ist die Lage mit den Hunnen?“

„Sie waren uns noch nie freundlich gesinnt. Wir haben ihnen einen heftigen Schlag versetzt, als wir Shan Yu besiegt haben. Aber das Volk der Hunnen besteht aus vielen verschiedenen Stämmen mit vielen Anführern, die sich verbünden könnten. Besonders ein Stammesführer hat seine Macht stetig gefestigt. Sein Name ist Ruga.“

„Gibt es irgendwelche Bewegungen auf ihrer Seite? Vorbereitungen auf einen Krieg?“

Shang runzelte die Stirn. „Keine offenen Bewegungen, die auf Krieg hindeuten. Es gab ein paar Vorfälle an der Grenze, aber sie waren vorsichtig genug, nichts in einen Krieg ausarten zu lassen. Warum fragst du?“

Erst da wurde Mulan bewusst, dass sie die Orakelknochen noch immer an ihre Brust gepresst hielt. Shang hatte nie mit angesehen, wie ihre Großmutter etwas in der Art getan hatte. Sie war nicht sicher, was er davon halten würde.

Sie legte die Knochen auf dem Tisch ab.

„Meine Großmutter hat früher Orakelknochen geknackt“, sagte sie und schlug das Tuch zurück. Auf der Unterseite der Knochen lagen kleine Flecken Asche. „Ich habe mir heute Abend Sorgen gemacht, also habe ich zwei Knochen geknackt, um nach Bedrohungen für das Reich zu fragen. Die Knochen sagen, es kommt eine Gefahr aus dem Norden. Ich bin mir nicht sicher, ob es eine militärische Gefahr ist. Ich bin mir nicht einmal sicher, ob man sich auf Orakelknochen verlassen kann, aber es fällt mir schwer, an den Norden zu denken, ohne dabei auch an die Hunnen zu denken." Sie überlegte, ob sie Shang davon erzählen sollte, was sie noch gesehen hatte – die Funken und das Bild eines Drachen. Aber es fühlte sich irgendwie zu privat an.

Shang beugte sich über den Tisch, um die Knochen zu begutachten. Mulan zwang sich, nicht zu zappeln, als er sie stirnrunzelnd aufhob und die Inschriften las, dann kippte er die Knochen leicht, um die Risse zu betrachten. Sie konnte seinen Gesichtsausdruck nicht recht deuten.

Er begegnete ihrem Blick. „Vertraust du auf das, was deine Großmutter dir beigebracht hat?"

„Das tue ich."

„Ich werde mehr Späher in den Norden schicken. Mal sehen, ob sie etwas herausfinden können."

Mulan hatte gar nicht bemerkt, wie angespannt sie gewesen war, bis diese Anspannung jetzt dahinschmolz.

„Danke", sagte sie und dachte, dass sie noch mehr sagen sollte, darüber, wie viel seine Freundschaft ihr bedeutete oder was für eine Erleichterung es war, dass er ihr in dieser Angelegenheit Glauben schenkte. Aber keines dieser Worte wollte ihr über die Lippen kommen. Eine unangenehme Stille senkte sich über den Raum. Sie realisierte, dass nur sie beide in diesem Raum waren, allein, zu dieser späten Stunde.

„Ich sollte gehen", setzte Mulan an.

„Natürlich", sagte Shang, noch bevor sie zu Ende gesprochen hatte.

Mulan widerstand dem Drang, sich verstohlen umzusehen, als sie hinausging. Immerhin war sie die Kaiserin. Sie konnte kommen und gehen, wie es ihr gefiel. Ihre Leibwächter bauten sich mit steinernen Mienen hinter ihr auf. Die Straßen waren zum großen Teil leer, aber die wenigen Leute, denen sie begegnete, zuckten bei ihrem Anblick zusammen und versanken in hastigen Verbeugungen.

Es war nicht mehr weit bis zu den Palasttoren, als sie hörte, wie ein Torwächter einen Besucher ankündigte. Mulan hielt inne und zwang ihre Leibwächter damit, plötzlich hinter ihr stehen zu bleiben. Die Torwächter durchsuchten jeden, der Einlass in den Palast begehrte, aber nur Gäste von Bedeutung wurden angekündigt. Es war viel zu spät für jeden normalen Gast, und Mulan war noch zu weit entfernt, als dass sie den Namen verstehen konnte.

Sie ging näher, ihre Leibwächter im Schlepptau. Eine kleine Traube von Bediensteten hatte sich vor den Toren versammelt. Als sie Mulan bemerkten, wandten sich einige Diener um und verneigten sich rasch, stupsten andere an, bis eine Welle von Verbeugungen durch die Menge lief.

Mulan blickte einen der Torwächter an, der augenblicklich auf sie zueilte, um vor ihr niederzuknien.

„Wer ist gerade eingetroffen?“, fragte sie.

„Ein Würdenträger aus dem Norden“, erwiderte der Soldat. „Er sagt, er spricht für die Hunnen.“

Kapitel Neun

Warum sind sie hier?“ Minister Fang, der Minister für öffentliche Angelegenheiten, blinzelte beim Sprechen langsam mit seinen riesigen Augen, wodurch er noch mehr wie eine Eule aussah als ohnehin schon. „Sie wurden nicht eingeladen.“

„Die Hunnen sind nicht gerade dafür bekannt, das zu tun, worum man sie bittet“, erwiderte Minister Huang, der Minister der Personalverwaltung. Er stand in einiger Entfernung zu den anderen Ministern und wippte neben einer Wand auf den Fersen auf und ab.

Mulan holte tief Luft und versuchte, ein Stöhnen zu unterdrücken. Zwölf Stunden waren vergangen, seit der Gesandte der Hunnen eingetroffen war, und der gesamte Palast befand sich in Aufruhr. Das war schon beeindruckend, besonders angesichts der Tatsache, dass dieser Gesandte nichts weiter als ein Bote war, der die bevorstehende Ankunft des Botschafters für diesen Abend angekündigt hatte. Die Gefolgschaft hatte noch keinen Fuß in den Palast gesetzt, und schon bereiteten ihre Minister sich auf eine Krise vor.

„Was könnten sie wollen? Handel?“, fragte Minister Kin. „Ein Bündnis?“

„Geht behutsam mit ihnen vor, Eure Majestät“, sagte Minister Wei mit seiner dröhnenden Stimme. „Sie sind nicht vertrauenswürdig, und sie verfügen über mächtige Armeen.“

„Die Kaiserin ist sich dessen sehr wohl bewusst“, erwiderte Shang trocken.

„Oh, aber die Kaiserin muss darauf achten, sie nicht mit zu direkten Worten zu beleidigen. Sie sind es womöglich nicht gewohnt, dass eine Frau so spricht.“

„Anders als Ihr, Wei?“, fragte Shang mit einer gewissen Schärfe in der Stimme. „Das Ebenbild von Diplomatie und guten Manieren?“

Mulan stieß sich vom Tisch ab, verärgert darüber, dass ihre Minister so über sie sprachen, obwohl sie mit im Raum war. Ihre Stuhlbeine kratzten laut über den Holzboden. Sie hatte in der vergangenen Nacht kaum geschlafen, war erschöpft, und ihr festgezogener Dutt verursachte ihr Kopfschmerzen. „Ich werde so höflich sein, wie es die Umstände verlangen“, erklärte sie. „Und ich sehe keinen Sinn für weitere Spekulationen. Wir werden herausfinden, was sie wollen, sobald sie eintreffen.“

Als die Minister sich zum Gehen wandten, fiel Mulans Blick auf den Minister der Riten. „Minister Liu, auf ein Wort.“

Minister Lius Augen weiteten sich kurz, bevor sie wieder zu ihrem üblichen Blinzeln zurückkehrten. „Selbstverständlich, Eure Majestät.“

Mulan wartete ab, bis der Rest ihrer Minister gegangen war. „Ihr habt während des Treffens nicht viel gesagt, Minister Liu. Habt Ihr eine Meinung?“

„Ich werde meine Meinung für mich behalten, bis wir von dem Botschafter gehört haben“, sagte er. Minister Liu hatte so eine leise Stimme, dass er sich vermutlich ohnehin kein Gehör verschaffen könnte, selbst wenn er etwas zu der Diskussion beitragen wollte.

„Da ist etwas, das ich mit Euch besprechen wollte“, sagte sie.

„Ich stehe Euch natürlich zu Diensten.“

Mulan zögerte einen Moment, bevor sie ihre Verlegenheit beiseiteschob. „Meine Großmutter hat mich in der Kunst unterrichtet, Orakelknochen zu lesen.“

„Ihr überrascht mich immer wieder aufs Neue, Eure Majestät.“ Sein Tonfall sprach eher von gutmütiger Erheiterung als von Verachtung.

„Ich beherrsche nur die Grundlagen, aber ich habe vergangene Nacht zwei Knochen geknackt. Sie haben eine Gefahr aus dem Norden vorhergesagt, kurz bevor der Gesandte eingetroffen ist."

Minister Liu nickte. „Und Ihr glaubt, es besteht eine Verbindung?"

„Es scheint mir ein zu großer Zufall, meint Ihr nicht?"

Liu richtete sich aus seiner üblichen gebeugten Haltung auf. „Habt Ihr die Knochen noch, Eure Majestät? Ich kann den kaiserlichen Sterndeuter befragen, welche Einsichten er für Euch hat."

„Ja, ich lasse Euch die Knochen bringen", sagte Mulan – ermutigt, dass er sie ernst zu nehmen schien. „Danke."

Er verneigte sich. „Ich lasse es Euch wissen, sobald ich etwas in Erfahrung bringen kann, Eure Majestät."

Der Botschafter der Hunnen traf am selben Abend ein, genau wie angekündigt. Mulan sah zwar nicht mit eigenen Augen, wie das Gefolge in die Kaiserliche Stadt einfuhr, aber Shangs Soldaten setzten sie davon in Kenntnis, dass der Botschafter mit drei Wagen und einer Belegschaft von fünf Dienern eingetroffen war. Sie gewährte ihnen eine Audienz am folgenden Nachmittag.

Es würde das erste Mal sein, dass sie als Kaiserin eine Audienz in der Großen Halle abhielt. Das Palastpersonal war den ganzen Morgen über damit beschäftigt, die Halle für den Anlass vorzubereiten. Staub hatte sich seit dem Ableben des alten Kaisers angesammelt. Möbelstücke mussten geölt, ornamentale Terrinen poliert, der Boden gewischt und Vorhänge und Teppiche ausgeklopft werden. Selbst die geschnitzten Drachen an der Decke der Halle wurden abgestaubt. Mulan fragte sich, ob die schnelle Ankunft des Botschafters auch deshalb so gelegt worden war, damit er zusehen konnte, wie sie sich abmühten.

Mulans Thron stand am Ende des Saals in einem kleinen goldenen Pavillon mit gewölbten Dächern, die an den Ecken spitz nach oben zeigten. Über die gesamte Holzkonstruktion tanzten geschnitzte Drachen, grün auf roten Säulen. Die Rückwand des Thronpavillons war keine echte Wand, sondern eine Reihe von schweren goldenen Paravents.

Als die Stunde der Audienz näher rückte, wartete Mulan hinter diesen

Paravents mit ihren Ministern und lauschte dem Gemurmel der Menge, die sich auf der anderen Seite versammelte. Shang stand neben ihr, seine massige Gestalt war eine beruhigende Präsenz in der Halle mit ihren hoch aufragenden Decken.

„Er wird bei dir nach Schwächen suchen", raunte er ihr zu. „Irgendetwas, das sein Kriegsherr ausnutzen kann."

„Dann werde ich ihm keine zeigen", erwiderte Mulan leise.

Aus dem Augenwinkel konnte sie sehen, wie sich seine Mundwinkel kaum merklich zu einem leichten Lächeln verzogen. Sie ließ ihren Blick über die anderen Minister wandern. Kin machte sich Notizen auf einem Stück Pergament, und Huang lief auf und ab. Jeder von ihnen verströmte auf seine eigene Art eine nervöse Energie.

„Es ist Zeit", sagte Mulan.

Die Menge verstummte, als Mulans Kabinett den Saal betrat. Sie bleib zurück und spähte durch einen Schlitz in einem Paravent, während sie darauf wartete, angekündigt zu werden. Dabei fühlte sie sich fast wie ein Kind vor einem Fenster. Ihr hoher Thron stand auf dem erhöhten Boden des Pavillons, und ihre Würdenträger saßen in einem Halbmond aufgefächert um sie herum. Niedere Beamte und Höflinge füllten den Boden dahinter, ein bunter Mischmasch aus farbiger Seide.

Eine erwartungsvolle Spannung lag in der Luft. Viele der Anwesenden warteten gespannt darauf, wie Mulan ihre offiziellen Pflichten als Kaiserin ausübte. Manche Gesichter waren ihr bereits von der Krönungsfeier vertraut. Mulan erkannte den Sohn einer mächtigen Familie, der niedrigere Steuern für ihre Seidenfabrik wünschte, und einen Mönch, den seine Neugier an den Hof gelockt hatte. Ihr Blick fiel auch auf Liwen. Das ließ sie etwas ruhiger werden.

Ein Gong ertönte und ließ den Boden erbeben. Ein Herold rief in übertriebenem Tonfall: „Ihre Kaiserliche Majestät, Kaiserin Mulan."

Als Mulan hinter dem Vorhang hervortrat, sanken jeder Mann und jede Frau zu Boden. Es war, als würde man ein Hirsefeld im Wind betrachten. „Heil Kaiserin Mulan! Möge sie zehn mal zehntausend Jahre leben!"

Mulan stand aufrecht und stolz, als der Ruf der Menge über sie hereinbrach. *Sieh so aus, als ob du diese Huldigung für dich beanspruchst. Sieh aus wie eine Kaiserin.*

Der Herold holte erneut Luft und rief in gestochen scharfem Ton: „Seine Exzellenz, Balambar, Botschafter der Hunnen."

Fünf Männer näherten sich ihr über den roten Teppich in der Mitte des Saals. Ihre Kleidung, wenn auch fremdartig, war ungemein edel. Jeder Mann trug einen mit Pelz gesäumten Hut und Lederstiefel mit nach oben gewandten Spitzen. Ihre Tuniken und weiten Hosen waren aus farbenfroher Wolle und seidenen Elementen gefertigt. Diese Gesandten hatten nichts gemein mit Shan Yu und seinen zerlumpten Truppen.

Der Mann an ihrer Spitze trug die edelsten Pelze und die feinste Seide. Unter den vielen goldenen Ringen an seiner Hand konnte Mulan kaum seine Finger ausmachen. Er trat einen Schritt vor und ging auf ein Knie hinunter, wobei er ganz bewusst nicht in den tief geneigten Kotau versank, den Mulans eigene Untertanen ihr darboten. „Seine Majestät, Kriegsherr Ruga, übersendet Ihrer Kaiserlichen Majestät seine Glückwünsche zu Ihrer kürzlichen Krönung." Er hatte eine weiche, tiefe Stimme. „Man mag sich kaum vorstellen, wie überwältigend es sein muss, in solch kurzer Zeit so viele Veränderungen zu durchleben." Er hielt inne, um in Mulans Miene nach einer Reaktion zu suchen. Als sie keine zeigte, fuhr er fort: „Unsere unwürdige Gefolgschaft bringt Geschenke aus Gold, Silber und Wolle, um den Palast und Ihre Majestät zu schmücken."

Zwei Männer brachten eine Truhe nach vorn. Ein Raunen lief durch die Menge, als die Männer sie öffneten, um Ballen aus gefärbtem Stoff zur Schau zu stellen, umgeben von Gold- und Silberbarren.

„Wir danken König Ruga für seine Glückwünsche."

Der Botschafter neigte den Kopf. „Er tut, was jeder Monarch tun würde. China ist wahrhaftig von den Göttern gesegnet, dass eine so schöne Blüte seinen Thron ziert."

Aus dem Augenwinkel sah Mulan, wie Shangs Miene sich verfinsterte. Auch sie hörte die Beleidigung hinter den Worten. Blumen waren schön und empfindlich. Reines Schmuckwerk.

Sie entblößte ihre Zähne zu einem leichten Lächeln. „Auch ich schätze

Blumen sehr. Nachdem Ihr Euch in den staatlichen Gästehäusern eingerichtet habt, müsst Ihr Euch unbedingt die Kaiserlichen Gärten ansehen. Dort blüht eine ganz besondere Gattung, genannt Schneespitze, eine weiße Blüte mit rosa gefärbten Blättern. Ich selbst habe sie am Tung-Shao-Pass gepflückt. Seid Ihr vertraut mit dieser Region?"

Das Lächeln des Botschafters gefror ihm auf dem Gesicht. Am Tung-Shao-Pass hatte Mulans Regiment Shan Yus Männer besiegt. Es gab zahllose Balladen, die besangen, wie Mulan eine Kanonenkugel benutzt hatte, um die Lawine auszulösen, die seine gesamte Armee verschüttet hatte. „Ja, ich bin mit diesem Pass vertraut", erwiderte er.

„Das freut mich", sagte Mulan. „Es ist das Zeichen eines guten Botschafters, mit den Gegebenheiten und der Geschichte seines Gastlandes vertraut zu sein, und ich bin sicher, dass Ihr einer der besten seid."

Shang wandte kaum merklich den Kopf und fing ihren Blick auf. Da war nur der winzigste Anflug eines Lächelns, das seine Lippen umspielte. Mulan musste sich auf die Innenseiten ihrer Wangen beißen, um eine kaiserliche Miene zu bewahren.

Der Botschafter verneigte sich tief. Als er sich wieder aufrichtete, hatte er einen Teil seiner blasierten Fassade zurückerlangt. „König Ruga möchte ebenfalls seinen Wunsch nach einem Besuch im Frühjahr zum Ausdruck bringen."

Das kam unerwartet. Mulan konnte sich nicht erinnern, wann ein Anführer der Hunnen zuletzt chinesischen Boden betreten hatte. „Es wäre uns selbstverständlich eine Ehre, Seine Majestät als einen verehrten Gast bei uns begrüßen zu dürfen", entgegnete sie vorsichtig. „Vorausgesetzt, er kommt in Frieden."

Balambar neigte den Kopf. „Es freut mich zu hören, dass Ihr Frieden begehrt, Eure Majestät. Der Sohn von Kriegsherr Ruga wird ihn begleiten. Wie Ihr gewiss gehört habt, ist Prinz Erban ein großer Krieger und Gelehrter. Der Prinz ist im richtigen Alter, eine Braut zu finden. Seine Majestät würde diese Gelegenheit gern nutzen, um Verhandlungen über ein Bündnis aufzunehmen."

Mulan spürte, wie ihr jegliches Blut aus dem Gesicht wich, während sie darum kämpfte, weiterhin eine souveräne Miene aufrechtzuerhalten. Von ihrer Linken ertönte ein ersticktes Geräusch, und sie musste all ihre Disziplin aufbringen, nicht in Shangs Richtung zu sehen. Es hätte sie nicht so überraschen dürfen, einen Heiratsantrag zu erhalten. Der Kaiser hatte vorhergesagt, dass so etwas geschehen würde, und auch Shang hatte es vorausgesagt. Sie hatte nur nicht erwartet, dass es schon so bald passieren würde.

„Wir werden sämtliche Vorschläge sorgfältig abwägen", versicherte sie. „Aber Seine Majestät sollte wissen, dass meine oberste Verpflichtung meinem Volk gilt und meine Priorität darin liegt, einen reibungslosen Übergang in meine Herrschaft sicherzustellen. Manche Staatsangelegenheiten werden noch ein paar Jahre warten müssen."

„Wir hoffen, dass der Antrag Seiner Majestät und Prinz Erbans nicht darunter fällt", erwiderte der Botschafter. „Ungeachtet seines Ruhms als gnadenloser Kommandant seiner Armeen zieht König Ruga die Diplomatie dem Krieg vor. Er empfindet Letzteres als ungemein kostspielig und aufwendig, wenn auch leider mitunter unvermeidlich."

Ein Zischen hallte durch den Saal. Mulan spürte, wie Hitze in ihre Wangen stieg. Zum ersten Mal in ihrem Leben war sie dankbar für die dicke weiße Schminke. „China ist ein Reich von Stärke und Entschlossenheit, Botschafter. Wir betrachten Umstände nicht als unvermeidlich, sondern arbeiten daran, unser eigenes Schicksal zu beeinflussen, sei es mit dem Pflug oder mit dem Schwert." Sie erhob sich. „Ich habe unsere Unterhaltung genossen, Balambar, und freue mich, Euch an meinem Hof willkommen zu heißen. Zögert während Eurer Zeit hier nicht, jederzeit zu fragen, wenn Ihr etwas braucht."

Nach der Audienz wurde sie augenblicklich von ihren Ministern umringt.

„Gut gemacht, Eure Majestät", rief Minister Fang und schlug sich fröhlich mit seinem Fächer in die Handfläche. „Ihr habt diese Audienz äußerst geschickt gemeistert."

Mulan überraschte sein Lob so, dass sie nicht wusste, was sie erwiderte sollte. Sie bedeutete allen, ihr in den Ratssaal zu folgen.

„Dieser Kerl war unverschämt." Minister Wei hatte abgewartet, bis Shang die Türen geschlossen hatte, doch er sprach so laut, dass ihn draußen ohnehin alle hören konnten. „Es war nur recht und billig, ihn in die Schranken zu weisen."

„Ich konnte nicht zulassen, dass er uns beleidigt." Mulan nahm ihren Platz am Kopf der Tafel ein, verwirrt von der lautstarken Unterstützung. Ihre Minister legten eine bessere Laune an den Tag, als sie je erlebt hatte.

„Ich bin recht optimistisch", sagte Minister Wei. „Der Frieden, den sie uns anbieten, könnte China gewiss zum Wohl geraten."

Die Worte des Ministers hatten eine tiefere Bedeutung, aber Mulan hatte Schwierigkeiten, sie auf den Punkt zu bringen. „Was meint Ihr damit?"

„Das Bündnis natürlich. Es ist eine glückliche Fügung."

„Bündnis?", wiederholte Mulan. Ganz allmählich dämmerte ihr, warum ihre Minister so glücklich waren. „Ihr sprecht von der Aussicht auf eine Heirat mit Prinz Erban."

Minister Wei bedachte sie mit einem Blick, als hätte sie soeben den Namen ihres eigenen Landes vergessen. „Selbstverständlich, Eure Majestät", sagte er.

Vielleicht war es gar nicht so schlecht, dass ihre schweren kaiserlichen Gewänder Mulan davon abhielten, auf die Füße zu springen. „Minister Wei, wir sprechen hier von einem Bündnis mit einem Partner, der nicht im Geringsten vertrauenswürdig ist. Ich hätte gedacht, dass Ihr einem Angebot wie dem der Hunnen mit etwas mehr Bedacht begegnet."

„Aber sicherlich weiß Eure Majestät, wie mächtig ihre Armeen sind", bemerkte Minister Fang mit einem herablassenden Lächeln. „Ein freundschaftliches Angebot von ihrer Seite ist weitaus besser als ein weiterer Krieg."

„Krieg ist an diesem Punkt noch absolut keine Gewissheit", mischte Shang sich ein. „Meine Späher bewachen die Grenze."

„Aber Ihr könnt nicht leugnen, dass die Hunnen im Augenblick die größte Bedrohung für uns darstellen", wandte Minister Kin ein und tippte mit dem Zeigefinger auf sein Notizbuch. „Und sie sind bereit, ein Bündnis einzugehen. Eine günstigere Verbindung ist kaum vorstellbar. Die königliche Familie des Nanzhao-Reiches stand dem Gedanken einer kaiserlichen Heirat bestenfalls verhalten gegenüber, und der Balhae-König im Norden hat bis jetzt keine Söhne."

„Moment!", unterbrach Mulan ihn. „Woher wisst Ihr, dass die königliche Familie der Nanzhao nicht an einer kaiserlichen Heirat interessiert ist?"

Minister Kins Finger erstarrte mitten in der Luft.

„Habt Ihr hinter meinem Rücken Kontakt zu ihnen aufgenommen?", fragte Mulan.

Minister Huang mischte sich mit salbungsvoller Stimme ein. „Wir sind Eure Minister, Eure Majestät. Es ist unsere Pflicht, uns um das Wohlergehen des Reiches zu kümmern, und das umfasst auch die Kommunikation mit anderen Reichen."

„Schwachsinn!", fuhr Shang aufbrausend dazwischen. „Angebote für eine Eheschließung ohne das Wissen der Kaiserin auszusprechen, übersteigt Eure Befugnisse bei Weitem."

„Vergebt mir meine Unverblümtheit, General Shang", schoss Minister Wei dagegen, „aber Ihr mögt nicht ganz unvoreingenommen sein, was die Heiratspläne der Kaiserin betrifft."

Mulan schnappte nach Luft. Ihre Nähe zu Shang war kein Geheimnis, aber niemand hatte es je gewagt, so offen darüber zu sprechen. Die Art und Weise, wie Wei sprach, ärgerte sie ebenfalls: als wären sie zwei Männer, die um den Preis einer Ziege feilschten.

Shangs Augen blitzen bedrohlich. Für einen Moment sah es ganz danach aus, als würde er gleich über den Tisch springen. Minister Wei, der einzige Mann im Raum, der es mit Shang an Größe aufnehmen konnte, starrte herausfordernd zurück. Mulan sah hektisch zwischen den beiden hin und her und fragte sich, ob sie etwas sagen sollte, bevor die Situation eskalierte. Und ob sie wohl damit durchkäme, Wei selbst einen Schlag zu verpassen.

Der Minister der Riten räusperte sich. „Wenn ich kurz unterbrechen darf", sagte er. Seine dünne Stimme schwebte über die Spannung im Saal.

„Eure Majestät hat die Bedrohung aus dem Norden mit eigenen Augen gesehen. Ich habe den kaiserlichen Sterndeuter für Eure Knochenlesung zurate gezogen, wie Ihr es gewünscht habt, Eure Majestät. Vielleicht kann es in dieser Sache etwas Licht ins Dunkel bringen, seine Sichtweise zu hören."

Mulan holte einmal tief Luft, ließ sie langsam wieder entweichen und gab sich alle Mühe, die Hitze in ihrem Inneren zu besänftigen. „Lasst ihn kommen."

Shang gab seine angespannte Haltung auf und ließ langsam und bedächtig die Arme an seine Seite sinken. Wei verschränkte mit einem spöttischen Lächeln die Arme vor der Brust. Niemand sprach ein Wort, während sie warteten. Hin und wieder schniefte Minister Kin oder Minister Huang kratzte sich an der Nase. Mulan saß reglos da und kämpfte mit der Erkenntnis, dass sie drauf und dran war, die Kontrolle über ihr Kabinett zu verlieren.

Die Türen wurden geöffnet. „Der kaiserliche Sterndeuter", verkündete ein Eunuch.

Der Sterndeuter war ein älterer Mann mit ergrauten Schläfen. Er betrat den Raum wie eine Maus die Höhle des Löwen, seine Augen huschten nervös umher, und er zuckte unter Shangs wütendem Blick zusammen.

Er verneigte sich tief vor Mulan. „Eure Majestät", sagte er. „Mögt Ihr zehn mal zehntausend Jahre leben."

Mulan bedeutete ihm, sich zu erheben, und war sich mehr denn je bewusst, dass sie sich wie eine Kaiserin verhalten musste. „Wie ich höre, habt Ihr Euch mit meiner Vorhersage befasst."

„Ja, ich habe Eure Orakelknochen begutachtet. Eure Majestät ist eine äußerst talentierte Wahrsagerin." Er hielt inne und faltete nervös die Finger ineinander. „Die Knochen sprechen tatsächlich von einer Bedrohung aus dem Norden, aber ich habe mildernde Umstände in den Sternen entdeckt. In diesen Augenblicken steht das Sternbild des Blauen Drachen im nördlichen Palast des Himmels. Der Blaue Drache ist ein Symbol der Freundschaft, was bedeutet, dass eine Bedrohung aus dem Norden durch freundschaftliche Anträge abgemildert werden kann."

Ein eisiges Prickeln wanderte von Mulans Herz in ihren Bauch. „Und die Sterne bei meiner Krönung. Haben sie eine Bedeutung?"

Der Sterndeuter erblasste sichtlich. „Vergebt mir, Eure Majestät. Ich würde mir nie anmaßen ..."

„Berichtet mir von Eurer Deutung. Ihr werdet für ihren Inhalt nicht bestraft werden."

Der Sterndeuter atmete bebend ein. „Fünf fallende Sterne ..." Seine Stimme versagte, und er holte tief Luft, um es unter starkem Zittern noch einmal zu versuchen. „Fünf fallende Sterne sind im mittleren Palast niedergegangen, Eure Majestät. Das ist der Teil des Himmels, der weltliche Königreiche symbolisiert. Und fallende Sterne sind im Allgemeinen ein Zeichen für ..."

„Ein Zeichen für was, Sterndeuter?" Die wenige Geduld, die Mulan noch aufbringen konnte, war fast aufgebraucht.

Der Sterndeuter warf sich flach zu Boden, ein einziges bebendes Häufchen Angst und wisperte: „Für den Unmut des Himmels."

Mulan starrte auf den Sterndeuter hinab und musste all ihre Willensstärke aufbringen, um nicht auf dieselbe Art zu zerfallen. Sie wusste nicht, was schlimmer war: die Verkündung des Urteils oder die Demütigung, sie vor ihrem gesamten Rat zu erhalten.

Langsam holte sie Luft. „Ich danke Euch für Eure Einblicke. Ihr seid entlassen."

Der Mann brauchte keine weitere Aufforderung, um zu verschwinden. Mulan wartete ab, bis die Tür hinter ihm ins Schloss gefallen war. Sie war sich bewusst, dass alle Augen auf sie gerichtet waren, und sich ebenso bewusst, dass sie keine Gefühle zeigen durfte.

Sie wandte sich an Minister Liu. „Ihr wusstet, dass er diese Dinge sagen würde?"

„Ja, Eure Majestät. Ich hatte bereits mit ihm gesprochen."

„Wann hat er Euch von seiner Deutung berichtet?"

„Letzte Nacht. Bevor die Hunnen ihren Heiratsantrag vorgetragen haben", sagte er.

Das half nur wenig, den Knoten in Mulans Eingeweiden zu lösen. Sie richtete den Blick auf ihre anderen Minister. „Und Ihr seid alle der Ansicht, dass es das Beste wäre, diesem Ehebündnis zuzustimmen."

„Die Hunnen sind zu mächtig", ertönte Minister Huangs aalglatte Stimme. „Der letzte Krieg hätte China beinahe zerstört."

„Wir haben den letzten Krieg gewonnen", stieß Shang wütend hervor. „Dank der Frau am Kopf dieses Raums."

„Aber zu welchem Preis?", fragte Minister Wei. „Die Toten auf dem Schlachtfeld, die niedergebrannten Ernten und Häuser. Wir standen kurz davor, das ganze Reich zu verlieren."

„Und es gibt noch eine weitere Sache zu bedenken", fügte Minister Liu sanft hinzu. „Kriege sind bedeutend erfolgreicher, wenn das gemeine Volk hinter ihnen steht. Der letzte Kaiser wurde von Herzen geliebt. Und ... auch wenn ich sicher bin, dass Eure Majestät schon in kürzester Zeit nicht minder beliebt sein wird, so wird es doch eine Übergangsphase geben."

Das war ein Schlag ins Gesicht. Mulan dachte an die Handzeichen bei ihrer Krönung, die aufrührerischen Plakate. „Die Hunnen sind nicht vertrauenswürdig. Sie wollen unser Land schon seit jeher einnehmen. Dies ist nur eine andere Möglichkeit für sie, die Kontrolle an sich zu reißen. Was sollte sie davon abhalten, mich nach der Heirat einfach zu ermorden?", hielt sie dagegen.

„Ehebündnisse werden ständig zwischen verfeindeten Reichen geschlossen", sagte Minister Fang. „Ich verstehe, dass Ihr neu seid in der Politik, aber Staatsaffären müssen mit rationaler Logik angegangen werden und nicht mit den Launen des Herzens."

Mulan juckte es in den Fingern, ihm das arrogante Grinsen aus dem Gesicht zu schlagen. „Habt Ihr den Eindruck, dass ich irrationale Entscheidungen treffe, Minister?"

Es entstand eine gedehnte Stille, in der Mulan sich weigerte, den Blick zu senken. Schließlich verneigte sich Minister Fang. „Nein, Eure Majestät. Ich wünsche bloß zu betonen, dass alle Herrscher der Pflicht unterliegen, zum Wohle Chinas zu heiraten. Eine Verbindung mit einer ausländischen Macht einzugehen, wäre weitaus vorteilhafter als eine interne Verbindung."

Von Shang auf der anderen Seite des Raums gingen Wellen der Wut aus. Mulan fühlte sich, als würde sie in eine Schlinge getrieben werden.

„Ich danke Ihnen für Ihren Rat, Minister. Und ich versichere Ihnen, dass jeder hier im Saal seinen Pflichten gegenüber dem Reich mit dem größten Ernst begegnet. Ich werde Ihre Worte in Betracht ziehen. Dieses Treffen ist vertagt."

Der Schatten des Treffens lastete auf Mulan, lange nachdem sie den Ratssaal verlassen hatte. War ein Ehebündnis mit den Hunnen wirklich ihre einzige Wahl? Jeder ihrer Instinkte schrie dagegen an. Aber sträubte sie sich nur so gegen diese Ehe, weil sie in Shang verliebt war?

Dieser Gedanke ließ Mulan für den Rest des Tages nicht mehr los. Sie zog sich in ihre Gemächer zurück. Als sie das Gefühl hatte, in ihnen zu ersticken, ging sie hinaus in die Gärten.

In der Nachmittagssonne lagen sie friedlich da. Säuberlich gestutzte Bäume beugten sich über spiegelartige Weiher. Vasen voller bunter Blumen zierten steinerne Stufen. Ein Labyrinth aus kunstvoll geschnitzten überdachten Wegen und Pavillons spendete Schatten und ermöglichte es den Besuchern dennoch, die leichte Brise auf der Haut zu spüren. Der Garten wirkte wie das Paradies, aber der Schein war trügerisch. Mulan wusste, wie viel Arbeit es jeden einzelnen Tag kostete, die Pflanzen dazu zu bringen, sich dem Willen des Gärtners zu beugen, welch beständiger Aufwand betrieben werden musste, um das Chaos in Schach zu halten.

Hätte ich diesem Leben entkommen können? Was wäre geschehen, wenn der Kaiser nicht zu eben jenem Zeitpunkt zusammengebrochen wäre? Hätte Mulan den Mut aufgebracht, ihn darum zu bitten, jemand anders auszuwählen? Hätte er zugestimmt? Einmal mehr fragte sie sich, ob es wohl noch andere Kandidaten gegeben hatte. Jetzt, wo das Land sich so rasch gegen sie gewandt hatte, war es schwer zu glauben, dass sie tatsächlich die beste Wahl war. Und doch, welche Alternativen gab es? Ihre Minister verfügten über mehr Erfahrung, aber ihre kürzlichen Machenschaften hatten ihr Vertrauen in sie erschüttert. Oder sprach da nur der Stolz aus ihr? Minister Liu war der vernünftigste von ihnen, ruhig, gelassen und sanft, aber Mulan sah, wie er von seinen hitzköpfigen Kollegen niedergemacht wurde.

Natürlich hatte Mulan sich in dieser Hinsicht auch nicht sonderlich gut geschlagen.

Ein Rascheln ertönte aus den Büschen. Mulan sah gerade noch rechtzeitig auf, um zu beobachten, wie ein riesiger Falke mit roten Flügelspitzen aus einem Busch aufflog. Da war auch ein Mensch, der sich hinter einen Steingarten duckte. Jemand, der ihr vertraut vorkam …

„Zhonglin? Bist du das?“

Keine Antwort. Mulan fragte sich, ob sie jetzt endgültig verrückt geworden war. Aber sie war sich sicher, dass sie jemanden gesehen hatte. Und sie wusste, dass die Gärten für jeden verschlossen waren, mit Ausnahme der Kaiserin.

Mulan kniete sich hin und löste das Messer, das sie stets am Knöchel trug. „Ich weiß, dass da jemand ist. Zeige dich“, verlangte sie.

Sie blickte in Richtung des Torbogens am Eingang des Gartens, wo ihre Leibwächter warteten. Bevor sie nach ihnen rufen konnte, trat Zhonglin heraus.

Sie war es tatsächlich. Als Mulan sie das letzte Mal gesehen hatte, war sie mit dem Rest der Miliz im Innenhof gewesen und hatte sich auf die Heimreise vorbereitet. Sie sollte nicht hier sein.

Mulan setzte ein strahlendes Lächeln auf, verbannte jeglichen Argwohn aus ihrer Miene und legte so viel Erleichterung in ihre Stimme, wie sie aufbringen konnte. „Zhonglin“, lachte sie. „Du hast mich erschreckt. Ich hatte keine Ahnung, dass du es bist.“

Zhonglin verneigte sich. „Guten Abend, Kaiserin.“ Sie sprach bedächtig, während sie sich durch blühende Büsche einen Weg zu Mulan bahnte.

„Ich dachte, du wärst mit den anderen nach Hause gegangen.“

Zhonglin blieb vor ihr stehen und nahm Haltung an, die Hände hinter dem Rücken gefaltet, wie sie es tat, wenn sie auf dem Übungsplatz ihre Befehle erwartete. „Kommandant Liwen hat mich gebeten, hier zu bleiben, um sie zu unterstützen.“

Das war eine Lüge, und Mulan gefiel es nicht, dass Zhonglins Hände sich außer Sicht befanden. „Wie gut von dir, ihr zu helfen. Und was tust du heute Abend hier in den Gärten?"

„Der Kommandant wollte, dass ich sie auf Schwachstellen untersuche."

„Ganz allein?"

„Ja, Eure Majestät."

Mulan nickte und bemühte sich um eine neutrale Miene, während sie in Gedanken ihre Möglichkeiten durchging. „Geh ein Stück mit mir, Zhonglin. Ich würde gern mehr darüber erfahren, was du gefunden hast."

Für einen kurzen Moment blitzte ein Zögern über Zhonglins hübsches Gesicht. Dann verneigte sie sich. „Natürlich."

Mulan hielt Abstand zu Zhonglin, bis sie sich davon überzeugt hatte, dass die Hände des Mädchens leer waren. Aber selbst danach hielt sie ihr Messer noch im lockeren Griff. Ein rascher Blick auf den Eingang des Gartens verriet ihr, dass Mulans Wachen Zhonglin entdeckt hatten. Sie konnte die Verwirrung und Panik auf ihren Gesichtern lesen, als sie auf sie zueilten.

„Erzähl mir", sagte sie an Zhonglin gewandt, „wie findest du die Kaiserliche Stadt, jetzt, da du Zeit hattest, sie zu erkunden?"

„Sie ist recht groß", erwiderte Zhonglin. Mit ihren großen Augen sah sie so unschuldig aus. „Und geschäftig."

„Gefällt dir die Geschäftigkeit?", fragte Mulan. Ihre Wachen hatten die Hälfte des Weges zurückgelegt, und Mulan bemühte sich, Ruhe auszustrahlen. Sie war häufig genug auf der Jagd gewesen, um zu wissen, dass ein in die Enge getriebenes Tier am gefährlichsten war.

„Ich bevorzuge Orte, die weniger voll sind." Auch Zhonglin beobachtete jetzt die Wachen. Das Mädchen hatte keine Waffe – zumindest keine, die Mulan sehen konnte. Es war schwer, einen guten Blick zu erhaschen, ohne allzu offensichtlich vorzugehen.

Mulan winkte ihren Leibwächtern freundlich zu und wandte sich wieder an Zhonglin. „Um ehrlich zu sein, mir sind die ruhigeren Orte auch lieber. Ich würde viel lieber einen Ausritt vor der Stadt machen, als über den Marktplatz zu schlendern."

Die Wachen kamen mit klappernden Rüstungen vor ihnen zum Stehen und blickten verwirrt zwischen Mulan und Zhonglin hin und her, während sie versuchten zu begreifen, in welchem Ausmaß sie bei ihren Pflichten versagt hatten.

„Oh, gut, ihr seid hier“, sagte Mulan fröhlich. „Nehmt diese Frau in Gewahrsam.“

Die Wachen starrten sie mit offenen Mündern an, völlig aus dem Konzept gebracht von dem Missverhältnis zwischen Mulans Tonfall und ihren Anweisungen. Zhonglin versuchte zu fliehen.

„Schnappt sie!“, befahl Mulan.

Der erste Wachmann warf Zhonglin unter Einsatz seines ganzen Körpergewichts zu Boden. Ein Messer blitzte in der Hand des Mädchens auf, nur um ihr augenblicklich vom zweiten Wachmann entrissen zu werden. Zhonglin trat wild schreiend um sich, aber es dauerte nicht lange, bis die Wachen sie überwältigt und gefesselt hatten.

„Danke“, sagte Mulan. „Hier entlang.“

Kapitel Zehn

Ein Lächeln erhellte Liwens Züge, als sie die Tür öffnete. „Glorreiche, gesegnete Kaiserin, womit verdiene ich das Vergnügen Eurer …“ Ihre Stimme verlor sich, als ihr Blick auf Zhonglin fiel, die hinter Mulan stand, die Hände gefesselt und flankiert von zwei Wachen. Einen langen Moment starrte sie sie einfach nur an, die Augenbrauen verwirrt zusammengezogen.

Liwens Überraschung bedeutete für Mulan eine enorme Erleichterung. Wenn Liwen bei Zhonglins Anblick Angst gezeigt oder ihr Auftauchen einfach abgetan hätte, wäre Mulan misstrauisch geworden. Aber Liwen wirkte vollkommen perplex. Das war also eine Sorge weniger. Mulan liebte Liwen wie eine Schwester und glaubte nicht, dass sie noch einen Verrat aus den eigenen Reihen verkraftet hätte.

„Zhonglin“, brach Liwen schließlich das Schweigen. „Warum bist du hier?“

„Ich habe sie in meinen Gärten gefunden“, erklärte Mulan. „Sie sagte, du hättest sie gebeten, in der Kaiserlichen Stadt zu bleiben.“

Verstehen erhellte Liwens Züge. Sie begegnete Mulans Blick, und ein stummes Einverständnis hing zwischen ihnen in der Luft.

Mulan wandte sich an ihre Leibwächter. „Bringt die Gefangene hinein und wartet draußen. Wir möchten allein mit ihr sprechen.“

Die beiden Soldaten tauschten nervöse Blicke aus.

„Habt ihr gehört?“, fragte Mulan.

Hastig packten sie Zhonglin bei den Armen. Das Mädchen wehrte sich nicht, als sie über die Schwelle gezerrt wurde. Aber das Feuer in ihrem Blick machte kein Geheimnis aus ihren Gedanken.

Das elegante Gästezimmer von Liwen mit seiner einfachen, aber edlen Einrichtung war ein ungewöhnlicher Verhörraum. Liwen schob einen sanduhrförmigen Korbhocker in die Mitte des Zimmers. „Setzt sie hier hin.“

Die Wachmänner taten wie gewünscht, dann räusperte sich der ältere der beiden Soldaten. Sein Blick huschte zwischen Mulan, Zhonglin und Liwen hin und her. „Wird Eure Majestät in Sicherheit sein, mit uns vor der Tür? Ihre Beine sind nicht gebunden.“ Er hatte seine Pflicht bereits einmal vernachlässigt, als er Zhonglin in den Garten ließ. Offensichtlich wusste er, dass ein weiteres Versagen sein Schicksal besiegeln würde.

„Wir kommen zurecht“, erwiderte Mulan, die nicht in der Stimmung für weitere Beschwichtigung war. Die Leibwächter gingen hinaus und wirkten dabei wie Schulkinder, die eine Tracht Prügel erwarteten. Die Tür fiel hinter ihnen ins Schloss, und mit einem Mal war es still im Raum, ohne klirrendes Rüstzeug oder schwere Stiefel, um das Gefühl zu übertönen, dass alles an dieser Situation falsch war. Die Luft fühlte sich seltsam dünn an, als ob eine unbedachte Bewegung ein Loch in den leeren Raum um sie herum reißen könnte. Es war Monate her, dass Mulan dieses Mädchen unter ihre Fittiche genommen hatte. Sie hatte sich verpflichtet, sie zu unterweisen. Wie hatte es so weit kommen können?

„Du hast gelogen“, sagte Mulan. „Du solltest mit den anderen nach Hause reiten. Liwen hat dich nie gebeten zu bleiben. Warum bist du hier?“

Zhonglin wandte sich ihr mit trotzigem Blick zu. „Als ich der Miliz mein Schwert angeboten habe, habe ich Euch nicht die Kontrolle über mein ganzes Leben gegeben. Wohin ich gehe und was ich mache, ist meine Sache.“

Liwens Hand schnellte vor. Ein lautes Klatschen und ein gedämpftes Keuchen waren die Folge. Bevor Mulan begriffen hatte, was geschehen war, hatte Zhonglin sich bereits vornübergebeugt und schnappte nach Luft.

„Du wirst der Kaiserin mit dem gebührenden Respekt begegnen“, zischte Liwen. „Menschen wurden schon für einen Bruchteil der Unverschämtheit zum Tod durch tausend Schnitte verurteilt, die du gerade an den Tag gelegt hast.“

Zhonglin starrte zu Boden, die Kiefer fest zusammengepresst, und blinzelte die Tränen fort.

Mulan legte Liwen besänftigend eine Hand auf die Schulter und wandte sich wieder an Zhonglin. „Ich habe dich bei meiner Krönungszeremonie in der Menge gesehen. Du hast dieses Handzeichen gemacht.“ Zhonglin hob den Blick, um zu sehen, wie Mulan das Zeichen imitierte. „Was hat das zu bedeuten?“

„Es ist ein Zeichen Eurer Herrschaft“, murmelte das Mädchen leise.

„Ist es ein Zeichen von Rebellion?“, fragte Mulan.

Zhonglin starrte mit steinerner Miene zu Boden.

„Antworte der Kaiserin“, befahl Liwen.

Eine Welle des Zorn verzerrte Zhonglins Züge, und sie spuckte vor sich auf den Boden. „Eine schöne Kaiserin seid Ihr, Eure unbedeutendste Untertanin hier wegen Verrats zu verhören. Ihr gebt vor zu herrschen, dabei könnt Ihr nicht einmal Eure eigenen Minister unter Kontrolle halten.“

Mulan war zu geschockt für eine Erwiderung.

„Die meisten Frauen verfügen nicht über den Luxus, einfach Nein zu Männern zu sagen oder sich ihren Befehlen zu widersetzen. Ihr seid die Kaiserin. Ihr verfügt über die Macht der Geister, von Frauen, die vor Euch kamen und die Euch nachfolgen werden. Warum lasst Ihr zu, dass Eure Entscheidungen für Euch getroffen werden?“

Liwen schlug Zhonglin erneut, hart genug, dass ihr die Luft wegblieb. Mulans ehemalige Stellvertreterin wirkte genauso schockiert, wie Mulan sich fühlte.

Zhonglin hustete und spuckte Blut. Doch der Schlag hatte das Feuer in ihren Augen nicht verlöschen lassen. „Alles, was ich gesagt habe, ist die

Wahrheit. Was werdet Ihr jetzt tun? Werdet Ihr jeden in Eurem Königreich hinrichten lassen, der nicht nach Eurer Pfeife tanzt?“

Als Liwen ein drittes Mal ausholte, hob Mulan einen Arm, um ihren Schlag abzufangen, auch wenn sie nicht sicher war, warum.

„Wer bist du wirklich?“, fragte Mulan.

„Ich bin Eure treue Untertanin, Eure Majestät.“ Ihre Stimme war flach und voller Hohn. Wut strömte durch Mulans Glieder, und einen Moment lang wollte sie Zhonglin selbst schlagen. Stattdessen machte sie auf dem Absatz kehrt und warf die Türen zum Raum weit auf.

„Wachen.“

Ihre Soldaten stürmten hinein. Erleichterung spiegelte sich in ihren Mienen, als sie Mulan in einem Stück sahen. Falls sie überrascht waren, Zhonglin mitgenommener anzutreffen als zuvor, so ließen sie es sich nicht anmerken.

„Lasst sie rund um die Uhr bewachen.“

Zhonglin sagte kein einziges Wort, als sie sie abführten. Für einen langen Augenblick brachten weder Mulan noch Liwen einen Ton heraus. Es war kein gutes Gefühl, mit anzusehen, wie ein Mitglied ihrer geliebten Miliz, selbst ein aufrührerisches, wie eine Verbrecherin davongeschleift wurde. Ein Soldat, den sie trainiert hatte, arbeitete daran, sie zu vernichten. Dieser Verrat schmerzte unendlich viel mehr als die ständige Hinterhältigkeit ihrer Minister.

„War sie eine Spionin?“, frage Mulan, mehr an sich selbst gerichtet als an Liwen. Hatte jemand Zhonglin angeworben, um ihre Herrschaft zu unterwandern? Um Unzufriedenheit zu säen?

„Sie hat uns nicht gerade viele Antworten geliefert“, sagte Liwen. „Das lässt mich vermuten, dass sie jemanden schützt.“

„Wir müssen herausfinden, was sie in der Kaiserlichen Stadt vorhatte.“

Zhonglins Verhaftung brachte so viele Fragen mit sich. Hatte sie von Anfang an gegen Mulan gearbeitet, oder hatte sie sich erst gegen Mulan gewandt, nachdem sie als Thronerbin benannt worden war?

„Da wäre die Frage, wann sie rekrutiert worden ist“, sagte Liwen, als hätte sie ihre Gedanken gelesen. „Und von wem.“

„Die Hunnen wären ein logischer Anfangspunkt", sagte Mulan. „Kannst du den Botschafter für mich unter die Lupe nehmen? Hör dich um und verschaffe dir ein Gefühl für seine Bewegungen. Ich traue ihm nicht."

Liwen schenkte ihr ein grimmiges Nicken. „Ich werde sehen, was ich herausfinden kann."

Mulan wusste, dass sie in dieser Nacht keinen Schlaf finden würde, aber sie sollte es zumindest versuchen. Sie wies Ting an, ihr ein Bad einzulassen, und gab der Zofe dann für den Rest des Abends frei. Jetzt, da sich jeder andere Aspekt ihres Lebens unter den Argusaugen des ganzen Königreichs abspielte, war ihr nächtliches Bad einer der wenigen Augenblicke, die noch ganz ihr allein gehörten.

Das Wasser war herrlich heiß und färbte ihre Haut hellrot. Mulan ließ sich einweichen, bis das Wasser allmählich kühler wurde, dann trocknete sie sich ab und schlüpfte in ein schweres seidenes Nachthemd. Sie hatte die meisten Möbelstücke des alten Kaisers behalten, als sie in seine Gemächer gezogen war, aber es hatte sich nicht richtig angefühlt, in seinem alten Bett zu schlafen. Sie hatte sich ein neues bringen lassen, und es war eines der Dinge, die sie an ihren Gemächern am meisten liebte. Wenn sie erst einmal die goldenen Vorhänge zu allen Seiten zugezogen hatte, verwandelte sich das Bett in ihr ganz privates Zelt, einen Ort der Geborgenheit in einem Palast, der ihr von Tag zu Tag unsicherer erschien. Jetzt krabbelte sie hinein, rollte sich unter den seidenen Decken zusammen und zog die Knie bis ans Kinn hoch. Von draußen ertönten die leichten Schritte von Dienern mit Stoffschuhen, unterbrochen vom gelegentlichen Klirren von Rüstungen.

Die meisten Frauen verfügen nicht über den Luxus, einfach Nein zu Männern zu sagen oder sich ihren Befehlen zu widersetzen. Ihr seid die Kaiserin. Ihr verfügt über die Macht der Geister, von Frauen, die vor Euch kamen und die Euch nachfolgen werden. Warum lasst Ihr zu, dass Eure Entscheidungen für Euch getroffen werden?

Warum sollte die Stimme einer Verräterin sie derart verfolgen? Doch Zhonglins Worte krachten jetzt auf sie nieder, bohrten sich in ihre Gedanken und verhöhnten sie. Sie war Kaiserin, doch sie fühlte sich so machtlos. Wenn sie doch nur über die Macht der Frauen verfügte, die vor ihr gekommen waren.

Als die Schritte vor ihrer Tür allmählich verstummten, gab Mulan den Gedanken an Schlaf auf. Sie erhob sich aus ihrem Bett und schlüpfte in die Hose und Tunika aus Wolle, die man ihr als Soldatin zugeteilt hatte. Ihr Haar war noch zu ihrem nächtlichen Zopf gebunden, also wickelte sie ihn auf und steckte ihn auf ihrem Kopf fest. Dann schlüpfte sie aus dem Fenster und kletterte die Säule zum Dach hinauf, wie sie es bereits einmal zuvor getan hatte.

Obwohl der Sommer vor der Tür stand, hatte die Nachtluft immer noch einen kühlen Biss. Bis Mulan die Dächer ihrer Gemächer überquert und sich auf der anderen Seite zu Boden hatte fallen lassen, waren ihre Wangen und Finger gründlich durchgefroren. Kaum wieder auf dem Boden, hielt sie den Kopf gesenkt und eilte davon wie ein Diener auf einer nächtlichen Erledigung.

Der Übungsplatz lag still da, als Mulan sich ihm näherte. Ein einzelner Wachmann stand vor dem kleinen Haus mit der Ausrüstung. „Gebt Euch zu erkennen!", blaffte er sie an.

„Fa Mulan."

Der Soldat blinzelte in ihre Richtung und musterte ihre abgetragene Kleidung, bevor er zusammenzuckte und auf die Knie fiel.

„Kaiserin! Vergebt mir."

Schlug er ernsthaft den Kopf auf den Boden?

„Erhebt Euch", sagte sie. „Ich benötige einige Übungswaffen."

In seiner Hast verfehlte er mehr als einmal das Schlüsselloch, aber schließlich schwang die Tür auf. Ein paar freie Waffenständer schimmerten grau im Mondlicht. Mulan scheuchte ihn beiseite und sah sich die Auswahl an. Hier gab es nichts von besonders guter Qualität, da die teuren Waffen bei den Kommandanten gelagert wurden. Aber sie suchte nicht nach Qualität. Sie suchte nach Ablenkung.

Ein abgenutzter Köcher hing in einer Nische, daneben ein alter Bogen. Sie schnappte sich beides und dazu noch ein paar Wurfspeere.

„Ihr könnt wieder abschließen“, sagte sie zu dem immer noch verstörten Wachmann. „Ich gehe auf den Schießstand.“

„Werdet Ihr Unterstützung benötigen, Eure Majestät?“

„Nein. Haltet einfach nur Wache.“

Der Wachmann verschwand aus ihrem Sichtfeld, als sie um eine Ecke in Richtung Schießstand ging. Der Wind hatte merklich an Kraft gewonnen, als sie auf das offene Feld trat. Ein Schauer lief ihr über den Rücken. Am anderen Ende des Feldes waren einige runde Zielscheiben und auch einige in Menschengestalt aufgestellt. Mulan hievte eine der letzteren nach vorne. Sie roch nach Stroh und Schimmel, und ihre Oberfläche war von alten Pfeilwunden vernarbt.

„Armer Kerl, immer nur für Zielübungen zu gebrauchen. Hättest du lieber meinen Job?“

Die Zielscheibe antwortete nicht.

Bogenschießen hatte etwas zutiefst Meditatives. Bogen heben, einatmen. Sehne spannen, ausatmen. Zielen, einatmen, halten … und loslassen. Ein dumpfer Aufschlag ertönte, als ihr Pfeil sein Opfer fand. Mulan konnte in der Dunkelheit nicht sonderlich viel erkennen, aber sie meinte, eine plötzliche Bewegung an der Schulter ihres Ziels ausgemacht zu haben. Passabel, aber nicht das, wo sie hingezielt hatte. *Die niederschmetternde Wahrheit ist, dass ich zugelassen habe, dass ich aus der Übung komme.* Das war ein demütigender Gedanke.

Shangs Stimme hallte in ihrem Kopf wider. *Verirrte Gedanken führen zu verirrten Pfeilen. Lass den Rest deines Leben vor dem Schlachtfeld zurück. Hier gibt es nur dich und deinen Feind.*

Alles schön und gut, aber wer waren ihre Feinde? Zhonglin? Die Leute, die sie angeheuert hatten? Der Botschafter der Hunnen? Oder jemand ganz anders?

Sie legte einen weiteren Pfeil an, und er traf ihr Ziel in den Oberschenkel.

Der Botschafter der Hunnen war nur ein Bote. Jede Bedrohung, die von ihm ausging, war zweitrangig. Er war das Werkzeug eines größeren Feindes.

Der nächste Pfeil traf ihr Ziel in den Bauch. Sie nahm an, dass die Hunnen ihre natürlichen Feinde waren, aber sie konnten auch zu Verbündeten werden. War das nicht genau der Sinn und Zweck von Diplomatie, aus Feinden Verbündete zu machen? Und um jemanden zu seinem Verbündeten zu machen, musste man ihn da zwangsläufig auch zu seinem Ehemann machen?

Etwas zischte an ihrem Ohr vorbei. Mulan hechtete zur Seite, als ein großer Batzen Stroh an ihrer Zielscheibe explodierte. Bei ihrer Landung gab ihr Köcher ein Klappern von sich und verteilte seinen Inhalt auf dem Boden. Sie packte einen Pfeil und legte ihn an, während sie sich in eine hockende Position rollte und die Dunkelheit absuchte. Das Blut rauschte ihr in den Ohren. Von wo war der Pfeil gekommen?

Nach und nach konnte sie eine vertraute Gestalt am Ende des Feldes ausmachen, groß, mit breiten Schultern. Sie erkannte die Wachsamkeit in seiner Haltung, die Selbstverständlichkeit, mit der er den Bogen hielt. Erleichterung durchströmte ihre Glieder, zusammen mit etwas, das sich nicht so leicht einordnen ließ.

Sie ließ ihren Bogen sinken und ging zu ihm. „Jag mir nicht so einen Schreck ein. Ich hätte dich erschießen können."

Shang war einfach gekleidet. Von der bestickten Seide, die er tagsüber zur Schau trug, war nichts zu sehen. Er wirkte wieder wie der Mann, der sie trainiert hatte, der unerfahrene junge Hauptmann, der einen unordentlichen Haufen neuer Rekruten erhalten hatte und sie in Soldaten verwandelt sollte.

Der strenge Blick, mit dem er sie jetzt bedachte, ging auch auf diese Zeit zurück. „Das ist die geringste deiner Sorgen. Ich hätte ein Attentäter sein können. Mein Pfeil hätte dich treffen können und nicht dieses verschimmelte Stroh."

„Du hast also dein Leben riskiert, um mir eine Lektion zu erteilen? Das wirkt nicht gerade wie eine kluge Strategie. Davon abgesehen, wenn deine Wachen ihren Job anständig erledigen, muss ich mir im Palast keine Sorgen über Attentäter machen."

Seine Gesichtszüge waren in der Dunkelheit nur schwer zu erkennen, aber sie hatte den Eindruck, dass er ein Lächeln unterdrückte. „Ihr solltet wirklich vorsichtiger sein, wenn Ihr Euch ganz allein auf diesem Gelände bewegt, Eure Majestät."

Aus irgendeinem Grund schmerzte es mehr zu hören, wie er ihren Titel verwendete, wenn es nur sie beide waren, die im Dunkeln miteinander scherzten.

Mulan straffte die Schultern. „Es tut mir leid. Ich musste allein sein, für meinen eigenen Verstand."

Shang wandte leicht das Gesicht, und das Mondlicht spiegelte sich in seinen Augen. Sie waren von derselben Farbe wie die Nacht, aber irgendwie wirkten sie heller, strahlender. „Was geht dir durch den Kopf?", fragte er.

„Ich hatte ein paar Probleme mit einem Mitglied meiner Miliz. Sie hat sich schon seit Wochen verdächtig aufgeführt, und ich war erleichtert, sie wieder nach Hause schicken zu können. Aber heute habe ich sie dabei erwischt, wie sie sich in meinen privaten Gärten herumgetrieben hat. Sie weigert sich, mir eine klare Antwort zu geben, was sie dort getan hat."

„Du glaubst, sie ist ein Spion?"

„Eine bessere Erklärung fällt mir nicht ein."

„Was hast du unternommen?"

Mulan hatte vergessen, wie bedrohlich Shang manchmal sein konnte. Als Rekrut hatte er ihr schreckliche Angst eingejagt. Shang hatte so eine Art, Menschen anzusehen, als könnte er sie mit einem bloßen Blick seiner Pupillen aufspießen. Jetzt hatte Mulan keine Angst vor ihm, obwohl sie die Energie spüren konnte, die wie in Wellen von ihm ausging. Sie war froh, dass er nicht ihr Feind war.

„Bisher habe ich sie lediglich unter Wache gestellt. Ich weiß, dass ich zurückgehen und sie weiter verhören muss. Ich hab bloß …"

Sie verfielen beide in Schweigen. Mulan bemerkte, wie so oft dieser Tage, dass Shang ein klein bisschen weiter weg stand, als sich natürlich angefühlt hätte, und wie seine Augenbrauen sich zusammenzogen, wenn er sie ansah. Dennoch hatte die Anonymität der Dunkelheit etwas an sich, dass sich die Dinge zwischen ihnen wieder mehr so anfühlten, wie sie früher gewesen waren. Vielleicht lag es an der Kleidung, die sie heute Abend trugen, oder einfach an der ungemütlichen Kälte auf dem Feld. Aber es fühlte sich so an, als wären sie nicht Kaiserin und General, sondern Mulan und Shang.

Sie kickte einen kleinen Erdklumpen mit der Schuhspitze weg. „Und dann ist da noch der Kriegsherr der Hunnen, der mir seinen Sohn aufdrängen will."

„Ich kann die Hunnen nicht ausstehen, aber als Kaiserin musst du ihren Antrag in Betracht ziehen."

Seine Aussage hätte genauso gut von jedem ihrer Berater kommen können, und ihre Wut entbrannte rasch und heftig. „Sag mir nicht, wie ich als Kaiserin zu sein habe."

Sie spürte, wie ihre Worte dort schweben blieben, wo sie sie hingespuckt hatte, aber sie konnte sich nicht dazu durchringen, sie zurückzunehmen.

Obwohl Shang sich keinen Zentimeter bewegt hatte, schien er sich von ihr zurückzuziehen. „Ich bitte um Verzeihung, Kaiserin." Seine Stimme klang so steif und förmlich, wie Mulan sie noch nie gehört hatte.

Ihre Wut verrauchte und ließ nur Schwere zurück. „Es tut mir leid. Ich sollte nicht so barsch sein. Anscheinend hat mein Plan, rauszugehen und meinen Kopf freizubekommen, nicht sonderlich gut funktioniert."

Das brachte ihr ein leises Glucksen ein. „Ich glaube, du hattest die richtige Idee. Es geht nichts über eine harte Trainingseinheit, um sich von seinen Sorgen abzulenken." Mulan zuckte zusammen, als Shang ihr den Bogen aus den Fingern schnappte. „Aber Bogenschießen wird nicht funktionieren. Du musst ins Schwitzen kommen."

„Was meinst du genau?"

Er ging an den Rand des Feldes. Als er zurückkehrte, hielt er zwei stumpfe Übungsschwerter und unförmige, gepolsterte Rüstungen in den Händen.

„Komm", sagte er und reichte ihr ein Set. „Nur so bekommst du den Kopf frei. Du hast zu viel Zeit damit verbracht, auf einem Thron zu sitzen, und nicht genug Zeit mit richtiger Arbeit."

Falls er mit dieser Herausforderung beabsichtigt hatte, ihre Wut zu entfachen, so war es ihm gelungen. Mulan zog sich die Rüstung über den Kopf und hob ihr Schwert.

Shang spiegelte ihre Bewegung. „Bereit?"

Und schon war sie zurück auf dem Schlachtfeld. Ihre ganze Welt verengte sich auf die Spitze seiner Klinge.

Mulan ging zum Angriff über. Schon bei ihrem ersten Satz nach vorn wusste sie, dass Shang recht hatte. Sie *hatte* zu viel Zeit auf dem Thron verbracht, und ihr Körper brannte darauf, sich zu bewegen und zu kämpfen.

Shang hob sein Schwert, um ihren Schlag zu parieren, und Mulan konterte mit einem weiteren Schlag, bevor er sich von dem ersten erholen konnte. *Dräng ihn zurück. Lass ihn im Ungewissen.* Doch er erholte sich zügig von seiner anfänglichen Überraschung und schloss zu ihrer Energie auf. Seine Paraden kamen immer schneller, bis ein gezielter Gegenschlag sie schließlich aus dem Gleichgewicht schleuderte. Die Kraft des Aufpralls fuhr ihr durch die Arme, und sie duckte sich weg. Sie umkreisten einander, schnappten nach der eiskalten Luft.

„Warum machen wir das nicht öfter?", fragte Mulan. Ihre Arme und ihre Lunge brannten, aber sie war wie im Rausch.

Shangs Stimme hatte einen verbitterten Unterton. „Du weißt, warum."

Mulan wünschte, er hätte das nicht gesagt. Nicht jetzt, wo sie sich endlich besser fühlte als seit Wochen. Also ging sie erneut auf ihn los. Dieses Mal war er vorbereitet, drehte sich rechtzeitig weg und ließ sein Schwert auf ihren Kopf niedersausen. Sie duckte sich und streckte im Drehen ein Bein aus, um ihm den Boden unter den Füßen wegzutreten, aber er sprang hoch. Mulan wirbelte außer Reichweite, aber die Spitze seines Schwertes erwischte sie am Ärmel. Hätte es sich um ein richtiges Schwert gehandelt und nicht um ein stumpfes Übungsschwert, dann hätte es den Stoff durchtrennt und wahrscheinlich ihre Hand gleich mit. Ihr eigenes Schwert fiel klirrend zu Boden.

„Ihr seid langsam, Kaiserin", sagte er.

Sie wich zurück, den Blick auf seine Waffe gerichtet. „Ich bin aus der Übung. Und ich trage das Gewicht des Reiches auf meinen Schultern."

„Unsinn", brüllte er, und Mulan fühlte sich in ihre Trainingszeit zurückversetzt. „Das ist genau die Art zu denken, die dich eines Tages umbringen wird. Du bist die Kaiserin. Hinter dir steht die Stärke einer Million Männer."

Sie schleuderte ihm eine Handvoll Stroh ins Gesicht. „Einer Million Männer und Frauen, meinst du wohl."

Das Stroh berührte ihn nicht einmal, trotzdem lenkte es seinen Blick lange genug ab, dass sie sich losreißen konnte. Mulan hechtete an den Rand des Feldes, wo sie ihre Wurfspeere abgelegt hatte. Mit einem raschen Blick versicherte sie sich, dass die Spitzen noch umwickelt waren. Dann schleuderte sie einen nach Shang. Er ging daneben. Sie schnappte sich den verbleibenden Wurfspeer und ging zum Angriff über.

Jetzt war sie wirklich dabei zu improvisieren. Der Wurfspeer war nicht für den Nahkampf gedacht. Er war leichter als die Speere, mit denen sie trainiert hatte, und brachte sie aus dem Gleichgewicht. Aber er verschaffte ihr auch den Vorteil einer größeren Reichweite, und sie war fest entschlossen, Shang keinen leichten Sieg zu schenken. Mulan setzte ihren Angriff fort und versuchte, den Speer an seiner Deckung vorbeizuschlängeln, während er parierte und ihren Hieben auswich. Jedes Mal, wenn er versuchte, an ihrer Speerspitze vorbeizukommen, wirbelte sie den Schaft herum, um ihn zu vertreiben. Einmal traf sie ihn so hart in die Rippen, dass ihm der Atem stockte, aber er wurde nicht einmal langsamer. Sie hatte vergessen, wie nahezu unbezwingbar er war.

Bei ihrer nächsten Attacke schoss Mulan über das Ziel hinaus und stolperte vorwärts. Ihr Speer bohrte sich diagonal in den Boden. Shang hob sein Schwert und ließ es mit voller Wucht auf den Stiel des Speers hinabsausen. Mit einem lauten Knacken splitterte das Holz entzwei. Als er sein Schwert zu einem weiteren Hieb ansetzte, packte Mulan die Überreste ihres Speers mit beiden Händen und riss ihn in einem verzweifelten Abwehrversuch hoch über den Kopf. Ein zweites Knacken hallte durch die Dunkelheit. Von dem Aufprall wurden ihre Hände taub. Sie versuchte, sich wegzudrehen, aber ihr Speer rührte sich nicht. Die Schneide seiner Klinge war im Holz stecken geblieben.

Sie starrten sich über ihre Waffen hinweg an, kämpften beide darum, wieder zu Atem zu kommen. Mulans Blut war heiß vom Kampf, auch wenn der Wind sie frösteln ließ. Sie standen einander so nah, dass Shangs warmer Atem über ihr Gesicht strich. Wenn sie jetzt die Waffen senkten und nur einen halben Schritt nach vorn machten, würden sie sich berühren. Ihr Blick wanderte zu Shangs Lippen, sofort danach sah sie beschämt zur Seite. Aber die leichte Veränderung seines Gesichtsausdrucks verriet, dass er es bemerkt hatte. Vielleicht bildete sie es sich nur ein, aber er hatte den Blick eines Mannes, der in Versuchung war. Eines Mannes, der darum kämpfte, seinen Willen zu sammeln, was ihm nicht ganz gelingen wollte.

War es denn so schlimm, dass sie sich wünschte, dass er seinem Instinkt unterlag? Mulans Herz pochte wild, warf sich mit kräftigen Stößen gegen ihre Brust. Sie konnte es sich nicht erlauben, Schwäche zu zeigen – sie war Kaiserin. Aber wenn Shang derjenige wäre, der den Kampf verlor, vielleicht könnte sie dann nur den Bruchteil einer Sekunde zu langsam sein, um ihn aufzuhalten. Nur ein Kuss, hier in der Dunkelheit, wo niemand sie sehen konnte …

Shangs Kiefer verhärtete sich, und mit einem Ruck befreite er seine Waffe. Als er vor ihr zurückwich, fiel Mulans ganzes Wesen in sich zusammen. Tief in ihrem Inneren hatte sie gewusst, was geschehen würde. Sie waren beide viel zu diszipliniert, um gegen die Regeln zu verstoßen. Sie hatte es gewusst, trotzdem brannte ihre Brust, als hätte sie ein Schüreisen geschluckt.

„Gut gekämpft, Kaiserin", sagte Shang. Eine heisere Note hatte sich in seine sonst so ruhige Stimme geschlichen, und das glühende Eisen in ihrer Brust bohrte sich tiefer. „Achte darauf, in Übung zu bleiben. Das Reich braucht deine Führung."

Das Reich brauchte ihre Führung. Das war die ganze schreckliche Wahrheit. Hier standen sie, die beiden mächtigsten Menschen im Reich der Mitte, und doch hatten sie keinerlei Handhabe darüber, wie ihre Leben verlaufen sollten.

Früh am nächsten Morgen klopfte Liwen an Mulans Tür. Haarsträhnen hatten sich aus ihren Zöpfen gelöst und fielen ihr in wilden Locken um das Gesicht. Dunkle Schatten lagen unter ihren Augen, doch sie wirkte lebhaft wie immer.

„Ich habe etwas gefunden", sagte sie und drängte sich durch die Tür. „Der Botschafter der Hunnen ist gestern Abend mit seinem Gefolge in die Stadt gegangen. Ich bin ihnen bis zu einem Wirtshaus gefolgt und habe dann beschlossen, zu ihren Gemächern zurückzukehren und mich dort ein wenig umzusehen."

Sie reichte Mulan ein Stück Papier. „Das hier war unter einem doppelten Boden in seiner privaten Truhe versteckt."

Es war in der Schrift der Hunnen verfasst.

„Kannst du es lesen?", fragte Mulan. Sie wusste, dass Liwen bei den Nonnen, die sie großgezogen hatten, verschiedene Schriften gelernt hatte. Allerdings war ihre Freundin noch nie sonderlich lernbegierig gewesen.

„Ich war gestern noch lange wach, um es zu entziffern, und ich habe genug verstanden, um zu wissen, dass es sich um eine Liste handelt. Das hier bedeutet ‚eine Herde von zwanzig guten Pferden'. Hier steht ‚Reitrechte in den östlichen Gebieten', hier ‚Gouverneursamt über die Yangzhou-Region' und hier ‚fünfzig Goldbarren'."

Mulan strich mit dem Finger über das Papier. „Warum sollte er so eine Liste führen? Und wozu sie verstecken?"

„Bestechungsgelder vielleicht?", mutmaßte Liwen. „Versprechungen an die, die bereit wären, die Seiten zu wechseln?"

Der Gedanke war Mulan auch schon gekommen. „Wir müssen mit Zhonglin reden", erklärte sie und riss die Tür auf. Die Zofe davor knickste. „Überbringe eine Nachricht an die Wachen, die für die Gefangene Zhonglin zuständig sind. Ich will sie befragen. Die Wachen sollen dafür sorgen, dass sie wach und aufmerksam ist, und mich informieren, wenn sie bereit ist."

Als die Zofe verschwunden war, schloss Mulan die Tür wieder und ging in ihren Gemächern auf und ab. In ihrem Magen saß ein Knoten, der sich einfach nicht lösen wollte.

„Sie könnte schweigen", sagte Liwen.

„Könnte sie", stimmte Mulan ihr zu.

Danach sagte keine von ihnen noch etwas, denn die Schlussfolgerung war zu grässlich, um sie laut auszusprechen. Mulan musste wissen, was Zhonglin wusste. Falls Zhonglin die Informationen nicht bereitwillig preisgab, gab es eine lange Tradition von Methoden, um sie ihr zu entreißen. Aber die Vorstellung, dass Mulan solche Methoden anwandte, zumal bei jemandem, der ihr unterstellt war …

„Wenn du möchtest, kann ich die Befragung übernehmen", bot Liwen leise an.

Mulan schüttelte den Kopf. „Ich will es mir nicht zur Gewohnheit machen, dass andere die Drecksarbeit für mich erledigen."

„Alle Kaiser tun das."

„Und die Kaiserinnen?"

Liwen presste die Lippen zusammen. „Mein Angebot steht, falls du es dir anders überlegst."

Ein Klopfen ertönte an der Tür. Mulan tauschte einen Blick mit Liwen.

„Bereit?", fragte Liwen.

Mulan schloss die Augen und nickte. Hatte der alte Kaiser solche Entscheidungen treffen müssen? War er je verraten worden? Sie wappnete sich und öffnete die Tür.

Davor stand ein Soldat. Bei Mulans Anblick warf er sich zu Boden und presste sein Gesicht in den Staub.

„Eure Majestät …" Er sprach noch weiter, aber seine Worte waren so abgehackt, dass sie kaum zu verstehen waren.

„Was tut Ihr da, Soldat?", fragte Mulan. Sie starrte auf ihn hinab, unfähig, einen Sinn in seinem Verhalten auszumachen. Er brabbelte weiter zusammenhanglos vor sich hin.

Liwen kam an die Tür. „Was ist los?"

Der Wachmann kauerte vor ihnen, schlug mit der Stirn auf den Boden und schaukelte in voller Rüstung hin und her wie eine hysterische Schildkröte. Mulan konnte sich keinen Reim auf sein Geschwafel machen, und nichts, was sie sagte, schien zu ihm durchzudringen. Schließlich hatte sie genug, packte ihn bei den Schultern und riss ihn auf die Füße. Was gar nicht so leicht war bei einem Soldaten in voller Rüstung.

„Soldat“, sagte sie und schüttelte ihn. „Soldat!“

Der Wachmann erstarrte plötzlich, die Augen weit aufgerissen.

„Soldat, ich verstehe kein Wort.“

„Eure Majestät, bitte vergebt uns“, keuchte er. „Wir wissen nicht, was geschehen ist. Unsere Leben sind verwirkt, aber bitte verschont meine Familie.“

„Wovon redet Ihr?“, fragte Mulan.

Der Mann holte bebend Luft. „Wir wissen nicht, wo die Gefangene ist. Sie ist verschwunden.“

Kapitel Elf

Die Wachen hatten Zhonglin in eine Arrestzelle für Kriminelle gesteckt, die innerhalb der Palastmauern geschnappt wurden, ein kleines Backsteingebäude mit schmalen Fensterschlitzen und einer dicken Holztür. Zwei Soldaten hatten Wache gestanden – einer an der Tür und der andere an der gegenüberliegenden Ecke. Beide brachen vor Mulan zusammen, genau wie der erste Wachmann.

„Beruhigt Euch", sagte Mulan. Wie sollte sie inmitten dieses Aufruhrs irgendetwas herausfinden? „Ich habe keine Vorliebe für Hinrichtungen. Erzählt mir einfach, was geschehen ist."

Nach allem, was Mulan sich aus ihren stockenden Berichten zusammenreimen konnte, war überhaupt nichts Ungewöhnliches geschehen. Kurz nach Sonnenaufgang hatte eine der Wachen durch das Fenster gespäht und Zhonglin schlafend in ihrer Zelle liegen sehen. Eine Stunde später war sie verschwunden. Keine der Ziegelwände wies Anzeichen von Beschädigungen auf. Der Steinboden war unversehrt, und die Fenster hatten keine losen Ziegel.

„Schließt die Tore zum Palast und die aus der Stadt", befahl Mulan. „Schickt Soldaten aus. Vielleicht ist sie noch nicht weit gekommen."

„Und was ist mit den Gefängniswachen?", fragte Liwen.

Mulan hielt inne. Die Soldaten starrten sie an, ein Entsetzen in den Augen, das kein Mensch empfinden sollte, wenn er einen anderen ansah.

Wie konnte man Tag für Tag mit dieser Macht leben und sich nicht davon verändern lassen? *Ich bin keine Gottheit.*

„Halt sie für Befragungen fest", erwiderte sie mit abgewandtem Blick und ging davon.

Liwen lief hinter Mulan her, als sie sich ihren Weg über das Palastgelände bahnte. „Wo willst du hin?"

„Zu den staatlichen Gästehäusern."

Die Türen zu den Gemächern des Botschafter der Hunnen waren verschlossen. Der Botschafter war dafür bekannt, bis spät in die Nacht aufzubleiben, und der Diener an der Tür öffnete sie für Mulan.

„Ihre Kaiserliche Majestät!", verkündete er.

Ohne innezuhalten, trat Mulan über die Türschwelle. Botschafter Balambar saß mit zwei seiner Schreiber zusammen. Er sprang hastig auf die Füße, als Mulan hereingerauscht kam. Diese Macht würde sie genießen, so viel gestand sie sich zu.

„Eure Majestät", sagte Balambar und zog in einer Geste übertriebener Überraschung die dichten, schwarzen Augenbrauen hoch. „Was verschafft mir diese unerwartete Ehre?"

„Eine Gefangene ist heute aus der Arrestzelle im Palast entkommen", erklärte sie und suchte in seiner Miene nach einer Reaktion, aber er blieb vollkommen gelassen.

„Das sind beunruhigende Neuigkeiten, Eure Majestät. Können ich oder mein Gefolge Euch bei der Suche nach dieser Gefangenen behilflich sein?"

„Habt Ihr hier in letzter Zeit etwas Ungewöhnliches bemerkt?"

„Nicht dass ich wüsste, Eure Majestät."

Mulan sah sich verstohlen um. Die Gemächer waren ausgesprochen ordentlich. Alles schien an seinem Platz zu sein. Eine Flüchtige konnte sich hier nirgendwo verbergen. Außerdem wäre der Botschafter nicht so dumm, Zhonglin in seinen eigenen Gemächern zu verstecken.

„Seid stets ehrlich zu mir, Balambar", sagte sie. „Seid ehrlich zu mir, und ich werde ehrlich zu Euch sein."

Mulan war zurück am Tempel ihrer Ahnen. Es dämmerte bereits, und Nebel waberte über den Boden. Durch den Dunst konnte sie hier und da rote und rosafarbene Blüten vor einem gedämpften grünen Hintergrund erkennen. Der üppige Geruch feuchter Erde stieg ihr in die Nase. Der Schrei eines Falken zerriss die Stille, und ein braun-roter Schleier flog über ihren Kopf hinweg.

Mulan stieg die Stufen zum Tempel hinauf, mit den Händen wedelte sie den Nebel davon. Sie sah, dass jemand auf der Bank vor dem Altar saß. Ein bloßer Schatten im Dunst, aber Mulan wusste, um wen es sich handelte.

„Großmutter!“

Mulan rannte auf sie zu und zog sie in eine feste Umarmung. Die Gestalt ihrer Großmutter war winzig, aber Nai Nai fühlte sich stark an, voller Energie, so wie vor vielen Jahren. Nai Nai drückte sie an sich und strich ihr über den Rücken. Sie roch nach Jasmin und Anis.

Tränen liefen Mulan über die Wangen. „Nai Nai, du bist hier!“

„Bist du überrascht, mich hier zu sehen?“ Großmutter klang milde belustigt. „Wo sonst sollten Ahnen sich aufhalten?“

„Schon, aber …“ Mulan deutete hilflos auf die Ahnentafeln, die die Wände bedeckten.

Großmutter hielt Mulan auf Armeslänge vor sich. Sie sah genauso aus wie in Mulans Erinnerungen. Das Gesicht von der Form eines Melonenkerns, tanzende Augen und vom Lächeln faltige Wangen. „Meine Soldatin-Enkelin ist erwachsen geworden. Kaiserin von China. Du erfüllst uns alle mit Stolz.“

Doch Mulan zuckte vor ihren Worten zurück. „Nicht jetzt, Großmutter. Jetzt gibt es nichts, auf das ihr stolz sein könntet.“

Zwei weiße Augenbrauen hoben sich. „Warum nicht, um alles in der Welt?“

„Es ist das reinste Chaos. Ich bin kaum gekrönt worden, und schon bricht alles in sich zusammen. Ich bin mir nicht sicher, ob ich das schaffen kann.“

Ihre Großmutter stieß mit dem Gehstock auf den Boden auf. „Meine Enkeltochter gibt sich geschlagen? Das ist nicht das Mädchen, an das ich mich erinnere. Meine Enkeltochter ist in den Krieg gezogen. Sie hat all den Jungs gezeigt, wozu sie imstande ist, und sie hat ganz China gerettet.“

Dieser Sieg kam ihr unendlich weit entfernt vor. „Aber das hier ist anders. Damals habe ich Truppen befehligt, jetzt kann ich nicht einmal meinen eigenen

Rat unter Kontrolle halten. Der alte Kaiser sagte mir, ich würde mich auf weise Leute verlassen können, die mir beim Regieren helfen. Stattdessen versuchen meine Minister, mich auf Schritt und Tritt zu hintergehen.“

„Vielleicht brauchst du einen neuen Rat. Schmeiß den hier raus.“

Mulan sah vor ihrem inneren Auge, wie ihre winzige Großmutter in den Ratssaal marschierte und ihre Minister unter wildem Gefuchtel ihres Gehstocks davonjagte. Es war ein seltsam befriedigender Gedanke, wenn auch nur für einen kurzen Augenblick. „Der Rat ist nicht das einzige Problem. Ich muss die Herzen der Menschen gewinnen.“

„Die hast du doch bereits, meine Liebe.“

„Früher vielleicht, aber es gab Symbole der Rebellion bei meiner Krönung.“

Nai Nai schürzte die Lippen. „Symbole der Rebellion?“

„Ja, ein Handzeichen.“

Jetzt funkelten Großmutters Augen. „Wie sah dieses Symbol aus? Etwa so in der Art?“ Sie spreizte ihre Finger und legte dann beide Fäuste in einer perfekten Spiegelung der Geste übereinander, die Mulan gesehen hatte.

„Ja, genau das ist es!“

Nai Nai fächerte ihre Finger auf. „Ein Fächer, der das Gesicht bedeckt. Eine schüchterne Maid, wenn du so willst, mit Geheimnissen. Und dies“ – sie legte die Fäuste übereinander – „ist die Maid mit einem Schwert in den Händen. Ein Symbol für die Kriegerkönigin. Für verborgene Stärke.“ Ihre Großmutter fing ihren Blick auf. „Das wirkt auf mich eher wie ein Zeichen der Verehrung.“

„Verehrung? Aber Minister Liu hat gesagt …“ Mulans Stimme erstarb. Der Minister der Riten hatte behauptet, dass das Handzeichen ein Symbol der Rebellion sei. Wieder und wieder hatte er sie daran erinnert, dass ihr die Liebe des Volkes fehlte. Und Mulan hatte ihm geglaubt, weil Minister Liu der freundlichste ihrer Berater war, der Einzige, der sie nie von oben herab behandelte oder sich ihren Befehlen offen widersetzte.

„Könnte er gelogen haben?“, fragte Mulan.

„Es gibt nur einen Weg, um Gewissheit zu erlangen“, antwortete Nai Nai. Ihre Stimme entschwand langsam in den Dunst. Doch sie sagte noch: „Oh, und vielleicht solltest du auch mit dem kaiserlichen Sterndeuter sprechen. Gut möglich, dass er dir etwas zu sagen hat.“

Der Duft von Jasmin und Anis blieb in der Luft um Mulans Bett haften, auch nachdem sie erwacht war. Mulan fuhr sich mit dem Handrücken über die Augen, und als sie die Hand zurückzog, war ihre Haut feucht. Wie lange war es her, dass sie sich auf diese Weise bei jemandem hatte anlehnen können, ohne sich Gedanken darüber machen zu müssen, was das bedeutete oder ob es ihr schaden könnte? Hatte der Geist ihrer Großmutter sie wirklich im Traum besucht? Oder war es einfach nur ein Traum gewesen? Und die Dinge, die ihre Großmutter gesagt hatte … Waren sie wahr?

Es gab nur eine Möglichkeit, das herauszufinden.

Mulan öffnete die Tür zu ihrem Schlafzimmer und war froh, Ting davor stehen zu sehen. „Ting, kannst du bitte einmal kurz hereinkommen?"

„Natürlich, Eure Majestät." Ting beobachtete gespannt, wie Mulan die Tür hinter ihnen zuzog und sich dann durch die Fenster nach Umstehenden umsah.

„Ich muss dir eine äußerst heikle und wichtige Angelegenheit anvertrauen", sagte Mulan schließlich.

Die Zofe horchte auf, ihre Stupsnase hob sich kaum merklich. „Alles, was Ihr begehrt, Eure Majestät."

„Zunächst musst du Liwen zu mir schicken. Danach musst du den kaiserlichen Sterndeuter für mich ausfindig machen und ihn ebenfalls hierherbringen. Aber du musst dabei diskret vorgehen. Niemand darf erfahren, dass ich nach ihm suche."

Ting hatte die Augen so weit aufgerissen, dass ihre gesamte Stirn in Falten lag. „Besteht eine Gefahr, Eure Majestät?"

„Ich bin nicht sicher", erwiderte Mulan wahrheitsgemäß.

Sie beobachtete, wie die Zofe sich bemühte, ihre Aufregung in eine ernstere Miene zu verwandeln.

„Ich werde Euch nicht enttäuschen, Eure Majestät", sagte Ting inbrünstig und verbeugte sich mit einem aufgeregten Hüpfen. Trotz allem, was ihr im Kopf umherging, unterdrückte Mulan ein Lächeln. Ting mochte naiv und idealistisch sein, aber Mulan vertraute darauf, dass sie ihre Aufgabe erfüllen würde.

Nachdem Ting gegangen war, dauerte es nicht lange, bis Liwen eintraf. Als ob ihre Freundin nur darauf gewartet hatte, gerufen zu werden. Liwens Schritte waren schwer, und ihr Kopf hing ungewöhnlich tief, obwohl sie aufsah, um Mulan zu grüßen.

„Irgendwelche Neuigkeiten?“, fragte Mulan.

„Bis jetzt kein Zeichen von ihr. Wir suchen immer noch.“ Liwens Miene verfinsterte sich. „Ich hätte sie besser im Blick behalten sollen.“

„Du hast getan, was du zu der Zeit für das Richtige gehalten hast“, erwiderte Mulan. „Wir dürfen nicht von uns erwarten, alles vorherzusehen. Haltet die Suche am Laufen, und da wäre noch etwas, das du bitte für mich tun müsstest.“

Liwen wartete gespannt.

„Dieses Handzeichen.“ Mulan wiederholte die Geste. „Minister Liu hat mir gesagt, dass es sich dabei um ein Zeichen von Rebellion handelt. Aber ich habe seine Bedeutung noch nie aus erster Hand von jemandem erfahren, der es selbst verwendet hat. Ich will, dass du in die Stadt gehst und dich dort umhörst. Sprich mit den Leuten. Vielleicht erkennt jemand das Zeichen und weiß, was es bedeutet.“

Liwen nickte entschlossen. „Ich werde sehen, was ich herausfinden kann.“

Zwei Stunden später eskortierte eine äußerst zufriedene Ting den kaiserlichen Sterndeuter in Mulans Gemächer. Er kam mit gesenktem Kopf durch die Tür, schlurfend wie ein geprügelter Hund. Fast sah es aus, als würde die Zofe ihn hereinschleifen, obwohl sie eigentlich recht sanft mit ihm umging.

„Er hat mich in seine Werkstatt kommen sehen und wollte sich durch die Hintertür davonmachen“, berichtete Ting. Sie sprach mit strenger Stimme, doch auf ihrem schmalen Gesicht stand der Triumph geschrieben. „Aber ich war zu schnell für ihn.“

Das klang nicht gerade nach dem Verhalten eines Mannes mit reinem Gewissen.

„Danke“, sagte Mulan. „Du hast deine Aufgabe großartig erledigt. Bitte halte draußen Wache, während ich mit ihm spreche.“

Ting strahlte. „Soll ich einen Leibwächter hineinschicken?“

„Nein. Ich komme zurecht.“

Mulan erinnerte sich noch gut daran, wie nervös der Sterndeuter bei seiner letzten kaiserlichen Audienz gewesen war. Sie hätte nicht gedacht, dass er noch verängstigter wirken könnte, und doch gelang es ihm. Kaum dass Ting ihn losgelassen hatte, fiel er mit dem Gesicht voran zu Boden, am ganzen Körper zitternd.

„Eure Majestät.“

„Klingt ganz so, als wärt Ihr nicht sonderlich leicht zu finden“, sagte Mulan. Es war seltsam, sich mit jemandes Hinterkopf zu unterhalten. Irgendwie schien sie das in letzter Zeit ständig zu tun.

„Vergebt mir, Eure Majestät. Ich hatte einige Erledigungen in der Stadt.“

„Und da war es wichtig, dass Ihr durch die Hintertür verschwindet?“

Er duckte sich noch tiefer.

Mulan hielt es für das Beste, ihn nicht weiter über seinen Fluchtversuch auszufragen, damit er nicht völlig verzweifelte. „Ich habe noch ein paar Fragen zu Eurer Voraussage und hoffe, dass Ihr sie mir erklären könnt. Ihr sagtet, dass die Sterne die Vorhersage meiner Knochen bekräftigen. Ist das korrekt?“

„Ja, Eure Majestät“, sagte er zu den Bodendielen. „Die Konstellationen deuten auf eine Bedrohung aus dem Norden hin.“

Mulan unterdrückte einen neuerlichen Anflug von Unbehagen bei dieser Erinnerung. „Aber die Sterne haben auch gezeigt, dass diese Bedrohung durch ein wohlwollendes Angebot abgemildert werden könnte. Könnt Ihr mir mehr über dieses Freundschaftsangebot berichten? Geben die Sterne dazu irgendwelche Hinweise?“

„Die Astrologie ist keine genaue Wissenschaft, Eure Majestät.“ Der Futou des Mannes saß ihm von all den Verneigungen schief auf dem Kopf. „So wie die Sterne stehen, deuten sie auf ein Bündnis hin. Ein Angebot von Freundschaft …“

„Werden wir diese gesamte Unterhaltung mit Eurem Kopf auf dem Fußboden führen? Bitte erhebt Euch.“

Seine Beine knickten unter ihm weg, als er versuchte, auf die Füße zu kommen.

Mulan legte den Kopf schief. „Warum seid Ihr so nervös?"

„Ich … Eure Majestät …" Sein Mund schnappte zu. Seine Augen wirkten panisch – und dann warf er sich abermals auf den Boden. „Ich muss mich um meine kranke Mutter kümmern, Eure Majestät. Die Medizin ist kostspielig. Ich wollte nichts Böses tun …" Die Worte purzelten ihm in einem unverständlichen Durcheinander aus dem Mund.

„Ganz langsam. Wovon sprecht Ihr?"

Der Mann brabbelte weiter. „Tut mit mir, was Ihr wollt, Eure Majestät, aber bitte, ich flehe Euch an, verschont meine Familie."

Warum waren alle so überzeugt davon, dass sie gleich ihre gesamte Blutlinie auslöschen würde? Mulan ging einen Schritt auf ihn zu. „Ich verstehe nicht, was Ihr mir damit sagen wollt."

Der Mann lag flach auf den Boden gepresst. „Ich habe über die Vorhersage gelogen, Eure Majestät. Da war nichts über ein Freundschaftsangebot."

Die Worte sickerten nur langsam in ihren Verstand. Und selbst dann dauerte es noch lange, bis Mulan ihre Auswirkung in Gänze begriffen hatte. „Da war nichts? Was soll das heißen?"

„Er hat mir Geld geboten, um das hinzuzufügen", murmelte der Sterndeuter. „Er meinte, es würde keinen großen Unterschied machen und dass es sowieso das Beste wäre, wenn wir mit den Hunnen Frieden schließen."

Die Vorhersage war eine Lüge. Kein Missverständnis, noch nicht einmal eine voreingenommene Interpretation, sondern unverhohlene Sabotage.

„Jemand hat Euch angewiesen, das zu tun? Wer?" Doch in ihr regte sich bereits ein schrecklicher Verdacht.

Der Sterndeuter verstummte schlagartig. Er hob den Kopf und sah sich panisch um.

Mulan biss die Zähne zusammen. „Antwortet mir, Sterndeuter. Darf ich Euch daran erinnern, dass jeder, vor dem Ihr Euch möglicherweise fürchtet, unter meiner Autorität steht."

Seine Stimme sank zu einem Flüstern, so zart, dass es fast nicht zu verstehen war. „Der Minister der Riten, Eure Majestät."

„Minister Liu hat Euch dafür bezahlt, mich zu belügen?" Ein Teil von Mulan wollte glauben, dass sie den Sterndeuter missverstanden hatte.

„Ja, Eure Majestät." Seine Worte kamen immer noch fast unhörbar.

„Aber warum?"

Er stieß ein Wimmern aus. „Ich weiß es nicht."

Jemand klopfte an die Tür. Mulan und der Sterndeuter zuckten zusammen. Hastig holte Mulan ihr Schwert aus dem Kleiderschrank und ignorierte den ängstlichen Aufschrei des Sterndeuters, als sie es aus der Scheide zog.

„Wer ist da?", rief sie durch die Tür.

„Ting, Eure Majestät." Die Stimme der Zofe klang zögerlich. „Soldatin Liwen ist hier, um Euch zu sehen."

Vor Erleichterung bekam Mulan weiche Knie. „Lass sie rein."

Als Liwen über die Türschwelle gerauscht kam, landete ihr Blick zuerst auf Mulans Schwert und dann auf dem Sterndeuter. „Da habe ich offenbar eine Menge verpasst."

„Das könnte man so sagen", erwiderte Mulan. Sie wandte sich an Ting. „Bring den Sterndeuter in mein Hinterzimmer und stell einen meiner Leibwächter als Wache ab."

Sie wartete, bis die Zofe und der Sterndeuter verschwunden waren. „Hast du etwas herausgefunden?", fragte sie Liwen.

Ihre Freundin zog etwas Weißes und Kugelförmiges aus den Falten ihres Rocks und hielt es Mulan hin. Es war eine Teigtasche, ein wenig zerquetscht und matschig. „Ich habe mir in den Küchen vier Dutzend davon machen lassen, um sie auf der Straße zu verkaufen. Wann immer mir jemand eine abgekauft hat, habe ich sie oder ihn nach dem Handzeichen gefragt. Nicht alle wussten davon, aber diejenigen, die die Geste kannten, sagten, sie sei ein Zeichen der Freude. Niemand scheint zu wissen, wo es hergekommen ist, aber es muss wohl ein paar Tage vor der Krönung aufgetaucht sein."

„Freude?", fragte Mulan. Die Teigtasche sah zwar etwas mitgenommen aus, aber sie roch verführerisch nach Fleischsaft und Ingwer. Mulan fragte sich, wie lange es her war, dass sie zuletzt etwas gegessen hatte.

„Freude und Verehrung der Kriegerkaiserin."

„Verstehe." Verehrung, nicht Rebellion, genau wie ihre Großmutter gesagt hatte. Sie legte die Teigtasche auf dem Tisch ab. „Meine Minister haben mich belogen. Und sie haben meinen Sterndeuter bestochen, um mich zu einem Bündnis mit den Hunnen zu drängen."

Liwen nahm diese Enthüllung bemerkenswert gelassen auf. „Warum sollten sie sich mit den Hunnen zusammentun?"

„Ich weiß es nicht. Und ich weiß auch nicht, wo Zhonglin ins Spiel kommt. Wenn sie wusste, dass das Zeichen nichts mit Rebellion zu tun hat, warum hat sie es mir dann nicht einfach gesagt? Sie ist ein stolzes Mädchen, aber sich bis zu ihrer Verhaftung zu weigern, sich zu verteidigen …"

„Sie ist nicht sehr lange in Haft geblieben", warf Liwen ein. „Vielleicht wusste sie, dass sie einen Ausweg hatte."

Aber wie war sie entkommen? Wer hatte ihr bei der Flucht geholfen? Die Anzahl der Teile zu diesem Puzzle war schier endlos. „Vielleicht weiß Shang etwas."

„Du bist in Gefahr", sagte Liwen abrupt.

Endlich hatte Liwen das Gefühl wachsenden Unbehagens in Worte gefasst, das Mulan schon den ganzen Morgen über quälte. Die Dinge waren über schlichte politische Spielchen hinausgewachsen. Sobald ihre Minister Wind davon bekämen, dass ihr Verrat entdeckt worden war, würden sie versuchen, ihre eigene Haut zu retten.

„Ich muss rasch vorgehen", sagte sie Liwen. „Der Minister der Riten darf nicht erfahren, dass er verraten wurde."

Mulan ging zur Tür hinaus und in das Hinterzimmer ihrer Gemächer, wo der Astrologe im Schneidersitz auf einer Strohmatte saß, bewacht von einem Leibwächter und Ting. Der Kopf des Sterndeuters fuhr hoch, als Mulan eintrat.

Mulan schickte Ting und den Leibwächter aus dem Raum und wandte sich dann an den Sterndeuter. „Nachdem Ihr diesen Raum verlassen habt, will ich, dass Ihr nach Hause geht, als wäre nichts geschehen. Haltet nicht an und sprecht mit niemandem. Sobald Ihr Euer Haus erreicht habt, bleibt Ihr dort. Verlasst Eure Räume nicht, aus welchem Grund auch immer, bis ich nach Euch schicken lasse. Indem Ihr mir Eure Vergehen gestanden habt, habt Ihr Euch die Möglichkeit auf Begnadigung verdient. Aber wenn Ihr auch nur einer einzigen Person von unserer Unterhaltung berichtet, werdet Ihr die volle Strafe für Eure Vergehen zu spüren bekommen. Habt Ihr mich verstanden?“

„Ja, Eure Majestät.“ Der Mann verneigte sich mehrfach. „Danke, tausendmal Dank, Eure Majestät.“

Mulan wandte sich an Liwen. „Geh ihm nach. Sorge dafür, dass er den Mund hält.“

Eine Kaiserin war niemals wahrhaftig allein. Noch nie war sich Mulan dieser Tatsache so bewusst gewesen wie jetzt. Selbst wenn sie in ihrem eigenen Schlafzimmer stand, war ein Dienstmädchen stets nur durch eine Tür von ihr getrennt. Ihre Leibwächter drehten beständig Kreise um ihre Gemächer. Und das Palastgelände war voller Würdenträger und scharfäugiger Diener.

In gewisser Weise war die Mühe, die Mulan sich gegeben hatte, um den Sterndeuter zum Schweigen zu bringen, vergebens. Sie hielt sich einen Regenschirm über den Kopf, um nicht nass zu werden, während sie bereits knietief in den Fluten stand. Spielte es überhaupt eine Rolle, ob der Sterndeuter jemandem von ihrem Gespräch erzählte, nachdem zahllose Menschen gesehen hatten, wie Ting nach ihm gesucht und ihn zu ihr gebracht hatte? Und nachdem Dutzende Diener die Zofe dabei beobachtet hatten, wie sie ihn zurückbegleitete?

Aber was hätte Mulan sonst tun können? Nach mehreren Wochen mit Ting vertraute sie auf die Loyalität und das Urteilsvermögen der Zofe. Ihre Leibwächter waren von Shang handverlesen, und Mulan glaubte nicht, dass sie sie hintergehen würden. Was mögliche Zeugen betraf, konnte Mulan nur auf das Beste hoffen.

Für diesen Abend war ein Staatsbankett geplant, um einige der entfernten Cousins des verstorbenen Kaisers zu verabschieden, die für die Krönung in die Stadt gekommen waren. Mulan lächelte Minister Huang und seinen kriecherischen Komplimenten über der Haifischflossensuppe zu und ignorierte Minister Fangs verschleierte Beleidigungen ihrer Intelligenz. Shang tauchte gar nicht erst auf.

Nach dem Essen schaute Mulan bei seinen Dienstgemächern vorbei. Niemand ging an die Tür. Ein vorbeikommender Diener informierte sie darüber, dass der General zu einer langen Trainingseinheit mit seiner Truppe aufgebrochen war.

„Wann kehrt er zurück?", fragte Mulan.

Der Diener verneigte sich. „Spät am Abend, Kaiserin."

Sie konnte es sich nicht leisten, bis zum Morgen zu warten, um mit Shang zu sprechen. Ihm einen Boten zu schicken, fühlte sich nicht sicher an.

„Lasst mich bitte in seine Gemächer."

Auf seinem Schreibtisch fand sie ein Tintenfass und Pergament. Mulan formulierte ihre Nachricht mit Bedacht.

Ich fühle mich nach unserer letzten Trainingseinheit ein wenig aus der Übung. Können wir uns erneut treffen, selber Ort, selbe Zeit?

Sie steckte den Zettel so unter seinen Reibstein, dass nur eine Ecke hervorlugte.

Auch in dieser Nacht war nicht an Schlaf zu denken. Der Mond ging auf. Stille senkte sich über den Palast. Mulan ging in ihren Gemächern auf und ab. Ihre Minister waren Verräter, aber sie waren mächtig, mit Verbündeten sowohl innerhalb als auch außerhalb der Palastmauern. Konnte sie die Oberhand gewinnen, wenn sie versuchte, sie abzusetzen?

Die Wasseruhr in der Ecke ihres Schlafzimmers tropfte tiefer. Linien auf dem Porzellan zeigten die verstrichenen Stunden an. Mulan schlüpfte in ihre Armeesachen, steckte ihr Haar hoch und schob sich aus dem Fenster. Dieses Mal gab sie sich Mühe, den Weg zum Übungsplatz im Verborgenen zurückzulegen. Sie glitt über die Dächer und wich aus, sobald sie die Schritte von Soldaten oder Dienern hörte.

Der Übungsplatz war leer, und der Wachmann stand auf seinem üblichen Posten bei der Hütte. Mulan schlug einen weiten Bogen um ihn und huschte hinüber zum Schießstand. Dort ließ sie sich neben einem muffigen Strohkrieger nieder.

Nach ihren Berechnungen war sie früh dran und musste wahrscheinlich noch eine gute Viertelstunde warten. Der Wind stach auf ihrer Haut, während sie neben der Zielscheibe hockte. Sie wusste nicht, ob Shang kommen würde, aber er war ein aufmerksamer Mann. Wenn er heute Abend in seine Gemächer zurückgekehrt war, würde er ihre Nachricht finden. Und wenn er ihre Nachricht gelesen hatte, würde er kommen.

Ein Rascheln in der Dunkelheit riss sie aus ihren Gedanken. Mulan stand auf. Ihre Beine waren ein wenig verkrampft von der geduckten Haltung. Sie schüttelte sie aus.

Es war schwer, im Dunklen etwas zu erkennen. Ein Schatten löste sich aus der Nacht, aber die Silhouette gehörte nicht zu Shang. Sie war zu schmal, zu zierlich. Mulan stand vollkommen still, sie stellte sich vor, wie ihre Gestalt mit dem Strohsoldaten verschmolz, und versuchte, den Neuankömmling mit der Kraft ihrer Gedanken zum Gehen zu bewegen. Aber die andere Person auf dem Feld verschwand nicht. Stattdessen kam sie immer näher und hielt geradewegs auf Mulan zu.

„Wer ist da?“, rief sie.

Die Gestalt kam näher, und eine vertraute dünne Stimme ertönte. „Euer treuer Diener, Eure Majestät“, sagte der Minister der Riten.

Kapitel Zwölf

Angst schoss durch Mulans Körper – und die Erkenntnis, dass hier etwas sehr, sehr falsch lief.

Es war der Minister, der die Stille schließlich brach. „Eure Majestät sollte zu dieser nachtschlafenden Zeit nicht ohne einen Leibwächter über das Gelände spazieren."

Weitere Schatten folgten ihm. Einer nach dem anderen traten sie hervor: ihr gesamtes Kabinett mit Ausnahme von Shang.

„Was tut Ihr hier?", fragte Mulan.

„Wir könnten Euch dieselbe Frage stellen, Eure Majestät", erwiderte Minister Liu.

„Ich bin Kaiserin. Kann ich nicht gehen, wohin ich will?"

„Es steht Euch sicherlich frei zu gehen, wohin Ihr wollt, aber es gibt gewisse Risiken." Er wirkte so klein, wie er dort vornübergebeugt stand mit dem riesigen Feld in seinem Rücken. So harmlos.

„Ihr habt mich verfolgen lassen", sagte Mulan. Nicht nur tagsüber, begriff sie jetzt, sondern selbst zu den Zeiten, in denen sie sich vermeintlich allein davongestohlen hatte.

„Wir haben die Bewegungen Eurer Majestät im Auge behalten. Zu Eurem Schutz."

„Lügt mich nicht an, Minister." Es war eine Erleichterung, endlich offen sprechen zu können. „Ihr habt mich verraten, Ihr alle."

Minister Liu sog scharf die Luft ein, als wäre er gebeten worden, ein widerwärtiges Gericht zu kosten. „Wir ziehen es vor, unsere Taten als Loyalität gegenüber China zu betrachten. Das Reich braucht eine stabile Führung von jemandem mit Erfahrung in diesen Angelegenheiten. Einen starken Herrscher, der den Herausforderungen der Führung eines so großartigen Reiches gewachsen ist."

Einen Herrscher, der keine Frau ist. „Der Kaiser hat mich als seine Erbin erwählt. Ihr bringt Schande über sein Andenken."

„Der Kaiser war ein weiser Mann, aber sein Urteilsvermögen ist im hohen Alter geschwunden."

Noch mehr Bewegungen durchbrachen die Dunkelheit. Weitere Schatten traten hervor, ihre Gestalten waren deutlich umrissen von den wuchtigen Rändern ihrer Rüstungen.

Mulan wich einen Schritt zurück und beugte sich leicht vor, um das Messer von ihrem Schienbein zu ziehen. Ihr Herzschlag beschleunigte sich, wie sie es nur von den Sekunden vor einer Schlacht kannte. „Königsmord? Der Himmel wird über Euch richten."

„Solch ein Verbrechen würden wir nie begehen. Wir schlagen lediglich vor, dass Eure Majestät eine kurze Reise aufs Land unternimmt, um sich auszuruhen. Das Regieren hat Eure Gesundheit schwer strapaziert, und eine kleine Auszeit würde allen guttun."

Die Soldaten bildeten einen Halbkreis um sie. Mulan zog ihr Messer aus der Scheide. Wie lange hatten ihre Minister suchen müssen, um Soldaten zu finden, die bereit waren, die Hand gegen sie zu erheben? Ein Soldat löste sich aus der Formation, kam auf sie zu, und Mulan trat ihm das Knie weg. Er ging mit einem Grunzen zu Boden. Als Mulan anschließend den Kopf hob, sah sie sich einer Wand aus Schwertern gegenüber.

Die Stimme des Ministers schwebte über die Schwerter hinweg. „Wir haben unseren Soldaten den Befehl erteilt, Euch nicht zu töten, aber der Himmel wird uns vergeben, wenn Ihr stolpert und in eine ihrer Klingen stürzt. Ich rate Euch, das Messer fallen zu lassen."

Mulan sah sich um. Der Mond war hinter den Wolken verschwunden.

Um sich herum sah sie nichts als Schatten. Aber schlief der Palast jemals wirklich?

„Verrat!", schrie sie. „Verrat gegen die Kaiserin!"

Dieses Mal bewegten sich die Soldaten vollkommen im Einklang. Die Spitzen ihrer Schwerter formten eine gewölbte Wand, nur eine Handbreit von ihrer Haut entfernt.

„Ich hatte gehofft, dass Ihr uns nicht für dermaßen inkompetent haltet zuzulassen, dass sich irgendjemand in Hörweite befindet", sagte Minister Liu. „Bitte lasst die Waffe fallen, Kaiserin. Ich erinnere Euch daran, dass Gold die Furcht der Sterblichen vor den Göttern zu dämpfen pflegt, und wir haben diesen Soldaten viel Gold gegeben."

Sie ließ das Messer fallen.

„Bringt sie zum Wagen."

Die Soldaten änderten ihre Formation und gestatteten Mulan, vom Feld zu marschieren, umzingelt. Jetzt, da sie ihnen so nah war, erkannte sie, dass sie ihre Gesichter mit Taschentüchern verdeckt hatten. Feiglinge. Kannte sie den ein oder anderen dieser Soldaten? Oder Shang?

Auf einem mit Kopfsteinpflaster ausgelegten Weg neben dem Übungsplatz stand ein großer Wagen. Keine kaiserliche Kutsche, sondern ein geschlossener, kastenartiger Karren, wie er für den Transport von Gefangenen verwendet wurde.

Einer der Soldaten öffnete die Tür. Der Wagen war leer, mit Ausnahme einer hölzernen Bank. „Steigt ein, Eure Majestät."

Lag da der Hauch eines Zögerns in seiner Stimme? Sie sah ihm in die Augen, aber sie waren genau so kalt wie die der anderen. Mulan stieg in den Wagen. Das Holz der Bank war rau, von der Art, die leicht Splitter hinterließ.

„Wo bringt Ihr mich hin?", fragte sie.

Minister Liu trat an die Tür. Nach allem, was gerade geschehen war, wirkte er immer noch wie ein freundlicher, gebrechlicher Gelehrter. „Das wird Eure Majestät schon bald genug herausfinden", erwiderte er mit einem Blinzeln. Dann lächelte er und schlug die Tür zu.

Mit einem Ruck fuhr der Wagen an. Mulan verspürte den überwältigen den Drang, an die Tür zu hämmern und zu schreien, dass man sie herauslassen sollte. Aber diese Befriedigung wollte sie ihnen nicht gewähren. Stattdessen umklammerte sie das raue Holz ihrer Bank und grub ihre Nägel in die Unterseite, während sie davonfuhren. In ihrem Kopf drehte sich alles. Die Welt vor ihren Augen kippte. Sie verhärtete ihren Griff.

Sechs Tage. Nur sechs Tage waren seit ihrer Krönung vergangen. Sechs Tage, in denen sie ihr Land verloren hatte und nun in Ketten aus ihrem eigenen Palast vertrieben wurde.

Der Wagen hatte keine Fenster, nur einen schmalen Schlitz ganz vorn, der es dem Fahrer erlaubte, zu ihr hereinzuspähen. Mulan sprang von der Bank auf und ging zu dem Schlitz. Aus zusammengekniffenen Augen starrte sie die beiden Soldaten an, die auf dem Kutschbock saßen.

Als sie die Palasttore erreichten, erhaschte Mulan einen Blick auf vier Soldaten, die dort Wache standen. Gab es auch nur den Hauch einer Chance, dass sie ihr gegenüber loyal waren?

Sie hämmerte an die Wände. „Hilfe! Lasst mich raus!"

Der Torwächter, der ihr am nächsten war, warf dem Wagen einen gelangweilten Blick zu und winkte ihn mit dem Schwert durch die Tore. Sobald der Wagen die Palastmauern hinter sich gelassen hatte, wandte einer der Fahrer sich um. Mulan konnte ihre Finger gerade noch aus dem schmalen Schlitz ziehen, bevor der Soldat einen Riegel davor schob.

Ihre Selbstbeherrschung verpuffte. „Verdammt!" Sie hämmerte gegen die Wände. Holzsplitter trieben sich tief in ihre Fäuste. Als ihre Hände zu sehr schmerzten, um weiterzumachen, trat sie auf das Holz ein, bis der Karren über eine Wurzel holperte und sie das Gleichgewicht verlor. Ein stechender Schmerz fuhr ihr durch Ellenbogen und Hüfte, als sie auf den Bodenbrettern aufschlug. Sie blieb auf dem Boden liegen, eine Wange gegen das Holz gepresst. Was würden ihre Minister tun, jetzt, da sie aus dem Weg war? Was hatten sie geplant?

Die unebene Straße setzte sich in Mulans Gelenken fest. Sie maß die Stunden daran, wie sich die Luft in ihrem Wagen allmählich erwärmte, und an den immer heller werdenden Strahlen, die durch die Ritzen um die Tür ins Innere fielen. Nach ein paar Stunden kam der Wagen zu einem Halt, und die Tür wurde geöffnet.

Licht strömte herein. Mulan hob eine Hand, um ihre Augen zu schützen. Als sie sich endlich an die Helligkeit gewöhnt hatte, sah sie, dass der Wachmann einen Teller mit gedämpften Gemüsetaschen neben sie auf den Boden gestellt hatte. Nachdem sie aufgegessen hatte, befestigte der Wachmann eine Kette um ihren Knöchel und ließ sie in den Wald gehen, um sich zu erleichtern.

Das wurde zu ihrer neuen täglichen Routine. Sie reiste hinten in ihrem Wagen bis zur Essenszeit, wenn sie eine Mahlzeit und etwas Wasser erhielt und sich die Beine vertreten durfte. Nachts gaben ihre Wächter ihr eine dicke Seidendecke – viel zu luxuriös für einen Gefängniskarren. Der Morgen brachte eine neue Mahlzeit mit sich und einen weiteren Reisetag. Die Landschaft wechselte zwischen Grasland, Ackerland und gelegentlichem hügeligen Wald. Von dem wenigen, was Mulan zu Gesicht bekam, wenn ihre Entführer sie aus dem Wagen ließen, konnte sie erkennen, dass sie in Richtung Norden und Osten unterwegs waren. Wollten sie sie über die Grenze bringen? Zu einem der Sommerpaläste hoch oben im Norden? Sie nahm an, dass es wohl keinen Unterschied machte. Wo auch immer man sie hinbrachte, es würde weit, weit weg sein. Sie würde in Vergessenheit geraten. Sie war gescheitert in ihrem Vorhaben, den Schwur gegenüber dem alten Kaiser einzulösen.

Mulan kratzte Kerben in ihre Bank, um die Tage zu zählen. Vier, fünf, sechs, sieben … Anfangs gab sie sich noch Mühe, einen Rest ihrer Würde zu bewahren. Morgens kämpfte sie mit ihrem zunehmend verknoteten Haar und steckte es hoch, so gut es ging. Sie versuchte, ihr Gesicht sauber zu halten, auch wenn es von Tag zu Tag schmutziger wurde. Aber als die Tage vorüberzogen, bildeten sich mehr und mehr Knoten in ihrem Haar, und die Staubschicht auf ihrem Gesicht wurde immer dicker und ließ sich immer schwerer abwischen. Kaiserinnen mussten den Anschein aufrechterhalten. Gefangene hatten keinen Grund dazu. Mulans Wächter sprachen kein Wort zu ihr und wichen ihrem Blick stets aus. Sie versorgten sie mit Nahrung, sperrten sie wieder ein und setzten ihren Weg fort.

Kaiserin.

Mulan zog sich die Decke höher ans Kinn. Die Seide war weich auf ihrer Wange, aber das Kissen unter ihrem Kopf tat weh.

Kaiserin. Wacht auf.

Mulans Augen flogen auf. Es gab kein Kissen, nur Bodenbretter. Im Wagen war es kalt und dunkel. Obwohl sie nichts sehen konnte, hatte sie das unbestreitbare Gefühl, dass jemand – oder etwas – mit ihr im Wagen war.

„Wer spricht da?"

Ihr seid stärker als dies.

Die Stimme war weiblich, wenn auch nicht wirklich menschlich. Mulan hatte eher den Eindruck einer Menge, als sprächen viele Stimmen zugleich.

Euer Volk braucht Euch.

„Mein Volk hat mich abgelehnt."

Ihr wisst es besser. Euer Volk liebt Euch. Nur Eure Feinde trachten danach, Euch Eures Amtes zu entheben.

Die Bodenbretter des Wagens stachen Mulan in die Rippen. „Sie leisten ziemlich gute Arbeit."

Nur weil Ihr es zulasst. Haltet Euch Eure Vorteile vor Augen. Nutzt sie, um Euch zu befreien.

„Kann ich durch Wände gehen?", entgegnete sie mit einer leichten Schärfe in der Stimme. „Ein Schwert aus der Luft herbeizaubern?"

Ihr seid die Kaiserin. Ihr verfügt über die Macht der Geister, von Frauen aus der Vergangenheit, Gegenwart und Zukunft. Eure Wärter können Euch nicht festhalten, wenn Ihr nicht wünscht, dass sie Euch festhalten.

Erkennen blitzte in Mulan auf. „Wer seid Ihr?", fragte sie.

Das ist nicht die richtige Frage. Wer seid Ihr*?*

Plötzlich war sie fort. Diese Gegenwart, dieses Gefühl von etwas anderem war verschwunden. Was war das gewesen? Ein Geist? Eine Schar von Geistern? Der Gedanke, dass Geister ihren Schlaf heimsuchten, bereitete ihr Unbehagen. Trotzdem hatte sich diese Präsenz nicht böswillig angefühlt.

Haltet Euch Eure Vorteile vor Augen. Eure Wärter können Euch nicht festhalten, wenn Ihr nicht wünscht, dass sie Euch festhalten.

Hatten die Geister recht? Konnte sie entkommen?

Was waren ihre Vorteile? Ihre Wärter waren bewaffnet. Sie verfügte über keine Waffen.

Nein, das stimmte nicht ganz. Sie hatte zwar kein Schwert oder Messer, aber eine Waffe musste nicht unbedingt als solche geschmiedet worden sein. Ihr Haar trug sie noch immer als den unordentlichen Zopf, der sich vor Tagen aus ihrem Dutt gelöst hatte. In einer Tasche ihrer Kleider ruhte die Haarnadel, mit der sie es festgesteckt hatte und die die Wachen nicht konfisziert hatten. Die Nadel war so lang wie ihre Handspanne und verfügte über eine abgestumpfte Spitze, die sie schärfen konnte. Und dann war da noch die Kette, mit der die Wachen sie fesselten, wenn sie sie hinausließen. Sie war schwer und hatte eine gute Länge.

Außerdem mussten Vorteile nicht immer von physischer Art sein. Sie konnten auch psychologisch sein. Gefangene oder nicht, sie war immer noch die Kaiserin von China. Die Wachen wussten das. Mulan hatte das Aufblitzen eines Zögerns in ihren Augen gesehen. Obwohl sie bestochen oder auf anderem Wege überzeugt worden waren, sich gegen sie zu wenden, fürchteten sie Mulan und die Rache des Himmels, falls ihr etwas zustoßen sollte. Darum hatten sie sie nicht gründlich durchsucht, bevor sie sie in den Wagen geworfen hatten. Darum gaben sie ihr nachts eine Decke, die einer Kaiserin angemessen war. Darum hatten sie ihre Hände nicht gefesselt. Wenn es sein musste, würden sie die Waffen gegen Mulan richten, aber sie würden langsam und anfällig für Fehler sein.

Und weil sie eine Frau war, würden sie sie unterschätzen.

Als Mulans Wächter sie das nächste Mal in den Wald gehen ließen, suchte sie sich einen kleinen Stein und verbarg ihn in ihrer Kleidung. Als der Wagen sich anschließend erneut in Bewegung setzte, ging sie ans Werk. Die Hufschläge und das Geklapper der Räder übertönten das Geräusch ihrer Haarnadel auf dem Stein. Nach einem Tag war sie zu einer brauchbaren Spitze geschärft. Sie band die Nadel mit ein paar Strähnen ihres Haars an ihrem Unterarm fest.

In dieser Nacht kuschelte sie sich unter ihre Decke und ging in Gedanken ihren Plan durch. Sie hatte nur eine einzige Chance, ihre Wächter zu überraschen und zu überwältigen. Mulan spielte die Szenarien durch und versuchte, sich vorzustellen, wie genau die Sache ausgehen könnte. Dachte über jeden Punkt nach, an dem ihr Plan scheitern könnte. Sie schlief erst ein paar Stunden vor Sonnenaufgang ein. Die Geister flüsterten in ihren Träumen.

Als sie erwachte, strömte Sonnenlicht durch die Ritzen ihres Wagens. Stimmen drangen von draußen an ihr Ohr – ihre Wächter waren wach und bereiteten ihr Frühstück zu. Mulan setzte sich auf und tastete nach der geschärften Haarnadel. Ihr Herzschlag beschleunigte sich, als sie die Nadel unter den Fingern spürte, genau da, wo sie sie festgezurrt hatte.

Schritte näherten sich dem Wagen. Ein Schlüssel klapperte im Schloss. Genau wie sonst auch, blinzelte Mulan in dem hellen Licht, bis sie den Wachmann klar erkennen konnte.

Es war der ältere der beiden, der mit der rauen, wettergegerbten Haut, den sie für den abgehärteteren hielt. Der andere Wächter war es, der gezögert hatte, als er ihr in der Nacht des Putsches befahl, in den Wagen zu steigen. Auf ihn hatte sie gehofft.

Der Soldat nahm keinen Blickkontakt zu ihr auf, als er eine Schüssel mit Reissuppe auf den Boden des Wagens stellte, obwohl er ihr beim Essen zusah. Mulan aß ihre Mahlzeit rasch, sich seltsam bewusst, dass ein wenig von dem dünnen Reisbrei auf ihrem Gesicht landete, als sie die Schüssel an die Lippen führte. Sie stellte die leere Schüssel auf dem Boden ab und schob sie dem Wachmann hin. Der Wagen war hoch genug, dass die Schüssel auf einer Höhe mit seinem Oberschenkel war. Er stellte die Schüssel beiseite, so wie immer, und hob die Fußfessel für Mulan. Sie rutschte an den Rand des Wagens heran und streckte ihren Knöchel aus. Als er sich näherte, beugte sie ihren Unterarm, sodass die Haarnadel in ihre Hand fiel. Die Rüstung des Soldaten schützte seine Brust und reichte bis auf die Oberseite seiner Schultern. Zwar trug er Schienen an den Unterarmen, doch seine Oberarme waren nur mit Stoff bedeckt. Mulan packte ihre Nadel fester.

Als der Wachmann sich über ihren Knöchel beugte, stieß sie ihm die Haarnadel in die Achselhöhle. Er schrie überrascht auf und ließ die Kette fallen, Mulan packte sie und warf sie ihm über den Hals. Sie ließ sich mit ihrem gesamten Gewicht nach hinten fallen und zerrte ihn mit sich in den Wagen. Noch im Sturz lenkte sie ihn auf ihre linke Seite, schlang ihre Beine um seinen Oberkörper und zog die Kette um seinen Hals fester zu. Er hustete und keuchte, seine Finger kratzten über die metallenen Kettenglieder, während Mulan unerbittlich zuzog.

Es dauerte nicht lange. Die Bewegungen des Soldaten wurden schwächer, kurz darauf wurden seine Glieder schlaff. Mulan hielt ihn noch einen kurzen Moment gepackt, um sicherzugehen, dass er tatsächlich bewusstlos war, dann löste sie sich aus der Umklammerung und zerrte ihn tiefer ins Innere des Wagens. Hastig löste sie seinen Schwertgürtel und legte ihn sich an. In einer Scheide an seiner Seite hingen auch noch ein Dolch und seine Schlüssel. Sie schnappte sich beides.

„Laoxie!“ Von draußen ertönte ein Ruf.

Mulan erstarrte.

„Laoxie, bist du noch da hinten?“ In der Stimme des anderen Wächters schwang eine gewisse Anspannung mit, aber er hatte noch keine Angst. Mulan hob die Kette hoch und zog sich leise in den hinteren Teil des Wagens zurück. Sie presste sich eng an die Seitenwand und maß ein passend langes Stück Kette mit den Händen ab.

„Bist du hier?“

Der andere Soldat kam um die Ecke und erstarrte, als er die leblose Gestalt seines gefallenen Kameraden entdeckte. In diesem Moment holte Mulan mit der Kette aus und schleuderte sie aus der Hüfte nach vorn. Sie legte ihr ganzes Gewicht in den Wurf. Die Kettenglieder erwischten ihn voll in seinem vermummten Gesicht. Als er zurückstolperte, sprang sie aus der Tür und traf ihn mit dem Fuß in die Brust. Er stürzte. Sie setzte mit einem heftigen Kopftritt nach.

Stille. Der ganze Kampf hatte weniger Zeit gekostet als ihr Frühstück, aber Mulans Kehle brannte von der Anstrengung. Der plötzliche Adrenalinschub ließ sie zittern.

Sie sah zurück auf den ersten Soldaten, der im Wagen lag. Er war bewusstlos, aber sie wusste nicht, wie lange noch. Hastig beugte sie sich hinunter und legte sich den Arm des zweiten Soldaten über die Schultern. Sie versuchte aufzustehen, wankte, korrigierte die Position ihrer Füße und richtete sich erneut auf. Warum mussten Männer so schwer sein? Die Füße des Soldaten gruben Spuren in den Dreck. Sie hievte seinen Oberkörper in den Wagen und zog seine Beine unter angestrengtem Keuchen eines nach dem anderen hinterher. Als sie ihn das letzte Stückchen in den Wagen schob, ertönte ein Stöhnen. Mulan sah nicht nach, von wem es stammte, bevor sie die Tür zuschlug.

Die ersten Schlüssel wollten nicht ins Schloss passen. Mulan fummelte an dem Bund herum. Ihre Finger zitterten, als ein weiteres Stöhnen ertönte. Endlich glitt der Schlüssel ins Schloss. Der Bolzen schnappte zu. Mulan drückte die Klinke hinunter, um sich zu vergewissern, dass die Tür verschlossen war.

Dann rannte sie los.

Kapitel Dreizehn

Das Gebiet war hügelig. Mulan duckte sich unter Baumzweigen hindurch und wischte sich Blätter aus dem Gesicht, während knorrige Äste tiefe Schrammen auf ihrer Haut hinterließen. Ihr eigener Atem dröhnte ihr laut in den Ohren. Aus der Ferne vernahm sie Rufe. Vielleicht hätte sie die Soldaten töten sollen, aber es war etwas ganz anderes, jemanden im Kampf zu töten, als jemanden zu ermorden, den sie bereits unschädlich gemacht hatte. Außerdem fühlte es sich falsch an, ihre eigenen Untertanen niederzustrecken, selbst wenn sie sie zuvor verraten hatten.

Sie rannte weiter, hechtete zwischen rostfarbenen Felsbrocken hindurch und gab sich dabei Mühe, nicht so viel von dem roten Staub aufzuwirbeln. Der unebene Boden forderte seinen Tribut von ihren Knöcheln – es war ein Wunder, dass sie noch nicht gestolpert und gestürzt war.

Allmählich verhallte der Lärm. Als sie nicht mehr weiterlaufen konnte, krümmte Mulan sich zusammen, die Hände auf den Knien, und erbrach ihr Frühstück vor sich in den Dreck. Ihr Kopf fühlte sich unangenehm leicht an. Sie spürte ein Stechen in der Seite, und ihre linke Wade krampfte schmerzhaft. All diese Tage in dem Wagen hatten sie geschwächt.

„Was mache ich jetzt?“, fragte sie die Bäume.

Aber die Geisterstimmen blieben stumm. Ein kleiner Nager huschte vor ihr über den Weg. Ein Falke stürzte sich hinter ihm in das Unterholz.

Es war nur eine Frage der Zeit, bis ihre Minister sich auf die Suche nach ihr machten. Wen würden sie schicken? Mulan wusste nicht, wie viele Leute ihre Minister hatten umdrehen können.

Sie erkannte jetzt, wie sehr sie sich von ihnen hatte blenden lassen. Sie war so eingeschüchtert gewesen von ihrem Wissen und ihrer Erfahrung, dass sie die Bosheit und die Gerissenheit, die hinter jedem ihrer Schritte gelauert hatte, nicht erkannt hatte. Mulan hatte ihre vergifteten Worte in sich aufgesaugt, sorgfältig gewählte Worte, die ihr Selbstvertrauen Stück für Stück vernichtet hatten. So hatte sie zugelassen, dass sie sie unvorbereitet erwischten. Die Vorstellung, wie ihre Minister in der Kaiserlichen Stadt saßen, ungehindert ihre Pläne ausführten und jede beliebige Lüge über sie verbreiteten, brachte Mulan beinahe um.

Sie musste sie aufhalten, und das bedeutete, dass sie in die Kaiserliche Stadt zurückkehren musste. Bei der Straße, von der Mulan gerade geflohen war, handelte es sich um eine der Hauptrouten durchs Reich. Wenn sie eine Möglichkeit fand, ihr sicher zu folgen, könnte sie ihre Schritte ganz einfach zurückverfolgen.

Mulan schlug sich weiter durch den Wald, dieses Mal in einem langsameren Tempo. Nach einer Weile stieß sie auf einen schmalen Pfad und folgte ihm, bis die Bäume den Blick auf ein Weizenfeld freigaben. Ein einsamer Bauer bestellte das Feld mit seinem Ochsen. Mulan ging einen Schritt auf ihn zu, bereits einen Hilferuf auf den Lippen, doch dann zögerte sie. Wenn der Mann ihr feindlich gesinnt war, könnte er sie verraten. Wenn er loyal zu ihr stand und ihr half, könnten seine Taten ihn in Gefahr bringen. So oder so wäre es besser, wenn er nichts von ihrer Anwesenheit mitbekam.

Aber ohne Vorräte würde sie nicht weit kommen. Schon jetzt nagte der Hunger an ihr. Konnte sie Essen und Vorräte aus dem Haus des Mannes entwenden, ohne dass er es bemerkte? Selbst aus dieser Entfernung erkannte Mulan den zerlumpten Zustand seiner Kleidung. Kaum vorstellbar, dass er viel entbehren konnte.

Mulan sah sich um. Etliche Felder erstreckten sich in die Ferne, eines neben dem anderen. Wenn Bauern diese Felder bestellten, dann musste es auch einen Großgrundbesitzer geben. Und Großgrundbesitzer bedeuteten große Häuser, Essen und Vorräte.

Mulan zog sich in den Schutz der Bäume zurück und fuhr sich mit der Hand durchs Haar. Sie löste das Ende ihres Zopfes und tat ihr Bestes, um die Strähnen, die sich daraus gelöst hatten, wieder hineinzuflechten. Anschließend wischte sie sich mit dem Ärmel über das Gesicht, obwohl sie keine Ahnung hatte, ob es dadurch sauberer oder schmutziger wurde. Das Auffälligste an ihr war ihr Schwert. Nach kurzer Überlegung sammelte sie einige Äste vom Boden, band sie mit ihrem Gürtel zusammen und steckte das Schwert mittig in das Bündel. Mulan hielt sich dicht am Feldrand und trug das Bündel auf dem Rücken. Der Bauer sah nicht in ihre Richtung, als sie an ihm vorbeiging. Immer wieder kreuzten andere Arbeiter ihren Weg, aber sie schenkten ihr nur wenig Beachtung.

In regelmäßigen Abständen kam sie an Lehmziegelhütten mit Strohdächern vorbei, schäbigen Behausungen, bei deren Anblick sie froh war, dass sie die Getreidesteuern nicht erhöht hatte. Endlich entdeckte Mulan ein großes, rechteckiges Herrenaus aus gleichmäßigen Backsteinen und gedeckt mit einem Dach aus grünen Ziegeln. Zwei Reihen weiß eingerahmter Fenster erstreckten sich über die niedrige Vorderwand, und die feinen Gitter an den Fenstern und die aufwendig geschnitzten Sturzbalken signalisierten Geld und Macht. Damit konnte sie etwas anfangen.

Mulan huschte um das Haus herum. Hier hinten gab es ebenfalls Fenster, die wahrscheinlich zu Schlafzimmern gehörten. Eines stand einen Spaltbreit offen, und sie schob die Fensterläden vorsichtig beiseite. Drinnen erhaschte sie einen Blick auf ein Bett, einen schweren Holztisch und einen Kleiderschrank. Behutsam sah sie sich um und kletterte dann durch das Fenster.

Der Raum lag still da. Runde Fenster blickten auf einen kleinen Garten hinaus. In der Ferne konnte Mulan Stimmen hören. Und waren das Töpfe, die da in der Küche klapperten? Sie zog die Tür zum Kleiderschrank auf und zuckte zusammen, als sie leise quietschte. Lange Gewänder in verschiedenen Farben hingen nebeneinander, daneben Hosen und Hüte. Es musste sich um den Kleiderschrank eines jungen Mannes handeln.

Die seidenen Kleider waren zu schade für eine Reise, aber ein Leinengewand wäre genau richtig. Die Hosen wirkten etwas zu lang, aber vielleicht konnte sie sie hochkrempeln.

Ein Bündel Kleidung unter einen Arm geklemmt, wandte sie ihre Aufmerksamkeit dem nächsten Problem zu – Essen. Sollte sie einen Abstecher in die Küche riskieren? Nein, Küchen waren voller Bediensteter, und sie wollte ihr Glück nicht herausfordern. Aber auf dem Tisch stand eine Schale mit Obst. Mulan schnappte sich drei Birnen und hoffte, dass sie nicht vermisst werden würden.

Jetzt, da sie die Arme voller Diebesgut hatte, war es zu riskant, denselben Weg zurückzunehmen, den sie gekommen war. Stattdessen huschte sie direkt in den Wald und schlug sich durchs Unterholz, um außer Sichtweite des Hauses zu gelangen. Sie ging nicht weit, bevor sie dem Drang nicht länger widerstehen konnte, in eine Birne zu beißen. Süßer, himmlischer Saft ergoss sich über ihre Zunge. Mulan machte kurzen Prozess mit der Birne und auch mit der zweiten, und obwohl sie sich am liebsten auch der dritten gewidmet hätte, bewahrte sie die letzte Birne für später auf. Mit dem vergleichsweise sauberen Stückchen Haut über ihrem Handgelenk wischte Mulan sich den Saft aus den Mundwinkeln. Dann tat sie ihr Bestes, um ihre klebrigen Hände an einigen Blättern abzuwischen. Sie ging weiter und hielt ihre neue Kleidung behutsam zwischen den Fingerspitzen, als sie ein tröpfelndes Geräusch vernahm, das sie tatsächlich zu einer kleinen Quelle führte.

Das Wasser, das glitzernd über kleine Steine und Äste plätscherte, war das Schönste, was Mulan seit Tagen gesehen hatte. Am liebsten hätte sie alle Sachen fallen gelassen und ihren Kopf unter die Oberfläche getaucht, aber die Vorsicht gewann die Oberhand. Also legte Mulan ihre neue Kleidung sorgfältig auf einem Stein ab und tauchte die Hände unter. Das Wasser war eisig, und ihre Finger wurden schlagartig taub, aber Mulan scherte sich nicht darum. Energisch schrubbte sie ihre Hände und Nägel und wandte sich dann ihrem Gesicht und ihrem Nacken zu. Sie wusch den Rest ihres Körper so gründlich, wie sie es wagen konnte, ohne sich dabei allzu verletzlich zu machen, und seufzte vor Wohlbehagen, als der

Schmutz von ihrer Haut verschwand. Dann riss sie den saubersten Streifen Stoff aus ihrer alten Kleidung, den sie finden konnte, und band sich die Brust ab. Als Nächstes legte sie ihre neue Kleidung an und dann den Schwertgürtel. Sie kämmte sich die Haare mit den Fingern, verbarg sie unter ihrem neuen Futou und begutachtete ihr Spiegelbild in dem schmalen Strom.

Stimmen wehten durch die Bäume an ihr Ohr. Mulan erstarrte, und als klar wurde, dass sie immer näher kamen, schnappte sie sich ihre Habe und verbarg sich hinter einer dichten Baumgruppe.

„Ist eine anständige Karawane", sagte ein Mann mit gedämpfter Stimme. „Vier Wagen. Sieht so aus, als hätten sie Seide und Gewürze geladen."

„Irgendwelche Soldaten?", fragte ein anderer Mann mit rauer Stimme.

„Ein paar angeheuerte Söldner. Aber sie sehen nicht so aus, als würden sie einen Überfall erwarten. Wir können vier oder fünf von ihnen ausschalten, bevor sie überhaupt bemerken, dass wir da sind."

Banditen. Mulans Hand wanderte an den Griff ihres Schwerts, aber einen Augenblick später passierten sie ihr Versteck und ihre Stimmen verschwanden in Richtung der Kaiserlichen Stadt. Wahrscheinlich bereiteten sie ein Stück die Straße hinunter einen Hinterhalt vor. Wenn sie noch ein Weilchen länger im Wald blieb, bevor sie wieder der Straße folgte, könnte sie ihnen aus dem Weg gehen. Sie waren ohnehin mehr daran interessiert, Händler auszurauben als einen einsamen Reisenden zu belästigen.

Aber was war mit der Karawane, von der sie gesprochen hatten? Die Banditen waren in Richtung der Kaiserlichen Stadt gegangen. Das bedeutete, dass ihre geplanten Opfer auf sie zukamen, drauf und dran, in eine Falle zu tappen.

Mulan fasste einen raschen Entschluss und machte kehrt. Nach einer Weile trat Mulan aus dem Blattwerk hinaus. Dieser Abschnitt der Straße bestand eigentlich nur aus Wagenrinnen im Schlamm, die sich um Bäume und Felsbrocken schlängelten. Die Straße war abgelegen und einsam, der perfekte Ort, um seine Opfer zu überraschen.

Eine Viertelstunde später kam ein Wagenzug in Sicht. Vier Wagen, gefüllt mit Seide und Gewürzen, genau wie die Banditen gesagt hatten.

Die Karawane wurde von Männern begleitet, die mehr oder weniger bewaffnet waren. Nach dem Zustand ihrer Kleidung und ihrer Wagen zu urteilen, waren sie erfahrene Reisende. Sie sahen nicht so aus, als würden sie einen Angriff erwarten.

Rasch überprüfte Mulan ihre Verkleidung. Das Gewand war bis oben zugeknöpft und sauber, die Hose unauffällig hochgekrempelt, das Haar einigermaßen ordentlich unter ihren Hut gesteckt.

Sie verbeugte sich, als sie sich der Karawane näherte. „Einen guten Tag."

Ein Mann mit sonnengebräuntem Gesicht und breiter Nase grüßte sie von der Spitze des Zuges. „Hallo, Reisender. Ist der Wind heute in Eurem Rücken?"

„Eure Karawane ist in Gefahr." Das war vielleicht ein wenig abrupt, aber Mulan war keine bessere Art eingefallen, das Thema anzusprechen. „Eine Horde Banditen lauert Euch eine halbe Meile entfernt von hier in einem Hinterhalt auf."

Die freundliche Miene des Mannes verwandelte sich in eine Mischung aus Vorsicht und Misstrauen. „Banditen? Woher wisst Ihr das?"

„Ich habe zufällig belauscht, wie sie ihre Pläne besprachen."

Er musterte sie, sein Blick wanderte über ihre edle Kleidung und ihr Schwert. Mulan verlagerte das Gewicht, ihr war unangenehm bewusst, wie dünn das Stück Stoff war, mit dem sie sich die Brust abgebunden hatte.

„Ihr habt sie also ganz zufällig belauscht?", fragte der Mann.

„Es steht Euch frei, mir Glauben zu schenken oder nicht. Es ist nicht meine Haut, die hier auf dem Spiel steht. Aber seid zumindest auf der Hut."

Der Anführer tauschte einen Blick mit zweien seiner Männer. Nach einem kurzen Moment wandte er sich zurück an Mulan. „Danke", sagte er in einem Tonfall, der alles andere als dankbar klang. „Wir werden vorsichtig sein."

Mulan beobachtete, wie die Wagen an ihr vorbeirollten, und in ihr kämpfte Frustration mit Unglauben, als sie hinter einer Biegung verschwanden. Die Männer schienen jetzt wachsamer zu sein als zuvor, aber trotzdem … Würden sie einfach so geradewegs in einen Hinterhalt fahren? Und was sollte sie jetzt tun? Sollte sie ihnen auf der Straße folgen oder versuchen, den bevorstehenden Kampf auszusitzen?

Ihre makabre Neugier gewann die Oberhand. Sie folgte den Händlern und blieb gerade dicht genug an ihnen dran, dass sie hin und wieder einen Blick auf ihre Wagen erhaschen konnte, ohne dabei selbst bedrohlich zu wirken. Direkt vor der Karawane verlief die Straße durch einen Spalt zwischen zwei hohen Felsen und verschwand hinter einer Biegung außer Sicht. Mulan spürte ein Kribbeln im Rücken. Dies war der perfekte Ort für einen Hinterhalt.

Sie holte auf, ihr Magen rebellierte. Die Karawane bewegte sich immer noch vorwärts, verlangsamte jedoch ihr Tempo und änderte ihre Formation, sodass sie enger zusammenrückte und ihre Packpferde zwischen den Wagen platzierte. Die vordersten Reiter tauchten in den Schatten des Felsens ein. Alles war ruhig. Mulan verlangsamte ihre Schritt. Vielleicht würden die Banditen doch nicht angreifen.

Ein Pfeilregen ging von den Hügeln nieder. Die Händler schrien auf, rissen Schilde hoch und gingen hinter ihren Wagen in Deckung. Dumpfe Schläge ertönten, als die spitzen Enden sich in die hölzernen Planken der Karren bohrten. Pferde wieherten und tänzelten auf der Stelle. Ein Pfeil prallte von der Flanke eines Pferdes ab, und Mulan begriff, dass dessen Decke viel dicker war, als sie ursprünglich gedacht hatte.

Ein gellender Schrei ertönte. Banditen stürzten hinter und zwischen den Felsen hervor, und die Mitglieder der Karawane stellten sich ihnen mit erhobenen Waffen entgegen. Mulan eilte geduckt näher, eine Hand an ihrer Schwertscheide. Sie war jetzt nur noch einen Steinwurf von dem Kampf entfernt, aber niemand schenkte ihr auch nur die leiseste Beachtung. Jetzt, da sie näher dran war, konnte sie sehen, dass die Händler recht geschickt mit ihren Waffen umgingen. Sie hielten sich gut, und das Pferd des Anführers war darauf trainiert, nach Feinden auszutreten. Ein paar Banditen lagen tot am Boden, während andere flohen. Die Karawane könnte es womöglich sogar schaffen, aber der Kampf war alles andere als vorbei.

Mulans Muskeln spannten sich an, bereit, sich in den Kampf zu stürzen oder davor zu fliehen, sie wusste es nicht. Sie musste zurück in die Kaiserliche Stadt. Wenn sie hier draußen starb, würde niemand je erfahren, was mit ihr geschehen war. Ihre Minister hätten im Palast freie Hand.

Sie stürzte sich ins Getümmel.

Der erste Bandit, den sie erwischte, sah sie nicht einmal kommen. Mulan streckte ihn von hinten nieder. Kurz trafen sich ihr Blick und der des Händlers, der mit ihm gekämpft hatte, dann eilte sie davon, um sich einen anderen Kampf zu suchen.

Jetzt, da Mulan sich in der Mitte des Kampfes wiederfand, verfügte sie nicht länger über den Überraschungseffekt. Sie nahm einen weiteren Banditen ins Visier, einen grauhaarigen Mann, der sein Schwert wie einen Streitkolben schwang. Als sie sich ihm näherte, versperrte ihr einer der Karawanensöldner den Weg, das Schwert zum Schlag erhoben. Erst da wurde ihr klar, dass er nicht wissen konnte, dass sie keine Gesetzlose war.

„Halt! Ich bin ein Freund!“, schrie sie und wehrte seinen Schlag verzweifelt ab.

Es reichte aus, dass der Mann verdutzt innehielt, und Mulan nutzte die Gelegenheit, um jemand anders anzugreifen, der einen Händler in die Bredouille gedrängt hatte. Der maskierte Mann wandte sich ihr zu, um ihrem Angriff zu begegnen. Er war stark, aber seine Fertigkeiten konnten es nicht mit Mulans üblichen Trainingspartnern aufnehmen. Sie streckte ihn nieder und bemerkte dann, dass es um sie herum still geworden war.

Alle Angreifer lagen tot am Boden. Pferde scharrten in der Erde, rastlos und schreckhaft. Die Händler lehnten an ihren Wagen oder stützten sich auf den Knien ab, allesamt schwer keuchend.

„Wer ist verletzt?“, fragte der Mann mit dem wettergegerbten Gesicht.

„Hier drüben, Guozhi“, rief ein Mann. Er hatte sich über einen anderen Händler gebeugt und verband seine Seite.

Guozhi ging hinüber, um sich die Wunde anzusehen. „Ist sie tief?“, fragte er.

„Er wird im Wagen mitfahren müssen.“

Diese Händler wirkten nach dem Kampf viel ruhiger, als Mulan erwartet hätte.

Der Anführer wandte sich ihr zu. „Wir wissen Eure Hilfe zu schätzen, Fremder."

Bei dem Kontrast zwischen seinem früheren Misstrauen und seiner gegenwärtigen Dankbarkeit riss Mulan der Geduldsfaden. „Ihr hättet meine Hilfe nicht gebraucht, wenn Ihr auf meine Warnung gehört hättet."

Guozhi erwiderte Mulans Zorn nicht. „Wie ich sehe, haben wir Euch verärgert. Ihr wart in keiner Weise verpflichtet, uns zur Hilfe zu kommen."

„Der Himmel weiß, warum ich es getan habe", sagte Mulan. Ein Teil von ihr vermutete, dass ihre Wut einfach die Nachwirkungen des Kampfes waren, die Resthitze nach dem Abwehren einer tödlichen Bedrohung. Aber dieses Wissen machte ihren Zorn nicht kleiner. Es lag auch an ihrer Verkleidung und daran, nach Wochen unter den wachsamen Augen des Hofes endlich wieder anonym zu sein, dass ihre Zunge sich lockerte. „Es ist reine Torheit, direkt in einen Hinterhalt zu reiten. Ich hätte Euch alle Eurem Schicksal überlassen sollen."

Wieder schien sich der Anführer der Karawane nicht an ihrem Tonfall zu stören. „Ihr seid beleidigt, weil Ihr meint, dass wir nicht auf Euch gehört haben. Aber da liegt Euer Fehler. Wir haben Vorkehrungen getroffen. Wir sind nicht so hilflos, wie Ihr vielleicht meint."

Erst jetzt nahm sie die umstehenden Männer genauer unter die Lupe. Ihre Haut war dunkel von der Sonne und mit Narben übersät, ihre Schwertarme und Handgelenke dicht mit Muskeln bepackt. Während Mulan sich noch umsah, holte einer der Männer ein Tuch aus seiner Tasche und wischte damit beiläufig das Blut von seiner Klinge.

„Ihr seid Soldaten, keine Händler", stellte sie fest. Dabei hätte sie schwören können, dass es sich bei diesen Wagen um Handelswagen handelte.

„Heutzutage treiben wir Handel. Ich war das Soldatenleben leid, aber wir fürchten die gefährlichen Straßen nicht. Dies war nicht unser erster Hinterhalt, und es wird nicht unser letzter gewesen sein. Wenn wir bei jedem drohenden Angriff kehrtmachten, wären wir deutlich ärmere Männer." Guozhi musterte sie. „Nun, Fremder, jetzt kennt Ihr unsere Geschichte. Wie ist Eure? Warum bereist ein junger Mann wie Ihr diese Straßen ganz ohne Gefährten?"

Mulan wünschte, sie könnte überprüfen, ob eines ihrer überlangen Hosenbeine sich gelöst hatte. „Mein Name ist Ping", sagte sie langsam. „Ich hatte selbst einige Schwierigkeiten."

„Schwierigkeiten, über die Ihr lieber nicht sprechen möchtet."

Mulan antwortete nicht.

Er sah sich um. „Habt Ihr kein Gepäck?"

„Nein", sagte sie. Seine Fragen machten sie nervös. „Ich mache mich jetzt besser auf den Weg." Sie wandte sich zum Gehen.

„Wartet", sagte Guozhi.

Mulan hielt inne, entspannte sich aber nicht.

Guozhi ging um sie herum, bis sie sich wieder von Angesicht zu Angesicht gegenüberstanden, und musterte sie mit einem langen, abschätzenden Blick. „Ich kenne Eure Geschichte nicht, aber Ihr habt Euch in einen Kampf gestürzt, der nicht Euer eigener war, unter Gefahr für Euch selbst. Ich bin niemand, der eine Schuld leichtfertig abtut. Unsere Karawane steuert auf die Kaiserliche Stadt zu. Wenn Ihr wünscht, seid Ihr willkommen, mit uns zu reisen, solange unsere Wege einander überschneiden. Die Straßen in diesen Gegenden sind sicherer in Gesellschaft."

Es war ein verlockendes Angebot. Nach diesem Scharmützel hegte Mulan keinerlei Zweifel, dass die Straßen gefährlich waren. Außerdem wäre es deutlich schwerer für ihre Minister, sie ausfindig zu machen, wenn sie in einer Gruppe reiste. Aber konnte sie diese Verkleidung den ganzen Weg bis in die Kaiserliche Stadt über aufrechterhalten?

„Ich möchte Euch nicht mit meinen Schwierigkeiten belasten", sagte sie schließlich.

„Habt Ihr die Gesetzte des Kaisers gebrochen?"

„Nein", erwiderte sie mit Nachdruck.

„Wenn Ihr treu zum Kaiser steht – oder zur Kaiserin, sollte ich wohl sagen –, dann fürchten wir keine Schwierigkeiten, die Ihr mitbringen könntet. Es ist an Euch, Ping, wofür Ihr Euch entscheidet, aber unsere Karawane steht Euch offen. Werdet Ihr Euch uns anschließen?“

Die Händler waren angenehme Reisegefährten. Sie verfügten über kein zusätzliches Pferd, das sie hätte reiten können, aber einer von ihnen fand eine Stute, die von den Banditen zurückgelassen worden war. Das Pferd fand auf Anhieb Gefallen an Mulan, folgte ihren Bewegungen aus neugierigen braunen Augen und nahm ihr die angebotenen Leckereien sanft aus der Hand. Guozhi war ein starker und effizienter Anführer, der die Karawane ähnlich wie eine Militäreinheit leitete. Wenn er an Mulans Seite ritt, erzählte er ihr Geschichten über seine Zeit in der Armee. Sie erfuhr, dass er teilweise in denselben Schlachten gefochten hatte wie ihr Vater.

Nachdem sie so lange offen als Frau gelebt hatte, brauchte Mulan eine Weile, um sich wieder daran zu erinnern, wie es war, als Mann zu reisen, mit einer tieferen Stimme zu sprechen und darauf zu achten, wann und wo sie ihre Kleider ablegte. Einmal mehr lernte sie, sich mit weit gespreizten Beinen hinzusetzen und ohne Zögern zu rülpsen. Sie sprach mit lauter Stimme und schrie über die anderen hinweg, wenn es sein musste. Das war befreiend, nach ihrer langen Zeit bei Hofe. Nachts kampierte die Karawane im Freien, anstatt Geld für Zimmer in einer Pension auszugeben. Mulan war sich jede Nacht unsicher, wenn sie in ihre Bettrolle stieg, aber niemand schien zu vermuten, dass sie etwas anderes war, als sie zu sein vorgab.

Am dritten Tag passierten sie eine ummauerte Stadt, und Guozhi brauchte Freiwillige, die in die Stadt gingen und Vorräte besorgten.

„Ich werde gehen“, sagte Mulan. Seit dem Putsch hatte sie keine Neuigkeiten aus der Kaiserlichen Stadt mehr gehört, und sie brannte darauf, Neuigkeiten zu erfahren. Zwei andere meldeten sich ebenfalls freiwillig: ein magerer Mann namens Little Fan und ein Mann, den Mulan nur als Chef kannte. Sie nahmen ein Pferd mit, um ihre Vorräte zu transportieren.

Dieser Ort war nicht so groß wie die Kaiserliche Stadt, verfügte aber trotzdem über richtige Stadtmauern und einen geschäftigen Marktplatz. Mulan war nervös, als sie sich ins Getümmel wagte, aber nach einer Weile wurde ihr klar, dass niemand ihr auch nur einen zweiten Blick schenkte. Sie war ein Gesicht unter Hunderten und begann, sich zu entspannen.

Chef übernahm das Kommando und führte sie zwischen den Marktständen hindurch, vorbei an Bergen von Obst und Gemüse, Käfigen mit Hühnern und Bottichen mit schwimmenden Fischen. Little Fan ging Chef damit auf die Nerven, getrocknetes Hammelfleisch zu kaufen, während Chef seinen Geldbeutel in den Händen wog und Fan beschuldigte, sie alle in den Ruin treiben zu wollen. Mulan äußerte ihre Meinung nicht, obwohl sie sehnsuchtsvoll zum Blattgemüse sah.

Chef bemerkte ihren Blick. „Das verwelkt auf der Reise bloß", sagte er. Aber er reichte einem Bauern ein paar Münzen für einen Sack mit Dattelpflaumen.

Zusätzlich zu den Dattelpflaumen wählte Chef noch einen Sack Mungobohnen, mehrere Säcke Reis und etwas Mehl. Eine vernünftige Kost für die Reise. Nachdem sie alles auf ihr Pferd geladen hatten, wandten sie sich zurück in Richtung der Stadttore, aber seit sie die Stadt betreten hatten, war es merklich voller geworden, besonders in der Nähe des Hauptplatzes. Menschen standen Schulter an Schulter in dem unbefestigten Innenhof, und Mulan hörte, wie jemand zu der Menge sprach.

„Ruft da jemand Nachrichten aus?", fragte sie.

Sie bahnten sich einen Weg durch die Menge und drängten bis auf den Platz. Mulan rümpfte die Nase wegen des strengen Geruchs konzentrierter Menschheit und stellte sich auf Zehenspitzen, um besser sehen zu können. Ein Mann in kaiserlicher Uniform stand in der Mitte des Platzes auf einem Podest, das eher ein abgesägter Baumstumpf war.

„… Zeit genommen, um sich aufs Land zurückzuziehen und sich von der Anstrengung zu erholen, das Land zu führen. In ihrer Abwesenheit werden die Minister sich der Regierungsgeschäfte annehmen …"

Mulan klappte der Mund auf. Sie stupste den Mann neben sich an. „Von wem redet er da?" Ihre Stimme kam höher heraus, als sie sollte, und sie hustete rasch, um ihren Fehler zu überspielen.

Der Mann schenkte ihr nur einen flüchtigen Blick. „Die Kaiserin ist erkrankt."

Erkrankt. Mulan ballte ihre Hände zu Fäusten. Der Kaiserin ging es ausgesprochen gut. Die einzige Gefahr für ihre Gesundheit ging von ihrem eigenen Kabinett aus.

„Wann wird sie zurückkehren?", rief ein Mann aus der Menge.

„Sie wird zurückkehren, wenn der kaiserliche Leibarzt ihren Zustand als ausreichend genesen erklärt", erwiderte der Herold. Er schien alles gesagt zu haben, denn er stieg von seinem Podest. Überall um sich herum schnappte Mulan Gesprächsfetzen auf.

„Wir sollten für ihre Gesundheit beten …"

„Seltsam für die Kaiserin, einfach so zu verschwinden …"

„… Frauen haben eine schwächere körperliche Verfassung …"

Erst da bemerkte Mulan, dass sie zitterte. Wahrscheinlich verbreiteten Herolde wie dieser ihre Nachrichten landauf und landab im ganzen Reich. Schon bald würde ganz China glauben, dass sie ihr Amt wegen einer schwachen Verfassung im Stich gelassen hatte.

„Ping!"

Mulan war nicht sicher, wie lange Chef schon ihren Namen rief. „Entschuldige, was?"

„Hattest du vor, heute noch zu unserer Karawane zurückzukehren, oder wolltest du einfach bis in alle Ewigkeit da stehen bleiben?"

„Tut mir leid", murmelte sie.

Nach der Ankündigung leerte sich der Platz zusehends. Mulan, Chef und Little Fan folgten dem Strom durch die Tore.

„So viel dazu, in der Kaiserlichen Stadt einen Blick auf die Kaiserin zu erhaschen", sagte Little Fan und warf sich den Sack mit den Dattelpflaumen über die Schultern.

Chef stieß ein Grunzen aus. „Adlige. Unberechenbares Pack."

„Ich dachte, sie wäre ganz in Ordnung. Meine beiden Nichten haben sie geliebt, aber das war, bevor sie sich aufs Land zurückgezogen hat. Ich weiß nicht, vielleicht war sie dem Stress einfach nicht gewachsen, ein Land zu regieren. Scheint schon eine andere Nummer zu sein, als in einem Krieg zu kämpfen." Fan wandte sich an Mulan, die in Erwartung seiner Frage zurückwich. „Was hältst du von der neuen Kaiserin?"

Sie versuchte sich an einem lässigen Achselzucken. „Ich hab für diese Dinge nicht viel übrig."

„Oh, komm schon. Die erste weibliche Kaiserin in der Geschichte ist wohl kaum alltägliche Politik. Du musst doch irgendeine Meinung zu ihrer Eignung haben."

„Es braucht mehr als reines Können, um zu herrschen", sagte Mulan, außerstande, die Verbitterung, die sich in ihre Stimme geschlichen hatte, vollständig zu verdrängen. „Der fähigste Mann der Welt kann ein Land in den Ruin treiben, wenn er seine Macht zu seinem eigenen Nutzen einsetzt. Ein Herrscher muss ehrlich und ehrenhaft sein, um mit dem Wohl des Landes vor Augen zu herrschen."

Chef schlug Mulan mit seiner fleischigen Pranke auf die Schulter. „Na sieh einer an, unser Ping ist ja ein richtiger Philosoph. Also, meinst du, unsere Kaiserin verfügt über diese flüchtigen Qualitäten?"

„Ja", sagte Mulan nach einer kurzen Pause. „Ja, das meine ich."

Den restlichen Abend hing eine dunkle Wolke über Mulan, während Zorn und Schuldgefühle in ihrem Kopf miteinander rangen. Ihr ganzes Reich dachte, sie hätte ihr Volk im Stich gelassen und wäre aufs Land geflohen. Sie musste die Dinge dringend richtigstellen, aber hier stand sie in Männerkleidung mitten im Nirgendwo.

Ihre schlechte Laune blieb ihren Gefährten nicht verborgen. Einmal bemerkte Guozhi freundschaftlich: „Wenn Städte dich immer so mitnehmen, lasse ich dich für den Rest unserer Reise nicht mehr weg von der Karawane."

Mulan grummelte eine Entschuldigung und zog sich zurück, um allein zu sein. Immerhin fand sie Trost in dem Wissen, dass sie sich der Kaiserlichen Stadt stetig näherten. Sie vermutete, dass sie etwa in einer Woche dort ankommen würden, wenn sie auf keine Hindernisse stießen. Mulan war sich nicht sicher, was sie tun würde, wenn es so weit war. Aber sie hoffte, Shang oder Liwen ausfindig machen zu können. Sie schickte ein Stoßgebet an die Ahnen, dass beide in Sicherheit waren.

Am nächsten Morgen war Mulan gerade dabei, ihre Bettrolle einzupacken, als der Ruf ertönte, dass ein bewaffneter Reiter sich näherte.

Der letzte Hinterhalt saß ihnen allen noch in den Knochen, und es folgte hastiges Geraschel, als die Männer nach ihren Waffen griffen. Mulan schnappte sich ihr Schwert vom Boden und eilte in Richtung Straße, um besser sehen zu können.

„Guten Tag, Reisende", rief eine männliche Stimme.

Mulans Knochen wurden weich. Obwohl sie den Sprecher nicht sehen konnte, hätte sie diese Stimme auch vom Grund des Ozeans aus erkannt.

„Euch ebenfalls einen guten Tag", erwiderte Guozhis Stimme. „Lächelt das Glück auf Eurer Reise?"

Mulan gewann ihr Gleichgewicht zurück und lief schneller, sie stolperte fast über ihre eigenen Füße in ihrer Hast, den Besucher mit eigenen Augen zu sehen. Konnte es tatsächlich sein? Sie umrundete einen der Wagen, um einen ungehinderten Blick zu bekommen. Und erstarrte erneut, unfähig, auch nur einen Finger zu rühren, denn sie hatte richtig gelegen. Dort, rittlings zu Pferde und in ein Gespräch mit Guozhi vertieft, war Li Shang.

Kapitel Vierzehn

Sein Anblick traf sie wie ein Schlag. Es war eindeutig Shang – die breiten Schultern, das sture Kinn, die Kraft und Selbstsicherheit, mit der er auf dem Pferd saß. Doch er trug nicht seine kaiserliche Amtstracht. Stattdessen war er in die schlichte, zweckmäßige Rüstung eines privaten Wachmannes gekleidet, von der Art, wie reiche Familien sie anheuern, um ihre Häuser zu bewachen.

„Habt Ihr hier in der Gegend eine junge Frau gesehen, die allein unterwegs ist?", fragte Shang.

Mulan fühlte sich seltsam körperlos, als schwebte ihr Geist über ihrem Kopf in der Luft. Der erste Schock ließ allmählich nach, aber ihre Erleichterung wurde von dem nagenden Gefühl gedämpft, dass etwas nicht stimmte. Warum trug Shang eine Verkleidung? Er schien sie noch nicht bemerkt zu haben. Jede Zelle ihres Körpers verzehrte sich danach, seinen Namen zu rufen, aber es fühlte sich zu gefährlich an, ihn zu verraten.

„Nein", erwiderte Guozhi. „Die Straßen waren recht leer."

Shang nickte auf eine Art, die vermuten ließ, dass er dieselbe Antwort schon unzählige Male erhalten hatte.

„Mein Name ist Li. Ich bin ein privater Wachmann für das Haus Fong. Eines der Dienstmädchen ist mit den Juwelen meiner Herrin davongelaufen. Es handelt sich um eine junge Frau, nicht verheiratet. Ziemlich hübsch …"

Sein suchender Blick landete auf Mulan, ein Stoß fuhr durch ihren Körper, und seine Augen weiteten sich für den Bruchteil einer Sekunde, bevor sie weiterwanderten.

„Meine Herrin will den Schmuck unbedingt zurückhaben, bevor er verkauft werden kann", fuhr er nach einer winzigen Pause fort. „Er bedeutet der Familie sehr viel."

Guozhi schüttelte den Kopf. „Nein, wir haben niemanden gesehen, auf den diese Beschreibung zutrifft."

Shang sah hinauf in die Sonne. „Ja, ich befürchte leider, dass es sich um verlorene Liebesmüh handelt. Reist Ihr gen Westen?"

Mulan bemerkte, dass ihr Mund offen stand, und schloss ihn rasch. Also hatte er nach ihr gesucht. Und wahrscheinlich tat er das ohne das Wissen ihrer Minister. Sie wünschte, sie wüsste, was in der Kaiserlichen Stadt vor sich ging.

„Ja, wir reisen in die Kaiserliche Stadt", bestätigte Guozhi.

Shang nickte. „Heute Nacht kehre ich in das Wirtshaus im Dorf Wen ein, dreißig Li weiter die Straße entlang." Als er den Namen des Gasthauses nannte, nahm er wieder Blickkontakt mit Mulan auf. Sie starrte zurück, hundert Fragen im Blick, die unbeantwortet blieben. „Wenn Ihr irgendetwas hört, hinterlasst mir dort bitte eine Nachricht. Mein Herr ist ein großzügiger Mann und wird jede Hilfe reich entlohnen."

„Wir werden die Augen offenhalten", sagte Guozhi.

Shang verneigte sich. „Danke. Möge der Wind stets in Eurem Rücken stehen."

Und damit ritt er davon.

Mulan riss ihren Blick von Shangs kleiner werdender Gestalt los. Dann eilte sie zurück zu ihrer Bettrolle, mied die Blicke der anderen und hoffte inständig, dass niemand ihre Reaktion auf seinen Anblick bemerkt hatte. Ihre Hände zitterten so heftig, dass sie zwei Anläufe brauchte, um ihre Decken fest genug zusammenzurollen, damit sie sie auf ihr Pferd schnallen konnte. Shang war am Leben. Dieses Wissen allein schickte Wellen der Erleichterung durch ihren Körper. Schwebte er noch in Gefahr? Was war seit dem Putsch geschehen? Das Wichtigste jedoch war, dass er hier war und sie gesehen hatte.

Und er hatte ihr gesagt, wo er heute Nacht sein würde.

Mulans Pferd tänzelte unruhig auf der Stelle, als sie aufsaß. Es spürte ihre Nervosität. Sie versuchte, die Stute zu beruhigen, überzeugt davon, dass sie es noch nicht riskieren durfte, sich zu verraten. Wenn Shang seine Identität geheim hielt, musste es einen guten Grund dafür geben.

Wie sich herausstellte, war Shangs Schätzung gut gewesen. Am Ende des Tages hatte ihre Karawane das Dörfchen Wen gerade ein kleines Stückchen hinter sich gelassen. Mulan musste sich wahnsinnig zusammenreißen, um nicht herumzuzappeln, während die Gruppe ihr Nachtlager aufschlug. Chef servierte eine köstliche Mahlzeit aus Süßkartoffeln und Reis, die Mulan im Hals stecken blieb.

Nach dem Essen rollte sie ihre Decken am Rand des Lagers aus. Sie legte sich wie gewohnt hin, schloss die Augen und zwickte sich im Rhythmus ihres liebsten Marschliedes in den Oberarm, um nicht einzudösen. Mit der Zeit wurde der Atem der Männer um sie herum gleichmäßiger.

Mulan öffnete die Augen. Obwohl das Feuer verloschen war, schien die Mondsichel am Himmel hell genug, dass die Umgebung deutlich zu erkennen war. Die einzigen Bewegungen im Lager waren das beständige Heben und Senken der Decken zu allen Seiten. Sie richtete sich vorsichtig auf und hielt bei jedem Zucken und jedem schläfrigen Grunzen inne, das die Nacht durchbrach. Durch die Bäume konnte sie die Gestalt von Little Fan ausmachen, der Wache stand. Doch seine Aufmerksamkeit war nicht auf ihr Lager gerichtet, sondern auf die Geheimnisse des Waldes. Mulan machte sich rasch in die entgegengesetzte Richtung auf den Weg. Sie schlängelte sich zwischen schlafenden Körpern hindurch und schlüpfte hinter einen Baum, als sie endlich den Rand des Lagers passiert hatte. Sich nachher wieder hineinzuschleichen, würde um einiges schwieriger werden. Aber darüber würde sie sich später sorgen. Gebückt schlich sie weiter, bis sie sicher war, dass sie sich außerhalb von Fans Wachroute befand. Erst dann richtete sie sich auf, um sich ein Bild von ihrer Umgebung zu machen.

Der Mond warf verwirrende Schatten. Die Straße war nur einen Steinwurf von den Bäumen entfernt, aber es erschien ihr nicht klug, sich ohne Deckung zu bewegen. Sie würde länger brauchen, wenn sie sich einen Weg durch den Wald bahnte, aber wenn Mulan sich beeilte, könnte sie hin- und wieder zurückkommen, noch bevor die Nacht halb vorüber war.

Hinter ihr knackte ein Zweig. Mulan wirbelte herum, ihre Hand zuckte zu ihrem Schwert. Sie entdeckte Shangs Gestalt genau in dem Moment, als er sagte: „Ich bin es."

Mulan rannte auf ihn zu und machte sich nicht die Mühe, langsamer zu werden, als sie näher kam. Sie stießen so heftig zusammen, dass Shang einen Schritt zurücktaumelte. Der Aufprall fuhr durch ihren Körper, und die hölzernen Schuppen seiner Rüstung hinterließen Abdrücke auf ihrer Haut. Wahrscheinlich konnte er sie durch die Schichten der Ausrüstung hindurch nicht einmal spüren, aber trotzdem klammerte sie sich verzweifelt an ihn.

Shang schlang die Arme um Mulan und zog sie fest an sich. Mulan schmiegte sich an seine Brust und blinzelte die Tränen zurück. Er roch nach Gewürzen und Waffenöl. Sie atmete tief ein.

„Ich wusste, dass die Minister gelogen haben." Shangs Worte vibrierten tief durch seine Brust und an ihrer Wange. „Du wärst nicht einfach so gegangen."

Mulan hob den Kopf, um ihn anzusehen, fasziniert davon, wie das Mondlicht auf Linien in seinem Gesicht fiel, die sie noch nie zuvor bemerkt hatte. „Wie hast du mich gefunden? Was ist passiert?"

Sie spürte seine plötzliche Anspannung und wartete, bis er tief eingeatmet hatte, um sie wieder zu vertreiben. „An dem Morgen, nachdem du verschwunden warst, kamen die Minister zu mir und erzählten mir, dass du gegangen seist. Sie haben mir dieselbe Geschichte wie allen anderen darüber aufgetischt, dass du dich in einem weit entlegenen Palast erholen wolltest. Es war lächerlich. Sie wussten es, und ich wusste es, aber sie hielten an der Geschichte fest. Ich bin auf die Suche nach Liwen gegangen, konnte aber auch sie nirgends finden."

Mulan brach das Herz. „Liwen …"

„Sie ist in Sicherheit", versicherte er ihr hastig. „Zumindest war sie das, als ich sie das letzte Mal gesehen habe. Sie hatten sie in eine Arrestzelle gesperrt."

Mulan ballte die Hände zu Fäusten. „Sie müssen gesehen haben, wie sie dem Sterndeuter nach Hause gefolgt ist."

„Es war ein glücklicher Zufall, dass ich sie dort entdeckt habe, als gerade keine Würdenträger zugegen waren. Ich habe meinen Rang ausgespielt, um sie freizubekommen, und sie hat mir alles erzählt." Shang stieß ein freudloses Lachen aus. „Als wir den Minister der Riten aufgespürt hatten, wurden wir von Meuchelmördern in Empfang genommen. Liwen ist gut mit dem Schwert. Ich bin froh, dass sie an meiner Seite war."

„Sie ist tödlich", bestätigte Mulan und wünschte, sie hätte diesen Kampf sehen können. Dann begriff sie die volle Bedeutung von Shangs Worten. „Meuchelmörder?"

„Vier Stück. Sie haben sich einfach von der Decke fallen lassen. Liwen und mir ist es gelungen, sie abzuwehren. Wir sind aus dem Palast geflohen und haben uns aufgeteilt, um dich zu finden. Manche Leute in der Stadt meinten, sie hätten einen Gefängniswagen gesehen, der in diese Richtung verschwunden ist. Ich bin der Spur gefolgt, und ein paar Tage später hörte ich Gerüchte über kaiserliche Soldaten, die aus einem verschlossenen Karren gerettet werden mussten." Selbst in der Dunkelheit ahnte sie, wie er belustigt eine Augenbraue hochhob. „Dein Werk?"

Seine Frage entfachte ihren Stolz. „Sie waren verängstigt, Hand an mich zu legen. Das hat sie langsam gemacht und mir Raum für einen Angriff gegeben."

„Es ist immer gefährlich, dich zu unterschätzen", sagte Shang.

Zum ersten Mal seit Wochen verzogen sich ihre Lippen wie von allein zu einem ehrlichen Lächeln. Zumindest dieser Plan hatte gut funktioniert. Aber sie war noch immer eine Flüchtige, und jetzt wusste sie, dass ihre stärksten Verbündeten im Palast ebenfalls aus ihm vertrieben worden waren.

„Haben meine Minister die Armee unter ihre Kontrolle gebracht?", fragte sie.

Shang war für einen Augenblick still. „Ich glaube nicht. Bevor ich gegangen bin, habe ich noch Kontakt mit den Hauptmännern Fan und Hong von der Palastgarnison aufgenommen. Sie stehen treu zu dir. Einige der anderen Hauptmänner könnten umgedreht worden sein ..."

„Auch einige Soldaten", ergänzte Mulan und dachte dabei an die Soldaten, die sie gefangen genommen hatten.

Shang nickte. „Auch einige Soldaten, aber ich muss einfach glauben, dass ich immer noch einen Großteil der Truppen befehlige. Wahrscheinlich ist das der Grund, aus dem die anderen Minister mich beseitigen wollten."

Mulan glaubte ihm. Niemand, der unter Shang gedient hatte, würde seine Fähigkeit infrage stellen, Loyalität zu gebieten. Er hatte eine Aura, die Zuversicht ausstrahlte und gleichzeitig vermittelte, dass er die ihm unterstellten Soldaten wirklich schätzte. Doch all diese Loyalität würde ihm wenig nützen, wenn er nicht einmal in die Nähe seiner Truppen käme.

„Was jetzt?", fragte sie, halb an sich selbst gerichtet.

„Wir holen uns dein Land zurück."

Mulan unterdrückte ein Lachen. „Was soll ich tun? Eine neue Armee versammeln und an ihrer Spitze in die Hauptstadt einmarschieren? Was für eine Kaiserin bin ich, wenn ich nicht einmal meine eigenen Minister unter Kontrolle halten kann?"

„Glaubst du, dass sie besser über das Reich herrschen können als du?"

Shangs Tonfall ließ sie innehalten. Er versuchte nicht, sie aufzumuntern. Er meinte es ernst.

Mulan dachte an ihre Minister, an die Bestechungsgelder, die sie im Austausch für Macht angenommen hatten, an die Tricks, die sie hinter ihrem Rücken ausgeheckt hatten. Wenn es etwas gab, das sie in den vergangenen Wochen gelernt hatte, dann war es die alles entscheidende Wahrheit, dass es mehr als Wissen brauchte, um zu herrschen.

„Nein. Ich bin eine bessere Herrscherin." Und zum ersten Mal glaubte sie diese Worte tatsächlich. „Sie sehnen sich nach der Macht, um sich selbst zu dienen. Sie würden das ganze Land verkaufen, wenn es sein muss. Das haben sie bereits. Ich mag nicht über ihre Lebzeit an Erfahrung verfügen, aber mir liegt das Wohl des Volkes am Herzen. Ich bin bereit, zuzuhören, zu lernen und zuzugeben, was ich nicht weiß."

Shang nickte. „Du bist die designierte Erbin und die rechtmäßige Kaiserin. Und du bist weitaus fähiger, als du dir eingestehen willst. Sie haben versucht, dich aus dem Weg zu räumen, und sie sind gescheitert. Vergiss das nicht."

Sie wollte ihm glauben. Sie musste ihm glauben.

„Wir brauchen einen Plan", sagte sie, bereits dabei, sich das Hirn zu zermartern. Was konnten sie beide von hier draußen gegen fünf Minister ausrichten, die sich in der Hauptstadt verschanzt hatten? „Ganz gleich was wir als Nächstes tun, ich werde die Unterstützung des Militärs benötigen. Gibt es noch andere Hauptmänner, die du kontaktieren kannst? Truppen innerhalb Reitweite?"

Shang nickte. „Ich weiß von mehreren, die innerhalb von drei Tagesritten stationiert sind."

„Du musst sie finden. Versuch herauszufinden, auf welcher Seite sie stehen. Stell sicher, dass sie noch loyal zu dir und zu mir stehen." Sie hielt inne, und das Bild von Shang, der von seinen eigenen Soldaten gefangen genommen wurde, blitzte vor ihrem inneren Auge auf. „Sei vorsichtig."

„Das werde ich", versprach Shang. „Wirst du mit mir kommen?"

Der Gedanke, wieder mit Shang zu reiten, war verlockend.

„Nein", sagte sie leise. „Wenn sie sich gegen dich wenden, ist es besser, wenn wir nicht beide dort sind und ihnen in die Hände fallen. Du hast gesagt, dass es noch Hauptmänner in der Kaiserlichen Stadt gibt, die treu zu mir stehen. Ist das richtig?"

„Ja, ich würde Fan und Hong mein Leben anvertrauen."

Sie nahm diese Information auf und fuhr fort, laut zu denken: „Ich werde mit der Karawane weiter in die Kaiserliche Stadt reisen und die beiden ausfindig machen. Ich brauche einen besseren Eindruck davon, was im Palast vor sich geht. Sobald ich den habe, können wir unsere nächsten Schritte planen."

Es war kein wasserdichter Plan, aber es war das Beste, was sie im Moment tun konnte.

„Sobald du wieder in der Kaiserlichen Stadt bist, nimm Kontakt zu Meister Tsai im Teehaus *Die drei Bambusse* auf", sagte Shang. „Er ist ein langjähriger Freund, und er kann dich zu Fan und Hong führen."

Danach verfielen sie beide in Schweigen. Der Plan war beschlossen. Nun ging es darum, ihn auszuführen. Es gab keinen Grund, noch länger zusammenzubleiben, und doch erwischte Mulan sich dabei, wie sie nach einem suchte.

Nach einem langen Augenblick atmete Shang hörbar aus. Als der Raum zwischen ihnen immer größer zu werden drohte, kämpfte Mulan gegen den Drang an, nach ihm zu greifen und ihn festzuhalten.

„Shang, danke. Für alles."

Er nahm ihre Hand. Obwohl sie ihn in der Dunkelheit nicht sehen konnte, spürte sie die Intensität seines Blicks, fühlte die Energie in seinen Fingern.

„Gebt gut auf Euch Acht, Kaiserin. Ich weiß nicht, was ich tun würde, wenn …" Er stockte, und sein Griff um ihre Hand verkrampfte sich.

Etwas brach sich in Mulans Brust Bahn. Und in diesem Moment war sie sich einer Sache endlich vollkommen sicher.

Sie streckte die Hand aus und zog Shang an sich. Es war kein sanftes Locken. Sie zog so, wie er es ihr in ihren Kampfstunden beigebracht hatte, ließ keinen Zweifel offen, was sie wollte. Sie hatte ihn überrumpelt, und er stolperte nach vorn, machte einen halben Schritt, um sich zu fangen. Sie spürte, wie er keuchend die Luft ausstieß, als sein Mund vor Überraschung aufklappte. Bevor er etwas sagen konnte, küsste sie ihn.

Seine Antwort kam schlagartig. Mit einem Arm hob er sie beinahe von den Füßen und presste sie an sich. Sie schmiegte sich an seine Brust und seufzte, als sie spürte, wie seine Hände auf ihre Schultern wanderten, dann auf ihren Rücken. Als seine Hände die weichen Kurven ihres Pos unter den jungenhaften Kleidern erforschten, entdeckte Mulan, dass sie diejenige war, die ihr Gleichgewicht nicht halten konnte. Sie klammerte sich an ihn, versunken in dem Gefühl von seinen Lippen auf ihren. Langsam trug er sie rückwärts. Mulan war sich vage bewusst, dass ein Baum hinter ihr stand und sie sich dagegen lehnte, aber es war eine flüchtige Wahrnehmung, die verschwand, als seine Küsse ihr Gesicht und ihren Hals streiften. Sie wünschte, sie könnte sich daran erinnern, wie man atmete.

Shang erstarrte. Mulan schnappte nach Luft und fühlte sich, als würde sie die Oberfläche eines Sees durchbrechen. Er stützte sich mit einer Hand an dem Baum ab und wich zurück, unfassbar langsam, um sie anzusehen. Das Mondlicht spiegelte sich auf einer Seite seines Gesichts. Er hatte den Blick eines Mannes, der eine Oase in der Wüste erblickt, überwältigt von ihrer Schönheit und doch voller Angst, dass sie verschwinden könnte.

„Ich habe schon so lange davon geträumt, das zu tun", hauchte er, und seine Stimme blieb ihm in der Kehle stecken. Er lehnte sich zu ihr hinunter, um sie erneut zu küssen. Dieses Mal streifte er ihre Lippen sanft mit seinen eigenen und jagte ihr einen Schauer über die Haut, während sich tief in ihrem Inneren ein neuer Schmerz regte.

Schritte raschelten zu ihrer Linken.

„Wer ist da?", rief ein Mann.

Zunächst registrierte sie die Stimme gar nicht, doch dann drang sie in ihr Bewusstsein und riss Mulan zurück in die Realität. Shang sprang von ihr weg und griff nach seinem Schwert, während sein Blick die Dunkelheit durchbohrte.

Guozhi. Mulan war sich beinahe sicher, dass es der Karawanenführer gewesen war, der durch die Bäume gerufen hatte. Nach einem verzweifelten Blick zu Shang wurde Mulan sich ihres Aussehens bewusst. Ihre Wangen waren gerötet, und sie war außer Atem. Wie viel davon war in der Dunkelheit zu erkennen? Sie fuhr sich mit den Händen über die Kleider und betete, dass alles an seinem Platz saß. Ihre Lippen fühlten sich warm und angenehm taub an.

Shang stand wie angewurzelt da, bereit, zu fliehen oder zu kämpfen.

Sie berührte ihn an der Schulter. *Von meiner Karawane*, formte sie mit den Lippen.

Ihre Blicke trafen sich und verständigten sich stumm. Shang wich zurück, erst einen Schritt, dann noch einen. Mulan kämpfte gegen die Anziehungskraft seiner Bewegungen an, sie zwang ihre Füße, still zu stehen.

Er sah ihr ein letztes Mal in die Augen, bevor er zwischen den Bäumen verschwand.

Es fühlte sich an, als wäre ein Stück aus ihr herausgerissen worden. Mulan sehnte sich nach ihm, und ihre Füße brannten darauf, sie zwischen die Bäume zu tragen. Vielleicht war es ein Fehler, ihn allein fortzuschicken. Vielleicht würde sie ihn nie wiedersehen.

„Jemand da?", rief Guozhi erneut.

Unbarmherzig unterdrückte Mulan ihre rasch wachsenden Zweifel. Jetzt war nicht der richtige Zeitpunkt, um zusammenzubrechen. Wie viel hatte Guozhi gesehen?

„Ich bin es, Ping", rief sie, als Guozhi zwischen den Bäumen hervortrat. Sie hätte mit tieferer Stimme sprechen sollen.

Der Karawanenführer trug nicht ein einziges Teil seiner täglichen Rüstung. Es sah so aus, als hätte er einfach seinen Mantel über die Tunika geworfen, in der er schlief, obwohl er sein Schwert auf Anschlag hielt. Er kam bedächtig näher, sein Blick huschte über die Schatten.

„Bist das nur du, Ping? Ich dachte, ich hätte noch jemanden gehört."

„Ich habe mit mir selbst gesprochen", sagte Mulan.

Guozhi trat in ein Fleckchen Mondlicht. Er musterte Mulans Gesicht, und sie fragte sich, wie viel er sehen konnte.

„Ich führe jetzt schon lange Zeit eine Karawane an, Ping. Und ich begegne vielen Leuten, sowohl in meiner Karawane als auch bei meinen Geschäften. Ich habe gelernt, meinen Augen und Ohren zu vertrauen. Jemand anders war hier, und das war mehr als eine Unterhaltung."

Mulan suchte nach den richtigen Worten, während ihre Gedanken rasten. Weiß er, dass ich eine Frau bin? *Weiß er, dass ich die Kaiserin bin? Wird er mir treu bleiben, wenn er von meinem Verrat erfährt, oder wird er sich gegen mich wenden?*

„Ich führe jetzt schon lange eine Karawane an", wiederholte Guozhi. „Und ich habe ein Gespür dafür entwickelt, was ich wissen muss und was ich gut sein lassen kann. Eine Geschichte, ein Geheimnis, ein zerschnittener Ärmel … nichts davon ist für mich von Bedeutung, es sei denn, es betrifft meine Männer. Ich weiß, dass du den privaten Wachmann in der

Sekunde erkannt hast, als du ihn gesehen hast. Und ich weiß, dass er gerade noch hier war. Unsere Karawane schuldet dir eine Blutschuld. Wir haben dir unseren Schutz angeboten, und wir haben dir gestattet, deine Geheimnisse zu wahren. Das hat sich nicht verändert, aber ich muss wissen, ob dein Freund für uns eine noch größere Gefahr bedeutet."

Er hatte das Wort „Freund" auf so subtile Art betont, dass es den Anschein erweckte, als hätte er das Wort gar nicht wirklich gemeint. Langsam setzten sich seine Sätze in ihrem Kopf wieder zusammen. *Ein Geheimnis, ein zerschnittener Ärmel* … Letzteres war eine Anspielung auf eine alte Geschichte von einem Kaiser, der seinen schlafenden Gefährten um keinen Preis stören wollte und sich lieber den Ärmel seines eigenen Gewands abgeschnitten hatte, als den jungen Mann zu wecken. Guozhi hatte gesehen, was zwischen ihr und Shang vorgefallen war, aber er glaubte, Mulan wäre ein Mann, der andere Männer liebte. Oder zumindest gestattete er ihr, so zu tun.

Vorsichtig testete Mulan ihre Stimme. „Du hast recht. Den Wachmann und mich verbindet eine lange gemeinsame Geschichte, aber er stellt keine Gefahr für uns dar. Wenn überhaupt, dann würde er uns in schwierigen Zeiten zu Hilfe kommen. Aber … ich erwarte nicht, dass er in nächster Zeit zurückkehrt."

Guozhi musterte sie immer noch, so lange, dass Mulan schon befürchtete, ihre Verkleidung würde unter seinem bohrenden Blick einfach in sich zusammenfallen. Endlich ergriff er wieder das Wort. „Du solltest besser noch etwas schlafen. Wir müssen morgen früh raus."

Am nächsten Tag behandelte Guozhi Mulan, als wäre nichts geschehen. Die Karawane packte ohne viel Aufhebens ihre Sachen zusammen und machte sich wieder auf den Weg. Mulan ritt schweigend, benommen vom Schlafentzug und bemüht, keine Aufmerksamkeit auf sich zu ziehen. Etwa in der Mitte des Vormittags stießen sie auf eine weitere ummauerte Stadt. Mulan meldete sich einmal mehr freiwillig, mit Chef in die Stadt zu gehen, und ignorierte Guozhis vielsagenden Blick, als er ihr die Erlaubnis erteilte.

Auf der Straße, die durch das Tor führte, hatte sich ein Stau gebildet. Es war so voll, dass Mulan nicht einmal den Arm heben konnte, ohne versehentlich jemanden zu schlagen. Sie war zu klein, um einen anständigen Blick auf den Stadtplatz zu erhaschen, aber Chef reckte den Hals und spähte über die Menge hinweg.

„Ein Ausrufer aus der Kaiserlichen Stadt", berichtete er. „Es hat keinen Sinn zu versuchen, an der Menge vorbei bis auf den Markt zu kommen. Wir können genauso gut hier stehen bleiben und uns die neusten Nachrichten anhören."

Als sie näher kamen, färbte die Energie der Menge auf Mulan ab, allerdings nicht auf eine gute Art. Die Stimmen um sie herum hatten die scharfe Tonlage der Sorge. Mulan sah weit aufgerissene Augen, zusammengezogene Augenbrauen und Mütter, die ihre Kinder festhielten. Sie roch Schweiß und Angst.

„Irgendetwas ist geschehen", sagte sie.

Sie drängten jetzt weiter nach vorn. Mulan entdeckte einen Ausrufer auf einem Holzblock in der Mitte des Platzes. Die Leute drängten sich um ihn herum und riefen Fragen, die Mulan noch nicht von dem Getöse der Menge unterscheiden konnte.

Mulan beugte sich zu einer alten Frau neben sich hinunter. „Was ist los?"

Die Frau warf ihr einen entnervten Blick zu. „Es hat Kämpfe gegeben. Still jetzt, ich versuche, etwas zu verstehen."

„Kämpfe? Was meint Ihr?" Aber der Frau war es gelungen, sich tiefer in die Menge zu schlängeln. Mulan machte Anstalten, ihr zu folgen, aber dann spürte sie eine Hand auf der Schulter.

„Ping, lass das", sagte Chef. „Ich habe die Neuigkeiten gehört. Ein nördlicher Außenposten ist an die Hunnen gefallen."

Kapitel Fünfzehn

Eis kristallisierte auf Mulans Haut und überzog ihr Herz.

„Ich will näher ran“, sagte sie.

Sie bahnten sich einen Weg zu dem zunehmend nervös wirkenden Ausrufer, der begonnen hatte, vor der Menschenmenge zurückzuweichen. Tatsächlich machte es ganz den Anschein, als könnte er von der Masse niedergetrampelt werden, bevor die Hunnen überhaupt Gelegenheit dazu hatten. Er beantwortete Fragen in knappen, lauten Sätzen, während seine Augen nach einem Fluchtweg suchten.

Mulan schnappte den Rest der Geschichte in Fetzen auf. Der Angriff war vor zwei Tagen geschehen, eine überraschende Invasion, die die chinesischen Truppen unvorbereitet getroffen und sie aus dem Gebiet vertrieben hatte. Inzwischen kontrollierten die Hunnen die Steppen knapp südlich der Grenze und würden wahrscheinlich in Richtung der Kaiserlichen Stadt weiterziehen. Diensttaugliche Männer sollten sich darauf vorbereiten, eingezogen zu werden.

„Vorbereiten? Wo sollen wir denn hin?“, fragte einer der Männer.

„Weitere Informationen werden folgen“, erwiderte der Herold.

Chef stieß ein angewidertes Grunzen aus. „Komm, hier erfahren wir nicht mehr.“

Obwohl es Mulan beinahe umbrachte zu gehen, nachdem sie nur so wenig erfahren hatte, wusste sie, dass Chef recht hatte.

Mulans Gedanken rasten, als sie und Chef sich einen Weg zum Markt erkämpften. Der Herold gab die offizielle Version der Ereignisse wieder, aber dahinter steckte noch viel mehr. Mulan war mit dem nördlichen Außenposten vertraut, der den Hunnen in die Hände gefallen war. Er lag an einem strategisch wichtigen Ort, errichtet auf einer Anhöhe mit schweren Befestigungen. Wenn die Hunnen ihn so einfach hatten einnehmen können, dann bedeutete das, dass die Armee nicht so mobilisiert worden war wie erwartet. Die Aufforderung des Ausrufers, auf Anweisungen zur Rekrutierung zu warten, deutete ebenfalls auf eine schlechte Organisation in den Reihen des Militärs hin. In der Kaiserlichen Stadt brachen die Dinge in sich zusammen.

Aber warum griffen die Hunnen überhaupt an? Noch vor einer kurzen Weile hatten sie auf ein Ehebündnis gedrängt. Mulan war sich ziemlich sicher, dass einer der Gründe, warum ihre Minister sie nicht getötet hatten, darin bestand, dass sie die Hunnen mit der Aussicht auf eine Heirat hinhalten wollten. Aber vielleicht war den Ministern auch dieses Bündnis außer Kontrolle geraten. Vielleicht hatten die Hunnen das wachsende Chaos in der Hauptstadt gespürt und beschlossen, dass sie das Reich auch ohne die Mühen der Diplomatie einnehmen konnten.

Endlich hatte sich die Menge so weit ausgedünnt, dass Mulan und Chef sich frei bewegen konnten. Chef übernahm die Führung, und Mulan folgte ihm, versunken in düstere Gedanken. Teilnahmslos sah sie zu, wie er mit den Verkäufern feilschte. Mit jedem Kauf wurde Chef grantiger, und obwohl Mulan abgelenkt war, bemerkte sie, dass mehr Münzen seine Börse verließen als beim letzten Mal.

„Keine Dattelpflaumen heute“, grummelte Chef. „Bei der Aussicht auf einen Krieg heben alle ihre Preise an.“

Krieg. Aber sie hatten den letzten Krieg doch gerade erst hinter sich gelassen, und sie hatten so viel verloren. Der Gedanke verankerte sich wie ein Brombeergestrüpp in Mulans Brust. Wie viele Soldaten hatten an der Grenze ihr Leben gelassen? Und was unternahmen ihre Minister, um das Land zu verteidigen? Alles deutete darauf hin, dass sie ihre Pflichten vernachlässigten, und China würde den Preis dafür zahlen. Ihr Reich raste auf einen Krieg zu. Mulan musste etwas unternehmen, doch sie war entthront, anonym. Machtlos.

„Wie viele Tage sind wir noch von der Kaiserlichen Stadt entfernt?", fragte sie Chef.

„Fünf", erwiderte er. „Vielleicht mehr, wenn das Gerede von Krieg die Straßen verstopft."

Fünf Tage, um in die Stadt zu gelangen. Wenn sie erst einmal dort war, musste sie Shangs treue Hauptmänner ausfindig machen. Das könnte sie einen halben Tag kosten, wenn nicht noch mehr. Und dann, falls sie immer noch treu zu ihr standen, mussten sie einen Weg finden, die Truppen zu mobilisieren …

Es könnte Wochen dauern, bis sie mit Truppen an die Grenze marschieren konnte. Und sie hatte noch überhaupt nicht in Betracht gezogen, was ihre Minister unternehmen könnten, um ihre Bemühungen zu untergraben. In dieser Zeit konnte eine feindliche Armee eine Menge Schaden anrichten.

„Hast du etwas auf dem Herzen, Ping?", fragte Chef, der mit etwas mehr Nachdruck als unbedingt nötig einen Sack Reis auf ihrem Pferd festzurrte. Das Tier schnaubte missmutig.

„Nur das Schicksal des Reiches", erwiderte sie.

„Wir haben die Hunnen schon einmal vertrieben." Chef klang so, als spräche er aus Gewohnheit, nicht aus Überzeugung.

„Dieses Mal fühlt es sich anders an."

Ein Teil von ihr wünschte sich, dass Chef ihr widersprechen würde, aber er stieß bloß ein Grunzen aus. „Das wird die Kaiserin auf die Probe stellen", sagte er.

Mulan war zurück am Tempel ihrer Ahnen. Sie wusste, dass sie träumte, und sie verabscheute dieses Wissen. Hier war sie nun, an dem Ort, an den sie sich immer zurückgezogen hatte, um Trost zu finden, und sie konnte nicht einmal dem Wissen entkommen, dass es nicht real war.

Ein grauer Schleier lag in der Luft. Die Ahnentafeln, die ihren Vorfahren gewidmet waren, standen ungestört, bedeckt von einer hauchdünnen Staubschicht.

Ein einzelnes Räucherstäbchen brannte auf dem Altar, seine orange glühende Spitze war der hellste Punkt im Raum. Ein dünner Rauchfaden kitzelte ihr in der Nase.

Gerade als Mulan entschieden hatte, dass sie allein war, zog eine Bewegung draußen vor der Tür ihren Blick auf sich. Ein Schopf grauer Haare, das Flattern einer Robe. Mulan eilte hinaus in den Garten. Dort war Nai Nai, vornübergebeugt, um an einer Chrysantheme zu riechen.

Obwohl Mulans Füße in der Traumwelt keine Geräusche machten, blickte ihre Großmutter auf.

„Meine Enkeltochter!", rief sie fröhlich. „Ich dachte, deine Tage als Transvestit lägen hinter dir."

Mulan sah an sich hinab und bemerkte, dass sie noch immer Pings Kleider trug.

„Komm", sagte Großmutter. „Schenke mir eine Umarmung."

Nai Nais Umarmung war überraschend kräftig. Ihr Haar duftete nach Blumen.

Schließlich ließ Großmutter sie wieder los. „Du wirkst niedergeschlagen", sagte sie.

„China bricht in sich zusammen." Mulan hatte das Gefühl, dass sie diesen Refrain ständig wiederholte. „Ich habe das Reich in schlechten Händen zurückgelassen, und ich fürchte mich davor, was als Nächstes geschehen könnte."

Großmutter zog ein kleines Messer hervor und schnitt eine verwelkte Blume ab. „Also dann, komm wieder auf die Beine und bring es in Ordnung. Meine Enkeltochter ist mehr als fähig."

„Ich wünschte, ich hätte so viel Vertrauen."

Nai Nai warf die Blume in einen nahen Teich und klatschte entzückt die Hände zusammen, als die bunten Kois unter der Oberfläche auseinanderstoben. „Du bist fähig. Ich weiß das, dein Vater und deine Mutter wissen das, und ich wage zu behaupten, auch noch viele andere. Aber ich will nicht bestreiten, dass es sich hier um eine Respekt einflößende Aufgabe handelt. Vielleicht fühlst du dich besser, wenn du ein wenig Führung erhältst."

Mulan wartete darauf, dass Großmutter ihr einen Rat erteilte, aber stattdessen ging Großmutter an ihr vorbei und auf etwas zu, das sie nicht sehen konnte.

Mulan wandte sich um, und ein Schauer lief ihr über den Nacken. Es war eine fremdartige Landschaft, in der sie sich auf einmal wiederfand. Ein rascher Blick über ihre Schulter zeigte ihr, dass sie noch immer vor ihrem Ahnentempel stand, neben Blumen, gepflegten Wegen und einem Teich. Aber nur einen Steinwurf entfernt verschwand der Garten in einem Vorhang aus Nebel. Dahinter konnte Mulan die Wälder erkennen, in denen Guozhis Karawane ihr Lager aufgeschlagen hatte. Sie fragte sich, ob sie ihren eigenen schlafenden Körper finden würde, wenn sie nur ganz genau hinschaute.

„Such nicht nach dir selbst", sagte Großmutter. „Das ist zu verwirrend. Richte deinen Blick auf das, was gleich hinter der Grenze liegt."

Mit dem Gefühl, bei einem Akt der Selbstverliebtheit erwischt worden zu sein, richtete Mulan ihren Blick auf den Nebel. Die Luft flirrte an der Schnittstelle, vor allem dort, wo sie ein dichtes Gewirr von Ästen berührte. Etwas Großes und Rundes lag direkt darunter auf dem Boden.

„Was ist das?", fragte Mulan.

„Was es auch ist …", erwiderte ihre Großmutter, „es sieht interessant aus."

Mulan öffnete die Augen. Baumzweige zerkratzten den Himmel über ihr. Der Übergang vom Schlafen zum Wachen war schnell und verwirrend gewesen, als hätte sie geblinzelt und wäre plötzlich von einem Ort zum anderen transportiert worden. Sie verspürte keine Abgeschlagenheit, keinen Überrest des Schlafes in ihrem Geist. Sie fühlte sich unnatürlich ruhig, und obwohl alles um sie herum kalt und klar war, wusste Mulan irgendwie, dass die Welt nur für sie allein lebendig war. Wenn sie sich aus ihrer Bettrolle erhob und das Lager verließ, würde niemand sich regen.

Sie warf die Decken beiseite. Nur ein paar Schritte zu ihrer Linken schlief Guozhi auf der Seite, sein Schwert in Reichweite. Neben ihm stieß Chef ein lautes Schnarchen aus. Mulan drehte sich langsam im Kreis, musterte die Äste und verglich sie mit dem Bild aus ihrem Traum. Sie entdeckte die Stelle, an der die Zweige ein kompliziertes Muster wie verkrümmte Finger formten, und senkte den Blick auf den Boden darunter. Dort unten leuchtete etwas Rundes und Blasses im Mondlicht.

Der Lagerwächter drehte seine Runde um die schlafenden Gestalten und ging direkt an dem Objekt auf dem Boden vorbei. Mulan konnte nicht erkennen, worum es sich bei dem Ding handelte. Es war nicht wirklich weiß, aber es war heller als der Boden … und glatt. Ein ziemlich großer Stein vielleicht? Mulan wartete ab, bis der Wächter verschwunden war. Dann ging sie darauf zu, behutsam darauf bedacht, nicht auf einen der schlafenden Körper zu treten. Ihre Füße machten kein Geräusch.

Jetzt, da sie näher dran war, erkannte Mulan, dass das Objekt so breit wie ein kleiner Sattel war. Sie beugte sich hinunter. Es fühlte sich glatt und weich an, wie Knochen. Mulan wischte ein wenig Dreck von der Oberfläche und spürte Rillen unter ihren Fingerspitzen. Ein Schildkrötenpanzer, zurückgelassen von einer wirklich großen Schildkröte. Aber die Kreatur, die darin gehaust hatte, war lange verschwunden. Dieser Panzer war ausgetrocknet und leicht.

Er war perfekt.

Sie hob ihn hoch, überrascht von seinem geringen Gewicht, und ging damit tiefer in den Wald hinein. Die Wahl des Ortes erschien ihr wichtig, obwohl sie nicht in Worte fassen konnte, wonach sie Ausschau hielt. Sie brauchte ein Fleckchen Erde ohne viel Unterholz. Sie wollte Abgeschiedenheit, doch nicht zu weit entfernt. Besonders, aber nicht beängstigend. Sie suchte nach einem Gefühl, demselben Gefühl, das sie verspürt hatte, als sie ihre Großmutter umarmt hatte.

Schließlich kam sie auf einer kleinen Lichtung zum Stehen. Drei Bäume reckten sich in die Höhe und beugten ihre Äste zusammen wie alte Frauen über einer Ladung Dim-Sum. Hier.

Mulan legte den Panzer ab und begann, den Boden für ein Feuer frei zu machen. Überall lagen abgebrochene Äste und kleine Zweige verteilt, die ihr als Brennholz dienen würden. Sie schichtete einige übereinander, trat einen Schritt zurück, um ihr Werk zu betrachten, und schichtete sie dann doppelt so hoch auf. Etwas getrocknetes Gras diente ihr als Zunder. Der erste Funke ihres Feuersteins zündete und loderte auf. Die Flammen wuchsen empor und leckten gierig an dem Brennstoff, den sie gesammelt hatte.

Als das Feuer lichterloh brannte, richtete sie ihre Aufmerksamkeit auf den Schildkrötenpanzer. Auf dem abgerundeten Panzer prangte ein atemberaubendes Muster, wie ein marmornes Schachbrett, aber es war der flache Bauchpanzer, der die Unterseite der Schildkröte schützte, den sie benötigte. Mulan zog daran, unsicher, wie sie die beiden Hälften voneinander trennen könnte. Der Panzer brach in ihren Händen auseinander.

Sie hatte keinen Pinsel. Sie hatte auch keine Tusche, aber sie hatte ihren Dolch.

Ein rascher Atemzug. Ein seichter Schnitt über ihre Handfläche. Das Blut quoll hervor, beinahe begierig. Mulan berührte einen der Tropfen mit dem Finger, beobachtete, wie er die Form veränderte und an ihrer Fingerspitze haften blieb. In zittrigen, ungeübten Buchstaben schrieb sie: *Wie kann ich China retten?*

Die ersten Worte waren fast vollständig getrocknet, als sie die letzten schrieb. Mulan blies vorsichtig auf den Panzer, bis alle Worte sich zu einem stumpfen Rostton verdunkelt hatten. Das Feuer prasselte und knackte. Hohe weiße Flammen schossen in den schwarzen Himmel. Es war viel größer, viel heißer, als es hätte sein sollen, der Atem eines Drachen, die Oberfläche der Sonne. Die Hitze der Flammen legte sich auf Mulans Haut, als sie den Panzer zum Feuer trug. Sie wagte sich näher heran, bis sie glaubte, ihre Haut müsse Blasen werfen und sich ihr von den Knochen schälen, und doch ging sie weiter, mit zusammengebissenen Zähnen gegen die sengende Hitze. Sie war jetzt weit jenseits der Gesetze der Natur, zu weit, um sich über die Grenzen von Fleisch und Blut zu sorgen. Erst als sie ohne jeden Zweifel wusste, dass ihr nächster Schritt sie in Ruß verwandeln würde, hielt sie inne und warf den Panzer in die Flammen.

Er explodierte in einer Wolke aus Rauch und Asche.

Kapitel Sechzehn

Mulan hustete und würgte. Sie schlug sich die Hände vor den Mund, doch heiße Luft und Asche strömten an ihren Fingern vorbei, als wären sie überhaupt nicht dort. Wie konnte ein einziger Panzer so viel Asche produzieren? Sie wirbelte um sie herum, verbrannte ihre Haut, grub sich unter ihre Augenlider, raubte ihr die Sicht und peinigte Mulan dermaßen, dass sie zu Boden stürzte.

Dann herrschte auf einen Schlag absolute, vollkommene Stille.

Nichts regte sich. Mulan lag einfach nur da und fürchtete sich davor, wie ihr wundes Fleisch schmerzen würde, sobald sie sich bewegte. Sie fragte sich, ob das Ausbleiben des Schmerzes real oder nur eine kurze Verschnaufpause war, bevor er wieder auf sie einstürzte.

Ganz allmählich wurde sie sich der kühlen Luft bewusst, die in ihre Lungen strömte. Eine sanfte Brise strich über ihre Haut. Ihre Augen öffneten sich wie von allein, und sie waren feucht und unversehrt. Mulan blinzelte und kam stolpernd auf die Beine. Ihre Haut leuchtete im Mondlicht, glatt und ohne einen Kratzer. Obwohl ihre Beine sich noch den vergangenen Schmerz erinnerten, trugen sie ihr Gewicht.

Irgendwo zirpte eine Grille, und ein ganzer Chor von Zikaden stimmte mit ein. Mulan sah sich erneut im Wald um.

Dort, unter dem größten Baum der Umgebung, stand ihre Großmutter.

„Nai Nai!“

Sie hatte ihre Großmutter gerade erst im Traum gesehen, aber dies war anders. Mulan wusste mit einer Gewissheit so fest wie die Wurzeln des Waldes, dass sie dieses Mal nicht träumte. Sie war wach, und ihre Großmutter war in die Welt zurückgekehrt.

Nai Nai fühlte sich fest an, als Mulan die Arme um sie schlang, wenn auch vielleicht ein bisschen weniger fest auf eine Art, die Mulan sich nicht erklären konnte. War sie eine Winzigkeit leichter? Weicher an den Kanten? Aber sie war es, zweifellos.

Ihre Großmutter strich Mulan über den Rücken. Sie war so klein, dass ihre Hand nur das Ende von Mulans Schulterblättern erreichte. „Mein Mädchen. Mein starkes, geniales Mädchen."

Würden sie etwa schon wieder diese Unterhaltung führen? Mulan öffnete den Mund, um etwas zu erwidern, aber dann sah sie, dass andere Frauen hinter ihrer Großmutter hervorgetreten waren. Es waren mehr als ein Dutzend – manche jung, manche alt, und obwohl sie so fest wie Nai Nai wirkten, hatten sie etwas unbestreitbar Übernatürliches an sich, eine gewisse Fremdartigkeit in der Art, wie ihre Körper das Licht auffingen, ein Gefühl von unergründlicher Tiefe in ihren Augen. Sie alle sahen sie an.

Ein eisiger Schauer lief Mulan den Rücken hinunter, und doch …

Als sie sie anlächelten, kamen ihr einige Merkmale der Frauen seltsam vertraut vor. Zum Beispiel der feste Zug um den Mund der einen. Oder wie eine andere mit einer Hand in die Hüfte gestemmt dastand, so ähnlich wie Mulans Mutter. Die Art, wie sich der Haaransatz einer Frau zu einem besonders ausgeprägten Witwenscheitel wölbte, genauso wie es bei ihrem Vater war.

Dies waren ihre Ahnen.

Als Mulans Knie weich wurden, lächelte eine ältere Dame ihr zu, und ihre Grübchen stellten ihre tiefen Falten in den Schatten. „Du hast dich gut geschlagen, Tochter."

„Das ist meine Großmutter, Fa Lin", sagte Großmutter, die sich zu Mulan herübergebeugt hatte. „Deine Ururgroßmutter. Sie kam aus dem Süden in unser Dorf."

„Eine weite Reise“, sagte Fa Lin. „Wir sind monatelang gelaufen, um der Hungersnot zu entkommen.“

Mulan packte Großmutters nicht ganz so feste Schultern, als die Frauen näher kamen und alle durcheinanderplapperten.

„Sie hat deine Nase, Fa Lin“, sagte die Frau, die mit den Händen in der Hüfte dagestanden hatte. „Und so starke Hände. Die Hände einer Kriegerin.“

„Und was weißt du schon darüber, eine Kriegerin zu sein, Meixiang?“, spottete die Frau mit dem Witwenscheitel.

„Ich weiß eine ganze Menge darüber, eine Kriegerin und Anführerin zu sein“, erwiderte Meixiang. „Ich habe neunzehn Kinder großgezogen, und einmal habe ich einem Einbrecher eins mit der Bratpfanne übergezogen.“

Eine andere Frau streckte die Hand aus und strich über Mulans Gewand, mit schlanken Fingern wie denen ihres Vaters. „Das könnte mal gewaschen werden, meinst du nicht?“

„Du bist nicht mehr auf deiner Seidenfarm, Xing“, mischte sich eine weitere Stimme ein. „Sie hat keine Zeit, sich zu waschen. Sie versucht, China zu retten.“

Schärpen und Kleider raschelten um sie herum und verursachten weniger Bewegung in der Luft, als sie es hätten tun sollen. Gekicher und Gemurmel. Hände auf ihren Armen, Schultern, ihrem Rücken – fast als wollten ihre Ahnen sich davon überzeugen, dass sie real war. Es begann, Mulan zu überwältigen.

„Ich verstehe nicht“, sagte sie und reckte den Hals, um zu sehen, wer ihr gerade den hinteren Saum ihres Gewands zurechtgerückt hatte. „Warum seid ihr alle hier?“

„Wir sind hier, weil du Hilfe benötigst“, erklärte Nai Nai. „Deine Feinde gehen gegen dich vor. Du benötigst Rat.“

Mulan dachte an die Orakelknochen und die Träume, die Stimmen in ihrem Wagen. „Ihr habt mir alle geholfen.“

„Wie alle guten Vorfahren es tun sollten. Aber wir wollen nicht den ganzen Ruhm dafür einheimsen. Wir – deine liebende Familie – wurden gerufen, um dir zu helfen, aber es gab auch noch andere.“

„Andere?"

„Eine von ihnen hast du bereits getroffen", sagte Nai Nai.

Gras raschelte in Mulans Rücken. Schritte ertönten, getragen von einer Festigkeit, die die ihrer Ahnen nicht teilten. Dieses Stückchen Realität inmitten der übernatürlichen Menge löste bei Mulan ein weitaus stärkeres Gefühl der Gefahr aus als all die Geister, denen sie bisher begegnet war.

Reflexartig griff sie nach ihrem Schwert, nur um mit Entsetzen festzustellen, dass sie es neben ihrer Bettrolle liegen gelassen hatte. Als ihre Hand sich um die leere Luft schloss, drehte sie sich um und sah sich von Angesicht zu Angesicht Zhonglin gegenüber.

Das Mädchen sah noch fast genauso aus wie bei ihrer letzten Begegnung – rosige Lippen, ovales Gesicht, große Augen. Haut, die – jetzt, da Mulan darüber nachdachte – blasser war, als sie es nach all der Zeit in der Sonne hätte sein dürfen. Sie trug ein glänzendes Kettenhemd, das weitaus edler war als alles, was sie als Mitglied ihrer Miliz besessen hatte. Zhonglin zeigte keine negativen Auswirkungen ihrer kürzlichen Gefangenschaft. Sie wirkte gesund und stark. Da war noch etwas, das anders war an ihr. Ein Leuchten? Ein Schimmern? Aber nur wenn Mulan sie aus dem Augenwinkel ansah.

Großmutter legte Mulan eine Hand auf die Schulter, um ihr Trost zu spenden oder sie zurückzuhalten, sie wusste es nicht. Mulans Blick wanderte von Zhonglin, die vollkommen gelassen dastand, zu ihren lächelnden Ahnen und wieder zurück.

„Du?", war alles, was Mulan herausbrachte.

Die junge Frau kniete nieder und verbeugte sich. „Zu Euren Diensten", sagte sie ohne einen Hauch von Spott in der Stimme.

„Aber …" Mulans Gedanken rasten. Die Dinge, die Zhonglin gesagt hatte. Die offene Herausforderung ihrer Macht. Das Handzeichen der Rebellion – nur dass es gar nichts mit Rebellion zu tun hatte, sondern das genaue Gegenteil bedeutete.

„Du hast mich glauben lassen, du seist eine Verräterin."

Zhonglin zuckte mit den Schultern, und Mulan spürte einen Hauch dieser Unabhängigkeit, dieses trotzigen Geistes, der sie auf dem Übungsplatz so verärgert hatte. „Tatsächlich habe ich nie so getan. Ich habe Euch nur nicht korrigiert, als Ihr die falschen Schlüsse gezogen habt. Und vielleicht war ich weniger höflich, als Ihr es gewohnt wart." Sie hielt sich jetzt mit einer Autorität, die sie vorher nicht gehabt hatte, und in ihrer Stimme lag ein Echo, das von Jahrhunderten, wenn nicht Jahrtausenden sprach.

Mulan dachte zurück an Zhonglins Bemerkungen. Wie das Mädchen sie bei jeder Gelegenheit herausgefordert hatte. An ihre Vorwürfe über das Versagen beim Einsetzen ihrer Miliz bis hin zum Versagen bei der Kontrolle ihrer Minister. An ihre Sticheleien darüber, dass Mulan im Umgang mit ihren Waffen aus der Übung gekommen sei. Zhonglin hatte Mulan wütend gemacht, gefährlich wütend. Hatte sie sie auch angespornt, etwas zu unternehmen?

„Du hast mich absichtlich angestachelt."

Zhonglin zupfte einen losen Faden von ihrem Ärmel. „Manche Dinge musstet Ihr hören."

Jetzt, wo das Mädchen vor ihr stand, fielen noch mehr Puzzleteile an ihren Platz. Bei dem Kampf gegen Dafans Banditen war Mulan kurz davor gewesen, den Hinterhalt abzublasen. Erst Zhonglins vermeintlicher Fehler hatte sie zum Handeln gezwungen. Und dann waren da noch Zhonglins Taten in der Kaiserlichen Stadt. Die Handzeichen der Unterstützung bei ihrer Krönung. Die Art, wie sie Mulan und Liwen am nächsten Morgen zu den aufrührerischen Plakaten geführt hatte. Plakaten, die Liwen davon überzeugt hatten, bei Mulan in der Kaiserlichen Stadt zu bleiben, anstatt nach Hause zu reisen. Selbst die Ochsenschwanzsuppe, die Zhonglin an dem Tag gegessen hatte, an dem sie vorgab, mit der Miliz abzureisen – ein subtiler Hinweis zu einer Zeit, als Mulan Orakelknochen benötigt hatte.

„Hast du diese Abhandlung auf meinem Fußboden zurückgelassen?", fragte Mulan. „Die die Kaiser davor warnt, ihrem Volk eine zu hohe Steuerlast aufzubürden?"

Zhonglins Lippen zuckten. „Ihr seid klug. Ich verstehe, warum der Kaiser Euch erwählt hat."

„Warum hast du mir nicht einfach gesagt, wer du bist?"

„Wer herrscht, benötigt Weisheit, Selbstlosigkeit, Intelligenz und Mitgefühl. All das besitzt Ihr bereits. Aber eine Herrscherin muss auch glauben, dass sie würdig ist zu herrschen. Wenn ich an Eurer Seite gestanden und Euch gesagt hätte, wie Ihr Euch zu verhalten habt, dann hätte Euch das nicht zu einer Kaiserin gemacht."

„Was bist du?", fragte Mulan.

„Ich bin …", Zhonglin schürzte die Lippen und sah über Mulans Schulter hinweg, auf der Suche nach den richtigen Worten, „… die Verkörperung einer uralten Magie, die der Schwesternschaft der Herrscherinnen zu Hilfe kommt. Betrachtet mich als einen Boten mit gewissen Talenten, die Euch von Nutzen sein könnten."

„Und welche Talente wären das?"

Zhonglin lächelte. „Ich kann Geister rufen."

„Du hast meine Ahnen herbeigerufen?"

„Ihr brauchtet Unterstützung, und Ihr brauchtet Trost. Die Frauen Eurer Familie waren dieser Aufgabe mehr als gewachsen, aber das war nur der erste Schritt."

Nai Nai kratzte sich nachdenklich am Kinn. „Wir sind nicht gerade vom Militär, verstehst du? Obwohl ich sicher bin, dass einige von uns ziemlich gut darin gewesen wären, wenn wir auf den Gedanken gekommen wären, es zu versuchen."

„Eine Kaiserin braucht vertrauenswürdige Berater", sagte Zhonglin. „Eure eigenen Minister haben sich als selbstherrlich und hinterlistig erwiesen, aber ich könnte das für Euch in Ordnung bringen, wenn Ihr es wünscht."

„Wenn ich es wünsche?" Warum fragte dieses Frau-Geist-Wesen nach all der Zeit ausgerechnet jetzt nach ihrer Erlaubnis?

„Ohne Euer Mitwirken können wir nicht besonders viel erreichen. Ihr habt Euch vielen Herausforderungen gestellt, und sie werden noch zunehmen. Wir können Euch Hilfe anbieten, aber Ihr müsst sie auch annehmen."

Mulan schüttelte einen plötzlichen Anflug von Schwindel ab. Es war zu viel. Das überraschende Auftauchen ihrer Ahnen. Zhonglins Rückkehr, nicht als Verräterin, sondern als ihre geheime Beschützerin.

Nai Nai legte Mulan eine Hand auf den Arm. „Ich habe in den letzten Wochen viel Zeit mit Zhonglin verbracht“, sagte sie. „Sie wünscht sich, dass du Erfolg hast, genau wie jene, die sie geschickt haben.“

Kurz fragte Mulan sich, was real war und was nicht. War das wirklich ihre Großmutter, die hier vor ihr stand und ihr versicherte, dass sie Zhonglin vertrauen konnte? Doch es war nur ein flüchtiger Gedanke. Tief in ihrem Herzen wusste sie, dass Nai Nai tatsächlich an ihrer Seite stand und dass sie ihrer Enkelin bis ans Ende der Welt folgen würde.

„Zeig mir mehr“, forderte sie Zhonglin auf.

Der Geist fuhr mit der Hand in einem weiten Bogen durch die Luft. Silberne Funken brachen aus ihren Fingern hervor und hinterließen die Umrisse einer Tür, die in der Luft schwebte. Hinter ihr sah Mulan einen ganz anderen Wald als den, in dem sie sich gerade befand, mit riesigen silbrigen Stämmen und knorrigen Ästen. Vieles von ihm war durch Nebel verdeckt.

Zhonglin bedeutete Mulan mit einer Handbewegung, ihr durch die Tür zu folgen. Mulan schritt bis an die Türschwelle, dann zögerte sie. Keine ihrer Vorfahrinnen machte Anstalten, ihr zu folgen.

„Geh schon“, sagte ihre Großmutter. „Das Gerede von Krieg und Armeen übersteigt unsere Fähigkeiten. Wir werden später weitersprechen.“

Was lag hinter der Tür? Ein Reich der Geister? Würde sie imstande sein, wieder zurückzukehren? Mulan setzte einen Fuß vor den anderen, und ein Anflug von Panik befiel sie, als sich das Portal hinter ihr schloss. Mit dem Schließen verstummten schlagartig auch all die Geräusche des Waldes, die sie zuvor vernommen hatte. Die Stille war beunruhigend. Sie drehte sich langsam im Kreis und sog ihre neue Umgebung in sich auf. Dieser Wald musste uralt sein, gemessen an der Größe der Bäume und der Schwere der Luft. Mulan erkannte jetzt, dass sie nicht auf einer einfachen Lichtung stand. Die Zweige und Wurzeln der umstehenden Bäume waren zu Stühlen aus lebendigem Holz geformt. Sie waren in einem Kreis angeordnet, und Mulan hegte den Verdacht, dass sich diese Stühle unter ihrer Berührung warm anfühlen würden. In ihrer Mitte stand ein Tisch, gemeißelt aus einem einzigen, riesigen Stein.

Mulan sah Zhonglin an. Die Mädchen-Geist-Kreatur beobachtete ihre Reaktion.

„Was jetzt?“, fragte Mulan.

„Wir warten auf die anderen.“

Erst da bemerkte Mulan, dass sich auf der anderen Seite der Lichtung ein weiteres Portal geöffnet hatte.

„Da sind sie“, sagte Zhonglin in einem zufriedenen Tonfall.

Eine Frau schritt hindurch. Sie war groß und in volle Rüstung gekleidet, die jedoch nur wenig mit Mulans gemein hatte: Sie bestand aus genähtem Leder statt aus Metall- oder Holzschuppen und war mit schwertschwingenden Figuren bemalt.

Die Frau sah sich um, sie taxierte den luftigen Raum, wie ein General das Schlachtfeld abschätzte. Ihre Augen fixierten Mulan. „Ist sie das?“, fragte sie Zhonglin.

Diese machte eine ausholende Geste. „Darf ich vorstellen, Fa Mulan, Kaiserin von China.“

Der Geist verneigte sich tief, eine Faust vor der Brust in die offene Handfläche gepresst. „Es ist eine großartige Sache, dass eine Frau an die Macht gekommen ist“, sagte sie. „Man nennt mich Fu Hao, und ich biete Euch meinen unwürdigen Rat an.“

„Fu Hao …“, stotterte Mulan. „Generalin Fu Hao?“ Mulan kannte ihre Geschichte. Fu Hao war eine gefeierte militärische Anführerin gewesen, die Truppen von tausend Mann in die Schlacht geführt hatte. „Bitte, erhebt Euch. Verneigt Euch nicht vor mir. Ich bin es, die unwürdig ist, Euren Rat zu erhalten.“

Die Generalin hatte sich kaum aufgerichtet, als ein zweiter Geist durch die Tür kam. Das Mädchen war noch recht jung und sah so aus, als hätte es seine volle Größe noch nicht erreicht. Die Brust war noch flach.

„Kaiserin“, sagte es. Die zwei Haarknoten zu beiden Seiten ihres Kopfes wippten, als sie sich verneigte. „Ich bin Xun Guan.“

„Auch Euch kenne ich“, sagte Mulan mit einem wachsenden Gefühl von Ungläubigkeit. „Ihr habt einen Durchbruch durch die Reihen des Feindes angeführt, als Eure Stadt belagert wurde. Und Ihr wart kaum mehr als ein Mädchen."

Xun Guan lächelte verschmitzt. „Manchmal ist es für eine kleine Gruppe leichter, die Verteidigung des Feindes zu durchbrechen, wenn es richtig angegangen wird."

Nach Xun Guan folgten zwei weitere Frauen. Die eine war atemberaubend schön, mit langen Wimpern und geraden Zähnen. Die andere Frau war klein und stämmig. Sie hatte die muskulösesten Schultern, die Mulan je an einer Frau gesehen hatte.

„Wie wir hören, führt Ihr eine rein weibliche Miliz an", sagte die Schönheit. „Ich bin Lin Siniang, und dies ist Liang Hongyu. Wir beide haben zu unserer Zeit weibliche Truppen befehligt."

„Der Rekrutierungsprozess war leicht verschieden", ergänzte die Starke.

Siniang lächelte vornehm. „Das ist wahr. Mein Kontingent begann mit Schwesterfrauen und Konkubinen. Mein Ehemann wollte keine hilflosen Gemahlinnen, und so wurden wir zu Waffenschwestern. Hongyu hat ihre Soldatinnen auf traditionellere Weise rekrutiert."

Nach Siniang und Hongyu kamen Kommandantinnen und Piratinnen, Han-Chinesinnen und grimmige Stammesführinnen, Frauen in Reitkleidung und Frauen in Rüstzeug. Eine nach der anderen nahmen sie ihren Platz um den Tisch herum ein.

„Euer Kriegsrat, Kaiserin", sagte Zhonglin. „Zu Euren Diensten."

Mulan zählte die Gesichter am Tisch. Insgesamt zwanzig starke, entschlossene Frauen, die darauf warteten, dass sie etwas sagte. „Ich hätte mir nie träumen lassen …"

Obwohl Mulan die letzten Jahre damit zugebracht hatte, die Namen weiblicher Kriegerinnen auf ihre Tuniken zu sticken, waren sie ihr immer eher wie Legenden erschienen und nicht wie Frauen aus echtem Fleisch und Blut. Ihre Namen zu kennen, hatte sie nicht davon abgehalten, sich selbst wie eine Anomalie zu fühlen, sowohl in der Armee als auch später im Kaiserlichen Palast. Aber jetzt saßen ebenjene Legenden der Vergangenheit um sie herum an diesem Tisch, Frauen wie sie selbst. Und sie sahen aus, als erwarteten sie große Taten von ihr.

„Der Rat der Königinnen wünscht, dass Ihr erfolgreich seid“, sagte Zhonglin. „Die Frauen an diesem Tisch, Eure Schwestern im Geiste aus der Vergangenheit und der Zukunft, wir alle wollen Euch zum Sieg verhelfen. Gebt uns unsere Befehle.“

Mulan musterte die Runde aus erwartungsvollen Gesichtern. „Ich weiß nicht, wie ich einen Rat voller Geister anführen soll“, gab sie zu.

„Genauso wie Ihr jeden anderen Rat auch anführen würdet“, erwiderte Zhonglin. „Wir haben unsere Leben als Sterbliche verbracht. Wir haben uns unsere Sporen auf dem Schlachtfeld verdient, und wir haben aus unseren Fehlern gelernt.“

Zhonglin hatte *wir* gesagt.

„Dann warst du also auch eine Kriegerin? War Zhonglin dein richtiger Name?“

Zhonglins Lippen verzogen sich zu einem bescheidenen Lächeln. „Ich hatte zu meiner Zeit ein gewisses Talent mit dem Schwert.“

„Genug geplaudert“, unterbrach Fu Hao sie. „Die Kaiserin hat einen Feldzug zu führen.“

Fu Haos Stimme erinnerte Mulan an die von Shang, wegen der Art und Weise, wie ihre Worte ertönten und alle Aufmerksamkeit auf sich zogen. Mulan nahm die Herausforderung an. Die Hunnen standen auf ihrer Türschwelle. Sie musste sie aufhalten.

„Was ist Euer erster Zug, Kaiserin?“, fragte Fu Hao.

Mulan musste nur kurz nachdenken, bevor sie ihr antwortete. „Ich brauche Informationen. Ich muss wissen, wo der Feind sich aufhält und was er tut.“

Ein hoher, gellender Schrei zerriss die Luft. Mulan sah sich hektisch nach der Quelle um, fand aber nichts. Zhonglin wedelte mit der Hand, und ein schimmerndes Bild erschien über dem Tisch in der Luft. Das Bild war in ständiger Bewegung, als ob die Dinge an ihnen vorbeirasen würden. Mulan begriff, dass sie weite Grasflächen von oben heranrauschen sah.

„Mein Vogel ist an der nördlichen Grenze", erklärte Zhonglin.

„Vogel?", fragte Mulan. Und dann blitzte ein Bild in ihren Gedanken auf, von einem Falken mit rot zulaufenden Flügeln. Zhonglin hatte schon immer ein Händchen für Tiere gehabt.

„Das ist es, was sie in diesem Augenblick sieht", fuhr Zhonglin fort.

Schwarze Punkte kamen in ihr Sichtfeld. Im nächsten Moment begriff Mulan, dass es sich um Soldaten handelte. Größere Punkte wurden zu Pferden und Kavalleristen. Während der Vogel mit den Flügeln schlug, kam mehr und mehr von der Armee in Sicht. Sie hatte sich um eine runde Festung mit dicken Steinmauern versammelt – dem Außenposten, den sie eingenommen hatten.

„Marschieren sie?", fragte Mulan.

„Noch nicht. Sie gruppieren sich neu", sagte Zhonglin. „Aber sie werden bald abmarschieren."

Mulan rechnete verzweifelt. Der Großteil der Kaiserlichen Armee war nahe der Kaiserlichen Stadt stationiert. Sie würde Wochen brauchen, um die nördliche Grenze zu erreichen.

„Die Hunnen könnten unbehelligt einmarschieren." Bilder von niedergebrannten Dörfern blitzten vor Mulans innerem Auge auf – schwelende Ruinen, eine Puppe, zurückgelassen in der Asche.

„Die Kaiserliche Armee wird noch lange nicht dort sein", sagte Fu Hao. „Aber eine andere Streitkraft könnte den Vormarsch der Hunnen stoppen. Sie könnte uns Zeit kaufen."

„Selbst mit einer kleinen Zahl an Soldatinnen kann die richtige Strategie erheblichen Schaden anrichten", sagte Hongyu, die muskulöse Frau, die eine weibliche Miliz angeführt hatte. „Ich habe einmal einer Armee von einhunderttausend mit einer Truppe von achttausend aufgelauert. Die Koordination muss äußerst präzise sein. Wir haben Trommeln und Flaggen verwendet, um zwischen unseren Truppen zu kommunizieren."

„Ihr habt recht." Mulan ging die Möglichkeiten in Gedanken durch. „Wenn wir eine kleine Truppe hätten, eine schnelle Truppe, dann könnten wir ihnen beständig zusetzen und so ihren Fortschritt verlangsamen. Angriff und Flucht."

„Die Hunnen sind vorzügliche Reiter", warf eine Frau ein, die in die leichten Reitgewänder der nördlichen Stämme gekleidet war. Mulan meinte sich zu erinnern, dass ihr Name Qacha war. „Das sind keine plattfüßigen Truppen. Eine Guerillastrategie könnte nicht so erfolgreich sein, wie Ihr Euch erhofft."

„In Ordnung, dann … Vielleicht können wir sie an einem Engpass aufhalten. Es ist zu spät, um umfangreiche Befestigungen zu errichten. Wir müssten uns auf das Gelände verlassen."

Vor ihr auf dem Tisch erschien eine Landkarte. Mulan warf Zhonglin einen überraschten Blick zu, die ihn mit einem Zwinkern erwiderte.

Mulan gestattete sich einen Augenblick, um sich die Landschaft anzusehen. Die Kaiserliche Stadt wurde durch ein winziges Bild von Mulans Palast markiert. Sie ließ ihren Blick gen Norden schweifen, zu dem weiten Grasland nahe der Grenze, und entdeckte die runde Gestalt der gefallenen Festung.

„Hier", sagte sie und deutete auf einen Punkt südlich der Festung. „Sie müssen durch diesen Pass marschieren."

„Ihr könnt diesen Pass mit ein paar Hundert Soldatinnen halten", bekräftigte Fu Hao. „Nicht für immer, aber es würde uns Zeit verschaffen. Meisterin Zhu hat gewiss noch einige Vorschläge, wie Ihr Eure Stellung stärken könnt."

Eine Frau, die eher wie eine Großmutter als wie eine Kriegerin aussah, nickte zustimmend. „Befestigt das Gelände. Hebt Gräben aus. Säumt sie mit angespitzten Holzpfählen. Verlasst Euch nicht ausschließlich auf die Arbeitskraft Eurer Soldatinnen. Ich bin keine Kriegerin, aber in Zeiten des Krieges habe ich einhundert Zivilistinnen angeführt, die Befestigungsanlage unserer Stadt zu reparieren. Das hat uns am Ende das Leben gerettet."

„Das ist ein guter Punkt, Meisterin Zhu, aber ich bräuchte immer noch Truppen, die an vorderster Front kämpfen können." Mulan sah zu Zhonglin hinüber. „Weißt du, was Shang im Augenblick tut? Kann dein Vogel eine Nachricht an ihn überbringen?"

Zhonglin schüttelte den Kopf. „Mein Vogel kann nur so fliegen und sehen, wie es ein normaler Vogel tun würde. Wenn wir nicht wissen, wo Shang sich aufhält, wird sie nicht imstande sein, ihn zu finden."

Das würde also nicht funktionieren, vor allem da Shang sich im Verborgenen aufhielt.

Gab es irgendwelche Außenposten in der Nähe? Truppen, die sie rekrutieren konnte? Mulan richtete ihren Blick wieder auf die Landkarte. „Hier ist ein Außenposten, zwei Tagesritte südlich von uns", sagte sie und versuchte, sich daran zu erinnern, wie viele Truppen dort stationiert waren. „Ich kann selbst dort hinreiten und prüfen, ob die Truppen mir noch loyal ergeben sind."

Konnten diese Truppen es rechtzeitig auf den Gebirgspass schaffen? Vorausgesetzt, dass sie ihr überhaupt in die Schlacht folgten.

Zhonglin räusperte sich. „Ihr verfügt näher an der Grenze auch noch über Truppen."

Mulan musterte die Karte. „Gibt es noch einen weiteren Außenposten?"

„Keinen Außenposten", sagte Zhonglin und zeigte auf ein Dorf im Norden. Irgendetwas an dem umliegenden Gebiet kam Mulan vage vertraut vor, doch sie brauchte einen Moment, um zu begreifen, warum.

„Das ist mein Heimatdorf." Allmählich dämmerte ihr die Bedeutung von Zhonglins Worten. „Meine Miliz."

„Sie sind trainiert, und ihre Loyalität steht außer Frage. Es ist an der Zeit, dass Ihr aufhört, sie übermäßig zu beschützen. Lasst sie China zu Hilfe kommen."

Da war es wieder. Zhonglin drängte Mulan dazu, ihre Miliz in den Kampf zu führen, so wie sie es von Anfang an getan hatte. „Du sagst mir jetzt schon seit einer ganzen Weile, dass ich aufhören muss, sie zu beschützen."

In Zhonglins Augen funkelte die Weisheit von Jahrhunderten. „Weil ich wusste, dass dieser Tag kommen würde. Werdet Ihr sie in den Kampf führen?"

Mulan dachte an die Frauen in ihrer Miliz. Fu Ning, der ihr Bein immer noch Schwierigkeiten bereitete, die aber hart daran arbeitete, ihre volle Stärke zurückzuerlangen. Wenling, stets der Scherzkeks, deren Pfeile niemals ihr Ziel verfehlten. Ruolan, die sich bis an den Rand der Erschöpfung trieb, während ihr kleiner Sohn am Rand des Feldes spielte.

„Du hast recht", sagte Mulan. „Sie sind gute Soldatinnen. Und sie werden kämpfen."

Kapitel Siebzehn

Mulan konnte nicht sagen, wie viele Stunden sie an diesem Tisch damit zugebracht hatte, über der Landkarte zu brüten und alles über die Bewegungen des Feindes herauszufinden, was sie aus der Vogelperspektive ausmachen konnte. Das Licht schien sich in diesem Wald niemals zu verändern. Mulan war sich nicht einmal sicher, ob dort oben über dem Nebeldach überhaupt eine Sonne schien. Sie wurde weder hungrig noch durstig, während sie arbeitete, also arbeitete sie.

Schließlich erhob sie sich vom Tisch und rieb sich den Nacken. „Ich glaube, das ist alles, was wir im Moment besprechen können." Überall um den Tisch wurde zustimmend genickt.

Eine nach der anderen standen die Frauen von Mulans Kriegsrat auf. Sie gingen auf das Portal zu, das wie von Zauberhand wieder erschienen war, manche ergriff Mulan bei der Hand oder tätschelte ihre Schulter, bevor sie verschwand. Dann lösten sich auch die Bäume auf, und Mulan fand sich in demselben Wald wieder, den sie entweder Stunden oder Jahrhunderte zuvor verlassen hatte. Das Feuer, in dem sie den Schildkrötenpanzer verbrannt hatte, war zu glühenden Kohlen zusammengefallen. Mit einem Schrecken bemerkte sie, dass Großmutter und ihre anderen Vorfahrinnen nicht länger hier waren.

„Deine Verwandten sind gegangen", sagte Zhonglin. Das Mädchen stand ein paar Schritte hinter ihr, in derselben Kleidung wie zuvor, aber nun wirkte sie eher wie eine Sterbliche. „Sie werden allerdings zurückkehren."

„Aber du bist noch hier?"

„Die Regeln, denen unsere Existenz folgt, sind kompliziert. Ich habe mehr Freiheiten, in der Welt zu verweilen und mich in ihr zu bewegen."

Das Gerede von ihrer Welt erinnerte Mulan an Guozhis Karawane. Hatten sie bemerkt, dass sie verschwunden war? Sie wandte sich in Richtung des Lagers.

„Sie schlafen noch", erklärte Zhonglin. „Aber nicht mehr lange."

„Ich sollte mich von ihnen verabschieden", sagte Mulan. „Sie waren mir eine große Hilfe, und es würde sich nicht richtig anfühlen, einfach zu verschwinden."

Zhonglin nickte. „Verabschiedet Euch. Sobald Ihr Euch auf den Weg gemacht habt, werde ich Euch auf der Hauptstraße finden."

Sie verschwand in den Schatten, als Mulan zu ihrem Lager zurückkehrte. Der Wächter starrte ausdruckslos durch Mulan hindurch, als sie an ihm vorbeiging, und nahm auch ihre Bewegungen nicht wahr, als sie in ihre Bettrolle stieg. Mulan glaubte, dass sie jetzt unmöglich schlafen konnte, aber als sie die Augen das nächste Mal öffnete, stand die Sonne bereits hoch über dem Horizont. All die anderen waren damit beschäftigt, die Wagen zu beladen.

„Ein später Morgen für dich, Ping", sagte Guozhi, als er mit einem Ballen Heu an ihr vorbeiging.

Sie stöhnte und rappelte sich auf. Jetzt, da die Sonne hell durch das Blätterdach fiel, kamen ihr die Ereignisse der vergangenen Nacht viel unwirklicher vor. Wartete Zhonglin tatsächlich an der Hauptstraße auf sie?

Sie stolperte auf den Rand des Lagers zu und ignorierte die verwirrten Blicke, die sie in ihrem Rücken spürte, als sie sich in die Bäume schlug. Mulan hielt erst inne, als sie die Überreste eines großen Feuers erblickte. Als sie die Kohlen mit den Zehen beiseite schubste, entdeckte sie einen umgekehrten Schildkrötenpanzer. Die Asche unter ihren Fingern war noch warm.

Bei ihrer Rückkehr beäugte Guozhi sie mit milder Neugier. „Geht dir etwas durch den Kopf?“, fragte er.

„Ich war letzte Nacht noch lange auf“, erwiderte Mulan und blinzelte die Erinnerungen an die Flammen fort.

„Was bedrückt dich?“, fragte Guozhi.

„Die Invasion. Die einfallende Armee und der Schaden, den sie bereits angerichtet hat. Ich befürchte, ich kann Euch nicht in die Kaiserliche Stadt begleiten. Ich muss in mein Heimatdorf zurückkehren und helfen, wo ich nur kann.“ Es war nicht mal eine Lüge.

Guozhi sah sie an und rieb sich nachdenklich mit dem Daumen über die Knöchel seiner rechten Hand. In seinem Blick lag keine Anspannung, nur Abschätzung, und Mulan stellte fest, dass sie seinen Blick leicht erwidern konnte.

„Ich fürchte, vor uns allen liegen schwere Zeiten.“ Die Art, wie Guozhi sprach, ließ bei Mulan die Frage offen, was er ungesagt ließ. „Wirst du gleich abreisen?“

Sie nickte. „Ich kann gar nicht genug betonen, wie dankbar ich für Eure Hilfe bin. Falls es in meiner Macht liegt, werde ich mein Bestes tun, um es Euch zurückzuzahlen.“

„Du warst meiner Karawane eine willkommene Hilfe, und ich wünsche dir alles Gute. Vielleicht werde ich ja mal wieder von dir hören.“

Mulan hatte bereits mehrere Li auf der Straße zurückgelegt, als Zhonglin zu ihr aufschloss.

„Er war großzügig mit seinen Vorräten“, meinte Zhonglin und beäugte die Pakete mit getrockneten Lebensmitteln, die auf Mulans Pferd gepackt waren.

„Ich frage mich, ob er einen Verdacht gehegt hat, wer ich bin. So oder so werde ich ihn nach dem Krieg ausfindig machen und mich anständig bei ihm bedanken.“

Sie ritten in raschem Tempo und hielten nur an, um etwas zu essen oder sich für ein paar Stunden auszuruhen. Hin und wieder erzählte Zhonglin ihr mehr über sich selbst und jene, die sie geschickt hatten.

„Wir sind eine Schwesternschaft, ein Kreis von Frauen, die über Macht verfügen."

„Frauen, die über Macht verfügen?"

„Königinnen, Kaiserinnen, Herzoginnen … im Laufe der Zeit und der Geschichte gab es viele, auch wenn es nicht immer den Anschein hatte."

„Wie ist dieser Kreis entstanden?"

Ein Fasan huschte vor ihnen über die Straße und ließ sein blaugrün-orangefarbenes Gefieder aufblitzen. Zhonglin sah ihm nach, dann holte sie tief Luft. „Es gab eine Königin, die zuerst kam. Eine, die dir nicht unähnlich war, obwohl sie in eine königliche Familie hineingeboren wurde. Ihre Eltern starben vor ihrer Zeit, und sie bestieg den Thron in jungen Jahren, umgeben von Männern, die danach trachteten, sie zu kontrollieren."

Zhonglins Worte erinnerten Mulan an ihre Minister und verursachten ein unangenehmes Stechen in ihrer Brust. „Was ist geschehen?"

„Der Onkel der jungen Königin setzte sie unter Druck, einen Wettbewerb um ihre Hand zu veranstalten." Zhonglins Augen huschten durchtrieben über Mulans Gesicht. „Ihr gefiel der Gedanke nicht, dass sie ein Preis sein sollte, den es zu gewinnen galt. Aber was wusste sie schon? Sie war jung und unerfahren. Mit Sicherheit hatte ihr Onkel nur ihr Bestes und das Wohl ihres Reiches im Sinn."

Zhonglins Erzählung hatte ihren Rhythmus gefunden, und ihre Stimme klang beinahe wie ein Singsang. „Das Turnier dauerte viele Tage, und nicht wenige junge Prinzen kämpften darum, sie für sich zu gewinnen. Der Gewinner war ein Prinz aus einem fernen Land, gut aussehend und stark, ein mächtiger Krieger. Letzteres musste er auch sein, denn sein Heimatland war in ewigem Krieg gefangen. Als er an der Seite seiner neuen Königin den Thron bestieg, sah er überall Feinde und verdächtigte sogar jene, die jahrelang treue Freunde gewesen waren. Immer und überall rechnete er damit, verraten zu werden. Stück für Stück begann er, auch ihren Verstand zu vergiften."

Zhonglin hielt einen kurzen Moment inne, bevor sie weitersprach. „Als der König den ehemaligen Verbündeten der Königin den Krieg erklärte, flehten ihre Berater sie an, ihn aufzuhalten. Selbst ihr alter Onkel, der die Ehe eingefädelt hatte, bereute seinen Fehler. Aber die Königin war inzwischen zu sehr im Netz ihres Mannes verfangen und vertraute darauf, dass er das Richtige tun würde. Erst nachdem der Krieg ihr Land verwüstet und ihren Ehemann getötet hatte, erst als ihre früheren Verbündeten sie umzingelt hatten und nach Rache dürsteten, begriff sie, wie tief sie gefallen war."

„Was ist passiert?", fragte Mulan beklommen. Die Geschichte der Königin berührte sie mehr, als ihr lieb war. Sie kannte das Gefühl nur zu gut, wenn eigene Zweifel auf fremde Zuversicht stießen, diese nagende Vermutung, dass jeder, der so von sich überzeugt klang, es besser wissen musste als sie selbst.

Zhonglin warf Mulan einen Blick zu, bemerkte ihre Nervosität, und fuhr fort. „An diesem Punkt war es zu spät, um einen Krieg auf die übliche Weise zu gewinnen. Die Armeen der Königin waren vernichtend geschlagen. Sich auf die wenigen Soldaten zu verlassen, die ihr noch geblieben waren, hätte für ihr Volk den sicheren Untergang bedeutet. Aber diese Königin verfügte über eine letzte Quelle der Macht – die Magie, die in ihren Adern floss."

„Magie?" Mulan vermutete, dass auch Magie existieren konnte, wenn alte Geister in ihrer Miliz auftauchen konnten.

„Ja. Ihre Mutter stammte von Zauberern ab. Die Königin verfügte über wahre Macht, aber sie hatte ihre Kräfte lange Zeit vor ihrem Volk verborgen gehalten, da sie wusste, dass es derlei Dinge fürchtete. Doch jetzt blieb ihr keine andere Wahl. Sie beschwor ihre Magie herauf und unterwarf die Erde ihrem Willen. Tiefe Schluchten taten sich vor ihren Feinden auf. Mächtige Felsen schossen aus dem Boden und formten eine Wand um ihr Königreich. Die Angreifer konnten nicht zu ihr vordringen."

„Ich … nehme nicht an, dass du das auch für mich tun könntest?"

Zhonglin lächelte, aber nicht ohne Mitleid. „Ich kann Eure Schlachten nicht für Euch schlagen."

Irgendwie hatte Mulan so etwas in der Art erwartet. „Hat die Königin ihr Reich gerettet?" Sie war jetzt vollkommen in die Geschichte vertieft.

Vielleicht spürte ein Teil von ihr, dass das Schicksal der Königin ihr eigenes vorhersagen würde.

„Die Königin hat ihr Königreich gerettet, aber einen hohen Preis dafür gezahlt. Als ihre Untertanen Zeugen ihrer Magie wurden, bekamen sie Angst vor ihrer Macht. Kaum dass ihre Angst vor dem angreifenden Feind geschwunden war, begannen sie stattdessen, ihre eigene Königin zu fürchten. Das Volk lehnte sich gegen sie auf und verbrannte sie auf dem Scheiterhaufen."

Bei Zhonglins Worten zog sich Mulan der Magen zusammen. Nach dem Feuer der vergangenen Nacht brauchte es nicht viel Fantasie, um einmal mehr die Flammen auf ihrer Haut zu spüren. Um die rohen Schreie der Königin zu hören.

„Sollte das eine aufmunternde Geschichte sein?"

Zhonglins Mundwinkel zuckten. „Entschuldigt. Ich habe diese Geschichte schon viele Male erzählt und mich dabei daran gewöhnt. Dies ist keine Geschichte eines Triumphs, aber sie hat etwas Gutes hervorgebracht. Als die Königin in Erwartung ihres Todes auf dem Scheiterhaufen stand, führte sie sich all die Dinge vor Augen, die sie an diesen Punkt gebracht hatten. Sie begriff, dass sie ihr Schicksal jenen überlassen hatte, die sie nicht liebten oder sich nichts aus ihr machten, jenen, die nur danach trachteten, sie für ihre eigenen Zwecke zu missbrauchen. Sie hatte nicht auf ihre eigenen Instinkte gehört, wenn es darum ging, wem sie vertrauen durfte, und das war ihr zum Verhängnis geworden. Noch im Sterben wünschte sie sich, dass andere Königinnen wie sie selbst nicht dieselben Fehler begehen würden. Ihre Magie brachte einen letzten Zauber hervor, und ihre Seele verwandelte sich."

Ein Vogelschwarm flatterte von einem Baum auf und verstreute sich. Mulan fragte sich, wie eine verwandelte Seele wohl aussah.

„Das Echo der Macht dieser Königin lebt weiter", sagte Zhonglin. „Es nimmt verschiedene Gestalten an, und es umfasst die Leben, Erfahrungen und Weisheit aller Königinnen, denen diese Macht geholfen hat. Ich bin ein Teil davon, genau wie Ihr es sein werdet."

Das war eine Menge zu verdauen. Und trotz allem, was Mulan inzwischen von Zhonglins Kräften gesehen hatte, fiel es ihr immer noch schwer, sie als Teil von etwas so Altem und Mächtigem zu sehen. „Ich verstehe nicht ganz. Bist du ein Geist? Ein Gespenst? Warst du jemals sterblich?"

„Ich habe mein Leben auf der Erde bereits gelebt."

„Hast du dein Leben in China gelebt?"

„Ich darf nicht zu viele meiner Geheimnisse preisgeben, nicht wahr?"

Die Tage vergingen wie im Flug. Allmählich wurde die Landschaft vertrauter. Eines Tages tauchten gegen Mittag die Umrisse von Mulans Dorf am Horizont auf. Mulan zügelte ihr Pferd, nervös trotz der Dringlichkeit ihrer Mission. Sie ließ ihren Blick über die schwarz geziegelten Dächer und die weiß getünchten Wände schweifen. Hatte sich irgendetwas verändert in der Zeit, die sie fort gewesen war?

„Dort sind sie", sagte Zhonglin und deutete über das Feld.

Mulan blinzelte in die Richtung, in der Erwartung, Soldatinnen beim Training zu sehen, aber das Feld war leer. Endlich fiel ihr Blick auf eine Gruppe Frauen unter einem Baum.

Zhonglin stieg ab. „Kommt."

Als sie näher kamen, konnten sie sehen, dass jemand sprach. Ein paar Schritte später hörten sie, dass die Sprecherin ständig unterbrochen wurde. Nicht eine einzige Person wandte sich von der Diskussion ab, als Mulan herantrat. Sie zuckte zusammen, als sie Liwens Stimme erkannte.

„Ich habe auf den Straßen keinen Hinweis auf sie gefunden", sagte Liwen gerade.

„Könnte sie gen Westen gegangen sein? Habt ihr in dieser Richtung nach ihr gesucht?", fragte jemand von der Seite.

„Nein, aber in der Kaiserlichen Stadt hieß es, dass ein Wagen nach Osten gefahren ist."

„Vielleicht habt ihr euch verhört."

„Vielleicht möchtest du selber nach Westen reiten", fauchte Liwen.

„Sie muss einfach noch am Leben sein", stöhnte eine andere Stimme.

Mulan eilte näher, überglücklich, Liwen lebendig und unversehrt vorzufinden. Ein Erdklumpen knirschte unter ihrem Fuß. Eine Frau warf einen Blick über die Schulter und starrte sie mit offenem Mund an. Die

Frau neben ihr tat es ihr gleich, dann noch eine und noch eine. Liwen stockte mitten im Satz.

„Kommandant“, ertönte eine Stimme aus der Menge, genau in dem Moment, als jemand anders „Mulan!“ rief und eine dritte „Kaiserin“.

Mulan sah auf ihre zerlumpte Männerkleidung und die schlammverkrusteten Schuhe hinab. Ihr Gesicht musste ebenfalls dreckverschmiert sein. „Ich sehe nicht gerade aus wie eine Kaiserin, oder?“, sagte sie.

Die Menge löste sich auf und formierte sich neu um sie herum, wie ein Bienenschwarm, der sich auf einen Baumzweig stürzt. Die langhalsige Jiayi warf ihre Arme um Mulan und gackerte. Wenling kicherte und umarmte Ruolan, ihr kindliches Gesicht strahlte vor Freude. Die schüchterne Mingxia stand still am Rand, ein Lächeln auf den Lippen, und ließ Mulan nicht aus den Augen. Alle redeten durcheinander.

„Ihr seid es wirklich!“

„Was ist passiert?“

„Wir haben nach Euch gesucht, das haben wir wirklich.“

„Wir haben Euch im Stich gelassen“, sagte Fu Ning auf ihren Stock gelehnt.

Mulan brachte Fu Ning sanft zum Schweigen. „Viele Dinge sind geschehen, aber dass meine treue Miliz mich im Stich gelassen hat, gehört nicht dazu.“

Auch Liwen hatte sich der Menge angeschlossen und sah Mulan an, als könne sie ihren eigenen Augen nicht trauen.

Mulan begegnete ihrem Blick. „Shang hat mich gefunden. Er hat mir erzählt, was passiert ist. Danke.“

Zorn huschte über Liwens Züge, doch Mulan wusste, dass er sich gegen sie selbst richtete. „Ich habe nicht bemerkt, wie sie mir zum Haus des Sterndeuters gefolgt sind. Sie haben mich unvorbereitet erwischt …“

Plötzlich hielt sie inne. Ihr Blick war auf Zhonglin gefallen, die sich still zur Seite verzogen hatte, als alle anderen Mulan umringten. Liwen riss ungläubig die Augen auf, dann wurde ihr Blick hart vor Wut.

„Was hast du hier verloren?“

Zhonglin schien von dem gefährlichen Unterton in Liwens Stimme vollkommen unbeeindruckt zu sein. Gelassen wischte sie sich den Staub von den Ärmeln. „Es gibt viel zu tun."

Liwen stiefelte auf Zhonglin zu, stieß Frauen aus dem Weg. „Du feige, verräterische …"

„Liwen, halt", rief Mulan, als ihre Freundin ihr Schwert zog. Verwirrte Schreie ertönten, als Liwen sich auf Zhonglin stürzte. „Halt!", brüllte Mulan erneut. Sie kämpfte sich näher heran, aber zu viele Menschen blockierten ihren Weg.

Metall blitzte auf, dann folgte das Geräusch von Schwertern, die aufeinanderprallten. Mulans Herz zog sich zusammen, und sie schlängelte sich an den Körpern vorbei, um besser sehen zu können. Erleichtert stellte sie fest, dass sowohl Zhonglin als auch Liwen noch auf den Beinen waren. Zhonglin hielt ein Kurzschwert in der Hand. Liwens eigenes Schwert lag mehrere Schritte entfernt auf dem Boden. Liwen starrte es mit offenem Mund an.

„Liwen", sagte Mulan. „Es hat ein Missverständnis gegeben. Zhonglin ist eine Freundin. Ich erkläre es später."

Gemurmel hob an. Überraschte Ausrufe. Mehr als eine Frau deutete auf Liwens Schwert. Mulan beeilte sich, die Kontrolle über die Situation an sich zu reißen, bevor alles im Chaos versank.

„Still, ihr alle!", befahl sie. „Vieles ist geschehen, und uns bleibt nicht viel Zeit. Ihr müsst mir zuhören."

Sämtliche Stimmen verstummten.

„Meine Minister haben mich verraten. Sie wollten die Macht für sich selbst, und in ihrem Versuch, sie an sich zu reißen, haben sie unser Land ins Chaos gestürzt. Die Hunnen haben die Unruhen bemerkt und ihre Gelegenheit für einen Angriff genutzt, und meine Minister waren nicht in der Lage, eine angemessene Verteidigung auf die Beine zu stellen. Jetzt marschiert der Feind ungehindert über unsere Grenzen."

Mulan legte eine kurze Pause ein, damit die Neuigkeiten einsinken konnten. Die ohrenbetäubende Stille, die auf ihre Worte folgte, verriet ihr, dass sie ihr Ziel erreicht hatte. „Viele von euch haben sich danach gesehnt, ihre Kampfkünste auf die Probe zu stellen. Ihr wolltet einen Kampf.

Jetzt habe ich einen Kampf für euch. Es schmerzt mich, jene, die ich liebe, in Gefahr zu bringen. Aber falls die Hunnen das Gebirge passieren, werden sie in China einmarschieren. Dann wird es kein Entkommen mehr vor dem Blutvergießen geben, das auf ihre Invasion folgen wird. Wir müssen sie aufhalten. Wir *werden* sie aufhalten, denn ich kenne euer Training, und ich weiß, dass ihr dazu imstande seid."

Mulan musterte die Gesichter vor ihr. Manche waren vor Sorge verzerrt, in anderen spiegelte sich Verwirrung, aber sie sah auch Begeisterung.

Sie begegnete Liwens Blick. Ihre Stellvertreterin stand in einem angespannten Waffenstillstand ein paar Schritte von Zhonglin entfernt. „Liwen, du bist weiterhin die tägliche Kommandantin dieser Truppen. Du hast sie schlachtbereit gehalten, und dafür danke ich dir. Du musst deine schnellste Reiterin mit einer Nachricht für General Shang in die Kaiserliche Stadt schicken. Er soll so viele loyale Truppen versammeln, wie er nur kann, und uns an der Grenze zu Hilfe eilen."

Hoffentlich bevor die Hunnen eine Bresche durch unsere Verteidigung schlagen.

Liwen richtete sich auf, und ein Anflug von Stolz ließ ihr wunderschönes Gesicht erstrahlen. „Verlass dich darauf."

Mulan sah sich um. „Außerdem brauche ich mehrere Freiwillige, die gut mit der Sticknadel umgehen können."

Ein paar Hände hoben sich in die Luft.

„Ruolan und Wenling, näht mir ein Banner aus Gold und Rot. Ich will ein Emblem aus einem Drachen und einem Phönix, und es muss noch heute Nacht fertiggestellt werden." Der Drache für den Kaiser, der Phönix für die Kaiserin. Der Drache für Macht und Autorität. Der Phönix, dieses Symbol der Harmonie von Yin und Yang, weil sie eine Frau war und sich nicht dafür schämte.

Als die Stickerinnen davoneilten, prüfte Mulan den Stand der Sonne. Ihnen blieb noch ein halber Tag für die Vorbereitungen. „Heute Abend verabschiedet ihr euch von euren Liebsten und pflegt eure Waffen. Bei Sonnenaufgang ziehen wir ab."

Sie blieb noch eine kurze Weile, während die Menge sich allmählich verlief, schüttelte Hände und umarmte Mitglieder ihrer Miliz. Es dauerte jedoch nicht lange, bis Mulan sich entschuldigte und ging. Es gab noch einen Ort, an den sie gehen wollte, und sie wollte es allein tun.

Die Sonne stand hoch am Himmel, und eine beträchtliche Anzahl an Menschen arbeitete auf den Hirsefeldern, zupfte Unkraut aus der Erde und goss Wasser durch die Bewässerungskanäle. Mulan versuchte, die weniger einsehbaren Pfade zu nehmen, aber wo sie vorbeikam, hoben sich Köpfe, und Gemurmel folgte ihr auf Schritt und Tritt. Mulan hielt nicht inne, selbst als sie spürte, dass sich eine kleine Menge gebildet hatte, die ihr folgte. Irgendwann musste sie zu der Menge sprechen, aber nicht jetzt.

Die Wände ihres Elternhauses strahlten so weiß wie eh und je, glänzend trotz der Spuren von Wind und Wetter. Das Tor war nicht verschlossen. Als Mulan eintrat, bemerkte sie, wie jemand hinter ihr den Weg versperrte. Es war Liwen, die die Menge zurückhielt.

Im Garten plätscherte der kleine Strom, als hätte sich nichts verändert, und der Wind raschelte in den Blättern. Es war niemand zu sehen. Mulan ging um das Haus herum, und die Vorfreude drehte ihr den Magen um, als sie um die Ecke kam. Ihr Herz machte einen gewaltigen Satz, als sie ihre Mutter und ihren Vater auf einer Bank sitzen sah, in eine Unterhaltung vertieft, die Köpfe zueinandergeneigt. Ihre Mutter war es, die zuerst aufblickte, erst nur flüchtig und dann noch einmal, die Augen vor Schreck weit aufgerissen.

Wärme durchströmte Mulan, und ihr Mund verzog sich zu dem ersten ehrlichen Lächeln seit Tagen.

„Mama, Baba“, sagte sie, und dann flog sie ihnen in die Arme.

Der nächste Morgen wurde von leisen Schritten eingeläutet, lauteren Hufschlägen und dem gelegentlichen Wiehern eines Pferdes, als Mulans Truppen sich auf den Abmarsch vorbereiteten. Mulan stand mit ihrem Vater und ihrer Mutter am Rand und beobachtete, wie die Soldatinnen mit Pferden ihre Tiere mit Vorräten beluden und die ohne Pferde sich Bündel auf die Rücken schnallten und ein letztes Mal ihre Rüstungen überprüften. Die gesamte Miliz würde in den Kampf ziehen, selbst Fu Ning, deren verletztes Bein so weit verheilt war, dass sie langsam reiten konnte.

„Ein ganz anderer Anblick als meine Krönungsparade, nicht wahr?", fragte Mulan. Anstatt edler Gewänder mit aufgestickten Blumen trugen sie Reisetuniken, bestickt mit den Namen mächtiger Kriegerinnen. Die einzige Musik war das gelegentliche Zwitschern der Vögel. Obwohl sie wusste, auf was sie zumarschierten, empfand Mulan die Aufmachung dieser Parade als weitaus vertrauter und tröstlicher als ihre Krönung.

„Nicht dasselbe, aber nicht weniger ehrenhaft", sagte ihr Vater.

Mulan war stolz auf diese Frauen. Stolz auf ihre ruhigen Vorbereitungen, stolz auf die geübten Bewegungen, mit denen sie ihre Waffen anlegten, auf ihre sanfte und doch strenge Hand mit den Pferden. Und vor allem war sie stolz auf das Banner, das über ihren Köpfen in der leichten Brise wehte. Es war eher von einem schmutzigen Gelb als dem reichen Gold der Palastseide, da schmutziges Gelb die einzige Farbe war, die Ruolan mit den Kräutern, die ihr zur Verfügung standen, hatte zustande bringen können. Der Drache und der Phönix auf der Oberfläche waren bloß Umrisse. Aber Ruolan und Wenling waren die ganze Nacht aufgeblieben, um sie zu sticken, und Mulan sah das Herzblut, das in jeden einzelnen Stich geflossen war. Jetzt würden sie ihre Nadeln niederlegen und mit nicht weniger Geschick ihre Schwerter führen.

„Großmutter lässt euch grüßen", sagte Mulan an ihre Eltern gewandt. Sie hatte ihnen in der vergangenen Nacht von ihren Träumen und ihren Visionen erzählt, und ihre Worte hatten die beiden in Staunen versetzt.

„Sie wird zweifellos über dich wachen", sagte Mama. „Und du wirst siegreich zurückkehren."

Liwen kam mit ihrer Strichliste zu ihnen. „Wir sind fast so weit." Während sie sprach, flackerte ihr Blick zu Zhonglin, wie schon den ganzen Morgen über.

„Du vertraust ihr nicht", sagte Mulan. Sie hatte Liwen die ganze Geschichte anvertraut, und obwohl ihre Stellvertreterin Mulans Urteil nicht offen anzweifelte, spürte Mulan doch, dass Liwen noch immer auf der Hut war, was Zhonglin betraf. Es war nicht gerade hilfreich, dass der Geist Liwen vor all den anderen Frauen entwaffnet hatte.

„Kommt Zeit, kommt Rat", erwiderte Liwen, bevor sie sich abwandte und die letzten Punkte auf ihrer Liste überprüfte. Was auch immer Liwen über Zhonglin dachte, es beeinträchtigte ihre Effizienz nicht im Geringsten. „Wenn wir uns auf den Weg machen, willst du dich dann an die Hauptstraßen halten oder sie lieber meiden?"

„Die Hauptstraßen", sagte Mulan. Sie hatte lange darüber nachgedacht, wie sie am besten vorgehen sollte. „Ich will durch alle Dörfer reiten."

Genau wie gestern hatte sich eine Menge versammelt, um die neue Kaiserin zu sehen. Jetzt trat Mulan vor, um zu ihr zu sprechen. Sie machte nur ein paar Schritte, aber die Menge verstummte augenblicklich. Als alle Augen sich auf sie richteten, konnte Mulan nicht anders, als sich einmal mehr ihres Aussehens bewusst zu werden. Sie war gekleidet wie ein Soldat, in Tunika, Hose und Rüstzeug, das Liwen für sie aufgetrieben hatte. Ihr Haar steckte unter einem einfachen Eisenhelm. Nicht viel unterschied sie von einem einfachen Fußsoldaten, doch das störte sie weder, noch vermittelte es ihr das Gefühl, der Macht weniger würdig zu sein.

Sie holte tief Luft. „Ich bin Mulan, Tochter von Fa Hsu. Ich bin unter euch aufgewachsen, ich habe gekämpft, um euch zu beschützen, und jetzt bin ich eure Kaiserin." Ihre Stimme trug weit durch die stille Morgenluft. In der Ferne schrie ein Falke. „Heute stehe ich vor euch, weil unserem Land eine große Gefahr droht. Die Hunnen sind aus dem Norden einmarschiert. Verrat hat unsere Armeen gelähmt, doch ich bin noch hier. Meine Kämpfer und ich ziehen in die Schlacht, und wir brauchen mehr Freiwillige, um unsere Reihen zu füllen. Wenn ihr mit dem Schwert oder mit dem Bogen umgehen könnt, dann kommt und kämpft an unserer Seite. Wenn ihr unausgebildet, aber kräftig an Körper und Seele seid, dann kommt und helft uns, Befestigungen zu errichten, kümmert euch um die Verwundeten und verpflegt die Truppen. Wir werden China nicht ohne Kampf untergehen lassen."

Auf ihre Worte folgte Stille, doch es war die Stille von Gewitterwolken vor einem Regensturm. Mulan musterte die Gesichter in der Menge. Sie sah Furcht, aber sie sah auch Hoffnung, und – am beängstigendsten von allem – sie sah Vertrauen.

„Ich werde gehen“, erklärte ein Mann ganz hinten in der Menge.

„Ich kann kochen“, rief eine Frau mit Schürze.

„Ich habe Wagen für die Vorräte“, ertönte eine andere Stimme.

Als immer mehr Menschen ihre Stimmen erhoben, tauschte Mulan einen Blick mit Liwen. Vielleicht hatten sie tatsächlich eine Chance.

„Packt rasch eure Sachen zusammen und folgt uns“, sagte Mulan an die Menge gerichtet.

Sie erwies ihren Eltern ein letztes Mal die Ehre, und dann gesellte sie sich zu Liwen an den Kopf der Prozession. Als sie den langsamen Marsch die Straße hinauf begannen, rannte eine Handvoll Dorfbewohner auf sie zu, um sich ihnen anzuschließen, große Bündel in den Händen. Mulan fragte sich, ob sie ihre Sachen bereits gepackt und nur noch auf ihre Einladung gewartet hatten.

„Es werden noch mehr kommen“, sagte Liwen. „Ich habe gesehen, wie viele nach Hause gelaufen sind, um ihr Zeug zu holen. Sie werden uns so rasch folgen, wie sie können.“

Mulan hoffte, dass es ausreichen würde.

Sie marschierten von Dorf zu Dorf und hielten in jedem einzelnen an, damit Mulan Freiwillige rekrutieren konnte. Nach dem Aufruf verweilten sie nicht, sondern sagten den Rekruten, dass sie so rasch wie möglich zu ihnen aufschließen sollten. Langsam wuchs ihre Zahl an.

Mulan fragte sich, wie lange es wohl dauern würde, bis die Neuigkeit, dass sie wiederaufgetaucht war, ihre Minister erreichte. Mehr als einmal bemerkte sie, wie Personen in der Kleidung kaiserlicher Boten sie beobachteten, und sie unternahm keinerlei Anstrengungen, sich vor ihnen zu verbergen. Sollten sie sich ihr doch in den Weg stellen, wenn ihnen eine bessere Möglichkeit einfiel, China zu verteidigen. Ein paarmal passierten sie kleinere kaiserliche Außenposten, wo sie die Soldaten, die dort stationiert waren, aufforderte, sich ihnen anzuschließen. Sie kamen mit, und ihre Reihen wuchsen weiter.

Da sie von morgens bis abends marschierten, trainierte die Miliz nicht länger bei Sonnenaufgang. Aber Mulan bemerkte, dass Zhonglin immer noch früh aufstand, um Schwertübungen zu machen. Das waren Übungen, die Mulan noch nie bei ihr gesehen hatte, lange, komplizierte Abfolgen, die den Körper in alle möglichen Haltungen bogen. Sie verlangten ein Maß an Können, das Zhonglin nicht zur Schau gestellt hatte, als sie sich für einen gewöhnlichen Soldaten ausgab.

Eines Morgens schnappte Mulan sich ihr eigenes Schwert und gesellte sich zu ihr. Zhonglin sagte nichts, aber sie verlangsamte ihre Bewegungen, damit Mulan ihnen leichter folgen konnte.

„Was sind das für Übungen?", fragte Mulan, als sie fertig waren.

„Ich habe sie mir selbst ausgedacht, als ich mir die Kunst des Schwertkampfes beibrachte. Hier herrscht ein Gleichgewicht zwischen Yin und Yang, ein Tanz zwischen Aggression und Sanftheit, der jedem Krieger echte Stärke verleiht. Angreifen und zurückweichen. Vorstoßen und parieren. Es ist wirklich wunderschön."

Mulan stieß ihr Schwert nach vorn und sprang dann zurück. „Ein Gleichgewicht zwischen Yin und Yang", wiederholte sie nachdenklich. „Ich muss mich nicht in einen Mann verwandeln, um zu kämpfen oder zu herrschen. Und ich muss keine fügsame Frau sein, wie meine Minister es von mir erwarten. Ich kann sanft und stark sein, je nachdem wie es die Umstände erfordern."

Sie hielt inne, weil sie bemerkt hatte, dass Liwen ein kleines Stück entfernt stand und sie beobachtete.

Mulans Stellvertreterin kam langsam näher. „Du hast einen ganz eigenen Ansatz, was den Schwertkampf betrifft." Sie sprach mit derselben bedächtigen Aufmerksamkeit zu Zhonglin, mit der Mulans Mutter ein Schälchen Medizin abmessen würde.

Zhonglin neigte anmutig den Kopf. „Ich habe ihn meinerzeit ausgiebig studiert."

Ein Lichtstrahl spiegelte sich auf Zhonglins Schwert, und Mulan betrachtete es genauer. Der Griff zeigte Anzeichen von Abnutzung, aber die Klinge selbst war noch immer glänzend und geschmeidig.

„Ist das ein neues Schwert?“, fragte Mulan.

„Es ist das Schwert, das ich bevorzuge“, sagte Zhonglin mit einem Anflug von Stolz in der Stimme. „Ich habe es selbst geschmiedet.“

Liwen streckte die Hand aus. „Darf ich?“

Zhonglin legte sich die Waffe auf die offenen Handflächen und präsentierte sie Liwen. Mulan hielt den Atem an, als Liwen mit einem Finger über die flache Seite der Klinge fuhr und das Schwert dann anhob, um sein Gewicht zu prüfen. Sie schnitt eine Zickzacklinie durch die Luft, bevor sie eine Haltung auf einem Bein einnahm, das andere Knie nach oben gerichtet und das Schwert auf Schulterhöhe ausgestreckt. Liwen visierte über die bebende Klinge, wie ein Bogenschütze an einem Pfeilschaft entlang visieren würde.

Im nächsten Moment zog Liwen das Schwert abrupt zurück und reichte es mit beiden Händen an Zhonglin zurück. „Es ist ein Kunstwerk“, sagte sie.

„Danke“, erwiderte Zhonglin.

Liwen sog die Wangen ein, eine Angewohnheit, die ihre Wangenknochen noch spitzer als gewöhnlich hervortreten ließ. „Die Nonnen, die mich großgezogen haben, hatten eine Bibliothek voller Abhandlungen über den Schwertkampf. Ich habe stundenlang darin gelesen, als ich noch jünger war.“ Mulan hatte den Eindruck, dass eine verborgene Bedeutung in Liwens Worten steckte, die Zhonglin mit einem leichten Lächeln quittierte.

„Fandet Ihr sie nützlich?“, fragte Zhonglin.

„Sehr“, sagte Liwen und erwiderte die Andeutung eines Lächelns mit ihrem eigenen, bevor sie sich wieder den Truppen zuwandte.

Die Wälder wurden weniger und spärlicher, während sie gen Norden marschierten, und wichen schließlich wogenden, bräunlichen Grasflächen. Zhonglin erstattete Mulan täglich Bericht über die Bewegungen des Feindes.

„Sie bewegen sich das nördliche Flachland hinunter“, berichtete sie Mulan eines Nachts, während sie über der Landkarte brütete.

„Hier ist die Landschaft durchweg trocken und flach“, erwiderte Mulan. „Es gibt nicht viele Orte, an denen wir sie aufhalten können.“ Sie richtete ihren Blick zurück auf die Landkarte und fuhr mit dem Finger über die Gebirgskette, auf der all ihre Hoffnungen ruhten. „Glaubst du, dass wir den Pass vor ihnen erreichen können?“

„Wenn wir uns beeilen.“

Da war noch eine weitere Sorge, die sie umtrieb und mit jedem verstrichenen Tag weiter wuchs. Obwohl Mulan in jedem Dorf und an jedem Außenposten Erkundigungen einholte, konnte ihr niemand Neuigkeiten von Shang berichten. Hatte er es zurück in die Kaiserliche Stadt geschafft? Hatte er ihre Nachricht erhalten? War er noch am Leben? China war riesig, und es war gut möglich, dass seine Boten sie einfach noch nicht erreicht hatten. Sie hoffte, dass das alles war.

Sie verlängerten ihre Marschzeit. Die flachen Ebenen wichen den ersten Gebirgsausläufern, die immer höher und zerklüfteter wurden. Mulan musterte die hohen Klippen aus Sandstein und stellte sich vor, wie der Sand unter ihren Füßen wegrutschen würde. Sie fragte sich, wie lange ihre Truppen brauchen würden, um die steilen Hänge zu erklimmen. Zählte die spärlichen grünen Büsche, die über das flachere Gelände verteilt waren, und versuchte zu berechnen, wie viel Schutz sie bieten könnten. Unterhalb der Klippen schlängelte sich ein Fluss entlang, seicht und träge in der Sommerhitze, sein Wasser war nicht braun genug, um die Sandbänke knapp unter der Oberfläche zu verbergen.

Endlich erreichten sie die Stelle, an der die Klippen zu einer Art Trichter zusammenliefen.

„Das ist es“, sagte Mulan. „Es sei denn, die Hunnen haben beschlossen, einen anderen Weg zu wählen.“

„Haben sie nicht“, erwiderte Zhonglin. „Aber sie werden innerhalb eines Tages hier sein.“

Mulan wandte sich an Liwen. „Kannst du den Bau von Festungsanlagen organisieren?“

Noch im Weggehen begann Liwen, Befehle zu brüllen. „Ich brauche eine Gruppe junger, kräftiger Leute, um Gräben an vorderster Front auszuheben. Eine andere Gruppe, um den Sand wegzuschaffen und einen Erdwall zu errichten. Eine dritte Gruppe, um auf die Suche nach allem zu gehen, was sich zu einem Pfahl spitzen lässt. Und eine vierte Gruppe, um Wasser zu holen und Vorräte anzulegen." Liwen sprach nicht laut aus, dass das Wasser des Flusses am Ende der Schlacht nicht mehr trinkbar sein würde.

Mulan rief alle Soldatinnen und Soldaten zu sich, eine Mischung aus den Frauen ihrer Miliz, kaiserlichen Soldaten, die ihre Posten verlassen hatten, und Dorfbewohnern mit Kampferfahrung. Sie teilte sie in neue Divisionen ein und schickte die Bogenschützen aus, um sich auf den Anhöhen günstige Aussichtspunkte zu suchen. Die Luft im Tal färbte sich schnell braun vom aufgewirbelten Staub Hunderter Füße.

Sie arbeiteten, bis die Sonne hinter dem Horizont versank, und waren in der Morgendämmerung wieder auf den Beinen. Der Vormittag war zur Hälfte verstrichen, und Mulan schritt gerade halb fertige Gräben ab, als Zhonglin an ihrer Seite auftauchte.

„Die Hunnen werden bald in Sicht kommen", sagte sie leise.

Mulan nahm Zhonglins Neuigkeit mit einem knappen Nicken zur Kenntnis. „Grabt weiter!", rief sie. „Ich will tiefe, steile Gräben. Wir sind das einzige Hindernis, das zwischen China und den Eindringlingen steht."

Eine Stunde später schrie Mingxia aus Mulans Miliz von einer Klippe zu ihr hinunter. „Kaiserin, ich sehe sie!"

Die winzige Mingxia deutete gen Norden. Mulan hielt mitten im Satz inne.

„Jetzt ist die Zeit gekommen, euren Mut zu beweisen", sagte sie zu den Arbeitern, mit denen sie gerade gesprochen hatte. Mit einem letzten Blick auf ihre geschockten Gesichter wandte sie sich ab und erklomm die Klippen.

Mingxia wartete bereits auf sie, den Blick auf den Horizont gerichtet. „Dort", sagte sie.

Eine Staubwolke verdeckte den halben Horizont. Winzige schwarze Gestalten schwärmten daraus hervor wie aus einem Ameisenhaufen.

Unter ihr war jegliche Bewegung zum Erliegen gekommen. Mulans

Truppen starrten zu ihr herauf. „Arbeitet weiter!", rief Mulan. „Noch sind sie nicht hier."

Schaufeln wurden mit neuer Kraft in die Erde gerammt. Holzhämmer trieben die ersten Pfähle in den Boden. Dreck flog durch die Luft. Arbeiter husteten und schufteten weiter. Selbst von ihrem Platz hoch oben auf der Klippe konnte Mulan den Schweiß und die Angst riechen.

Mulan blieb, wo sie war, und versuchte, die Zahl der Hunnen zu schätzen. Zehntausend? Zwanzigtausend? Sie konnte das Ende ihrer Reihen nicht ausmachen. Die Ameisen wuchsen zu Menschen und Pferden mit bunten Bannern heran. Sonnenlicht spiegelte sich auf Speerspitzen und Schwertklingen. Vögel flogen über ihre Köpfe hinweg. Zunächst dachte Mulan, dass es sich um Falken handelte, doch dann begriff sie, dass es Aasgeier waren.

„Füllt die Lücken im Wall!", schrie Mulan. „Schneller!"

Dann, als sie das Vor und Zurück einzelner Pferdebeine ausmachen konnte, befahl sie, alle Vorbereitungen zu unterbrechen, und stellte ihre Truppen so auf, dass sie so eindrucksvoll wie nur möglich wirkten. Uniformierte Soldaten säumten den vordersten Graben und den Wall. Ihre Miliz hatte Drachen und Phönixe auf die Ärmel ihrer Tuniken genäht. Der Anblick erwärmte Mulan das Herz. Als sie ihre Reihen abschritt, war sie überrascht, Fu Ning zu sehen, die in voller Rüstung einen Großteil ihres Gewichts auf ihr gesundes Bein verlagert hatte.

„Du solltest doch dem Versorgungstrupp helfen", sagte Mulan.

„Ich stehe mit meinen Schwestern", erwiderte Fu Ning.

„Aber dein Bein. Du kannst nicht kämpfen, wenn du nicht laufen kannst."

Fu Ning hob das Kinn. „Ich kann Pfeile vom Wall schießen. Letzte Woche habe ich ein Ziel aus dreihundert Schritt Entfernung getroffen."

„Du wirst aus dem Gleichgewicht kommen." Mulan hatte im Augenblick keine Geduld für eine aufmüpfige Soldatin, auch nicht für eine, die ihre Tapferkeit unter Beweis stellen wollte. Das Bild von Fu Ning auf dem Fußboden im Teehaus wirbelte in ihren Gedanken umher, als das Blut des Mädchens eine Pfütze um ihre Gestalt gebildet hatte. „Wenn etwas schiefgeht, wirst du nicht in der Lage sein, so rasch zu reagieren wie deine Schwestern."

„An dem Punkt der Schlacht wird sie kaum die Einzige mit Verletzungen sein", bemerkte Zhonglin hinter Mulans Schulter.

Mulan hatte überhaupt nicht gemerkt, dass der Geist an ihre Seite getreten war. Jetzt, da Zhonglin nicht länger die rebellische Rekrutin spielte, hatte Mulan gedacht, dass der Geist aufhören würde, ihr vor den Truppen zu widersprechen. Offensichtlich war dem nicht so. Aber die Hunnen standen an ihrer Türschwelle, und sie hatte weder die Zeit noch die Geduld, sich mit Ungehorsam auseinanderzusetzen.

„Also schön." Mulan wies mit dem Kopf zu den höchsten Bereichen des Walls.

Fu Nings breiter Mund verzog sich zu einem Lächeln. „Danke, Kommandant."

Nachdem alle Truppen aufgestellt waren, sahen die Befestigungen immer noch spärlich aus, darum füllte Mulan ihre Reihen mit unbewaffneten Zivilisten auf und gab ihnen die strikte Anweisung, sich zurückzuziehen, sobald die Schlacht begann. Sie besaßen weder Rüstung noch Waffen, aber Mulan hoffte, dass die Hunnen das auf die Entfernung nicht bemerken würden.

Die Hunnen hingegen bildeten einen eindrucksvollen Anblick, als sie sich näherten. Der Großteil ihrer Armee bestand aus Kavallerie auf starken, wundervollen Pferden. Die Kämpfer auf ihren Rücken, Männer wie Frauen, hielten ihre Waffen mit geübter Sicherheit. Und es waren viele. Alle von Mulans Leuten zusammengenommen erreichten nicht einmal ein Fünftel der Zahl des Feindes.

„Stellung halten", rief Mulan, als die Armee anmarschiert kam. Die Hunnen stoppten in sicherer Entfernung zu den Bogenschützen, genau wie Mulan vermutet hatte. Sie wandte sich an Zhonglin und Liwen. „Kommt mit."

Die drei Frauen ritten unter Mulans Drachen-und-Phönix-Banner dem Zug der Hunnen entgegen. Als sie näher kamen, lösten sich die Gestalten von zwei Reitern aus den Truppen des Feindes. Einer war ein unbekannter Krieger, der sich zwei Schwerter an die Seite geschnallt und einen Speer an seinem Sattel befestigt hatte. Der andere war kleiner und trug weniger Waffen zur Schau, saß aber nicht weniger selbstsicher zu Pferde. Als er sich näherte, konnte Mulan buschige schwarze Augenbrauen und ausdrucksstarke Lippen ausmachen. Es war Balambar, der Botschafter, der in ihren Palast gekommen war.

Mulan genoss die Genugtuung zu sehen, wie Überraschung auf Balambars Zügen aufblitzte, als er näher kam. Aus der Entfernung musste sie wie jeder andere Soldat gewirkt haben. „Ihr befindet Euch unerlaubt auf chinesischem Boden", sagte sie. „Ich verlange, dass Ihr mit Euren Armeen umkehrt."

Der Botschafter starrte sie einen Augenblick verblüfft an, bevor er wieder das geschmeidige Betragen an den Tag legte, das sie bereits kannte. „Eure Majestät. Wir hörten, dass Ihr Euch aufs Land zurückgezogen hättet."

„Also habt Ihr die Gelegenheit ergriffen, eine Invasion zu starten? Eure Quellen haben sich geirrt. Kehrt mit Euren Armeen um."

Balambar schürzte die Lippen. „Ich fürchte, das wird nicht möglich sein. Wir hatten gehofft, ein Bündnis zu schließen, aber Eure Majestät war nicht interessiert. Da dies misslungen ist, sehen wir uns gezwungen, andere Maßnahmen zu ergreifen."

„Euer Heiratsangebot wurde nicht in gutem Glauben vorgetragen. Ich weiß, dass Ihr hinter meinem Rücken meine Minister umworben habt."

„Wir haben Diplomatie betrieben, so wie es jede souveräne Nation tun würde", widersprach Balambar.

Mulan machte eine ausschweifende Handbewegung, die die Truppen vor ihr einschloss. „Und dies? Ist das auch Diplomatie?"

Der Mann neben Balambar hatte ihrem gesamten Austausch interessiert gelauscht. Jetzt ergriff er das Wort. „Wenn dies das ganze Ausmaß Eurer Truppen ist, Kaiserin, dann könnte Diplomatie Eure letzte Hoffnung sein. Lasst unsere Armeen passieren. Willigt ein, an meiner Seite zu herrschen. Es hat keinen Sinn, Eure Soldaten zur Schlachtbank zu führen."

Mulan brauchte einen kurzen Augenblick, um zu begreifen, was der

Mann gesagt hatte. Balambar bemerkte ihren verwirrten Gesichtsausdruck, und ein verschlagenes Lächeln verzerrte seine Züge.

„Eure Majestät, darf ich Euch Prinz Erban vorstellen, den jüngeren Sohn von König Ruga."

Mulan konnte nicht umhin, den Mann genauer unter die Lupe zu nehmen, den sie beinahe geheiratet hätte. Er war ungefähr in ihrem Alter, schlank, aber muskulös, mit einem markanten Kinn und hohen Wangenknochen. Er sah gut aus, auf seine eigene Art, aber der überhebliche Ausdruck auf seinen Zügen machte sein Aussehen zunichte. Erban starrte Mulan besitzergreifend an, als wäre sie ein Preis, den er verloren hatte, und kein menschliches Wesen.

„Prinz Erban, ich wünschte, wir wären uns unter besseren Umständen begegnet", sagte Mulan. „Gleichwohl kann ich Euch nicht gestatten zu passieren."

Erbans Lippen kräuselten sich. „Dann lasst uns alle weiteren Verhandlungen auf dem Schlachtfeld austragen."

Es gab nichts weiter zu sagen. Mulan und ihre Begleiterinnen setzten ihre Pferde in sichere Entfernung zurück und wandten sich dann ihren Truppen zu. Während sie zurückritten, warf Liwen immer wieder Blicke über die Schulter auf den Feind. „Der Prinz hat die Sache persönlich genommen", sagte sie. „Für ihn ist es eine Frage des Stolzes."

Mulan unterdrückte ein Schaudern. Ihre Begegnung mit Erban hatte ein klebriges Gefühl auf ihrer Haut zurückgelassen. „Ein Bündnis hätte niemals funktioniert."

Sie musterte ihre hastig errichteten Befestigungen in dem Wissen, dass noch vor Ende des Tages Tausende von Angriffen auf sie einprasseln würden. Klippen zu beiden Seiten der Schlucht fielen steil ab und engten beide Armeen in dem schmalen Tal ein. Zwei Gräben zogen sich von Klippe zu Klippe. Vor den Gräben verlief eine Reihe angespitzter Holzpfähle, lang und stabil genug, um Pferde aufzuhalten. Hinter den Gräben erhob sich ein Wall ausgehobener Erde. Den Fluss hatten ihre Truppen in eine tiefe, schmale Rinne am äußersten Rand umgeleitet.

Die Befestigungen waren in der kurzen Zeit, die ihnen zur Verfügung gestanden hatte, erstaunlich gut gelungen. Dennoch konnte Mulan sich der Realität nicht entziehen – es handelte sich um improvisierte Festungsanlagen, die an einem einzigen Tag errichtet worden waren. Trotzdem war dies ihre beste Gelegenheit, die Hunnen aufzuhalten, und sie würde lieber sterben, als China ihrer Gnade auszuliefern. Mulan spürte dieselbe Entschlossenheit auch in ihren Truppen – eine Entschlossenheit und Loyalität, von der sie noch vor wenigen Wochen nicht geglaubt hätte, dass sie sie wecken könnte.

Sie führte ihr Pferd über die Planke, die als provisorische Brücke über den ersten Graben diente. „Nehmt eure Stellungen ein!“, schrie sie. „Bereitet euch auf den Angriff vor.“

Als ein Zivilist ihr Pferd entgegennahm, rannte Mulan auf den höchsten Punkt des Walls. Zhonglin folgte ihr, während Liwen auf der anderen Seite Stellung bezog.

„Sie machen sich bereit“, sagte Zhonglin.

Mulan brauchte keine Berichte von Zhonglins Falken mehr, um die Bewegungen der Hunnenarmee zu interpretieren. Die Angreifer hatten sich neu formatiert und ihre Reiter an die Spitze gestellt. Mulan stellte sich vor, wie ihre Schlachtrösser mit den Hufen in der Erde scharrten und ungeduldig schnaubten. Sie zog ihr Schwert.

„Seid Ihr bereit?“, fragte Zhonglin.

„Ja“, antwortete Mulan.

„Gut.“

Der Wind nahm zu und pfiff in einem leisen Heulen durch die Felsschlucht. Und der Feind griff an.

Kapitel Achtzehn

„Haltet die Stellung!“, schrie Mulan.

Das Donnern von unzähligen Hufen vibrierte durch ihren ganzen Körper. Eine Welle unterdrückter Energie rollte durch die Reihen der Verteidiger.

„Halten!“

Mulan spürte, wie ihre Truppen gegen ihre Worte andrängten – Bogenschützinnen mit gespannter Sehne, die Pfeile nur eine Fingerspitze vom Flug entfernt. Speerträger und Schwertkämpferinnen auf dem Wall, gewappnet für den Aufprall.

Der Feind war beinahe in Reichweite.

„Bogenschützen!“, rief sie endlich.

Ein Pfeilhagel stieg hinter ihr auf. Mehr Pfeile regneten von den Klippen. Das erste Pferd strauchelte. Der Reiter dahinter umklammerte plötzlich seine Schulter und stürzte. Der Rest der Reiter raste heran. Ein Stoß der Angst jagte über Mulans Haut, als die Hunnen ihre eigenen Pfeile anlegten.

„In Deckung!“

Mulan ging in die Hocke und riss sich den Schild über den Kopf, neben ihr tat Zhonglin es ihr nach. Ein langer, schrecklicher Augenblick voller Erwartung, dann bohrte ein Pfeil sich zwischen ihnen in die Erde. Der Schrei einer Frau zerriss die Luft und erstickte in einem grässlichen

Gurgeln. Mulan wusste nicht, wer getroffen worden war. Sie konnte die Stimmen ihrer Miliz erkennen, aber ihre Schreie waren ihr fremd.

Ein Brüllen ertönte vom Schlachtfeld, und dann gingen die Fußsoldaten der Hunnen zum Angriff über.

„Bogenschützen!“, rief Mulan erneut.

Ein weiterer Pfeilhagel. Soldaten stolperten und stürzten, als die Pfeile ihr Ziel fanden, rissen ihre Kameraden mit sich. Doch die Angreifer drängten weiter.

Als der Angriff den ersten Graben erreichte, warf Mulans Verteidigung sich ihnen entgegen. Manche Hunnen fielen, aufgespießt auf den Spitzen chinesischer Speere. Anderen gelang es, auszuweichen und Körbe voller Dreck und Sand in die Gräben zu werfen, bevor sie ihre Waffen zogen. Als immer mehr Angreifer und Verteidigerinnen fielen, schoben die Hunnen die Toten in die Gräben, um sie aufzufüllen.

Mulan sprang von ihrer erhöhten Stellung, schnappte sich einen Speer und stieß ihn in die Luft. „Wallkämpferinnen und -kämpfer, zu mir!“

Sie rannte auf die Gräben zu und achtete darauf, nicht ihre eigenen Leute aufzuspießen, während sie ihren Speer zwischen ihnen hindurchstieß. Ihre Speerspitze fand einen Angreifer. Mulan stieß ihn zu Boden, riss ihre Waffe aus dem Körper und fand einen weiteren Angreifer, dann noch einen. Der Feind ließ nicht locker. Der Schaft ihres Speeres fühlte sich glitschig an, und sie bemerkte, dass ihre Hand blutete.

Der Graben war bereits zur Hälfte gefüllt, und die Angriffe wurden nicht langsamer. Manche Verteidigerinnen hatten ihre Speere gegen Schwerter getauscht, um den Hunnen, die es auf die andere Seite geschafft hatten, mehr entgegensetzen zu können.

Ein Ruf ertönte von der anderen Seite der Schlucht. Mulan riskierte einen raschen Blick und sah, wie fünf berittene Angreifer den Graben auf der anderen Seite des Passes stürmten, wo einige Pfähle zusammengebrochen waren. Die chinesische Verteidigung fiel zurück, und Liwen führte eine Gruppe Speerkämpfer zum Gegenangriff. Für einen Augenblick konnte Mulan nur aufeinanderprallende Körper erkennen. Aber dann fiel ein feindlicher Reiter und noch einer, während chinesische Soldaten die

Lücke in ihren Reihen schlossen. Trotzdem hätten die Reiter niemals so weit vordringen dürfen.

„Rückzug!“, rief Mulan. „Rückzug hinter den ersten Wall.“

Bogenschützen gaben ihnen Deckung. Schritt für Schritt fiel die Verteidigung am Graben zurück und rannte die hölzernen Rampen hinauf, die gegen den Wall lehnten.

Mulan hatte ihren Posten auf dem Wall wieder eingenommen, beobachtete und wartete so lange, wie sie es wagen konnte.

„Hebt die Rampen!“, rief sie. Sie hatte immer noch Truppen dort unten, die noch nicht hinübergeklettert waren, und manche von ihnen sahen entsetzt auf. *Es tut mir leid.*

Schuldgefühle fraßen sich in ihr Herz. Die Angreifer wurden nicht langsamer.

Mulan ließ ihren Blick über den Wall schweifen und versuchte, sich einen Überblick über ihre Truppen zu verschaffen. Am anderen Ende des Tals versetzte Liwen einem Mann einen gezielten Tritt, der ihn vom Wall stieß, während sie den Schwerthieb eines anderen Mannes abwehrte. Zhonglin hatte sich ihr angeschlossen, ihr Schwert schnitt silberne Bögen durch die Luft. Mulan hatte Kämpferinnen und Kämpfer entlang der gesamten Breite des Walls postiert, aber er war flach, eher eine Böschung als eine richtige Befestigung, und zu leicht für die Angreifer zu erklimmen. Hinter der Front lagen die frisch Verwundeten. Zivilisten eilten zwischen ihnen umher und legten sie auf Tragen, um sie in sicherer Entfernung zu behandeln. Manche waren so schwer verwundet, dass Mulan bezweifelte, dass sie den kurzen Weg überleben würden.

Eine Schwertkämpferin der Hunnen schlug nahe Mulan eine Bresche in den Wall und sprang hinter die Linie der Verteidiger. Mulan stieß ein Schlachtgeheul aus und stürzte sich ihr entgegen. Die Kriegerin wehrte Mulans ersten Schlag ab und auch ihren zweiten, aber Mulans dritte Attacke brach durch ihre Verteidigung, und die Soldatin fiel.

Danach verlor Mulan jegliches Gespür für die Zeit. Das Kämpfen wurde mechanisch – schlagen, parieren, den Nächsten suchen. Die Schlacht war ein unablässiges Getöse, ein ohrenbetäubendes Durcheinander von

Schreien und klirrenden Waffen. Irgendwie gelang es ihren Ohren, die Kakofonie zu sortieren, um sie vor nahenden Feinden zu warnen. Irgendwie konnten ihre Augen die Klingen ausmachen, die ihr schaden wollten. Mulans Arme schmerzten. Ihre Kehle brannte. Nach einer Weile hörte sie auf, den Geruch des Todes wahrzunehmen, der sie umgab.

Mehr Hunnen sprangen über den Wall. Mulans Verteidigung trieb sie zurück, aber diese Durchbrüche passierten immer häufiger. Ihre Verteidigung bröckelte. Es war nur eine Frage der Zeit, bis der Wall, genau wie die Gräben, nicht länger zu halten wären. Doch ihnen war nichts geblieben, hinter das sie sich zurückziehen könnten.

Mulan machte einen weiteren Angreifer unschädlich, stieß ihn von ihrem Schwert. Als sie sich umdrehte, um den nächsten Feind zu suchen, bemerkte sie, dass alle Soldaten und Soldatinnen in ihrer Nähe Chinesen waren. Verblüfft weitete sie ihre Suche aus und entdeckte eine kleine Gruppe Hunnen, die auf halber Strecke durch das Tal zurück zum Hauptheer rannte. Sie sah keine anderen.

Die Hunnen hatten sich zurückgezogen.

Erst da bemerkte Mulan, dass der Himmel sich rasch verdunkelte. Sie hatten den ganzen Tag über gekämpft. Für einen kurzen Moment war sie wie gebannt von dieser Erkenntnis. Dann sammelte sie ihren Verstand zusammen.

„Neu formieren!“, rief sie. „Wächter auf die Klippen. Zählt die Verletzten.“

Jeder war mit Blut und Staub bedeckt, manche sogar so verkrustet, dass sie wie menschliche Statuen aussahen. Entlang des Walls sammelten diejenigen, die noch Kraft übrig hatten, Körper von beiden Seiten ein. Andere hoben neue Gräben für die Bestattungen aus.

Mulan entdeckte Liwen gegen eine Felswand gelehnt, einen Verband um den Arm und einen Wasserschlauch in der Hand. Ihre Schultern waren gebeugt, ihr Haar eine wilde Mähne um ihre Schultern.

„Bloß ein Kratzer“, sagte sie, als sie Mulan näher kommen sah, doch die Anspannung in ihrem Kiefer strafte ihre Worte Lügen.

„Du bist verletzt“, sagte Mulan.

„Es geht mir gut.“ Liwens Stimme war wie gehärteter Stahl. „Kümmere dich um die anderen.“

Mulan schlängelte sich durch die Menge. Manche hoben den Kopf, als sie an ihnen vorbeikam, aber nicht viele. Sie war zu dreckig, um erkannt zu werden. Ein Soldat stieß einen heiseren Schrei aus, als drei Männer ihn auf eine Pritsche hievten.

Am hinteren Ende des Lagers warteten Soldaten in einer Reihe auf ihre Ration Reis.

„Kaiserin.“ Obwohl Mulan sich der Schlange noch nicht einmal genähert hatte, drückte ihr eine Frau eine Schale in die Hände.

Sie reichte sie zurück. „Ich habe bereits gegessen.“

Die Frau drängte sie ihr wieder auf, diesmal entschlossener. „Esst, Kaiserin. Wir brauchen Eure Stärke.“ Sie verschwand, bevor Mulan sich erneut weigern konnte.

Der Duft der frisch gekochten Körner stieg ihr in die Nase. Mulans Mund schmerzte von dem Versuch, Speichel zu produzieren. Sie erlag der Versuchung, schaufelte sich die Hälfte der Schale mit den Fingern in den Mund und spülte sie mit einem Schluck aus ihrem Wasserschlauch herunter. Den Rest reichte sie einem Soldaten aus der Schlange, dann ging sie weiter in Richtung Spital.

Das Krankenzelt war gegen eine Felswand errichtet worden. Für die Verletzten lagen Decken auf dem Boden. Der Geruch von Blut war überwältigend, genau wie der Gestank von Schweiß und Fäulnis. Ein Mann, in dem Mulan einen Arzt erkannte, verneigte sich vor ihr.

„Wie sieht es aus?“, fragte Mulan. Sie blickte sich um, um zu sehen, wer sich sonst noch um die Verletzten kümmerte, und entdeckte eine Handvoll anderer Freiwilliger. Das erschien ihr wie eine verschwindend geringe Zahl, während etliche Verletzte das Zelt füllten.

„Wir tun, was wir können“, sagte eine ältere Frau. „Aber es sind so viele.“

Jemand stöhnte. Etwas weiter schrie ein Mann nach seiner Mutter.

„Dem dort geht es nicht gut“, sagte der Arzt. „Wir werden sein Bein amputieren müssen. Eure Majestät will dafür gewiss nicht hier sein.“

Mulans Schuldgefühle drohten sie zu überwältigen. „Ich habe bereits Amputationen gesehen. Wie kann ich helfen?"

„Es gibt andere, die Wasser holen und Bandagen verteilen können", sagte der Arzt. Mulan öffnete den Mund, um ihm zu widersprechen. Sie dachte, er würde sie fortschicken, doch er fuhr fort: „Aber es würde den Verwundeten Trost spenden, Euch in ihrer Mitte zu sehen."

Den Verwundeten Trost spenden? Diese Aufgabe erschien ihr zu einfach und zu gewaltig zugleich. Wenn der Arzt ihr aufgetragen hätte, Wasser zu holen, hätte sie zumindest gewusst, wie sie das anstellen sollte.

Vielleicht spürte der Arzt ihr Zögern. Denn er hielt ihr etwas hin. „Hier sind eine Schale mit Wasser und einige Waschlappen, Eure Majestät."

Sie nahm beides entgegen, dankbar, etwas in den Händen zu haben.

Der erste Soldat, der ihren Weg kreuzte, war ein älterer Mann, vermutlich ein Veteran aus einer der Garnisonen. Er lag auf seiner Decke und murmelte lautlos Worte an die Decke des Zelts. Zuerst dachte Mulan, er spräche im Fieberwahn, aber seine Augen waren klar. Sein Oberschenkel war verbunden und geschient.

„Kaiserin", hauchte er, als sein Blick auf Mulan fiel. Sie eilte mit dem Gefühl an seine Seite, beim Herumtreiben erwischt worden zu sein.

„Wie geht es dir, Soldat?", fragte sie. Kurz überlegte sie, ob sie versuchen sollte, kaiserlicher zu klingen, aber sie hatte kaum genug Kraft, sich auf den Beinen zu halten.

„Besser als manch anderem in diesem Zelt."

Das konnte Mulan nicht bestreiten. „Ich habe gesehen, wie sich deine Lippen bewegt haben. Hast du versucht, jemanden zu rufen, der dir hilft? Brauchst du etwas?"

Das Lächeln des Mannes vertiefte die Linien in seinem Gesicht. „Nur meine Ahnen", sagte er. „Wir alle könnten jetzt ihre Hilfe gebrauchen."

Der junge Mann neben dem Veteranen hatte einen blutgetränkten Verband um die Brust. Seine Augen waren geschlossen, seine Stirn war verschwitzt. Er schlief unruhig, immer wieder brabbelte er von Pfeilen und Flammen. Als Mulan ihm den Schweiß aus dem Gesicht wischte und mit leiser Stimme auf ihn einredete, beruhigte er sich.

Der nächste Patient schlief ebenfalls, bewegte sich aber kaum. Der Soldat war vom Schmutz der Schlacht bedeckt, wie sie alle. Doch als Mulan näher herantrat, erkannte sie voller Bestürzung, dass es sich um eine Frau handelte. Mit angehaltenem Atem stolperte sie näher. Nach und nach konnte sie ein trotziges Kinn unter dem Dreck ausmachen, einen breiten Mund, und da hörte sie ganz auf zu atmen.

Fu Ning.

„Nicht noch einmal", flüsterte sie. Bilder von dem Mädchen blitzten in ihrem Kopf auf – Fu Ning, die an ihrem ersten Tag auf das Übungsfeld schritt, nervös, aber entschlossen, mit geradem Rücken und das Kinn gereckt. Fu Ning, die in begeistertes Lachen ausbrach, als ihr Pfeil zum ersten Mal das Ziel traf. Fu Ning, die ihr schüchtern von dem jungen Mann erzählte, der ihr ins Auge gefallen und dem sie inzwischen versprochen war. Fu Ning, schwach und blutend nach dem Kampf im Teehaus, voller Furcht, dass sie ihren Kommandanten im Stich gelassen hatte.

Aber natürlich war nicht Fu Ning diejenige, die Mulan im Stich gelassen hatte. Mulan hatte sie im Stich gelassen, als sie das Mädchen mit einem lahmen Bein an vorderste Front stellte.

Was war ihr zugestoßen? Beklommen hob Mulan ihre Decke an. Um Fu Nings Mitte war ein Verband gewickelt, durch den ein faustgroßer Blutfleck gesickert war. Ein Pfeil in den Bauch.

Als Mulan die Decke behutsam wieder hochzog, schossen Fu Nings Finger hervor und schlossen sich um ihr Handgelenk. Mulan keuchte überrascht auf und wollte ihre Hand instinktiv wegziehen, doch der Griff des Mädchens war unerwartet stark. Nings Augen hatten sich geöffnet, und sie starrte Mulan an, ohne sie recht zu sehen.

Genauso schnell, wie sie gekommen war, ließ die Intensität des Mädchens auch wieder nach. Ihr Griff lockerte sich, und ihr Kopf sank zurück. „Danke, Kaiserin", hauchte sie. Dieser Blick … Mulan hätte nicht sagen können, ob Fu Ning sie anschaute oder irgendwelche Geister, die sie nicht sehen konnte.

„Ning, ich …"

Ihr blieben die Worte im Hals stecken, weil Fu Ning einen rasselnden

Atem ausstieß, der Mulan nur allzu vertraut war. Die Augen des Mädchens fielen zu, und sie wurde still.

„Nein“, keuchte Mulan. Sie nahm Fu Nings Hand wieder in ihre eigene und tastete verzweifelt nach einem Puls. Er musste hier irgendwo sein. Sie durfte nicht …

Der Arzt tauchte an ihrer Seite auf.

„Sie war gerade noch wach.“ Mulans Worte verschwammen und stolperten übereinander. „Gerade eben, sie hat gesprochen …“

Sanft nahm der Arzt Fu Nings Hand und legte drei Finger innen an ihr Handgelenk. Sein Gesichtsausdruck verriet Mulan alles, was sie wissen musste.

Hinter ihr berichtete ein Pfleger einem anderen, dass ihnen die Bandagen ausgegangen waren.

Das Zelt, zuvor bereits drückend, wurde nun unerträglich. Mulan floh zwischen Patienten und Pflegern hindurch, ohne sich um die Blicke zu kümmern, die auf sie gerichtet waren, nur der Schmerz in ihrem Hals und das Brennen hinter ihren Augen drangen in ihr Bewusstsein. Warum hatte Fu Ning ihr gedankt? Es wäre besser gewesen, wenn sie Mulan dafür verflucht hätte, sie bei einer aussichtslosen Schlacht an vorderste Front zu stellen.

„Wo ist Zhonglin?“, fragte sie. Erst nur an sich selbst gerichtet, dann an die Soldaten um sie herum. „Wo ist Zhonglin?“

Sie stürmte durch das Lager und ignorierte die Blicke. Es kümmerte sie nicht. Sie war es leid, den Schein aufrechtzuerhalten.

Jemand deutete auf eine Soldatin nahe des Walls. Mulan wirbelte zu ihr herum, stürmte auf sie zu und bemerkte ihr Aussehen. Zhonglin war schmutzig, genau wie alle anderen auch, aber sie bewegte sich ohne Schwerfälligkeit. Mulan konnte keine Wunden an ihr ausmachen, und sie hielt sich aufrecht wie nach jedem anderen Trainingstag auch. Erst jetzt begriff Mulan wirklich, wie sehr sich dieses mystische Wesen von allen anderen innerhalb dieser Befestigung unterschied. Zhonglin ermüdete nicht. Sie konnte nicht sterben. Wie hatte Mulan auf den Gedanken kommen können, ihr die Leben ihrer liebsten Freundinnen anzuvertrauen?

Zhonglin hielt drei Becher mit Wasser an ihren Körper gepresst. Zwei davon verteilte sie an andere Soldatinnen, dann blickte sie auf.

„Sie ist tot", fuhr Mulan sie an und spuckte die Worte aus wie zähes Fleisch. „Ist es das, was du wolltest?"

Der Geist richtete sich auf und blinzelte, wie um einen Tagtraum abzuschütteln.

„Fu Ning ist tot", sagte Mulan. „Eine Pfeilwunde im Bauch. Sie hat mir gedankt, bevor sie gestorben ist, obwohl sie überhaupt nicht hätte kämpfen dürfen." Mulans Stimme wurde mit jedem Wort lauter. Sie zog die Blicke der Umstehenden auf sich, aber es war ihr egal. „Du hast gesagt, ich solle meinen Truppen vertrauen. Du hast mich gedrängt, sie der Gefahr auszusetzen. Bist du jetzt glücklich?"

Zhonglin erwiderte ihren Blick, gefasst im Angesicht von Mulans Zorn. „Warum, glaubt Ihr, hat sie Euch gedankt?", fragte sie leise. Sie sprach nicht im Zorn, aber sie zeigte auch keine Schuld.

Mulan hielt inne.

„So viele wurden heute getroffen, die auf beiden Beinen in den Kampf gezogen sind." Zhonglin sprach mit schwerer Stimme, und jetzt sah Mulan die Erschöpfung in ihren Augen, eine Erschöpfung, die sie zuvor in ihrer Wut übersehen hatte. Sie nahm auch die geschockten Mienen wahr, die sie umgaben, den Schmutz, das Blut, die Verzweiflung. Sie spürte die Bestürzung der Menge darüber, dass ihre Heldin Kaiserin Mulan sich wie eine gewöhnliche Sterbliche aufführte.

Mulans Zorn verrauchte und ließ nur Erschöpfung zurück.

„Ich brauche meinen Kriegsrat", sagte Mulan. „Kannst du sie herbeirufen?"

Zhonglin reichte ihren letzten Becher an eine Soldatin.

„In Euer Zelt", sagte sie.

Starre Blicke folgten Mulan und Zhonglin auf ihrem Weg durch das Lager, jedes Augenpaar eine zusätzliche Erinnerung an Mulans Versagen, sowohl auf dem Schlachtfeld als auch dahinter. In diesem dumpfen Bewusstsein ging Mulan an den Gaffern vorüber. Weder sie noch Zhonglin wechselten ein Wort.

Mulans Zelt war groß, aus schweren Kuhhäuten zusammengenäht und stand in der Mitte des Lagers. Obwohl rundherum geschäftiges Treiben herrschte, wurden die Geräusche von draußen gedämpft, als sich die Zeltklappe hinter Zhonglin und Mulan schloss. Im Inneren war es dunkel. Zhonglin hob eine Hand, und ein Licht schwebte über ihren Fingern in der Luft, das sich langsam zu einer Tür ausdehnte. Eine nach der anderen traten die Geister von Mulans Kriegsrat daraus hervor.

Sie drängten sich auf der begrenzten Fläche, einige saßen an den Wänden, andere standen über einem glühenden Pergament, das plötzlich auf dem Boden erschienen war. Es war ein Schaubild des Tals, auf dem die Positionen der Armeen durch sich bewegende Soldaten markiert waren. Hätte Mulan es zu einem anderen Zeitpunkt gesehen, hätte es sie in Staunen versetzt.

„Ein Viertel unserer Streitkräfte ist heute gefallen“, sagte sie ohne Umschweife. „Ein Drittel der verbleibenden Truppen hat Verletzungen davongetragen, die ernst genug sind, um sie von weiteren Kämpfen auszuschließen. Alle sind erschöpft. Die Hunnen hingegen werden morgen mit frischen Truppen angreifen, wahrscheinlich bei Sonnenaufgang. Wenn sie das tun, werden wir unsere Stellungen nicht über den Morgen hinaus halten können.“

Stille senkte sich über das Zelt, während alle ihre Worte aufnahmen.

„Irgendwelche Neuigkeiten von anrückender Verstärkung?“ General Fu Hao hatte eine Art, die selbst eine einfache Frage gebieterisch klingen ließ.

„Ich habe meinen Vogel kurz vor Sonnenuntergang auf Erkundung geschickt“, sagte Zhonglin. „Innerhalb von zwei Tagesritten konnte sie nichts entdecken.“

„Zwei Tage?“, wiederholte Mulan heiser.

Zhonglin erwiderte ihren Blick mit ernster Miene. „Ja.“

Mulan fürchtete sich davor, die nächste Frage zu stellen. „Wissen wir irgendetwas über Shangs Aufenthaltsort?“

„Nein.“ Die Antwort an sich war schon schlimm genug, aber es war der Tonfall von Zhonglins Stimme, der ihr Angst machte. Vielleicht wurden Geister nicht müde. Vielleicht konnten Geister nicht sterben. Aber sie wusste jetzt mit Gewissheit, dass sie sich fürchten konnten.

„Was können wir tun, um unsere Stellung länger zu halten?", fragte Mulan.

„Erhöht heute Nacht die Wälle, hier und hier", sagte Meisterin Zhu und steckte sich eine graue Haarsträhne hinters Ohr. „An diesen Stellen ist ein Durchbruch am wahrscheinlichsten. Habt ihr alte Pfähle, die umgestürzt sind? Grabt so viele davon aus, wie Ihr könnt, und vergrabt sie erneut am Fuß des Walls."

„Stellt Eure frischen Kämpfer in die Mitte", sagte Siniang. „Die mit moderaten Verletzungen können oben auf den Klippen Stellung beziehen und Steine werfen. Aus dieser Höhe können selbst kleine Steine tödlich sein. Und sie dienen als Ablenkung."

„Heißer Teer ebenfalls, falls Ihr welchen habt", ergänzte Fu Hao und trommelte dabei gedankenverloren auf ihren Schwertgriff.

„Flammen, um die Pferde zu erschrecken …", warf Xun Guan ein, in deren kindlichen Augen ein ganz anderes Feuer loderte.

Mulan lauschte der Fülle an Ratschlägen und machte sich Notizen. Trotzdem ließen ihre Beraterinnen etwas ungesagt. Nach einer Weile hob Mulan die Hand.

„Der Rat, den Ihr mir erteilt habt, ist gut. Er könnte es uns ermöglichen, bis zum Ende des Tages zu überleben, vielleicht sogar noch bis in den nächsten hinein. Aber wie wahrscheinlich ist es, dass wir unsere Stellung länger als zwei Tage halten können?"

Niemand sprach. Ein gedämpfter Schrei drang durch die Zeltwände.

Schließlich brach Siniang das Schweigen. „Eine Soldatin gibt den Kampf niemals auf. Selbst im Tod kann eine Armee das Blatt des Krieges noch wenden."

Das Pergament flackerte und ließ die Schatten im Zelt erzittern. Mulan musterte die düsteren Mienen um sie herum und verstand Siniangs Worte als das, was sie waren. Etwas an den Facetten der Emotionen in der kehligen Stimme der Konkubine brachte Mulan dazu, sich zu fragen, was für ein Ende Siniangs Miliz genommen hatte.

„Danke“, sagte sie. „Ich bin Euch für Euren Rat dankbar.“

Ihr Kriegsrat löste sich still auf, einzeln wandten sich alle von der Karte ab und verschwanden durch das Portal. Als Liang Hongyu an Mulan vorbeiging, hielt sie inne und wandte sich zu ihr um. Ihr Stand war breit und selbstsicher, wie es sich für eine befehlshabende Offizierin gehörte.

„Ich wurde einst vom Feind gefangen genommen“, sagte sie leise. „Sie waren fasziniert von meinen Kampfkünsten und zwangen mich, den Hof als Ringkämpferin zu unterhalten.“

Eine Ringkämpferin. Das würde ihre starken Schultern erklären. Mulan wartete, dass Hongyu fortfuhr.

„Es war erniedrigend“, sagte Hongyu und blickte Mulan fest in die Augen. „Aber du kommst darüber hinweg. Irgendwann findest du einen Weg, die Oberhand zu gewinnen.“

„Ich verstehe“, sagte Mulan, obwohl sie gar nichts verstand.

Hongyu wandte sich ab und verschwand durch das Portal.

Nachdem die Geister gegangen waren, verdunkelte sich der Schein von Zhonglins Karte. Sie hob die Zeltklappe an, um ein wenig Fackellicht hineinzulassen.

„Würdet Ihr Euch gerne noch weiter unterhalten?“, fragte sie.

„Es tut mir leid“, sagte Mulan. „Wegen vorhin.“

„Der Krieg fordert auch von den Besten seinen Tribut“, sagte Zhonglin. Der gelbe Schein der Fackeln verlieh ihrer Haut einen wärmeren Ton als gewöhnlich. Dann nahm auch sie Abschied.

Endlich allein, musste Mulan sich eingestehen, dass sie viel zu rastlos war, um sich zu erholen. Nach einer kurzen Weile schlüpfte sie aus ihrem Zelt und steuerte wieder auf den Wall zu. Sie stieg auf ihren Ausguck und starrte hinaus auf das Schlachtfeld. Die Feuer der feindlichen Armee sprenkelten das Tal. Mulan begann, sie zu zählen, gab es aber auf, als sie bei einhundert angelangt war. Sie blickte zurück auf die spärlichen Feuer ihres eigenen Lagers, entzündet von Menschen, die hierhergekommen waren, weil sie sie darum gebeten hatte. Wie viele dieser Kämpferinnen und Kämpfer hatten Familien, die von ihnen abhängig waren? Was für Lücken würde ihr Tod hinterlassen?

Sie war sich nicht sicher, wie viel Zeit vergangen war, als ihre Gedanken in die Gegenwart zurückkehrten. Mulan warf einen letzten Blick auf die Armee der Hunnen, bevor sie vom Wall hinunterkletterte. Vor ihrem Zelt bat sie den Wächter, sie zwei Stunden vor Sonnenaufgang zu wecken. Drinnen angekommen, legte sie ihren Helm ab, behielt den Rest ihrer Rüstung aber an. Die rauen Kanten der Schuppen blieben an dem Stoff ihrer Bettrolle hängen. Mulan fand es schade, dass sie ihre Decken beschmutzen musste.

Lange lag sie mit offenen Augen da und starrte in die Dunkelheit.

Mulan träumte unruhig, als Liwen ihren Namen rief.

„Es sind noch zwei Stunden bis Sonnenaufgang", fügte sie hinzu.

Mulan setzte sich auf und rieb sich die Augen. Liwen, die an der Zeltklappe stand, wirkte Jahre älter als noch vor zwei Tagen. Schatten verdunkelten die Haut unter ihren Augen und verliehen ihrem ganzen Gesicht einen gräulichen Stich. Mulan fragte sich, ob das Licht der Fackeln ihren Augen einen Streich spielte. Sie hoffte, dass es so war.

„Hast du überhaupt geschlafen?"

„Ich komme gerade aus dem Krankenzelt. Zehn weitere Truppenmitglieder sind in der Nacht ihren Verletzungen erlegen. Etwa doppelt so viele kämpfen mit einer Infektion."

Zehn weitere Frauen und Männer, die nicht zu ihren Familien zurückkehren würden.

Mulan warf sich einen Mantel über und schritt nach draußen. Es war noch dunkel und inzwischen auch kälter. Der Staub vom Vortag hatte sich gelegt, aber der Boden roch immer noch nach Blut. Die meisten im Lager schliefen, zusammengedrängt unter Decken oder im Schutz der Klippen. Nur die Späher und jene, die sich um die Verwundeten kümmerten, waren noch an der Arbeit. Ein paar Leute verneigten sich, als sie an ihnen vorüberging.

Liwen folgte Mulan, als diese auf ihren Platz auf dem Wall zurückkehrte. Die Feuer des Feindes waren im Laufe der Nacht niedergebrannt, aber sie waren nicht weniger zahlreich.

„Hat Zhonglin noch etwas gesehen?", fragte Mulan Liwen.

„Sie hat sich vor einer Weile in ihr Zelt zurückgezogen und ist seitdem nicht mehr herausgekommen."

Mulan fragte sich, ob Zhonglin schlief. Aber selbst wenn nicht, hätte ihr Vogel in der Dunkelheit ohnehin nichts Neues entdecken können.

Der Himmel begann, sich zu erhellen. Schon bald konnte Mulan einzelne Gestalten im verfeindeten Lager ausmachen, genau wie eine allmähliche Zunahme der Aktivität. Wahrscheinlich legten die Hunnen ihre Rüstungen an und bereiteten sich auf einen weiteren Angriff vor.

In der Nacht zuvor war Mulan mit dem Hauch eines Plans in ihren Gedanken schlafen gegangen, etwas, das sich so angefühlt hatte, als läge es nicht im Bereich des Möglichen. Doch der Plan hatte an Gewicht gewonnen, während sie schlief. Und jetzt, da sie erwacht war und feststand, dass sich die Umstände über Nacht nicht geändert hatten, wuchs dieser Plan, bis sie keine andere Möglichkeit sah.

Mulan hielt ihren Blick auf die Hunnen gerichtet. „Vertraust du darauf, dass ich die richtigen Entscheidungen treffen werde?"

Für einen Moment herrschte Stille, während Liwen ihr Gesicht erforschte. „Du weißt, dass ich das tue."

„Dann weck Zhonglin auf. Sattle unsere Pferde und halte die Flagge für Verhandlungen bereit."

Sie musste Liwen zugutehalten, dass sie nicht widersprach. Mulan stand allein auf dem Wall und wartete auf ihre Rückkehr. Die Brise verursachte ihr eine Gänsehaut.

Schritte ertönten in ihrem Rücken. Zhonglin rannte den Wall entlang auf sie zu, gefolgt von Liwen. Zhonglins Haar hatte sich aus dem langen Zopf gelöst. Vielleicht schliefen Geister ja doch.

„Ich werde mich ergeben", sagte Mulan, sobald die beiden Frauen vor ihr zum Stehen gekommen waren. Beim Sprechen hielt sie ihren Blick auf Zhonglin gerichtet, vielleicht auch weil sie sich vor Liwens Reaktion mehr fürchtete.

Liwens Mund klappte fassungslos auf. „Ergeben? Aber …"

„Wir haben keine Hoffnung auf einen Sieg", sagte Mulan. „Unsere Armee humpelt heute Morgen, während ihre Truppen noch frisch sind. Bis zum Ende des Tages werden die Hunnen unsere Stellungen einnehmen, wenn nicht sogar schon bis Mittag. Wenn das geschieht, wird jeder unter meinem Kommando abgeschlachtet."

Liwens Augen verengten sich zu Schlitzen. „Wir fürchten uns nicht vor dem Tod."

„Ich weiß, dass ihr das nicht tut. Aber es gibt einen Unterschied zwischen einem lohnenswerten Tod und einem sinnlosen."

Liwens Stimme wurde lauter. „Wir könnten ihr Vordringen verlangsamen."

„Für einen halben Tag." Mulan begegnete ihr nicht weniger energisch. „Höchstens einen ganzen. Eure Leben sind mehr wert als das."

„Lieber der Tod auf dem Schlachtfeld als Gefangenschaft, Folter und Hinrichtung", sagte Liwen.

„Ich habe meine Entscheidung getroffen, Soldatin." Mulans Tonfall ließ keinen Widerspruch zu.

In Liwens Augen blitzten Enttäuschung und Verrat auf.

Es schmerzte Mulan, ihren Rang so auszuspielen, aber sie wandte ihren Blick nicht ab. „Ich habe meine Entscheidung getroffen", sagte sie noch einmal, wenn auch sanfter. „Jetzt muss ich mich darauf verlassen können, dass du meinen Befehlen Folge leistest. Ich will, dass du mit mir hinausreitest."

Liwen öffnete ihren Mund, schloss ihn wieder und richtete ihren anklagenden Blick auf Zhonglin. „Du bist still."

„Ich erteile Ratschläge. Ich gebe keine Befehle."

„Deswegen vertraue ich Geistern nicht", fauchte Liwen. „Warum solltest du kämpfen, wenn du ohnehin schon tot bist?"

Das Geräusch von Flügeln ertönte, und Zhonglin streckte ihren Arm aus, um ihren Falken in Empfang zu nehmen. „Die Lebenden können ihre Augen vor der Wahrheit verschließen", sagte sie, als der Raubvogel Liwen mit seinem gelben Blick fixierte. „Die Toten verfügen nicht über diesen Luxus."

„Das reicht", sagte Mulan. Das alles war auch ohne ihre Sticheleien schon schwer genug. „Du hast gesagt, dass du mir vertraust, nicht wahr? Kommt, wir müssen ausreiten, bevor die Hunnen ihren nächsten Angriff starten."

Die Umstehenden beobachteten neugierig, wie Mulan ihr Pferd sattelte. Auch Liwen sattelte ihr Pferd, mit einem Gesicht wie eine Gewitterwolke. Jeder, der sich ihr versehentlich näherte, wich beim Anblick ihrer Miene rasch zurück. Mulan wartete auf ihrem Pferd, bis Liwen und Zhonglin ihre Positionen zu beiden Seiten neben ihr eingenommen hatten. Schweigen breitete sich über der Menge aus, als Zhonglin die weiße Flagge hisste.

„Lasst uns losreiten", sagte Mulan.

Die Hufe ihrer Pferde stimmten einen gleichmäßigen Rhythmus an, wie das Marschlied eines einsamen Trommlers. Als sie sich den Hunnen näherten, brach Mulan der kalte Schweiß aus. Sie hielten ihre Flagge deutlich sichtbar über ihre Köpfe erhoben, aber würden ihre Feinde dieses Zeichen respektieren? Ein einziger Pfeil wäre genug. Sie atmete auf, als sie sah, wie Erban und Balambar ihnen entgegenritten, doch ihre Erleichterung war von kurzer Dauer.

„Kaiserin Mulan", sagte Erban. „Es war ein langer Tag und eine lange Nacht."

Nie war sie weniger in der Stimmung gewesen, Höflichkeiten auszutauschen. „Ich bin bereit, Euch das Gebirge passieren zu lassen. Aber nur wenn Ihr meinen Truppen gestattet, friedlich abzuziehen. Und Ihr müsst mir Euer Wort geben, dass Ihr das Land nicht plündern werdet."

Erbans Mund verzog sich amüsiert. „Zugeständnisse von einer Armee am Rande der Vernichtung sind für mich nicht sonderlich verlockend. Warum solltet wir Euch verschonen, nachdem Ihr uns so viel Ärger bereitet habt?"

Mulan biss die Zähne zusammen. Obwohl sie sich auf diesen Augenblick vorbereitet hatte, fiel es ihr schwer, die folgenden Worte auszusprechen. Was jetzt folgte, würde sich nicht mehr rückgängig machen lassen.

„Ihr werdet meine Truppen friedlich abziehen lassen, weil ich mich Euch als Geisel anbiete."

Erban riss überrascht die Augen auf. Selbst Balambars selbstgefällige Miene bekam Risse. Neben Mulan verkrampfte sich Liwens Griff um ihre Zügel, ihre Knöchel traten weiß hervor. Zhonglin blieb still an Mulans Seite. Ihr Porzellangesicht verriet keine Regung.

„Ich ergebe mich in Eure Obhut", fuhr Mulan fort. „Ihr könnt meine Anwesenheit nutzen, um Euch sicheres Geleit in die Kaiserliche Stadt zu verschaffen. Dort können wir die Bedingungen unserer Ehe aushandeln."

Erban tauschte einen Blick mit seinem Botschafter.

„König Ruga war schwer enttäuscht, als Ihr den ursprünglichen Heiratsantrag im Namen seines Sohnes abgelehnt habt", sagte Balambar. „Es war für sie beide eine tiefe Kränkung. Ihr habt Euch uns gegenüber feindlich gesinnt gezeigt. Welche Versicherung haben wir, dass Ihr Euer Wort nicht brecht, sobald wir in der Kaiserlichen Stadt angekommen sind?"

„Welche Versicherung benötigt Ihr noch", entgegnete Mulan, „sobald Ihr Eure Armee ohne Blutvergießen oder Verluste in die Kaiserliche Stadt geführt habt? Es würde uns große Mühe kosten, uns Eurer wieder zu entledigen, nachdem Ihr erst einmal so weit gekommen seid."

Erban und Balambar tauschten einen langen Blick. Schließlich nickte Erban und richtete seinen stechenden Blick wieder auf Mulan. „Ich werde auf Euer Angebot eingehen, unter der Voraussetzung, dass Ihr Euer Schwert übergebt und augenblicklich mit uns kommt."

Liwen stieß zischend den Atem aus. Mulan betete, dass sie sich nicht einmischen würde.

„Ich werde mein Schwert übergeben", erwiderte Mulan. „Aber ich werde mein Messer am Körper tragen, bis meine Truppen sicher abgezogen sind. Wenn Ihr Euer Wort brecht und meine Truppen angreift, werde ich das Messer gegen mich selbst richten."

„Das ist eine recht übertriebene Drohung", sagte Erban. Seine Miene drückte milde Erheiterung aus, aber Mulan bemerkte den triumphalen Ausdruck in seinen Augen und sah, wie sich sein Griff im Jubel um seine Zügel festigte. „Schickt Eure Untergebenen zurück."

Mulan wandte sich an Liwen und Zhonglin. Liwen sah aus, als spielte sie mit dem Gedanken, vom Pferd zu springen und Erban mit bloßen

Händen zu erwürgen. Zhonglin beobachtete die Szene mit unleserlicher Miene.

„Beaufsichtigt den Abzug unserer Truppen“, sagte Mulan. „Ich werde euch in der Kaiserlichen Stadt wiedersehen.“

„Mulan, bitte …“, setzte Liwen an.

„Du hast meine Befehle gehört.“

Liwen zuckte zusammen, als hätte Mulan ihr körperliche Schmerzen zugefügt. Der Anblick versetzte Mulans Herzen einen Stich. Mit steifen Bewegungen zog Liwen den Kopf ihres Pferdes herum. Zhonglin folgte ihrem Beispiel. Mulan biss die Zähne zusammen und zwang sich, tief Luft zu holen, während Liwen und Zhonglin in ihrem Blickfeld immer kleiner wurden. Sie war sich nur zu bewusst, dass Balambar und Erban jede ihrer Reaktionen beobachteten, und sie war entschlossen, ihnen nicht die Genugtuung zu geben, einen Riss in ihrer Fassade zu sehen.

Als Liwen und Zhonglin den Wall erreichten, brach im chinesischen Lager emsiges Treiben aus. Die Truppen eilten ihnen entgegen, und die beiden Reiter verschwanden hinter den Barrikaden. Das Lager wurde still.

„Was dauert da so lange?“, fragte Erban. Er spuckte auf den Boden.

„Gebt ihnen Zeit, die Neuigkeiten zu verdauen“, sagte Mulan. Das Messer in der Scheide an ihrem Arm presste sich kalt gegen ihre Haut. „Sie werden noch früh genug abziehen.“

„Wie lange noch?“, fragte Erban mit einem Anflug von Ungeduld.

„Es ist ein großes Lager“, erwiderte Mulan knapp. Im Stillen betete sie, dass niemand etwas Törichtes unternahm. „Gebt ihnen Zeit.“

Endlich setzten sich die Truppen in Bewegung. Zeltpfähle schwankten und senkten sich. Pferde kamen in Sicht, die Menschen und Vorräte gen Süden trugen. Der Abzug dauerte den ganzen Morgen. Mulans Muskeln schmerzten vor Anspannung. Die linke Seite ihres Gesichts brannte unter der Sonne.

Liwen war die Letzte, die abzog. Selbst aus der Entfernung konnte Mulan ihre Gestalt im Sattel zweifelsfrei erkennen. Mulans Stellvertreterin wandte sich noch ein letztes Mal zu ihr um, bevor sie ihrem Pferd die Sporen gab und außer Sicht verschwand.

„Eure Truppen sind in Sicherheit, Eure Majestät“, sagte Erban. „Händigt uns jetzt Euer Messer aus.“

Mulan schüttelte sich und bemerkte erst jetzt, wie lange sie in derselben Position verharrt hatte, ohne sich zu rühren. Die Riemen an ihrer Messerscheide fühlten sich enger an, jetzt, da sie sie lösen musste.

„Keine Ausreden mehr, Kaiserin“, sagte Erban, und seine Stimme verhärtete sich.

Mulan rollte ihren Ärmel hoch und löste die Schnallen an der Scheide, eine nach der anderen. Die Klinge fiel ihr in die Hand. Unter Erbans und Balambars wachsamen Blicken fasste sie das Messer an der Spitze und bot es ihnen dar.

Erbans Lippen verzogen sich zum Anflug eines Lächelns. „Danke, Kaiserin. Kommt jetzt mit uns.“

Kapitel Neunzehn

„Ihr reitet voraus“, befahl Erban Mulan.

Truppen hatten sich bereits am Rande des Lagers versammelt. Tausende von Augen verfolgten jede ihrer Bewegungen, und ihre geballte Feindseligkeit lähmte ihre Glieder. Trotzdem biss sie die Zähne zusammen und trieb ihr Pferd voran.

Als sie sich dem Lager der Hunnen näherten, hörte sie, wie der Botschafter das Wort ergriff. „Behaltet Eure Truppen im Griff, mein Prinz. Die Chinesen können bedrängt werden, aber sie werden es nicht so leicht verzeihen, wenn ihre Kaiserin über Gebühr gedemütigt wird oder zu Schaden kommt.“

„Über Gebühr“, wiederholte Erban verächtlich. Sein Tonfall zerstreute jede Hoffnung, die bei Balambars Warnung in ihr aufgekeimt war. Erst jetzt begann Mulan zu begreifen, wie tief der Groll ging, den Erban gegen sie hegte.

Je näher sie dem Lager kamen, desto lauter wurde der Jubel. „Die große und mächtige Kaiserin von China.“

„Viel macht sie nicht her.“

Erban führte sie zu einem großen runden Zelt aus gegerbtem Pferdeleder. Im Inneren lagen stapelweise Sättel, Waffen und Leinensäcke.

„Räumt es leer“, befahl er. „Treibt einen Pfahl in den Boden.“

Während mehrere Soldaten in Aktion traten, tastete Erban Mulan nach

Waffen ab und legte eine Fußfessel um ihren Knöchel. Die daran befestigte Kette schleifte über den Boden. Wenn sie genügend Spielraum hätte, könnte sie sie als Waffe verwenden.

Erban nahm das Ende der Kette in die Hand. „Kommt“, sagte er und führte sie zum Zelt.

Jeder Muskel in Mulans Körper verkrampfte sich. Wenn der Prinz versuchen sollte, sie allein ins Zelt zu führen, würde sie ihm die Augen auskratzen.

Aber er hielt am Eingang inne. „Ihr werdet Euch wie eine vorbildliche Gefangene aufführen“, sagte er. „Erwartet nicht, wie eine Königin behandelt zu werden. Ihr werdet mit der Armee marschieren. Ihr macht Rast, wenn man es Euch sagt, und Ihr esst, was man Euch vorsetzt. Wenn Ihr irgendwelche Anzeichen von Widerstand zeigt oder versucht zu entkommen, können wir Euch das Leben bedeutend schwerer machen. Dieses Zelt kann Euch wieder genommen werden, genau wie Euer Essen. Für den Augenblick beziehen Eure Wachen draußen vor dem Zelt Stellung, aber sie können auch zu Euch reinkommen.“

Sie erwiderte seinen Blick, ohne mit der Wimper zu zucken. Hielt ihre Zunge und ihre Wut im Zaum.

„Ich weiß nicht, was Ihr Euch dabei gedacht habt zu versuchen, ganz allein über das Reich zu herrschen“, sagte er. „Ihr hättet Euch eine Menge Ärger erspart, wenn Ihr das Angebot meines Vaters einfach angenommen hättet. Aber vielleicht werdet Ihr jetzt ja gefügiger sein.“

Erban ging ein paar Schritte zurück, dann wandte er sich noch einmal zu ihr um. „Weißt du, Mulan, für eine Kriegerin siehst du gar nicht so übel aus. Wenn du dir den Dreck abwäschst, könntest du in unserer Hochzeitsnacht vielleicht sogar ganz annehmbar sein.“

Mulan spuckte ihm vor die Füße. Erban grinste bloß und ging davon.

Sie ließen Mulan den Nachmittag über allein und kamen nur in ihr Zelt, um ihr Mahlzeiten und eine Decke für die Nacht zu bringen. Am nächsten Morgen wurde sie von ihren Wachen geweckt, die durch die Zeltklappe zu ihr hereinbrüllten. „Aufstehen! Wir marschieren heute ab.“

Einer der Wächter warf einen trockenen Kanten Brot auf den Boden, zusammen mit einem Wasserschlauch. Mulan wischte, so gut es ging, den Dreck vom Brot und nahm einen Bissen. Es war hart und schmeckte ekelhaft, aber zumindest war es nicht verschimmelt.

Um sie herum bauten Soldaten ihr Zelt ab und gaben den Blick auf einen strahlend blauen Himmel frei. Die Luft war frisch und hätte klar sein können, wenn nicht zehntausend Pferdehufe Staub aufgewirbelt hätten. Mulan fand sich wieder einmal den prüfenden Blicken der Soldaten ausgesetzt. Sie starrte stur geradeaus und beobachtete den Horizont über den Köpfen der Soldaten, die sie von ihrem Pfahl losmachten und ihre Füße zusammenketteten. Prinz Erban drückte ihr das aufgerollte Zelt in die Arme.

„Tragt das."

Sie marschierten. Ihre Ketten schleiften über den Boden und blieben immer wieder an Steinen und Grasbüscheln hängen. Mehrere Male stolperte sie und stürzte, woraufhin sie sich jedes Mal unter Pfiffen und Gejohle wieder aufrappeln musste. Schon bald lernte sie, ihr Zelt so zu halten, dass es ihre Stürze abfederte.

„Wenn sie noch schmutziger wird", sagte Balambar, der vor ihr auf seinem Pferd ritt, „werden ihre Leute sie nicht wiedererkennen und sie wird als Geisel vollkommen unbrauchbar."

Prinz Erbans Lachen war beißend und gehässig.

Als sie sich den verlassenen Befestigungen von Mulans Armeen näherten, wurde der Verwesungsgestank überwältigend. Mulans Truppen hatten sich alle nur erdenkliche Mühe gegeben, die Körper zu begraben, aber dieses Ausmaß an Tod war unmöglich vom Angesicht der Erde zu tilgen. Aasgeier schlugen ihre Krallen in Brocken auf der Erde. Mulan wandte den Blick ab.

Erban brüllte einen Befehl, und Soldaten stürmten mit Schaufeln in den Händen herbei. Jetzt, da niemand die Stellungen mehr verteidigte, hatten sie leichtes Spiel, den Wall einzuebnen und die Gräben davor aufzufüllen. Als der Boden wieder flach war, setzte die Armee ihren Marsch fort. Mulans Kette blieb an der Spitze eines angespitzten Pfahls hängen, und sie konnte sich gerade noch rechtzeitig fangen. *Lieber über einen stolpern, als darauf aufgespießt zu werden*, dachte sie.

Sie marschierten weiter. Obwohl das Gehen nicht weniger anstrengend wurde, nachdem sie die Befestigungsanlagen passiert hatten, fiel es Mulan danach leichter, Schritt zu halten. Je weiter sie sich von diesem blutgetränkten Schlachtfeld entfernen konnte, desto besser. Bei Sonnenuntergang schlug die Armee ihr Lager auf und unternahm keine Anstrengungen, ihre Anwesenheit verborgen zu halten. Am nächsten Tag marschierten sie weiter.

Nach und nach näherten sie sich der Straße, auf der Mulans Truppen nach Norden marschiert waren. Die Armee nahm die Straße ein und überflutete sie wie ein Flussbett bei Hochwasser. Niemand sonst bereiste diesen Streckenabschnitt, und die wenigen Häuser, die Mulan sehen konnte, hatten ihre Türen geschlossen und die Fenster verrammelt.

„Ein Land von Mäusen“, sagte Balambar, der auf einem trockenen Grashalm herumkaute. „Sie haben sich alle versteckt.“

Balambars Worte zielten darauf ab, sie zu provozieren, und obwohl ihm das bis zu einem gewissen Grad auch gelang, war Mulan dennoch froh, dass es zu keinem weiteren Blutvergießen kam. Während sie weitermarschierten, ließ Mulan ihren Blick immer wieder über den Horizont schweifen und fragte sich, was wohl aus Shang geworden war.

Später am selben Nachmittag näherte sich die Armee der Hunnen dem ersten chinesischen Dorf auf ihrem Weg. Mehrere Hundert Soldaten hatten auf der Straße Stellung bezogen und erwarteten ihre Ankunft.

Tretet zurück, dachte Mulan. Aber die Soldaten blieben unbewegt stehen, während sich die mehrere Tausend Mann starke feindliche Armee näherte. Wer waren diese Leute? Eine lokale Miliz?

„Halt“, rief ihr Anführer. Mulan kannte ihn nicht. „Wir können Euch nicht gestatten, auf chinesischen Boden vorzudringen.“

Erban, der vor Mulan her geritten war, trieb sein Pferd näher heran. „In wessen Namen sprecht Ihr?“

„Im Namen des chinesischen Reiches und unserer Kaiserin“, erwiderte der Mann.

Erban reckte sein spitzes Kinn gen Himmel und stieß ein höhnisches Lachen aus. „Eurer Kaiserin? Habt Ihr mit ihr gesprochen? Hat sie Euch diesen Befehl persönlich erteilt?“

Der Anführer zögerte. Er merkte, dass Erban ihn verspottete, verstand aber nicht, worauf er hinauswollte.

Der Hunnenprinz winkte hinter sich. „Bringt die Kaiserin.“

Mulans Wachen packten sie bei den Schultern und schleiften sie nach vorn. Mulan starrte auf einen Punkt am Horizont, jede Faser ihres Körpers sträubte sich gegen das, was als Nächstes geschehen würde.

„Eure Kaiserin ist unsere Gefangene“, rief Erban. „Sie hat uns freies Geleit in die Hauptstadt garantiert. Wollt Ihr Euch gegen ihre Befehle stellen?“

Mulan nahm all ihren Mut zusammen, um ihren Soldaten ins Gesicht zu sehen, und wappnete sich gegen ihren Schock und ihr ungezügeltes Entsetzen. Die Männer erkannten sie, obwohl ihr nicht klar war, wie ihnen das gelingen konnte. Die Nachricht von ihrer Gefangennahme musste sich herumgesprochen haben, doch sie konnte ihnen ansehen, dass diese Männer den Berichten bis jetzt keinen Glauben geschenkt hatten.

„Dies sind Eure Truppen, nicht wahr?“, fragte Erban.

„Ja“, sagte Mulan leise.

„Sprecht lauter“, verlangte er.

„Ja.“ Sie legte all ihre Wut in dieses eine Wort.

„Befehlt Euren Truppen, sich zurückzuziehen“, sagte Erban mit einem selbstgefälligen Grinsen. „Zwingt mich nicht, Euch ein zweites Mal darum zu bitten.“

Mulan biss die Zähne zusammen und starrte auf den Boden. Schwieg einen langen Moment. „Zieht Euch zurück“, rief sie dann mit klarer Stimme. „Lasst die Hunnen passieren.“

Ein Raunen ging durch die chinesischen Truppen, und sie tauschten unsichere Blicke aus.

„Ihr habt Eure Kaiserin gehört“, sagte Erban.

Allmählich, nach und nach, lösten sich die Truppen auf. Nur ein paar von ihnen sahen Mulan direkt an, aber die wenigen, die es taten, hatten eine solche Verwirrung und Enttäuschung im Blick, dass sie genügend Scham für sie alle hervorriefen. Nach einer Weile musste Mulan den Blick abwenden.

Erban atmete tief durch, als würde er einen Garten besichtigen, anstatt eine Invasion anzuführen. „Eine weitere Sache noch", sagte er liebenswürdig. „Befehlt ihnen, ihre Waffen auszuhändigen."

Mulan fuhr zu ihm herum. „Nein", zischte sie. „Das lässt sie wehrlos zurück."

„Seid nicht unvernünftig." Erbans Blick verhärtete sich, selbst als seine Stimme sanft blieb. „Ich werde meine Truppen nirgendwo hinführen, wo ich weiß, dass ihre Rücken ungeschützt sind."

„Dann werdet Ihr Eure Truppen wohl zurück über die Grenze führen müssen", fauchte Mulan.

„Achtet auf Euer Mundwerk, Kaiserin." Erban sprach ihren Titel mit einer solchen Verachtung aus, dass er genauso gut auch von Ratten oder Hunden hätte sprechen können. „Wir könnten diese Männer vernichten."

In seinen Worten lag der spitze Kern der Wahrheit. Es gab keinen Zweifel, wie es ausgehen würde, wenn die Hunnen entschieden, zum Angriff überzugehen.

Mulan biss die Zähne zusammen. „Ihr werdet sie unbeschadet abziehen lassen?"

„Wie in unserer ursprünglichen Vereinbarung vorgesehen."

Sie sah zu Boden. Presste die Augen zusammen. Nahm einen tiefen Atemzug. *Die Erniedrigung bedeutet nichts. Was sie von mir denken, bedeutet nichts. Ihre Leben sind es, die etwas zählen.*

„Händigt Eure Waffen aus", befahl sie.

Die Männer der Miliz starrten sie mit offenen Mündern an.

„Ihr habt mich gehört", sagte Mulan. „Legt die Schwerter nieder."

Niemand rührte sich. Erban stieß ein ungeduldiges Räuspern aus und griff mit einem schlanken Arm nach seinem Schwert.

Mulan fing den Blick des Anführers auf und kratzte ihren letzten Rest Autorität zusammen. „Ihr seid der Anführer?"

Der Mann nickte zögerlich.

„Ihr werdet als Erster Eure Waffen niederlegen. Ich befehle es Euch als Eure Kaiserin."

Der Anführer der Miliz starrte sie an, Ungläubigkeit und Ernüchterung standen ihm ins Gesicht geschrieben. Mulan hätte ebenso gut die Sonne vom Himmel holen und verkünden können, dass sie aus Stroh bestand. Langsam, mit bedächtigen Bewegungen trat er vor seine Soldaten und schnallte seinen Schwertgürtel ab. Er schlug mit einem dumpfen Geräusch auf dem Boden auf.

Einer nach dem anderen folgten die Männer seinem Beispiel. Diesen Vorgang begleiteten keine weiteren Geräusche als das Dröhnen schwerer Schritte und das Klirren von Metall. Der Berg aus Waffen wuchs beständig an. Als auch der letzte Mann sein Schwert niedergelegt hatte, bedeutete Erban einigen seiner Soldaten, die Beute einzupacken und auf Pferde zu verladen.

Der Hunnenprinz grinste Mulan an. „Und jetzt", sagte er mit der Selbstzufriedenheit eines Mannes, der genau wusste, dass er die absolute Macht über jeden einzelnen Menschen in seinem Blickfeld in Händen hielt, „setzen wir unseren Marsch fort."

Sie passierten weitere Dörfer. Erban sorgte dafür, dass Mulan stets gut sichtbar war, indem er sie an die Spitze des Zuges stellte und ihr somit keine Gelegenheit ließ, sich zu verstecken. Zumindest gab es keine Wiederholung der ersten demütigenden Kapitulation. Die Neuigkeiten mussten sich verbreitet haben. Mulan suchte den Horizont weiter nach Shangs Truppen ab, obwohl sie nicht länger darauf hoffte, sie zu entdecken.

Während sie marschierten, sprach Erban sie mitunter an und kommentierte das Wetter und die Landschaft, oder er teilte ihr seine Meinung zu den Armeerationen mit. Regelmäßig beschwerte er sich auch über seinen Vater und sein Schicksal als zweitgeborener Sohn und darüber, dass ihm wahre Macht verwehrt wurde. Mulan ging auf keine seiner Bemerkungen ein.

Eines Nachmittags gesellte er sich erneut zu ihr. „Wir müssen keine Feinde sein", sagte er.

Mulan reagierte nicht. Die Fußfesseln hatten ihre Haut wund gescheuert, und jeder einzelne Schritt schmerzte. Ihr achtlos zusammengerolltes Zelt war unhandlich.

„Ich bin nicht unvernünftig", fuhr Erban fort. Er hatte sein Pferd einem seiner Männer überlassen, um zu Fuß zu gehen, was Mulan enttäuschend fand, da seine Schimmelstute mit Abstand ihre liebste Gesellschaft im Lager war. Wann immer Erban zu einem langatmigen Monolog über Politik ansetzte, machte Mulan sich einen Spaß daraus, lange, leidende Blicke mit der Stute auszutauschen. Und wann immer Mulans Rationen eine Handvoll Sonnenblumenkerne enthielten, bewahrte sie einen Teil davon auf, um ihn mit der Stute zu teilen.

Erban schritt leichtfüßig an Mulans Seite. Der Marsch gestaltete sich weit weniger schwierig, wenn die eigenen Füße nicht zusammengekettet waren. „Wir können lernen zusammenzuarbeiten. Ihr scheint über ein gewisses Talent an der Kriegsfront zu verfügen, und ich bin niemand, der Talent achtlos verschwendet. Ihr wisst, dass sich unter unseren Reitern auch Kriegerinnen befinden, richtig? Nicht viele, aber doch ein paar. Wir sind nicht so engstirnig wie Eure Leute."

Sie hatten ein kleines Dorf hinter sich gelassen und kamen allmählich in bewaldetere Gegenden. Schatten fiel auf Mulans Gesicht, als sie unter den Kronen einer Baumgruppe hindurchgingen. „Manche Dinge stehen natürlich nicht zur Verhandlung", fuhr er fort. „Der Tribut an den Norden zum einen. Wir werden mit meinem Vater und meinem Bruder kooperieren, zum Wohle meines Volkes. In den nördlichen Graslanden mangelt es uns an Ressourcen. Darum kommen wir nach Süden. Ihr Chinesen würdet dasselbe tun, wenn unsere Positionen vertauscht wären."

Erban trug ein Schwert an der Seite und seinen Dolch. Der Dolch wirkte gut ausbalanciert. Er hatte einen knöchernen Griff und eine schmale Klinge. Aber keine der Waffen befand sich in Mulans Reichweite.

„Verdient Euch mein Vertrauen, und Ihr könnt mich auf dem Schlachtfeld beraten", sagte Erban. „Das Leben muss nicht unangenehm sein. Wir werden für sehr lange Zeit miteinander leben."

„Ich sagte, dass ich Verhandlungen aufnehmen werde, sobald wir die

Kaiserliche Stadt erreicht haben", erwiderte Mulan. „Wir sind noch nicht in der Kaiserlichen Stadt." Sie dachte über ihre Hände nach. Sie waren aneinandergekettet, aber die Kette saß verhältnismäßig locker.

Erban lachte, und sein spitzes Kinn hob sich dabei vor Erheiterung. „Je eher Ihr Euch die Wahrheit eingesteht, umso besser. Eure Regierung liegt in Trümmern. Ihr könnt nicht einmal eine richtige Armee auf die Beine stellen. Ich bewahre Euch vor einem Bürgerkrieg. Je länger Ihr weiter versucht, Eure Probleme allein in den Griff zu bekommen, desto mehr Kummer werdet Ihr Euch selbst bereiten. Nehmt meine Hilfe an, Mulan. Tut es für Euer Volk."

Mulan hielt mitten im Schritt inne. „Ihr habt recht, dass ich mein Reich nicht allein führen kann." Als Erban eine Augenbraue hochzog, ließ Mulan ihr Zelt fallen. Es fiel ihr formlos vor die Füße, während sie ihm direkt in die Augen sah. „Aber Ihr seid nicht die Hilfe, die ich brauche."

Bevor Erban reagieren konnte, hatte Mulan ihm bereits das Messer aus dem Gürtel gezogen und ihm die Klinge in einer fließenden Bewegung durchs Gesicht gezogen. Als er zurückstolperte, hielt sie auf den Wald zu und rammte ihre Schulter in den Soldaten, der ihr am nächsten war. Der Aufprall fuhr ihr bis ins Hirn, aber sie hielt sich gerade so auf den Beinen und rannte weiter. Mit gefesselten Füßen zu laufen, gestaltete sich sehr viel schwieriger, als sie erwartet hatte. Das rohe Fleisch an ihren Knöcheln protestierte bei jedem Schritt.

„Schnappt sie euch!"

Blätter und Zweige schlugen ihr ins Gesicht. Mulan stolperte über Baumwurzeln und überlegte dumpf, ob sie sich bei einem Sturz wohl auf Erbans Messer aufspießen würde. Hinter ihr dröhnten Schritte.

Irgendetwas zerrte an der Kette zwischen ihren Knöcheln und riss ihr die Füße nach hinten weg, während der Rest ihres Körpers nach vorn katapultiert wurde. Das Messer flog ihr aus der Hand. Harte Erde schlug ihr die Luft aus der Lunge, rasiermesserscharfe Kiesel bohrten sich in ihre Knie. Grobe Hände packten sie an den Schultern und rissen sie wieder auf die Füße. Mulan spuckte einen Mund voll Dreck und Blätter aus, während sie zu Erban zurückgebracht wurde, halb getragen, halb geschleift.

Er hielt sich einen Stofffetzen auf seine hohen Wangenknochen gepresst, Blutspuren zogen sich über sein Gesicht. In seinen Augen brannte ungezügelte Wut.

Als sie zu Erban zurückgeschleift wurde, blickte Mulan über seine Schulter auf die dahinterliegenden Berge. Dunkle, graue Wolkenfetzen schwebten vereinzelt über den Gipfeln, seltsam unpassend an dem klaren blauen Himmel.

Dann füllte Erbans Gesicht ihr Blickfeld. Er hob eine Faust, und alles um sie herum wurde schwarz.

Kapitel Zwanzig

Einmal mehr verfolgten Mulans Probleme sie bis in ihre Träume. Sie fand sich in dem seltsamen, silbrig glänzenden Wald wieder, in dem sie zum ersten Mal auf ihren Geisterrat getroffen war. Dichter Nebel hing in der Luft wie Spinnenseide. Magie herrschte hier, aber anscheinend war die Magie nicht stark genug, um die Schmerzen in ihrem Kopf zu verdrängen.

Mulan tastete behutsam nach der Beule an ihrer Schläfe und zog ihre Finger mit einem scharfen Zischen zurück, als sie sie fand. Selbst die leichteste Berührung schickte einen stechenden Schmerz durch ihren Schädel.

Der Nebel wurde immer dichter, bis sie kaum weiter als eine Armeslänge sehen konnte. Im Gehen streckte Mulan die Hände vor sich aus und schob vereinzelte Zweige und Blätter beiseite. Aus einer spontanen Eingebung heraus pflückte sie eines der Blätter von einem uralten Baum und presste es auf ihre Wunde. Der Schmerz klang ab.

„Das ist eine raffinierte Verwendung für diese Pflanzen“, sagte Zhonglin. Irgendwie überraschte es Mulan nicht, sie hier zu sehen.

„Heilt sie mich tatsächlich, oder bilde ich mir das nur ein?“

Zhonglin zupfte sich selbst ein Blatt ab, riss es entzwei und schnupperte daran. Der Duft, der zu Mulan hinüberströmte, ähnelte Pfefferminze, verrieben auf der Klinge eines Schwertes. „Ich weiß es nicht. Das werdet Ihr mir sagen müssen, wenn Ihr aufwacht.“

„Ich habe es nicht gerade eilig, wieder dorthin zurückzukehren", sagte Mulan.

Zhonglin warf das Blatt beiseite und schürzte ihre rosigen Lippen. „Ihr wirkt nicht wie der Typ, der so leicht aufgibt."

Mulan unterdrückte ein Knurren. „Ich habe versucht zu entkommen. Das hat mir diese Verletzung überhaupt erst eingebracht."

„Kein schlechter Versuch, und Ihr habt ihn ordentlich in die Schranken gewiesen", räumte Zhonglin ein. „Ihr seid Euch dieser Tage sicherer in Bezug auf Eure Heiratswahl – zumindest wenn es darum geht, wen Ihr *nicht* heiraten wollt, was schon mal ein Fortschritt ist. Obwohl ich mich frage, ob Euer Fluchtversuch eher von dem Bedürfnis getrieben war, Erban das Gesicht zu zerschneiden, als von einer richtigen Strategie. Das nächste Mal solltet Ihr Euch darüber im Klaren sein, wohin Ihr fliehen werdet, wenn Ihr einmal entkommen seid."

„Danke, ich werde auf jeden Fall eine ausführliche Abhandlung verfassen, bevor ich es wieder versuche."

„Eure Miliz hat sich neu aufgestellt", informierte Zhonglin sie, ohne auf Mulans sarkastischen Tonfall einzugehen. „Liwen hat sie in ein nahe gelegenes Dorf geführt, um ihre Wunden zu pflegen. Ihr verfügt wahrscheinlich über zwanzig oder dreißig Soldatinnen, die auf Abruf bereitstehen."

Mulan fuhr zu Zhonglin herum. „Was willst du damit sagen? Du willst sie hierherschicken, um mich zu retten? Dreißig gegen eine Armee von zehntausend?"

„Die junge Meisterin Xun wäre enttäuscht von Eurem Mangel an Vertrauen."

Meisterin Xun. Mulan erinnerte sich daran, wie das dreizehnjährige Mädchen mit einer kleinen Gruppe Reitern durch die feindlichen Belagerungslinien gebrochen war. „Du glaubst, meine Miliz könnte sich bis zu mir durchkämpfen?"

Zhonglin zuckte mit den Schultern und betrachtete verträumt die Baumwipfel. „Ich weiß es nicht. Ich bin nicht ihre Kommandantin. Ich habe sie nicht ausgebildet."

Mulan schloss die Augen und legte den Kopf in den Nacken, während sie sich das Bild der Frauen bei ihren morgendlichen Übungen vor Augen rief. „Ich nehme an, dass ihre Chancen unter diesen Umständen so gut stehen wie die jeder anderen gut ausgebildeten Kavallerie. Aber sie müssten schnell zuschlagen. Ihnen bleibt kaum Spielraum für Fehler. Es geht nicht nur darum, mich zu befreien. Nichts wäre gewonnen, wenn ich erneut gefangen genommen würde oder – schlimmer noch – Erban seine Wut an den umliegenden Dörfern ausließe."

„Jetzt beginnt Ihr langsam, Euren Verstand einzusetzen. Das ist ein Anfang. Alles, was Ihr jetzt noch tun müsst, ist, Eure Augen zu öffnen. Ihr verfügt über mehr Mittel, als Ihr meint."

Mulan ließ ihren Blick über den Wald schweifen, halb in der Erwartung, eine Armee aus dem Nebel treten zu sehen. Aber der Wald starrte einfach zurück, so leer wie eh und je. Wahrscheinlich fand Zhonglin es zu einfach, sie direkt mit der Nase auf die Lösung zu stoßen.

„Eine wahre Kriegerin sucht stets nach ihrem eigenen Vorteil", sagte Zhonglin.

„Alles, was ich gesehen habe, waren Hunnen, tagein und tagaus."

„Denkt weiter nach", erwiderte Zhonglin.

In Mulans Gedanken regte sich ein Verdacht, der sich immer weiter erhärtete, je länger sie darüber nachdachte. Die Sekunden, bevor Erban sie bewusstlos geschlagen hatte, der strahlend blaue Himmel …

„Seht Ihr es jetzt?", fragte Zhonglin. „Warum doch noch Hoffnung bestehen könnte?"

„Ja, ich sehe es", sagte Mulan. Eine Tür hatte sich geöffnet, wenn auch nur einen Spaltbreit. „Kommt mich holen. Ich werde mein Bestes geben, bereit zu sein."

Ein Lächeln huschte über Zhonglins Züge und ließ ihr ganzes Gesicht erstrahlen. „Das ist die Kriegerkaiserin, die ich kenne."

„Wie rasch könnt ihr hier sein?"

Ihr Lächeln wurde breiter. „Wir haben Euch auf Eurem Marsch verfolgt. Wenn Ihr Eure Wachen jetzt überwältigt, werdet Ihr nicht lange warten müssen."

Bei Zhonglin klang das alles so einfach, als ob Mulan einfach ihre Ketten abwerfen und ihre Wachen davonschicken könnte. Aber die Hunnen würden sicher zusätzliche Vorkehrungen treffen, da sie bereits einen Fluchtversuch unternommen hatte.

„Oh, das hätte ich beinahe vergessen", sagte Zhonglin und streckte ihr Schwert aus. „Das könntet Ihr vielleicht nützlich finden."

Die Waffe glänzte im silbrigen Licht des Waldes. Mulan erkannte Gebrauchsspuren darauf – Kratzer, Kerben und Dellen –, aber sie hegte nicht den geringsten Zweifel, dass die Klinge ihren Dienst tun würde. Sie streckte beide Hände aus, um die Waffe entgegenzunehmen.

„Seid bereit", sagte Zhonglin. Und dann war sie verschwunden.

Als Mulan die Augen öffnete, war es pechschwarz. Für einen kurzen Augenblick geriet sie in Panik, weil sie glaubte, blind oder begraben worden zu sein, doch dann riss sie sich zusammen und atmete tief ein. Luft strömte in ihre Lungen, und die Dunkelheit zerbrach in viele verschiedene Abstufungen von Schwarz. Mulan konnte eine Linie flackernden Lichts ausmachen – Fackelschein, der durch die Nähte ihres Zelts fiel. Es war Nacht. Ihre Wächter mussten sie hier hineingetragen haben, nachdem sie sie außer Gefecht gesetzt hatten. Falls das stimmte, war sie mehrere Stunden lang bewusstlos gewesen.

Mit einer Hand befühlte sie ihren Kopf. Die Beule, die sie ertasten konnte, tat nicht mehr weh. Hatte die Traumpflanze sie geheilt, oder war ihre Verletzung überhaupt nicht so schlimm gewesen, wie sie gedacht hatte? Mulan streckte ihre Beine aus und spürte, wie ihre Kette über den Boden schleifte. Kalte Eisen schlangen sich um ihre Handgelenke. Sie war eine Gefangene, nicht weniger als zuvor, aber vielleicht …

In den nächsten Minuten erforschte Mulan den Boden mit den Händen, wobei sie eher klopfte als fegende Bewegungen machte, die an einer scharfen Kante abrutschen könnten. Ihre Fingerspitzen landeten auf einem ledernen Knauf.

Ihr Herzschlag beschleunigte sich. Mit angehaltenem Atem tastete sie sich an dem Knauf entlang, bis ihre Finger sich um eine lederne Scheide schlossen. Stück für Stück – ihre Handgelenke ließen sich nicht so weit auseinanderziehen – zog sie die Klinge aus der Scheide.

Es fühlte sich merkwürdig an, Zhonglins Schwert mit gefesselten Händen zu halten. Dennoch strömte Jubel durch ihre Glieder. Mulans Fesseln waren schwer und verliehen der leichten Waffe mehr Gewicht. Nichtsdestotrotz, es war eine Waffe, und zwar eine bessere, als sie sich hätte erträumen können.

Mulan lauschte, schärfte ihre Sinne. Sie konnte nichts hören, aber aus den vorherigen Nächten wusste sie, dass ein Wächter vor ihrer Tür und einer auf der anderen Seite ihres Zelts postiert war. Wahrscheinlich sollte sie lieber nicht schreien. Ein Schrei würde alle beide herbeirufen, und sie wollte nur einen von ihnen alarmieren.

Also stöhnte sie laut auf. „Wasser", klagte sie. „Mein Kopf."

Vor ihrer Tür ertönte ein leises Rascheln.

Sie hob ihre Stimme. „Hilfe. Bitte. Ich kann nicht …" Sie stieß das lauteste Würgegeräusch aus, das sie zustande brachte. Tat es gleich darauf noch einmal. Der zweite Versuch löste einen echten Hustenanfall aus. Säure brannte tief in ihrer Kehle.

Die Schatten vor ihrem Zelt bewegten sich kaum merklich. Ein Schritt ertönte, dann noch einer. Die Zeltklappe hob sich. In der Öffnung erschien der dunkle Umriss eines Soldaten.

Mulan packte ihr Schwert. Er würde für einen kurzen Moment praktisch blind sein, bis seine Augen sich an die Dunkelheit gewöhnt hatten. Bis dahin musste er in ihre Reichweite gekommen sein.

„Hilfe!" Sie krümmte sich zusammen, um das Schwert mit ihrem Körper zu verdecken. Sie glaubte zwar nicht, dass der Schein der Fackeln weit genug in das Zelt hineinfiel, um ihre Waffe zu verraten, aber es war besser, auf Nummer sicher zu gehen. „Helft mir."

Als der Soldat näher herankam, schlitzte Mulan ihm die Kehle auf. Er ging mit einem dumpfen Aufschlag zu Boden.

Wie laut war sein Sturz gewesen? Diese Zelte ließen jegliche Art von Geräuschen durch. Mulan tastete den Gürtel des gefallenen Soldaten hastig nach einem Schlüsselbund ab.

Sand knirschte vor ihrem Zelt.

Mulan versuchte, das Geräusch ihres eigenen keuchenden Atem zu ignorieren. Endlich schlossen ihre Finger sich um gezacktes Metall, und sie seufzte vor Erleichterung. Sollte sie zuerst ihre Beine oder ihre Hände befreien? Mit zitternden Fingern griff sie nach den Ketten um ihre Knöchel und tastete verzweifelt nach einem Schlüsselloch.

Jemand rief etwas in der Sprach der Hunnen.

Mulan fand das Schlüsselloch. Ein leises Klicken ertönte, und die Fessel von ihrem rechten Fuß fiel ab. Jetzt ihre Hände …

Die Zeltklappe hob sich erneut. Ein anderer Soldat kam in ihr Sichtfeld.

„Was ist los?“, fragte er in gebrochenem Chinesisch.

Mulan stemmte sich auf die Beine und wankte für den Bruchteil einer Sekunde, bevor sie herumfuhr und ihren Fuß gegen seinen Kopf stieß. Der Soldat brach zusammen. Sie versuchte, seinen Sturz abzufangen, und trotz ihrer gefesselten Hände und seines Gewichts gelang es ihr gerade so, nicht mit ihm zu Boden zu gehen. Rasch löste sie ihre restlichen Fesseln und richtete sich auf.

Dann hielt sie inne, um zu lauschen. Stille. Hatte noch niemand etwas bemerkt? Mulan tastete am Körper des zweiten gefallenen Soldaten entlang, bis sie den Verschluss seines Mantels fand. Er sprang augenblicklich auf. Seine Tunika ließ sich nicht so leicht ausziehen, aber schließlich gelang es ihr. Sie warf beides über ihre eigene Kleidung, zog sich das Haar aus dem wirren Zopf und ließ es offen auf ihre Schultern fallen. Dann richtete sie ihre Uniform, befestigte Zhonglins Schwert an ihrem Gürtel und schlug die Zeltklappe auf. Überall um sie herum schliefen Soldaten auf dem Boden. Ein paar schnarchten, ein Mann redete leise im Schlaf. Mulan entdeckte mehrere Soldaten, die im Lager umherliefen, aber keiner von ihnen schenkte ihr Beachtung.

So rasch, wie sie konnte, schlängelte sie sich zwischen den schlafenden Gestalten hindurch, ohne wie eine Flüchtige auszusehen. Einmal kam ein Soldat direkt auf sie zu. Sie nickte ihm grüßend zu, er würdigte sie keines zweiten Blickes.

Was jetzt? Am Rand des Lagers konnte sie einen Ring aus Fackeln ausmachen. Sie könnte den ganzen Weg dorthin gehen, aber das würde mehr Glück erfordern, als sie zu haben glaubte. Außerdem patrouillierten Wächter die gesamte Umgebung.

Hinter ihr ertönte eine Stimme in der Sprache der Hunnen. Mulan drehte sich um. Ein gedrungener Mann mit eingesunkenen Schultern starrte sie an. Er wiederholte die Frage. Seinem Tonfall nach fragte er sie, was sie hier trieb.

Als die Stille sich in die Länge zog, wurde seine Haltung mit jeder Sekunde misstrauischer. Er sagte noch etwas, diesmal aggressiver. Dann sprang er auf sie zu und packte sie am Arm. Mulans Finger schlossen sich um sein Handgelenk und bogen es nach hinten weg, sie legte ihr ganzes Gewicht in den Griff. Er stieß einen überraschten Schmerzensschrei aus.

Zu laut. Mulan verspürte den widersprüchlichen Drang, ihm zu sagen, er solle leise sein. Mehr Rufe ertönten von allen Seiten. Hektisch sah Mulan sich um, die Muskeln angespannt zum Kampf, nur um zu begreifen, dass die Rufe von außerhalb des Lagers stammten. Die Späher der Armee schlugen Alarm. Mulan hörte das Donnern von Hufen in der Ferne und – konnte sie es wagen, das zu glauben? – weibliche Schlachtrufe.

Eine Reiterin preschte in ihr Blickfeld. Obwohl Mulan das Gesicht der Soldatin in der Dunkelheit nicht erkennen konnte, wusste sie augenblicklich, dass es Liwen war, die den Angriff anführte, ihr Schwert hoch über den Kopf erhoben. Liwen dachte überhaupt nicht daran, ihr Pferd zu zügeln, als die Hunnen ihr entgegenritten. Zhonglin war an ihrer Seite, und hinter ihnen, eingezwängt in eine enge Formation, kam der Rest ihrer Miliz.

Klingen klirrten aufeinander. Pferde wieherten und Krieger schrien, als Eindringlinge und Verteidiger aufeinanderprallten. Mulan sah, wie Liwens Klinge niederfuhr, Zhonglins Pferd bäumte sich auf und trat aus, und Ruolan, die Stickerin, warf einen Speer.

Dann erinnerte Mulan sich wieder an den Mann vor ihr. Auch er starrte mit offenem Mund auf die Angreiferinnen. Als sie ausholte, um ihn niederzustrecken, war er zu langsam, um ihren Schlag abzuwehren.

Der Jubelschrei einer Frau hallte über das Getümmel hinweg. „Für China!“ Jiayi hatte es schon immer verstanden, sich in einer Menschenmenge Gehör zu verschaffen.

Ein anderer Soldat stürmte auf Mulan zu. Sie wehrte seinen Schlag ab und fand einen Weg vorbei an seiner Deckung. Als er zu Boden ging, rannte sie auf ein Pferd zu, das vor einem nahen Zelt angebunden war. Die dunkelgraue Stute warf ihren Kopf unruhig umher.

„Hallo, meine Schöne. Bitte entschuldige den Tumult“, murmelte Mulan und löste das Seil. Sie schwang sich just in dem Moment auf den Rücken der Stute, als Prinz Erban aus seinem Zelt trat.

Gerade erwachte Soldaten hechteten aus ihrem Weg, als Mulan ihrem Pferd die Sporen gab. Am anderen Ende des Lagers konnte sie sehen, wie ihre Frauen eine Bresche in die feindlichen Linien schlugen. Die kleine Mingxia beugte sich tief über ihren Sattel, die braunen Ärmel ihrer Tunika hoben sich dunkel von ihrer hellen Haut ab, als sie die Schläge ihres Gegenübers abwehrte. Liwen kam ihr zur Hilfe, holte nach dem Arm des Hunnen aus und lenkte ihn so lange ab, bis Mingxia ihn niederstrecken konnte.

Mulan musste zu ihnen gelangen. Je weiter sie in das Lager vorrückten, desto schwieriger würde es werden, wieder hinauszukommen. Sie trieb ihr Pferd näher.

Ein feindlicher Soldat rief etwas, sein Finger deutete auf Mulan. Köpfe drehten sich nach ihr um, und Mulan wusste, dass ihre Tarnung soeben aufgeflogen war. Sie trug noch immer die Tunika ihres Wächters über ihrer alten Kleidung, aber jetzt riss sie sie sich vom Leib. Niemandem wäre geholfen, wenn sie von einem der Pfeile ihrer eigenen Miliz getroffen würde. Mulan reckte Zhonglins Schwert in die Höhe. In der Dunkelheit glühte es in einem sanften Blau.

„Zu mir!“, rief sie.

„Zur Kaiserin!“, schrie Liwen, der ihre beiden Zöpfe ums Gesicht flogen.

„Zu Mulan!“, ertönte die Antwort im Chor.

Mulans Miliz drängte mit neu gewonnener Entschlossenheit voran.

Augen blitzten. Klingen sangen. Mulan kämpfte sich zu ihnen durch, trat auf die Fußsoldaten ein, die mit ihren Schwertern zu langsam waren, und wehrte die Schläge der Reiter ab. Meter für Meter verringerte sich der Abstand zwischen ihr und Liwen, bis sie endlich Seite an Seite kämpften.

„Dreht um!“, rief Mulan. Immer mehr feindliche Soldaten stürzten sich ins Getümmel. Es war nur eine Frage der Zeit, bis ihre Miliz überwältigt werden würde. Aus dem Augenwinkel sah sie, wie Erban auf einem neuen Pferd herangeritten kam. Sein immer noch bandagiertes Gesicht war vor Wut verzerrt.

„Rückzug!“, brüllte Liwen und flankierte Mulan auf einer Seite. Zhonglin nahm ihren Platz auf der anderen Seite ein.

Mulan trieb ihre Stute vorwärts, kämpfte sich verbissen weiter und versäumte es nie nachzusetzen. Ein weiterer Reiter ging zum Angriff über. Mulan wehrte seinen Schlag ab und schlitzte ihm den Arm auf. Er schwankte. Sie ritt an ihm vorbei und passierte den äußeren Fackelring.

„Schnell jetzt.“ Mulan gestatte sich einen raschen Blick über die Schulter auf die Frauen, die hinter ihr Formation einnahmen. „Haben wir jemanden verloren?“

„Ruolan und Jiayi“, sagte Liwen.

Mulan schickte ein Stoßgebet gen Himmel, dass man sie lebendig gefangen genommen hatte. Das Beste, was sie jetzt für die beiden tun konnten, war, nicht zurückzublicken.

„Mehr Reiter haben die Verfolgung aufgenommen“, sagte Zhonglin. „Sie sind schnell.“

Mulan hatte sie ebenfalls entdeckt. „Wie frisch sind eure Pferde?“

„Wir sind eine Stunde geritten.“

Mulan sah erneut über die Schulter. Waren ihre Verfolger bereits näher gekommen? „Wir müssen weitermachen“, rief sie. Und beten, dass ihre Reittiere so lange durchhielten, wie sie es von ihnen verlangten. Sie deutete auf einige Klippen in der Ferne. „Haltet auf die Felsen zu!“

Bei einem Ritt in vernünftigem Tempo würden sie etwa eine Stunde brauchen, um die Felsen zu erreichen. Aber bei vernünftigem Tempo würden die Hunnen sie auf halber Strecke gefangen nehmen und hinrichten.

Mulan hörte auf zu reden und beugte sich tief über den Hals ihrer Stute. Steine, Sand und Büsche flogen an ihr vorbei. Ihre ausgetrocknete Kehle schmerzte, und sie wünschte, sie hätte etwas Wasser mitgenommen.

Hinter ihr schrie jemand auf. Mulan blickte über die Schulter und sah, wie Mingxia sich eine Hand in die Seite presste.

„Pfeile!", rief Zhonglin.

Mulan stieß einen leisen Fluch aus. „Kann sie reiten?"

Als Mulan einen weiteren Blick über die Schulter riskieren konnte, hing Mingxia seitlich auf dem Rücken ihres Pferdes, die Hände in die Mähne gekrallt. Ihr ganzes Gesicht war schmerzverzerrt.

Und dann begann sie zu rutschen.

Nein, nicht noch eine! Tränen trübten ihre Sicht. Mulan blinzelte sie hastig fort. Bei dieser Geschwindigkeit blind zu reiten, käme einem Todesurteil gleich. Mulan spürte, wie ihr Pferd allmählich langsamer wurde, sah die Anstrengung am Hals des Tieres. Wenn sie ihre Pferde weiter antrieben, würden die Tiere das nicht überleben. Wenn sie sie nicht antrieben, würden Mulan und ihre Kriegerinnen sterben. Sie warf erneut einen Blick über die Schulter, dieses Mal jedoch an ihrer Miliz vorbei. Die Hunnen holten auf.

„Reitet schneller!", rief sie. Aber noch während sie sprach, ließ ihre eigene Stärke nach. Die Klippen ragten unbeweglich vor ihnen auf.

Das Aufblitzen einer Bewegung erregte ihre Aufmerksamkeit. Ein neuer Reiter raste an Mulans Seite entlang, das Gewicht trotz der halsbrecherischen Geschwindigkeit perfekt ausbalanciert auf dem Rücken des Pferdes. Der Reiter war weiblich, aber sie war weder ein Mitglied von Mulans Miliz noch in die in Fell und Leder gesäumten Tuniken der Hunnen gekleidet. Die Reiterin trug keinen Helm, und ihr Haar war zu zwei identischen Knoten auf ihrem Kopf zusammengebunden. Mulan hatte Schwierigkeiten, sie deutlich zu erkennen. Endlich begriff sie, dass es daran lag, dass die Reiterin leicht durchsichtig war. Erde, Gestein und der Horizont schimmerten direkt durch ihren Körper.

„Xun Guan", hauchte Mulan.

Das Geistermädchen wandte Mulan das Gesicht zu und grinste. Dann trieb sie ihrem Pferd die Fersen in die Flanken und preschte voraus. Mehr Reiterinnen tauchten hinter ihr auf. Generalin Fu Hao saß auf einem riesigen Schlachtross. Die Nomadin Qacha, deren Kleidung den Rüstungen der Hunnen so ähnlich sah, dass Mulan zweimal hinsehen musste. Auf sie folgte Liang Hongyu mit einem ganzen Kontingent weiblicher Reiterinnen. Schon bald war Mulans Miliz von Geistern umringt, und die überraschten Ausrufe hinter ihr verrieten ihr, dass auch die anderen Frauen sie sehen konnten.

„Findet Eure Stärke", brüllte Fu Hao über das Donnern der Hufe.

Mulan spürte, wie die Muskeln der Stute unter ihren Schenkeln hervortraten. Mit einem gewaltigen Satz steigerte das Pferd sein Tempo. Neben ihr stieß Liwen einen Jubelschrei aus, und Zhonglin lachte begeistert auf. Die Klippen kamen immer näher. Obwohl sie ihr gerade noch so klein erschienen waren, verdeckten sie jetzt eine immer größere Fläche des Himmels. „Nur noch ein kleines Stück!", rief sie.

Die Felsen trafen aufeinander und bildeten eine Lücke, breit genug für fünfzig Pferde. Als Mulans Miliz die Klippen erreichte, verschwanden die Geisterreiterinnen und wurden zu beiden Seiten durch schroffe Steinwände ersetzt. Das Donnern der Pferdehufe hallte von den Felswänden wider. Sie waren wieder allein. Mulan hoffte inständig, dass es richtig gewesen war, sie hierher zu führen.

Endlich öffneten sich die Felsen zu einem weiten Becken mit gestreiften Sandsteinwänden. Erst jetzt konnte sie sehen, was ihren Blicken zuvor verborgen geblieben war. Shang saß auf seinem Pferd, und seine angespannte Miene verwandelte sich in pure Erleichterung, als er sie entdeckte. Zu beiden Seiten von ihm, aufgestellt in disziplinierten Reihen mit den Waffen im Anschlag, erstreckten sich die Streitkräfte der Kaiserlichen Armee.

Kapitel Einundzwanzig

Mulan zügelte ihr Pferd, Kiesel und kleine Steine flogen in alle Richtungen. Ihr Beine gaben nach, als sie abstieg, und sie klammerte sich an ihrem Sattel fest, um nicht zu Boden zu stürzen. Eine Hand kam in ihr Blickfeld und gab ihr Halt.

Shang.

Seine Rüstung war sauber. „Bist du verletzt?", fragte er, und sein Blick wanderte zu ihrer Schläfe.

„Nichts Ernstes", wiegelte Mulan ab. Sie ließ ihren Blick über die Umgebung schweifen, bis sie die Überreste eines Lagerfeuers entdeckte. „Ich habe deine Rauchzeichen gesehen." In den Momenten nach ihrem gescheiterten Fluchtversuch, als die Wächter sie zurück zu Prinz Erban geschleppt hatten, hatte Mulan die grauen Wolken am blauen Himmel nicht als das erkannt, was sie waren. Erst nachdem Zhonglin zu ihr gekommen war, hatte sie die Puzzleteile zusammengesetzt.

Armeesoldaten scharten sich um sie und drückten ihr Wasser und Essen in die Hände. Reitknechte halfen den unverletzten Frauen ihrer Miliz von den Pferden, während die Reiterinnen mit ernsteren Verletzungen davongetragen wurden. Mulan nahm dankbar ein paar Schlucke Wasser und gestattete einer Frau, ihr mit einem feuchten Tuch über das Gesicht zu wischen, aber sie scheuchte einen Arzt davon, der versuchte, sie vom Schlachtfeld zu führen.

„Die Hunnen kommen", sagte sie. „Sie werden bald in Sicht sein."

„Meine Truppen sind bereit", erwiderte Shang ruhig.

„Hast du Bogenschützen auf den Klippen postiert?", fragte Mulan.

„Fünfzig auf jeder Seite." Jetzt, da er es sagte, konnte Mulan ihre Helme zwischen den Felsen aufblitzen sehen.

„Gib ihnen den Befehl, erst zu schießen, wenn auch der letzte Verfolger in die Schlucht geritten ist. Ich will nicht, dass uns irgendjemand entkommt."

„Wie viele sind es?", fragte Shang.

„Ich schätze, etwa fünfhundert haben die Verfolgung aufgenommen. Die Hauptstreitmacht ist im Lager geblieben."

Sie blickte auf der Suche nach Bestätigung zu Zhonglin hinüber. Der Geist nickte und vermeldete mit einem boshaften Grinsen: „Prinz Erban führt die Verfolgung an."

Der Schrei eines Falken hallte von den Felswänden wider.

„Sie kommen", sagte Zhonglin.

Mulan stöpselte ihren Wasserschlauch zu. „Bezieht Stellung", sagte sie. „Ich brauche ein frisches Pferd."

„Bist du stark genug, um zu kämpfen?", fragte Shang. „Du könntest diese Runde aussetzen."

Mulan wog seine Worte ab und nahm eine rasche Einschätzung ihres Körpers vor. Ihre Glieder brannten, aber die Erschöpfung war verschwunden, fortgejagt vom Prickeln ihres letzten Ritts – vielleicht. Der Schmerz in ihrem Kopf war seit ihrem Traum noch nicht zurückgekehrt. „Ich werde vorsichtig sein", sagte sie. „Aber ich muss das hier zu Ende bringen."

Shang nickte. Einen Augenblick später tauchte ein vertrauter schwarzer Hengst an ihrer Seite auf und rieb seine Nase an ihr Ohr.

„Schön, dich zu sehen, Khan." Mulan schwang sich auf den Rücken ihres munteren Pferdes und folgte Shang an die Spitze der Armee. Ihrer Armee. Die Soldaten standen jeweils in Keilformation auf beiden Seiten der Schluchtmündung, gerade außer Sichtweite, und waren bereit, die Falle zuschnappen zu lassen.

Mulan, Shang und Zhonglin ritten zur Spitze des einen Keils.

„Sie sind fast da“, sagte Zhonglin.

„Zieht die Waffen!“, befahl Shang.

Das Klirren von zehntausend gezogenen Schwertern hallte von den Wänden der Schlucht wider. Ein leises Grollen ließ die Felsen erbeben. Hufschläge.

Mulans Blut rauschte ihr erwartungsvoll in den Ohren. Jetzt hieß der Schlüssel Geduld. „Gib mir Bescheid, wenn sie die Hälfte des Engpasses erreicht haben.“

Zhonglin wartete einen Augenblick, die Augen auf ihren Falken gerichtet. „Jetzt.“

„Gib den Bogenschützen das Zeichen“, sagte Mulan.

Ein Soldat schwenkte eine rote Flagge. Mulan konnte gerade so die leichte Bewegung von Bögen ausmachen, die auf den Klippen in Stellung gebracht wurden. Sehnen wurden gespannt. Schreie ertönten, als die ersten Pfeile ihr Ziel fanden.

Die ersten feindlichen Reiter kamen in Sicht. Sie waren bereits langsamer geworden und hatten begriffen, dass sie in einen Hinterhalt geritten waren. Einige versuchten umzudrehen, aber Pfeile versperrten ihnen den Fluchtweg.

Mulan hob ihr Schwert. Shang blies in sein Horn. Mit einem gewaltigen Aufschrei ging die Kaiserliche Armee zum Angriff über und hielt auf die Hunnen zu. Mulan fühlte sich, als würde sie auf dem höchsten Punkt einer Flutwelle vorwärtsgetragen, gestärkt von den Hufschlägen und Schlachtrufen hinter ihr.

Den Hunnen blieb nur der Bruchteil einer Sekunde, um sich gegen den Ansturm zu wappnen, bevor die Chinesen sich auf sie stürzten. Sie wichen zurück, überwältigt von der Größe der Kaiserlichen Armee. Einige wenige kämpften. Mulan wehrte den Schlag eines feindlichen Reiters ab, während Shang ihn von der Seite erledigte. Andere Auseinandersetzungen endeten genauso rasch. Die Hunnen waren in der Unterzahl, und sie wussten es. Es dauerte nicht lange, bis sie begannen, ihre Waffen niederzulegen und die Hände in einer Geste der Kapitulation in die Luft zu heben.

Als der Kampf überall um sie herum zum Erliegen kam, ließ Mulan ihren Blick über die Schlucht wandern. Die meisten Soldaten der Hunnen hatten sich ergeben, obwohl hier und da noch gekämpft wurde. Vor allem eine Gruppe von Hunnen erregte ihre Aufmerksamkeit. Gemessen an dem Ärger, den sie den umstehenden Chinesen bereiteten, musste es sich um erfahrene Kämpfer handeln. Trotzdem fiel ein Hunne nach dem anderen, bis ein einzelner Reiter sich aus der Gruppe löste und in gestrecktem Galopp den Rückweg aus der Schlucht antrat, ohne Rücksicht darauf, dass er dabei einige seiner verletzten Landsleute niedertrampelte.

„Das ist Prinz Erban!", schrie Mulan. „Ruft die Bogenschützen zurück. Ich will ihn lebendig."

Ihr blieb keine Zeit, um zu sehen, ob ihrem Befehl Folge geleistet wurde. Mulan trieb Khan an, während ihre Truppen ihr eilig aus dem Weg hechteten. Sie beugte sich tief über Khans Hals. Khan war ein schnelles Pferd, das nach der kurzen Schlacht noch viel Leben in sich hatte, aber Erban hatte einen Vorsprung.

Hufschläge dröhnen hinter ihr, aber Mulan schenkte ihnen keine Beachtung. Ihr gesamtes Sichtfeld verengte sich auf die Gestalt des Prinzen. Erban schien unverletzt zu sein, und er ritt mit derselben Verzweiflung, die Mulan noch vor einer Stunde selbst empfunden hatte. Der Abstand zwischen ihnen verringerte sich, doch zu langsam. Mulan biss die Zähne zusammen, als Erban sich dem hinteren Ende der Schlucht näherte. Sie wünschte, sie wüsste, wo sich der Rest seiner Armee aufhielt.

Ein rot-brauner Schatten stürzte vom Himmel herab. Erban warf in einer verzweifelten Geste die Hände über den Kopf, um seine Augen vor Zhonglins Falken zu schützen, der ihm das Gesicht zerkratzte. Das Pferd des Prinzen bäumte sich auf und tänzelte auf der Stelle. Es war ein Beweis seiner exzellenten Reitkunst, dass Erban sich auf seinem Rücken halten konnte.

Als Mulan näher kam, erhob der Vogel sich wieder in die Lüfte. Erban griff nach seinem Schwert und konnte es gerade noch rechtzeitig ziehen, um Mulans ersten Schlag abzuwehren. Ihren zweiten parierte er bereits langsamer. Mulan ließ all ihre Wut der vergangenen Tage in ihren Angriff einfließen, sie drängte ihn weiter und weiter zurück, ließ ihm nicht den Hauch einer Chance. Endlich geriet Erbans Gleichgewicht ins Wanken. Mulan wickelte ihre Klinge um die des Prinzen und schnippte sie zur Seite, sodass seine Waffe über den Boden rutschte. Zhonglins Falke stieß einen trotzigen Schrei aus und landete mit ausgebreiteten Flügeln auf dem Schwertknauf.

„Prinz Erban", sagte Mulan. Die Augen des Prinzen, zuvor so kalt und stechend, betrachteten sie jetzt voller Angst. „Ich bin bereit, unsere Verhandlungen aufzunehmen."

Kapitel Zweiundzwanzig

Der rot geflügelte Falke flog tief über Mulans Kopf hinweg und stieß einen gellenden Schrei aus.

Zhonglin blickte auf. „Sie stehen aufgereiht und warten auf Euch."

„Wer?", fragte Mulan.

„Euer Volk", sagte Zhonglin mit funkelnden Augen. „Euer Kommen hat sich wie ein Lauffeuer herumgesprochen."

Die Straße zur Kaiserlichen Stadt war vergleichsweise leer – mit Ausnahme von Mulans Truppen. Aber jetzt, da Zhonglin es erwähnt hatte, konnte Mulan so etwas wie ein dumpfes Murmeln hinter der nächste Biegung ausmachen.

Das Gemurmel verwandelte sich in Jubel, als sie um die Kurve kamen. Vor ihnen fiel der Weg in ein sanftes Tal ab, und die Kaiserliche Stadt kam in Sicht. Überall entlang der Straße hatten sich Menschen dicht gedrängt versammelt. Bauern mit sonnengebräunten Gesichtern, Mütter mit Kleinkindern auf den Rücken und Babys auf den Armen, reiche Händler in feiner Seide, sie alle hoben die Stimme.

„Hoch lebe Kaiserin Mulan. Möge sie zehn mal zehntausend Jahre leben!"

Mulan spürte ein allgemeines Aufrichten unter den Truppen, die sie flankierten und ihr folgten. Sie konnte nicht anders, als selbst ein wenig aufrechter zu sitzen. Shang, der neben ihr ritt, fing ihren Blick auf, und sie tauschten ein Lächeln. Liwen ritt hinter ihnen und hielt dasselbe Drachen-und-Phönix-Banner empor, unter dem sie in die Schlacht gezogen waren.

Eine Blume schwebte durch die Luft und fiel vor ihr auf den Boden. Mulan suchte die Menge nach dem Werfer ab und sah, wie eine Bauersfrau ihre Finger vor dem Gesicht spreizte. Während Mulan hinsah, ballte die Frau ihre Hände zu Fäusten und legte sie übereinander. Die Geste – die Mulan noch vor so kurzer Zeit für ein Zeichen der Rebellion gehalten hatte – breitete sich in der Menge aus. Mulan schielte zu Zhonglin hinüber, die ihr zuzwinkerte.

Die Verhandlungen mit den Hunnen waren ohne größere Schwierigkeiten verlaufen, nachdem Mulan Prinz Erban gefangen genommen hatte. König Ruga lag viel an seinem jüngeren Sohn und daran, ihn in einem Stück zurückzubekommen. Zwei Tage nach Erbans Gefangennahme hatte die Armee der Hunnen sich wieder hinter die Grenze zurückgezogen. Erban selbst reiste zusammen mit Mulan in die Kaiserliche Stadt, wo er bleiben würde, bis ein angemessenes Lösegeld gezahlt wurde.

Als Mulans Armee sich den Stadttoren näherte, wuchs der Jubel zu einem ohrenbetäubenden Getöse an. Mulan winkte und lächelte, bis ihr der Arm schmerzte.

„Du wirkst nicht annähernd so beschämt dabei wie das letzte Mal, als wir gemeinsam durch diese Tore geritten sind", sagte Shang. Jetzt, da die Gefahren der Schlacht gebannt waren, ritt er gelassen, mit lockeren Gliedern und einem Lächeln im Gesicht.

Mulan gluckste leise. Es erschien ihr wie ein anderes Leben, als sie in die Stadt gereist war, ohne zu wissen, was der Kaiser für sie geplant hatte. Damals hatte sie sich verlegen gefühlt und gemeint, die Aufmerksamkeit nicht zu verdienen, mit der sie überschüttet wurde.

Shang beobachtete sie aufmerksam. „Was denkst du?"

„Dass ich mir das hier wahrscheinlich nicht zu Kopf steigen lassen sollte", sagte sie. Als er bloß eine Augenbraue hob, fuhr sie fort: „Vor allem bin ich dankbar. Für loyale Freunde."

„Nur das?", fragte Shang.

Mulan dachte einen Augenblick über seine Frage nach. „Nein. Da ist noch mehr. Ich fühle mich nicht mehr wie eine Prätendentin auf den Thron. Ich bin dankbar für die Liebe meines Volkes, und darüber hinaus bin ich endlich bereit für die Verantwortung, die damit einhergeht."

Die Palasttore wurden vor ihr geöffnet. In dem großen Eingangshof hatte sich das gesamte Personal versammelt, um die Kaiserin zu begrüßen. Dienstmädchen, Eunuchen, Gärtner, Stallburschen und Soldaten nahmen Haltung an und flankierten den Weg zum Thronsaal. Die Truppen fielen hinter ihr zurück, während Mulan mit Shang, Liwen und Zhonglin an ihrer Seite das letzte Stück der Prozession zurücklegte. Während die Menschenmassen in der Stadt lärmend gefeiert hatten, herrschte innerhalb der Palastmauern vollkommene Stille. Die einzigen Geräusche verursachten die Stiefel von Mulan und ihren Gefährten auf dem Pflaster des Hofes. Mulan empfand die Stille als nicht weniger intensiv als die grölende Feier vor den Mauern. Wenn überhaupt, dann knisterte die Luft hier drinnen vor Energie, dem Gefühl von Hunderten, wenn nicht Tausenden Augenpaaren, die auf ihre Gestalt gerichtet waren, wachsam und erwartungsvoll.

Auf der gegenüberliegenden Seite des Hofes führte eine breite Treppe hinauf zu der von roten Säulen getragenen Großen Halle. Ting und der Rest von Mulans persönlichen Zofen standen dort oben und erwarteten sie sehnsüchtig unter den Türstürzen aus Rot, Blau und Gold. Die Eunuchen, die sich um Mulan und ihre Berater kümmerten, waren ebenfalls dort, doch es gab einige auffällige Abwesenheiten.

„Wo sind meine Minister?"

Mulans oberster Eunuch trat vor und verneigte sich. „Sie wurden seit vergangener Nacht nicht mehr im Palast gesehen."

Mulans Hochgefühl verpuffte. Neben ihr verfinsterte sich Shangs Miene.

„Sie sind geflohen", sagte sie.

„Es scheint ganz so", erwiderte der Eunuch. Dieses Mal verneigte er sich noch tiefer, wie um sich vor ihrer kommenden Reaktion zu schützen.

Mulan schüttelte leicht den Kopf. Doch sie war fest entschlossen, ihre

Rückkehr nicht von dieser neuen Entwicklung überschatten zu lassen. Sie würde sich später darum kümmern. Ihr Volk brauchte sie in diesem Moment.

Sie erreichte die Spitze der großen Treppe. Von hier oben konnte sie das gesamte Palastpersonal in Grüppchen aus blauen, grünen und braunen Uniformen vor sich versammelt stehen sehen. Hinter dem Personal hatte sich eine weitaus weniger geordnete Menge von Bürgerinnen und Bürgern versammelt, sie sich durch die Tore gezwängt hatten.

Mulan hob die Stimme und sprach so laut und deutlich, wie sie konnte. „Die vergangenen Wochen waren nicht leicht für unser Reich. Verrat im Inneren des Palastes und Eindringlinge aus dem Norden hätten uns beinahe in die Hände unserer Feinde getrieben. Aber ihr, mein Volk, seid China treu geblieben. Ihr, mein Volk, seid mir zur Hilfe gekommen, als ich euch gerufen habe, um uns zu verteidigen. Und dank eurer Tapferkeit sind wir heute in Sicherheit und bereit zu gedeihen."

Die Menge brach in Jubel aus. Als Mulan darauf wartete, dass die Rufe verstummten, fiel ihr ein einzelner Soldat ins Auge, der sich durch das Getümmel drängte. Er schien nicht bewaffnet zu sein, hielt aber eindeutig auf die Bühne zu. Shang verschwand von Mulans Seite und bewegte sich leise die Stufen hinunter, um ihn aufzuhalten. Der Soldat verneigte sich vor dem General und flüsterte ihm etwas ins Ohr.

Shangs Mund zog sich zusammen. Er kam die Stufen wieder hinauf und sprach in einem leisen Tonfall, der allein für Mulans Ohren bestimmt war. „Deine Minister wurden bei dem Versuch erwischt, die Stadtmauern zu erklimmen. Meine Wächter halten sie direkt vor dem Tor fest."

Obwohl Mulan bei dieser Nachricht ganz flau im Magen wurde, kam ihr die Erwiderung wie selbstverständlich über die Lippen. „Bring sie her", sagte Mulan.

Es dauerte eine Weile, bis die im Hof versammelten Menschen begriffen, was vor sich ging. Nach und nach teilte sich die Menge und gab den Weg für die erbärmliche Prozession frei, die nun auf die Kaiserin zuhielt. Mulans Minister wirkten erheblich weniger eindrucksvoll, wenn sie nicht in ihren Putz gewandet waren. Minister Fang, der sonst so gut gekleidet war, sah in seiner schlecht sitzenden Bauernkleidung geradezu schmuddelig aus, seine Eulenaugen wirkten eher verwirrt als weise. Minister Wei, der so einschüchternd wirkende Minister der Justiz, ähnelte nun den Verbrechern, über die er vor Gericht urteilte. Einer nach dem anderen wurden sie die Stufen hinaufgeführt und vor Mulan auf die Knie gezwungen. Die meisten von ihnen starrten zu Boden. Nur Minister Liu, der vorgegeben hatte, ihr Freund zu sein, blickte noch zu ihr auf. Er war ihr zuvor so harmlos erschienen. Jetzt, in bürgerliche Kleidung gehüllt und mit dem Blick eines Gelehrten, war er für jeden, der nicht aufpasste, fast unsichtbar. Aber Mulan würde nie wieder den Fehler begehen, ihn oder einen seiner Kumpane zu unterschätzen. Beinahe wäre es ihnen gelungen, ihr den Thron streitig zu machen. Viel beunruhigender aber war, wie sie Zweifel an ihrer Fähigkeit zu herrschen gesät hatten, bis sie sie beinahe davon überzeugt hatten, dass sie nutzlos war.

Mulan richtete ihre Worte direkt an ihre Minister, doch sie achtete darauf, dass ihre Stimme laut genug war, dass alle sie verstehen konnten. „Ihr fünf seid Verräter auf jede nur erdenkliche Weise“, sagte sie. „Ihr habt die Wünsche des alten Kaisers mit Füßen getreten und aktiv daran gearbeitet, unser Reich an unsere Feinde auszuliefern. Ihr habt dies zu eurem persönlichen Vorteil getan, da Ihr nicht akzeptieren wolltet, dass eine Frau über Euch herrscht. Habt Ihr noch irgendetwas zu Eurer Verteidigung zu sagen, bevor Ihr abgeführt werdet, um euren Prozess zu erwarten?“

Es folgte eine lange Stille. Minister Fang hob den Kopf, und eine Spur seiner alten Arroganz blitzte in seinem Blick auf. „Hennen sollten nicht den Morgen verkünden“, sagte er.

Mulan schnappte nach Luft, geschockt, dass er selbst jetzt noch eine solche Verachtung an den Tag legte. Neben ihr stieß Liwen ein Zischen aus, und Shang trat unwillkürlich einen Schritt vor. Mulan bedeutete ihm zurückzutreten. Als sie den Mund öffnete, um etwas zu sagen, fuhr ein heftiger Windstoß durch den Innenhof des Palastes. Anstatt allmählich abzuflauen, wurde er immer stärker, bis Mulan ihre Kleidung um den Körper schlug und sie sich gegen den Wind stemmen musste, um nicht den Halt zu verlieren. Die Würdenträger um sie herum mussten ihre Futous festhalten. Während überall Hüte in die Luft flogen, erfüllte ein dumpfes Dröhnen die Luft, wurde lauter und lauter, bis es sich schließlich in das Donnern von Hufschlägen verwandelte.

Jemand in der Menge schrie auf.

„Geister!"

„Reiter des Himmels!"

Mulan legte den Kopf in den Nacken und blickte gen Himmel. Nebelfetzen, die wie Wolken aussahen, rasten vom Horizont aus auf sie zu. Für einen Augenblick wurde sie wieder von der Erinnerung an das Entsetzen ihrer Krönungsfeier heimgesucht, von dem Echo ihrer eigenen Panik und dem Schrecken über die fallenden Sterne. Doch einen Moment später nahmen die Schatten die Gestalten weiblicher Reiterinnen an. Generalin Fu Hao ritt an der Spitze, ihr Schwert hoch über den Kopf erhoben. Ihr auf den Fersen, ihren pfeilartigen Blick auf Fu Hao gerichtet, folgte die junge Xun Guan. Hinter Xun Guan kamen andere – Bogenschützinnen und Nomadinnen, selbst die alte Meisterin Zhu saß auf dem Rücken ihres Pferdes. Lin Siniang führte ein Aufgebot von Frauen an, eine schöner als die andere, und zuletzt kamen Liang Hongyu und ihre Truppen in enger Formation.

Die Reiterinnen wirkten geisterhafter, als Mulan sie je gesehen hatte – fünfmal so groß wie jede Sterbliche, weiß wie die Wolken. In ihren Augen leuchtete das Feuer der Sonne und ihre Rüstungen zogen Regenbogenfarben hinter sich her. Der Lärm ihrer Ankunft glich einem Erdbeben, und die Menschen im Hof bedeckten ihre Augen. Die Reiterinnen preschten heran, bis sie die Dächer des Palastes umrundet hatten. Dann zügelte Fu Hao ihr Pferd. Von allen Seiten blickten die geisterhaften Reiter auf die staunende Menge hinab.

Fu Hao hob ihr Schwert zum Gruß.

„Hoch lebe Kaiserin Mulan. Möge sie zehn mal zehntausend Jahre leben."

In einer einzigen fließenden Bewegung stiegen die Geister von ihren Pferden und sanken auf ein Knie.

Es war ein Ehrfurcht gebietendes Bild, die reglosen Geister vereint in ihrer Huldigung. In dieser neu entstandenen Stille wagte niemand, auch nur zu atmen. Und dann, einer nach dem anderen, folgten die Menschen im Kaiserlichen Hof ihrem Beispiel.

Als überall um sie herum die Menschen auf die Knie fielen, blickte Mulan zurück auf ihre Minister. Liu, Huang und Kin hatten sich bereits verneigt. Minister Wei drehte seinen Kopf hierhin und dorthin und wirkte für einen Mann seiner Größe überraschend verunsichert. Und Minister Fang, der noch vor wenigen Sekunden so überheblich gesprochen hatte, war vollkommen erbleicht. Als Mulan ihren unbeirrten Blick auf die beiden richtete, taten sie es ihren Kollegen gleich und sanken in einen tiefen Kotau.

Einmal mehr war Mulan die Einzige, die noch stand, aber dieses Mal, anstatt alle rasch wieder auf die Füße zu holen, stand sie aufrecht und voller Selbstbewusstsein da.

„Ihr sagt, dass Hennen nicht den Morgen verkünden sollten." Sie sprach so kraftvoll, dass ihre Stimme bis in die hinterste Ecke des Hofes hallte. „Und doch ist seit dem Tag meiner Krönung genau das geschehen, an jedem einzelnen Morgen. Ihr habt Euch angemaßt, den Willen des Himmels zu kennen, und behauptet, die fünf Sternschnuppen bei meiner Krönung seien eher ein Zeichen der Missbilligung des Himmels für mich als eine Anklage wegen Eures eigenen Verrats. Aber die Geister haben gesprochen. Ich bin die rechtmäßige Kaiserin von China, gewählt von meinem Vorgänger und gesegnet mit dem Mandat des Himmels. Und ich werde die Kaiserin von China bleiben, bis die Götter, nicht Ihr, etwas anderes beschließen."

Im Laufe der nächsten Wochen gab es viel zu erledigen. Es bedurfte einer Menge Arbeit, eine Regierung am Laufen zu halten, und diese Aufgabe wuchs noch einmal ins Unermessliche, wenn fünf der sechs Minister eines Landes im Gefängnis saßen. Mulan widmete sich dem langatmigen Prozess, das bestehende Personal zu überprüfen und offene Positionen mit neuen Kandidaten zu besetzen. Außerdem plante sie eine Tour durch ganz

China, um ihr Volk besser kennenzulernen und in anderen Regionen des Landes nach Verbündeten zu suchen.

Shang wich nicht von ihrer Seite. Er erteilte Ratschläge, lieh ihr eine helfende Hand und übernahm die Verwaltung, wenn nötig. Mulan war froh, ihn an ihrer Seite zu haben. Sie arbeiteten effizient und einvernehmlich zusammen, so wie immer, doch es schwang stets auch ein Unterton von Unsicherheit mit, wenn sie zusammen waren. Mulans Minister waren fort. Die Hunnen hatten ihr Heiratsangebot zurückgezogen. Aber Mulan war noch immer Shangs Kaiserin. Was bedeutete das für sie beide? Keiner von ihnen brachte das Thema zur Sprache, und mit allem, was gerade anstand, schienen sie nie den passenden Augenblick zu finden, um diese Unterhaltung zu führen.

Trotzdem erwischte Mulan ihn manchmal dabei, wie er sie ansah, und der Ausdruck in seinen Augen ließ keinen Zweifel daran, dass seine Gefühle sich nicht verändert hatten. Sie erschütterten sie, diese ungeschützten Momente, in denen Shang seine Sehnsucht offenbarte. Unweigerlich sehnte sich dann etwas in Mulan zurück. Sie dachte häufig an die Nacht, in der sie sich heimlich in der Nähe von Guozhis Karawane getroffen hatten, und grübelte darüber nach.

Ein paar Wochen nach ihrer Rückkehr in die Kaiserliche Stadt kam Liwen in Mulans Gemächer.

„Du brauchst einen neuen Minister der Justiz", sagte sie, schnappte sich eine Loquat aus Mulans Obstschale und schob sie sich in den Mund.

Mulan nahm sich ebenfalls eine Handvoll, da sie wusste, dass die Loquats nicht lange halten würden, sobald Liwen einmal angefangen hatte. „Ich brauche viel mehr als das. Alle bis auf Shang müssen ersetzt werden."

Liwen spuckte den Kern aus. „Ich weiß. Aber deine Ministerin der Justiz sollte ich sein." Sie hob eine perfekt geformte Augenbraue, als Mulan sie anstarrte. „Was? Ich kenne das Land. Ich habe jeden Winkel davon bereist. Und zu deiner Information, ich habe einen großen Teil meines Lebens damit verbracht, Gesetzlose zu verhaften."

Endlich fand Mulan ihre Stimme wieder. „Ich bin mit deinen Qualifikationen durchaus vertraut. Ich bin nur … ich hätte nicht gedacht, dass du dich an die Kaiserliche Stadt binden möchtest."

Liwen zuckte die Schultern. „Ich nehme an, du hast auf mich abgefärbt mit all deinem Gerede von Pflicht und Ehre. Ich sehe jetzt, dass es Berge versetzen kann, wenn man sich an etwas Größeres bindet."

Es war seltsam, wie nonchalant Liwen mit dieser ganzen Sache umging. Sie schien mehr daran interessiert zu sein, eine Druckstelle von ihrer nächsten Loquat zu schneiden, als eine Veränderung zu besprechen, die allem zuwiderlief was sie bisher ausgemacht hatte.

„Bist du dir sicher?", fragte Mulan. „Ich würde nie von dir verlangen, dass du deine Zufriedenheit aufgibst, nur um mir auszuhelfen."

Liwen wischte sich mit dem Handrücken den Saft vom Kinn. „Bilde dir ja nicht zu viel darauf ein, liebe Freundin. Ich mache mir etwas aus dir, aber ich tue das für China. Und außerdem würdest du mich doch hin und wieder auf ein kleines Abenteuer gehen lassen, richtig?"

Das entlockte Mulan ein Lächeln. „Das könnte ich wohl tun. Aber nur wenn du deinen Job anständig erledigst."

Auch Zhonglin verweilte in der Kaiserlichen Stadt. Obwohl sie alle paar Tage bei Hofe erschien, machte sie sich ansonsten rar. Mulan war nicht sicher, wo der Geist den Rest seiner Zeit verbrachte oder wie lange sie noch plante zu bleiben. Selbst wenn Zhonglin zugegen war, wirkte sie abwesender und verträumter als gewöhnlich, als ob ihre Aufmerksamkeit bereits einem anderen Reich galt, einer anderen Zeit, einem anderen Ort. Es gab so vieles, das Mulan immer noch nicht über Zhonglin wusste. Sie hatte einen Verdacht, wer die junge Frau als Sterbliche gewesen sein könnte, aber sie spürte, dass Zhonglin nicht gewillt sein würde, ihre Vermutungen zu bestätigen oder zu bestreiten.

Eines Abends, als Mulan vor dem Essen eine seltene Verschnaufpause in ihren Gärten einlegte, fand sie Zhonglin dort vor, die Teeblumen pflückte und in einen Korb legte. Die Wachen hatten Mulan von keinen Gästen in Kenntnis gesetzt, aber andererseits war es auch nicht das erste Mal, dass Zhonglin sich unbefugt Zutritt zu diesem Ort verschafft hatte.

Dieses Mal versuchte das Mädchen jedoch nicht zu fliehen, als Mulan sich ihr näherte, sondern lächelte und winkte sie zu sich. „Gut getroffen, Kaiserin. Wie gewöhnt Ihr Euch in Eure Herrschaft ein?"

„Ich muss noch viel lernen", sagte Mulan. „Aber dieses Mal ist es viel einfacher."

„Die Dinge sind meistens einfacher, wenn die eigenen Berater nicht aktiv versuchen, einen zu hintergehen."

Der Zeitpunkt schien so passend, das Thema anzuschneiden, wie jeder andere auch. „Da wir gerade von Beratern sprechen, ich wollte dich fragen …"

Zhonglin hob eine Hand. „Ich kann nicht bleiben. Ich wünschte, ich könnte es, aber es gibt noch andere Frauen, die unseren Rat benötigen. Jetzt, da Ihr Euch in Eure Rolle eingefunden habt, muss ich anderen zur Hilfe kommen."

Im Grunde hatte Mulan nichts anderes erwartet. „Wenn du zu ihnen gehst, wirst du ihnen als du selbst erscheinen? Als Zhonglin?"

„Nein, der Rat der Königinnen hat keine eine wahre Gestalt. Wir kommen in vielen Gesichtern und Formen. Die nächste Königin, die meine Hilfe benötigt, könnte sich in einer anderen Zeit und an einem vollkommen anderen Ort befinden, einem Ort weit über das Ende der Seidenstraße hinaus."

Mulan hielt inne, um sich diese enormen Entfernungen vorzustellen. Fast war sie ein bisschen neidisch darauf, dass Zhonglin so viel von der Welt gesehen hatte. „Wann wirst du gehen?", fragte sie.

„In ein paar Tagen. Aber seht nicht so niedergeschlagen drein. Ich komme Euch bestimmt besuchen."

„Ich freue mich darauf, dich wiederzusehen."

Für einen langen Augenblick lächelten sie einander an, und dann wurde Zhonglins Lächeln noch ein Stückchen breiter. „Da ist jemand, der sich meine Talente ein letztes Mal zunutze machen möchte, bevor ich gehe. Sie wäre mir wirklich böse, wenn ich es vergesse."

„Wer?" Mulan überlegte, ob sie noch ungeklärte Angelegenheiten mit einem Mitglied ihres Geisterrates zu besprechen hatte.

Zhonglin hob nur rätselhaft eine Augenbraue und fuhr mit der Hand durch die Luft, wo sich augenblicklich das vertraute Portal auftat, mitten in den Kaiserlichen Gärten. Mulan blickte hindurch und erwartete, den silbrigen Wald zu sehen, doch stattdessen führte die Tür in einen vertrauten Garten mit einer vertrauten roten Pagode auf dem Hügel.

Mit wild pochendem Herzen schritt Mulan hindurch. Als sie den Hügel zu ihrem Ahnentempel hinaufstieg, winkte eine winzige Gestalt auf der Bank neben der Tür sie zu sich. Mulan rannte los.

„Komm, Mulan, meine geliebte Kaiserin“, sagte Nai Nai, ihre von Falten umzogenen Augen waren so warm wie die Sommerbrise. „Lass uns das Beste aus unserer gemeinsamen Zeit machen.“

Die Vorbereitungen für die erste große Tour der Kaiserin durch China schritten rasch voran. Tagtäglich ritten Boten mit Schreiben für die Gouverneure der Provinzen aus und kehrten mit Worten des Willkommens und Versprechen der Gastfreundschaft zurück. Mulan richtete ihren Gouverneuren aus, sich nicht mit üppigen Banketten oder Unterhaltungsprogrammen aufzuhalten. Stattdessen bat sie um Treffen mit den Anführern sämtlicher Fraktionen und um Besichtigungstouren der wichtigsten Wirtschaftszweige. Zusätzlich schmiedete sie Pläne mit Liwen, zusammen durch das Land zu streifen – in Verkleidung.

Mulan schickte auch Boten aus, um nach der Karawane Ausschau zu halten, die von einem Mann namens Guozhi angeführt wurde. Sie hegte die Hoffnung, von ihm zu hören, noch bevor sie zu ihrer Reise aufbrach, da sie sich sehnlichst wünschte, über einer Kanne Tee eine lange Unterhaltung mit ihm zu führen. Zum Teil war sie einfach neugierig darauf, wie viel er geahnt hatte. Davon abgesehen war Guozhi ein vertrauenswürdiger Mann, der weite Teile des Landes bereiste. Er würde einen wertvollen Verbündeten abgeben, wenn er dazu bereit wäre.

An einem ihrer seltenen ruhigen Abende vor ihrer Reise bestellte Mulan Shang in ihre Gemächer. Es waren ein oder zwei Tage vergangen, seit ihre Wege sich gekreuzt hatten, und sie war froh, sein Gesicht zu sehen.

„Wie ist es dir ergangen?“, fragte sie.

„Viel zu tun natürlich, aber gut. Ich habe unsere Eskorte zusammengestellt. Sie sind gute, loyale Soldaten und äußerst fähig. Außerdem hat der Kommandant der Chengdu-Miliz mir zurückgeschrieben. Er brennt darauf, die Koordinierung der Verteidigungspflichten mit der Kaiserlichen Armee zu diskutieren."

„Das freut mich." Sie staunte immer noch darüber, wie unkompliziert es jetzt war, Dinge zu erledigen, insbesondere im Vergleich zu ihrem ersten Anlauf.

„Diese Reise ist eine gute Sache", sagte Shang. „Das Volk wird sich freuen, dich zu sehen."

Sie ließen sich an ihrem Tisch nieder, und Mulan schenkte ihnen beiden eine Tasse Tee ein. Shang gestattete sich einen Augenblick, um den Duft von Chrysanthemen einzuatmen, bevor er die Tasse an die Lippen hob. Eine Minute lang nippten sie in kameradschaftlicher Stille an ihrem Tee und genossen den ersten Moment des Friedens an diesem Tag.

„Wie ich sehe, schenkst du dir inzwischen deinen eigenen Tee ein", sagte Shang schließlich.

Mulan gluckste. „Ich lasse mich von den Dienstmädchen bedienen, wenn der Anlass danach verlangt, aber ich hielt es für besser, wenn sie bei dieser Unterhaltung nicht zugegen sind."

Sie hatte es auf eine scherzhafte Art gesagt, doch danach lag eine seltsame Spannung in der Luft. Mulan sprach nicht weiter, und auch Shang blieb stumm. Mulan blickte hinab in ihre Teetasse, wo eine einsame Chrysanthemenblüte träge Kreise zog. Ihr Herz pochte stark.

„Ich glaube nicht, dass ich dir je richtig gedankt habe für deine Loyalität während des Putsches. Dafür, dass du nach mir gesucht hast" – einen kurzen Moment war sie abgelenkt von dem Gedanken an das, was in der Nacht, in der er sie gefunden hatte, sonst noch passiert war – „und dafür, dass du die Armee einberufen hast."

„Du weißt, dass du mir dafür nicht zu danken brauchst." Shang sagte das vollkommen nüchtern. Nicht auf die schleimige Art ihrer alten Minister, sondern einfach als eine Feststellung der Wahrheit.

Mulan nickte. „Ich versuche, mich mit vertrauenswürdigen Beratern zu umgeben. Menschen, denen dieses Land etwas bedeutet, die ehrlich und treu sind. Außerdem lerne ich, meinem eigenen Urteilsvermögen zu vertrauen, wenn es um die beste Art zu herrschen geht.“ Sie sah ihn an. „Vertraust du meinem Urteil?“

Shang blickte auf, ihr Tonfall war ihm nicht entgangen. „Natürlich tue ich das.“

Wieder sprach er vollkommen aufrichtig, und sie spürte eine Welle der Dankbarkeit für seine Anwesenheit. „Ich habe viel über die Dynamik meiner Herrschaft nachgedacht, über die einzigartigen Herausforderungen, die damit einhergehen, eine Kaiserin zu sein anstelle eines Kaisers. Für jemanden wie mich sind politische Ehen besonders gefährlich. Das traditionelle Amt des Kaisers hält zu viel Macht. Die Verlockung ist zu groß. Jeder ausländische Prinz, der mich heiratet, würde diese Macht an sich reißen und sich selbst zum tatsächlichen Herrscher aufschwingen wollen. Obwohl mein Volk mich liebt, wird es immer jene geben, die einen Mann als Herrscher bevorzugen werden.“

Shang nickte nachdenklich, doch seine Miene verriet nichts. „Das klingt verständlich.“

„Es gibt Mittel und Wege, Diplomatie zu betreiben, die keine lieblosen Ehen einschließen. Abkommen, Handel, vertrauenswürdige Botschafter.“ Ihr Puls beschleunigte sich, obwohl sie nach außen hin an ihrer ruhigen Fassade festhielt. „Was ich brauche“, sagte Mulan schließlich leise, „ist jemand, der auf meiner Seite steht. Jemand, der mich in meiner Rolle unterstützt.“ Sie sah ihn an und legte ihr ganzes Herz in diesen einen Blick. „Jemand, der mich liebt und dessen Liebe ich erwidern kann.“

Als Shang sie ansah, verschwamm alles um sie herum. Schließlich nahm sie all ihren Mut zusammen und sprach die ebenso furchterregenden wie hoffnungsvollen Worte.

„Ich möchte, dass du mich heiratest, Shang.“

In diesem Augenblick hörte Mulan nichts außer ihrem eigenen Herzklopfen. Eine gefühlte Ewigkeit hing das Schweigen zwischen ihnen in der Luft.

Shang stieß zitternd den Atem aus. Seine Miene war kein eindeutiges

Ja, und Mulans Seele gefror zu Eis. „Mulan", sagte er. „Der Himmel weiß, dass ich mir nichts sehnlicher wünsche, aber ich fürchte, dass ich dich zurückhalten werde."

Bei seinen Worten strömte Erleichterung durch ihre Adern. Sie nahm seine Hände. „Shang, wir haben China zum Sieg geführt, nicht einmal, sondern nun schon zweimal. Du hältst mich nicht zurück. Deine Liebe macht mich stärker."

Shang starrte auf ihre Hände hinunter und runzelte die Stirn in tiefer Konzentration, so als könnte er die Verflechtungen ihrer Finger nicht entwirren. Dann, mit einem Schlag, wurde seine Miene weicher. Er gluckste leise. „Es ist nicht leicht, dir zu widersprechen. Oder vielleicht bin ich auch einfach nur begierig darauf, mich überzeugen zu lassen."

Mulan lächelte. „Wäre das denn so schlecht?"

Shangs Lippen verzogen sich zu einem selbstironischen Lächeln. „Nein. Es ist nur so, wenn du etwas willst … jemanden …" Er unterbrach sich und setzte neu an. „Ich habe so lange davon geträumt, mit dir zusammen zu sein. Und jetzt, wo es endlich in greifbare Nähe gekommen ist … Ich schätze, ich fürchte mich davor, aufzuwachen und festzustellen, dass es nicht wahr ist."

„Wir lassen es wahr werden." Mulan fuhr mit einer Fingerspitze über den Rand ihrer Teetasse. „Ich meine das nicht nur als hübsche Worte, Shang. Wenn es etwas gibt, das ich in diesen vergangenen Monaten gelernt habe, dann, dass wir nicht erwarten dürfen, dass das Schicksal uns alles Gute und Erstrebenswerte einfach in den Schoß legt. Wir müssen es uns nehmen."

Shang sah ihr in die Augen, und vielleicht sah er die Gewissheit in ihrem Blick, denn sie spiegelte sich in seinem eigenen. Er stieß ein Seufzen aus, und sein Gesicht strahlte vor Erleichterung und tiefer Freude. „Wenn das der Fall ist, darf ich dann um Erlaubnis bitten, die Kaiserin zu küssen?"

Sie strahlte zurück, und obwohl die Antwort überdeutlich in jeder Faser ihres Wesens geschrieben stand, antwortete sie ihm. Obwohl sie und Shang sich bereits aufeinander zubewegten und die Distanz überbrückten, die noch vor ein paar Tagen unüberwindbar erschienen war, griff sie nach seinem Kragen. Und noch als Shang sie näher zu sich heranzog, ihre Augen sich wie von selbst schlossen, sprach Mulan die Worte in der Sekunde aus, bevor ihre Lippen sich berührten.

„Ja, General. Bitte tut das."

Danksagung

Es hat mir unglaublich viel Spaß gemacht, meinen ersten Disney-Prinzessinnen-Roman zu schreiben. Dass das möglich war, verdanke ich der Unterstützung zahlreicher Menschen.

Vielen Dank an meinen Agenten Jim McCarthy, der mich als Kandidatin für dieses Projekt vorgeschlagen hat und auf dem ganzen Weg mein Führer und mein Cheerleader war.

Ich bin so dankbar für Jocelyn Davies' Orientierung und Genie bei jedem einzelnen Schritt, vom Brainstorming über das Konzept bis hin zu den Korrekturen. Danke, dass du mitgespielt hast, als ich vorgeschlagen habe, dass mehr Menschen sterben sollten. Danke auch an Kieran Viola für die Betreuung und Feinabstimmung der späteren Phasen des Manuskripts. Auch vielen anderen Teammitgliedern gilt mein Dank, darunter Vannesa Moody, Cassidy Leyendecker. Sie alle haben hinter den Kulissen mit daran gearbeitet, dieses Buch Wirklichkeit werden zu lassen.

Ich schätze mich überglücklich, meine *Queen's-Council*-Kolleginnen Emma Theriault und Alexandra Monir an meiner Seite zu wissen, die mir Rat und Freundschaft geschenkt und diese Reise so unendlich viel lustiger gestaltet haben. Von Alexandra habe ich außerdem wertvolle Ratschläge zu einem frühen Entwurf des Romans bekommen, einschließlich einiger ausgezeichneter Tipps zum Ausbau der Romanze.

In Vorbereitung auf das Schreiben des Romans habe ich viel Zeit damit verbracht, mich in die Kultur und Geschichte des alten China einzulesen. Dank meiner Assistentin Birgit Saalfeld, die mit unermüdlichem Fleiß Artikel und Bücher über alles Mögliche aufgespürt hat – von Kleidung über Wahrsagerei bis hin zu den Biografien von Kriegerinnen –, konnte ich diesen Prozess erheblich beschleunigen.

Wie immer danke ich meinem Netz an Unterstützern. Viel Liebe geht an die Autoren von Courtyard Critiques und Fantasy on Friday für eure Freundschaft und eure Ermunterung. Vielen Dank an meinen Mann Jeff, der sich um den Haushalt gekümmert hat, als ich unter Zeitdruck stand. Die wunderbaren Vorschullehrerinnen meiner Tochter gaben ihr einen lustigen und fördernden Platz zum Spielen, während ich schrieb. Und nachdem Covid die Schulen geschlossen hatte, übernahm Netflix mit seiner Sammlung an Zeichentrickfilmen auf Mandarin die bilinguale Bildschirmzeit. Danke an meine Mutter und meinen Vater, dass sie auf die Kleine aufgepasst haben, als es noch sicher war, und dass sie vor allen damit geprahlt haben, dass ich dieses Buch schreibe. Und vielen Dank an meine Schwiegermutter und meinen Schwiegervater, die alles gelesen haben, was ich bisher geschrieben habe.

Ein paar Wochen nachdem ich den ersten Entwurf für dieses Buch abgeschlossen hatte, begann der Covid-Lockdown. Während ich diese Danksagung schreibe, rasen die Vereinigten Staaten auf eine tödliche Winterwelle zu – die bisher schlimmste. Ich und zahllose andere haben den Mitarbeitern im Gesundheitswesen und all jenen an vorderster Front so viel zu verdanken, die ihr Leben riskieren, um die Welt am Laufen zu halten. Ein herzliches Dankeschön dafür. Und lasst uns hoffen, dass all das nur noch eine Erinnerung sein wird, wenn dieses Buch in die Läden kommt.

Zwei weitere spannende

ISBN 978-3-551-28049-7